Florian Scheibe

PARAISO

Roman

btb

*Dies ist eine Fiktion. Alle Verweise auf reale Begebenheiten,
Institutionen, Orte oder Personen dienen lediglich dazu,
ein fiktives Universum zu erschaffen.*

MIX
Papier | Fördert
gute Waldnutzung
FSC   FSC® C014496
www.fsc.org

Penguin Random House Verlagsgruppe FSC® N001967

1. Auflage
Originalausgabe Juni 2024
Copyright © 2024 by Florian Scheibe
btb Verlag in der Penguin Random House Verlagsgruppe,
Neumarkter Straße 28, 81673 München
Dieses Werk wurde vermittelt durch die Literarische Agentur Michael Gaeb
Covergestaltung: semper smile, München
Covermotiv: © plainpicture/Oksana Wagner
Satz: GGP Media GmbH, Pößneck
Druck und Einband: GGP Media GmbH, Pößneck
MN · Herstellung: sc
Printed in Germany
ISBN 978–3–442–77430-2

www.btb-verlag.de
www.facebook.com/penguinbuecher

Manon

Eins

Alles beginnt mit dem Boot. Aber noch ist es kein Boot, sondern nur ein dunkler Fleck am Horizont.

Manon liegt auf der Luftmatratze, ihr Körper mit einem offenen Schlafsack bedeckt, und blinzelt gegen das Licht. Sie ist noch halb in ihrem Traum. Sie hört das Rauschen der Wellen, spürt die Wärme der Sonne und den Wind, der vom Meer herkommt. Aber vor allem spürt sie, dass sie allein ist. Gerade eben war er noch da, ganz nah, so nah wie seit Jahren nicht mehr. Und nun ist er weg. Wie verschluckt von der Sonne, dem Wind, den Wellen.

Sie hebt den Kopf. Betrachtet die kleine Bucht, den weißen Sand, die schützenden Felsen rechts und links und die steilen Klippen in ihrem Rücken. Vor sich sieht sie das offene Meer und an der Grenze zum Himmel diesen dunklen, tanzenden Fleck.

»Thomas?«

Entgegen ihrer Gewohnheit ruft sie seinen Namen auf Französisch. Ihre Muttersprache, die genau genommen die Sprache ihres Vaters ist, kommt von tief innen, ihre Stimme ist weich und vibriert in ihrem Brustkorb. Der Wind und die Wellen ersticken den Klang nach wenigen Metern. Sie ruft noch einmal, diesmal auf Deutsch, mit kurzem A und scharfem S, und nun schneidet der Name durch die Elemente – militärisch. Eine Befehlstonsprache, wie Manon sie oft nennt.

Keine Antwort.

Thomas bleibt verschwunden.

Plötzlich fühlt sie sich nackt in ihrem Slip und dem Unterhemd. Sie überlegt, ob sie sich anziehen soll. Stattdessen legt sie sich den Schlafsack um die Schultern, steht auf und geht auf das Meer zu. Der Sand ist warm, nur wenn sie die Zehen hineinsteckt, spürt sie noch den kühlen Morgen vor dem Sonnenaufgang, als Thomas und sie ihr kleines Lager in der Bucht aufgeschlagen haben.

Erst jetzt fällt ihr auf, dass Thomas' Kleidung nicht mehr auf dem großen Stein liegt. Er hat sich angezogen und ist gegangen.

Der Fleck am Horizont ist näher gekommen. Manon beschattet ihre Augen mit der flachen Hand, kneift sie gegen die Sonne zusammen. Und mit einem Mal ist da kein Fleck mehr, sondern das Boot. Es ist ein Schlauchboot. Dicht gedrängt sitzen Menschen darin, schwarze Männer, mit dunklen Jacken, Kapuzen und orangefarbenen Schwimmwesten. Die meisten von ihnen sind ihr abgewandt. Aber einer steht aufrecht und schwenkt etwas, das aussieht wie eine schwarze Fahne.

Eine Welle überspült Manons Füße und greift nach ihren Knöcheln. Manon erschrickt, macht einen Schritt zurück. Zugleich will sie nach vorn, will winken und rufen, auf einen Felsen klettern und sich bemerkbar machen. Sie will sich hinter den Klippen unter ihrem Schlafsack verstecken und die Luft anhalten. Sie will sich ins Meer stürzen. Sie will zur Straße rennen, Hilfe holen, will fliehen.

Sie will, dass Thomas endlich zurückkommt.

»Thomas! Thomas!«

Sie steht hinter einem der großen Felsen und schaut hinauf zu der Steilküste. Sie sucht den Weg ab, den sie am frühen Morgen von der Straße gekommen sind. Aber Thomas ist nirgendwo zu sehen. Als sie sich wieder dem Meer zuwendet, ist das Boot verschwunden, und einen Moment lang glaubt sie, sie hätte sich das alles nur eingebildet. Dann taucht das Boot kurz noch einmal auf. Sie erkennt, dass es sich bei der Fahne um eine Jacke oder ein Sweatshirt handelt. Die beiden Ärmel sind an einem Ruder festgebunden, der Rumpf bläht sich im Wind. Kurz darauf ist das Boot wieder aus ihrem Blickfeld verschwunden, verdeckt von der großen Felsformation, die die Bucht nach Osten hin einfasst.

Manon geht zu dem Stein, auf dem ihr Kleid und die Sandalen liegen, und zieht sich an.

Unschlüssig steht sie neben der Luftmatratze. Sie greift nach ihrem Handy. Thomas' Mutter hat über den Familienchat ein Foto vom Frühstück geschickt. Léonie hat noch mehr Haare verfilzen lassen, ihr Lächeln ist gezwungen, es sagt: Ich hasse es, hier zu sein, vielleicht sogar: Ich hasse alles. Noahs Lächeln ist schief, offenbar hat er den Mund voll. Auf seinem Teller liegt ein angebissenes Schinkenbrötchen, eine Wespe sitzt darauf.

Sie wischt zu Thomas' Nummer, ihr Daumen schwebt darüber. Aber sie kann sich nicht überwinden und tatsächlich darauf tippen.

Also lässt sie das Handy sinken und schaut erneut aufs Meer. Ein leerer Horizont, nur die Wellen und die Sonne, die auf ihnen glitzert.

Am liebsten würde sie sich auf die weiche Luftmatratze fallen lassen, in den Schlafsack kriechen und den Reißverschluss nach oben zuziehen.

»Manon!«

Sie dreht sich um.

Thomas kommt mit seinem kleinen Rucksack von Westen die Bucht entlang. Das Fleece hat er sich um die Hüften gebunden.

Sein Gesicht ist gerötet, Schweiß glänzt auf seiner Stirn. Er lächelt.

»Ich wollte dich gerade anrufen«, sagt sie.

»Ich bin ein wenig über die Klippen geklettert.«

Etwas Jungenhaftes umspielt seine Augen, einen Moment lang sieht er aus wie Noah.

Sie will ihm von dem Boot erzählen, von den orangefarbenen Rettungswesten, dem im Wind geblähten Sweatshirt. Von ihrem Gefühl, helfen zu müssen und zugleich wegrennen zu wollen. Doch bevor sie die richtigen Worte findet, wühlt er in seinem Rucksack und hält ihr etwas hin.

»Schau mal!«

Im ersten Moment sieht sie den Schädel eines Tieres, einer Katze oder eines Marders. Dann erkennt sie, dass es sich um eine Muschel handelt. Eine Schneckenmuschel, weiß und erstaunlich groß.

»Für mich?«

»Ja.«

Seine Augen leuchten. Sie weiß nicht, was sie sagen soll. Er schenkt ihr oft etwas. Aber es ist Ewigkeiten her, dass er ihr etwas Gefundenes mitgebracht hat.

»Danke.«

Sie nimmt die Muschel, dreht sie in der Hand, die Oberfläche ist rau. Kleine Stacheln stehen in alle Richtungen. Einen Moment lang ist sie ganz ergriffen von dem Wunderwerk, das die Schöpfung hier vollbracht hat. Dann denkt sie an ein Spielzeug, das Thomas ihr vor ein paar Monaten aufs Bett gelegt hat – ein kleiner spitz zulaufender Vibrator mit Noppen.

»Ist das nicht herrlich?« Thomas schaut aufs Meer.

Manon denkt an das Gefühl des Alleinseins, als sie aufgewacht ist. Vor ihrem inneren Auge sieht sie noch einmal das Boot.

»Ja«, sagt sie.

Er tritt von hinten an sie heran und legt seine Arme um ihren Bauch.

»Das war schön vorhin«, sagt er. Sein Mund ist nah an ihrem Ohr.

Sie nickt. »Das fand ich auch.«

Es stimmt, es war tatsächlich schön, sehr schön sogar. Aber sobald sie es ausgesprochen hat, kommt es ihr vor wie eine Lüge.

Thomas drückt sich von hinten an sie heran. Sie umgreift die Muschel etwas fester.

»Am liebsten würde ich noch einmal auf die Matratze.« Seine Stimme ist sanft.

Sie muss ein Stöhnen unterdrücken, so schmerzhaft sind die Muschelstacheln an ihrem Handballen.

Thomas löst sich von ihr. »Ich spring kurz ins Meer, kommst du mit?« Er sagt es leicht, ohne jeden Vorwurf.

Sie schüttelt den Kopf. »Aber ich setze mich auf einen Felsen und schau dir zu.«

Er lächelt. »Das klingt gut.«

Obwohl Thomas nach wie vor schlank ist, hat er um die Hüfte etwas angesetzt: ein kleiner Schwimmring. Sein Schwanz ist noch leicht erigiert von der Berührung mit ihrem Hintern. Das Schamhaar ist grau geworden.

Er läuft bis zur Wassergrenze und lässt seine Füße von den Wellen umspülen.

»Uh«, sagt er. »Kälter, als ich dachte.«

Er geht ein paar Schritte zurück, schiebt seine Fußsohlen in den Sand, stellt sich in eine Art Startposition.

Manon hebt den Arm. »*À vos marques!*«

Thomas macht einen übertrieben fokussierten Gesichtsausdruck und stützt seine Hände mit abgespreizten Fingern in den Sand.

»*Prêts!*«, sagt sie.

Thomas reckt seinen nackten Hintern in die Höhe. Seine Hoden baumeln zwischen den Beinen. Manon muss lachen, es kommt von tief innen. Sie verzögert, verharrt in dem Gefühl. Dann holt sie tief Luft und sagt: »*Et … par…tez!*«

Sie lässt den Arm fallen. Thomas rennt los. Sein Schwimmring bebt. Sein Schwanz tanzt willenlos hin und her, fliegt links und rechts gegen die Hüfte und nach oben in Richtung Bauchnabel. Manon will weiter lachen, aber das Komische ist verschwunden.

Als Thomas den Ausläufer einer Welle erreicht und das kühle Wasser seinen Bauch berührt, schreit er. Noch drei, vier Schritte gegen die Strömung, dann taucht er mit einem Hechtsprung unter und schwimmt davon.

Von ihrem Felsen aus schaut Manon in die Richtung, in der das Boot verschwunden ist, doch sie ist nicht hoch genug, um die nächste Bucht und den weiteren Küstenverlauf sehen zu können. Thomas schwimmt auf dem Rücken, die Wellen schwappen ihm ins Gesicht. Er lacht und winkt ihr zu. Sie winkt zurück.

Wieder muss sie an Noah denken. Und dann an Léonie. Daran, wie sie mit ihr in einem nach Chlor stinkenden Hallenbad beim Babyschwimmen waren: Thomas auf dem Rücken, Léonie auf seiner behaarten Brust, die damals noch nicht grau war.

Vor vierzehn Jahren.

Eine halbe Ewigkeit.

Und doch erst gestern.

Erst jetzt bemerkt Manon, dass sie die Muschel noch in ihrer Hand hält. Sie überlegt, sie ins Meer zu werfen, dorthin, wo sie hergekommen ist, wo sie hingehört. Sie verlagert ihr Gewicht, streckt ihren Arm nach hinten und holt aus. Dann denkt sie an das Leuchten in Thomas' Augen und bricht die Bewegung ab.

Hinter den Klippen haben die Wellen noch keine Richtung. Sanfte Hügel und breite Täler, die sich scheinbar ziellos hin und her bewegen. Thomas krault inzwischen. In seinen Bewegungen erkennt man den geübten Schwimmer: die gestreckten Füße, die so gleichmäßig paddeln, als wären sie an der Hüfte aufgezogen worden. Die Arme, die in stoischer Ruhe ihre Kreise ziehen, die gestreckten Hände, die seitlich eintauchen und dann gedreht werden, damit sie so viel Wasser verdrängen wie möglich. Vor allem aber der Kopf, der immer zwei Armrunden unter Wasser bleibt, bevor er zur Seite hin auftaucht, um dem Körper neuen Sauerstoff zuzuführen: zwei Arme, rechts, zwei Arme, links, zwei Arme, rechts – unerschütterlich wie ein Uhrwerk. Sie erinnert sich daran, wie sie Thomas das erste Mal schwimmen sah, in einem Brandenburger See, vom Ufer aus, ein paar Tage nachdem sie zusammengekommen waren, vor einundzwanzig Jahren.

Damals wusste sie noch nicht, dass er seine ganze Jugend über im Verein gewesen war: Leistungsschwimmen, viermal die Woche Training, Wettkampf, deutsche Jugendmeisterschaft und Olympiaträume. Und sie wusste erst recht nichts von seiner Kiste mit den Medaillen und Urkunden, die es auch heute noch gibt. Die all ihre Umzüge überstanden hat und nun auf dem Dachboden ihres Landdomizils in der Uckermark gelandet ist.

Damals war sie nur erstaunt, wie selbstverständlich er sich im Wasser bewegte. Und vor allem war sie angezogen von seinem Körper, der schmalen, schlanken Hüfte, aus der rechts und links die Knochen herausragten. Die kräftigen Schultern ohne sichtbare Blätter. Er hatte klar definierte Muskeln, die nicht hart und knotig wirkten, sondern weich und dehnbar, weil sie nicht durch das Gewicht von Hanteln oder gegen den Widerstand von Trainingsmaschinen entstanden waren, sondern im Wasser – in diesem wundervollen, rätselhaften Element, über dem in der Genesis der Geist Gottes schwebt.

Thomas ist nun im offenen Meer.

Manon überlegt, ob er von dort das Boot sehen könnte. Wenn es noch zu sehen ist. Wenn es überhaupt jemals zu sehen war.

Hat es denn ein Boot gegeben?

Ja, natürlich!

Auf einmal ergreift sie eine Unruhe. Sie hat genug vom Strand, dem Wind, den Wellen. Sie steigt von der Klippe und geht zu der Luftmatratze, öffnet das Ventil und packt die Sachen zusammen. Sie drückt und faltet die Matratze. Sie kniet darauf, presst die letzte Luft mit den flachen Händen heraus.

Sie verstaut die Matratze zusammen mit der Standpumpe in der grauen Tasche.

Zwei

Sie sitzen im Auto. Die Klimaanlage läuft, es ist angenehm kühl, während draußen die Hitze flirrt. Manon hört ein Flugzeug – nicht weit von ihnen brennt der Wald. Bei ihrer Anreise vier Tage zuvor haben sie die Rauchwolken gesehen. In den Nachrichten ist immer wieder von der Trockenheit die Rede, die noch schlimmer sei als in den Jahren zuvor. In dem Wald, in dem ihr Dorf liegt, regnet es im Oktober normalerweise regelmäßig, es müsste viel Nebel geben, der vom Meer herkommt. Aber in diesem Jahr ist es zu trocken. So wie in vielen anderen Regionen der Welt auch.

In Deutschland war es bereits kühl, es hatte sogar ein paar Tage lang geregnet. Doch auf ihrer Fahrt von Heidelberg nach Lyon wurde es schon vier oder fünf Grad wärmer, und als sie am nächsten Tag in Barcelona ankamen, war plötzlich Hochsommer, dreißig Grad und eine Trockenheit, die selbst Spanien so nur selten erlebt hat.

Manon entdeckt eine rote Stelle an Thomas' linkem Handgelenk und wundert sich, dass sie ihr erst jetzt auffällt.

»Was ist mit deinem Arm?«, fragt sie.

»Aufgeschürft. Beim Klettern über die Klippen.«

Er sagt es, als ob es sich bei ihrem Strandausflug um ein Sportevent gehandelt hätte, um einen Wettbewerb und nicht um einen Programmpunkt im Rahmen ihres Beziehungscoachings.

»Hat das nicht gebrannt im Meer?«

»Ein bisschen. Aber Salzwasser ist gut. Es desinfiziert.«

Manon spürt Thomas' Stolz auf seine Männlichkeit. Es ist eine Haltung, die sie seit vielen Jahren von ihm kennt, die aber seit ihrer Beziehungskrise deutliche Risse bekommen hat. Sie ist ein wenig lächerlich, aber nicht unsympathisch. So war er schon immer, von Anfang an. Und wenn ihr sein Stolz in diesem Moment nicht so unpassend erscheinen würde, könnte sie sich vielleicht sogar darüber freuen. Der alte Thomas, ein Stück Normalität.

Thomas fährt mit beiden Händen am Lenkrad. Er hat es sich angewöhnt, seit sie den neuen Wagen haben. Vor dem Kauf hat er ihr die Verbrauchsdaten vorgelegt: Von ihrer Wohnung im Prenzlauer Berg bis zu ihrem Haus in die Uckermark braucht der Skoda Octavia Hybrid bei voller Akkuladung gerade einmal 1,8 Liter, was einem Ausstoß von 35 Milligramm CO_2 entspricht. »Weniger CO_2 geht nicht!«, hat Thomas gesagt, und sie hat geschwiegen. Erstens, weil sie den alten Mercedes so gern mochte, und zweitens, weil sie jedes Milligramm CO_2 zu viel findet und am liebsten gar kein Auto mehr hätte. Aber natürlich weiß sie, dass sie ein Auto brauchen.

Anfangs hat sich Thomas über das Lenkrad noch lustig gemacht: »Ein Lenkrad mit Heizung! Was für ein Schwachsinn!« Aber als es Ende September in Berlin kühl wurde, hat er es ausprobiert und zugeben müssen, dass es recht angenehm ist. Manon weiß nicht mehr genau, ob er erst seitdem mit beiden Händen am Lenkrad fährt oder ob er es schon vorher getan hat. Sie weiß nur, dass er in dem alten Mercedes Kombi, den sie fünfzehn Jahre lang gefahren sind, immer nur eine Hand am Lenkrad hatte und manchmal gar keine, weil er stattdessen mit den Oberschenkeln gelenkt hat.

Manon hat den Mercedes als Teil der Familie geliebt. Sie

mochte seine freundlichen Augen und die Rücklichter, mochte den grünen Lack und die glänzenden Chromleisten. Sie mochte es, die Scheiben herunterzukurbeln, etwas dafür zu tun, damit etwas passiert. Der Mercedes war eine kleine, verständliche analoge Welt. Der Skoda ist ein digitales Rätsel: Er hängt an einer Cloud, empfängt und sendet unablässig Daten, und wenn er zur Werkstatt muss, wird nicht einmal mehr die Motorhaube geöffnet, sondern ein Laptop angeschlossen, um etwaige Fehler auszulesen.

Vor allem mag Manon die Erinnerungen, die an dem Mercedes hängen. Zu zweit mit einem Zelt an der Kurischen Nehrung, mit der schreienden Léonie im Kindersitz an der Loire, zu viert an einer Landstraße in der Toskana, nachdem Noah sich übergeben hat. Mit dem Skoda verbindet sie noch nichts, außer die immer gleichen Ausflüge in die Uckermark und nun diese Fahrt hier nach Spanien.

»Wollen wir Musik hören?« Thomas' Haare sind noch feucht. Sie sehen dadurch dunkler aus, beinahe so, als hätte er sie getönt. Er hat nach wie vor dichtes Haar, das er länger trägt als die meisten Männer in seinem Alter. Es steht ihm. Es lässt ihn jünger aussehen.

»Lieber nicht«, sagt sie. Sie schaltet die Klimaanlage aus und öffnet das Fenster. Die warme Luft drückt herein. Sie streckt die Hand hinaus, der Fahrtwind spreizt ihre Finger. Nach einer halben Minute schließt sie das Fenster, und sofort stellt Thomas die Klimaanlage wieder an.

»Ich habe ein Boot gesehen«, sagt sie.

Er wendet sich ihr zu, abrupt, beinahe ruckartig. Eine seltsame Bewegung, die sie sich nicht erklären kann.

»Was für ein Boot?«, fragt er.

Manon schweigt. Sie möchte sagen, dass es ein Fischerkahn war und Möwen darüber gekreist sind. Dass dieses Boot sie an einen Urlaub mit ihrer Mutter und ihrem Vater am Atlantik erinnert hat, als sie fünf Jahre alt war. Den letzten gemeinsamen Urlaub, bevor ihre Mutter gestorben ist, und dass dieser Anblick sie traurig gemacht hat.

»Es war ein Flüchtlingsboot«, sagt sie.

»Ein Flüchtlingsboot?«

»Ja.«

Thomas Hände umklammern das Lenkrad. Es kommt ihr vor, als ob er sich daran festhält.

»Wie kommst du darauf?«, fragt er.

»Was meinst du?«

»Dass es ein Flüchtlingsboot war.«

»Wie ich darauf komme? Es war ein schwarzes Schlauchboot. Und es saßen Menschen darin. Männer. Mit Rettungswesten. Einer von ihnen hatte eine Art Fahne in der Hand.«

»Vielleicht war es nur ein Ausflugsboot. Whalewatching. Delfine. Solche Touren werden hier überall angeboten.«

Unwillkürlich wechselt sie in die Sprache ihres Vaters. Auch weil sie weiß, dass Thomas es nicht mag, wenn sie Französisch mit ihm spricht. »*Tu ne m'écoutes pas! Je te dis que c'était un zodiac! Et il y avait une trentaine de personnes à bord! Et un type qui tenait comme un drapeau!*«

»Aber vielleicht gibt es irgendeine andere Erklärung dafür.«

»Warum glaubst du mir nicht?«

»Ich glaube dir ja, aber …«

»Wenn du es gesehen hättest, würdest du bestimmt nicht sagen, dass es eine andere Erklärung gibt.«

Er starrt auf die Straße. »Und warum erzählst du mir das erst jetzt?«

Sie schweigt. Die Kälte der Klimaanlage ist ihr unangenehm. Sie mag das Prinzip nicht: eine kleine, künstlich heruntergekühlte Welt inmitten einer großen, viel zu heißen. Sie muss wieder an die Waldbrände denken. An die Trockenheit. An den Klimawandel. An die große Krise, in der sich die Menschheit befindet. Und an die private Krise, die Thomas und sie an diesen Ort geführt hat und von der sie nicht sagen kann, ob sie groß oder doch eher klein ist.

»Manon?«

»Ja.«

»Ich habe dich etwas gefragt.« Thomas' Stimme ist nun wieder weich. Das Verständnis ist zurückgekehrt. Oder war es die ganze Zeit da, und sie hat es nur nicht hören wollen?

»Was?«

»Warum hast du mir das von dem Boot nicht vorhin erzählt?«

»Ich ... weiß es nicht. Es hat irgendwie ... nicht gepasst.«

Er schweigt einen Moment lang. Schüttelt dann den Kopf und seufzt. »Ich dachte, wir wollten offener miteinander sein.« Seine Stimme ist nach wie vor weich, aber auf eine unangenehme Weise auch väterlich.

Sie wendet sich ihm zu, sieht ihn von der Seite an. Er dreht den Kopf, kurz treffen sich ihre Blicke, und wie so oft ist sie erstaunt darüber, wie hell seine Iris ist. Regenbogenhaut, hat ihre Großmutter dazu gesagt.

Dann ist der Moment vorbei, Thomas schaut wieder nach vorn auf die Straße.

»Warum hast du mich allein gelassen?«, fragt sie.

»Was?« Ein erneuter Seitenblick. Gerade lang genug, dass sie darin das Unverständnis sieht, die Verwunderung.

Sie schweigt.

»Was meinst du?«, fragt er. »Wann?«

Er weiß es wirklich nicht. Sie sieht es an seinem Gesicht, hört es an seiner Stimme. Sie hat damit gerechnet, dass er sich ertappt fühlt, die Situation herunterspielt. Aber dass er wirklich nicht weiß, wovon sie spricht, schockiert sie dann doch. Er hat sie allein gelassen, ohne eine Sekunde darüber nachzudenken.

Sie schweigt weiter, hat keine Lust, das Offensichtliche auszusprechen, es ihm vorzukauen.

»Meinst du vorhin, am Strand?« Wieder ist da dieses Väterliche in seiner Stimme. In der Art, wie er fragt, offenbart sich seine Haltung. Ihr Gefühl ist kindisch. Es ist irrational, übertrieben, so wie sie immer alles übertreibt.

»Ja«, sagt sie.

»Du hast geschlafen. Ich wollte dich nicht wecken. Aber ich wollte mich ein wenig bewegen. Den Strand erkunden. Es tut mir leid, wenn du dich allein gelassen gefühlt hast.«

Allein gelassen gefühlt.

Sie will ihm widersprechen. Will ihm sagen, dass es eine Bedeutung hat, wenn er plötzlich einfach weg ist. Ein Jahr lang hatten sie keinen Sex, seit fünf Jahren ist körperliche Intimität – ja, überhaupt jede Intimität – ein Reizthema zwischen ihnen. Sie sind deswegen zu Beziehungsberatungen gegangen und waren mehrfach kurz davor, sich zu trennen. Es ist der Grund, warum sie hier sind. Und nun hat sich dieser Knoten einmal gelöst, das erste Mal seit Ewigkeiten waren sie sich nah, wirklich nah, und dann ist Thomas einfach verschwunden. Wie kann er denken, dass das keine Bedeutung hat?

Im selben Moment kommt sie sich albern vor. Thomas ist aufgewacht, sie hat geschlafen, er wollte sich bewegen. Er hat recht. Er kann nichts dafür, dass sie sich allein gefühlt hat. Und für das Boot kann er auch nichts.

»Manon?«

Sie wendet sich ihm zu.

»Hast du gehört, was ich gesagt habe?«

Sie nickt.

Die Sonne wirft Stroboskopflecken durch die Fenster. Ein Bild wie aus einer Autowerbung: ein neuer silberner Wagen auf einer gewundenen Straße in einem Zauberwald. Im Reiseführer hat sie gelesen, dass es sich bei dem Wald um einen der letzten natürlichen Mischwälder in Südspanien handelt: Hier gibt es bis zu 25 000 verschiedene Pflanzenarten, gut viermal so viele wie im übrigen Europa. 13 000 von ihnen sind endemisch. Zwischen Pinien, Steineichen, Korkeichen und Eschen wachsen unzählige Kräuter, Farne und Hülsenfrüchte. Im Herbst sprießen die Pilze. Tatsächlich war der Wald neben den wunderschönen Fotos des Dorfs und den begeisterten Berichten von den Coaching-Erfolgen – »Jahrelang haben wir alles versucht, um unsere Beziehung wiederzubeleben, dann kamen die Tage bei Professor Blumberg und haben uns gerettet!« – einer der Hauptgründe, warum Manon sich zu diesem Trip durchgerungen hat. Der Wald hat etwas Urtümliches, ein großer in sich abgeschlossener Organismus. In den vergangenen Jahren hat sie mehrere Bücher über das Zusammenleben der Bäume gelesen, über die Gemeinschaft, die sie bilden, und die Art, wie sie miteinander kommunizieren. Über das, was manche die Seele der Bäume nennen. Es hat etwas Beruhigendes für Manon, dass außerhalb der menschlichen Gemeinschaft, die so viel von der Umwelt zerstört und dabei sich selbst zu zerstören droht, Welten existieren, die vollkommen autark sind. Mehrmals war Manon in den vergangenen Tagen im Wald spazieren, und jedes Mal hatte sie dieses befreiende Gefühl: Die Menschen sind nicht so wichtig, wie sie sich nehmen. Die Welt wird ohne sie weiterexistieren.

Doch nun hat sie am Strand ein Flüchtlingsboot gesehen, und die Menschen haben sich wieder in den Vordergrund gedrängt – so wie sie sich immer in den Vordergrund drängen.

»Was glaubst du, was mit den Leuten geschieht?«

Er schaut sie fragend an.

»Ich meine die Menschen auf dem Boot, das ich gesehen habe.«

»Du meinst, wenn es wirklich ein Flüchtlingsboot war?«

Manon spürt, wie eine heiße Welle aus ihrem Bauch über ihr Zwerchfell in ihren Kopf schwappt. Am liebsten würde sie ihm ins Gesicht schlagen. Seine Hände vom Lederlenkrad reißen und ihm die Fingernägel in den Hals graben.

»Mais je te dis que c'était un bateau de migrants, j'en suis sure!«

Er zuckt mit den Schultern und schiebt die Unterlippe nach vorn. Sie kennt diese Mimik gut: abwiegeln, herunterspielen, rationalisieren.

»Entweder sie werden in ein Auffanglager gebracht, oder sie schaffen es über die Straße ins Hinterland.«

Hinterland, *l'hinterland* auf Französisch, ein seltsames Wort. Manon ist davon überzeugt, dass sie es noch nie aus Thomas' Mund gehört hat. Warum benutzt er dieses Wort? Für sie klingt es hart, unbarmherzig, militärisch – wie so viele Wörter, die es von ihrer Mutter- in ihre Vatersprache geschafft haben: *l'aurochs, la blitzkrieg, le waldsterben.*

»Hinterland«, wiederholt sie. »Du meinst also hierher. In den Wald.«

»Ja«, sagt er. »Vielleicht.«

Die Straße steigt deutlich an. Manon spürt den Druck auf den Ohren. Sie muss an den Strand denken, den Sonnenaufgang, daran, wie Thomas und sie sich geküsst haben. Jede Berührung hatte einen Hallraum, der die vielen Jahre, die sie miteinander verbracht haben, umfasste. Alles hat sich gut angefühlt, schön, richtig. So, wie sich schon die gemeinsame Fahrt nach Spanien gut, schön und richtig angefühlt hat. Trotz aller Hindernisse. Oder genau deswegen. Die Autobahn mit ihren vielen Baustellen. Die unfreundlichen Menschen an den deutschen Raststätten, die etwas freundlicheren Franzosen. Die Nacht in Lyon in einem Hotelzimmer, dessen Fenster auf einen Innenhof mit stinkenden Mülltonnen hinausging. Das Frühstück in Barcelona, für das sie über vierzig Euro bezahlen mussten. Die viel zu volle Küstenstraße am Mittelmeer und schließlich die lange Suche nach dem kleinen, abgeschiedenen Ort in den Bergen, in dem sie die kommenden zehn Tage verbringen würden.

Der Leiter des Coachings, Professor Blumberg, wirkte bei seiner kleinen Begrüßungsrede wie eine Mischung aus einem dementen Naturwissenschaftler und einem buddhistischen Eremiten, der zur Feier des Tages Kokain gezogen hatte. Immerhin machte ihn das auch irgendwie sympathisch, was man von den anderen Paaren nicht unbedingt sagen konnte. Bei dem anschließenden Abendessen stießen Manon und Thomas sich unter dem Tisch mit den Füßen an. Thomas starrte Manon mit weit aufgerissenen Augen an, ein Blick, der Schock signalisieren sollte und den Wunsch, im Boden zu versinken. Manon musste sich auf die Lippe beißen, um nicht laut loszulachen. Sie aßen, tranken und warfen sich weitere Blicke zu. Der gesamte Abend hatte einen doppelten Boden. Alles war Theater, Satire; eine überdrehte Komödie, die in einem Dorf am Ende der Welt spielte, in dem lauter verzweifelte Paare ohne finanzielle Sorgen zusammengekommen waren, um sich von einem verrückten Guru retten zu lassen.

Dieser erste Abend war schrecklich, und zugleich war er wundervoll. Nur selten hat Manon sich Thomas in den vergangenen

Jahren so nah gefühlt, so verbunden. Es gibt einen Grund, warum sie zusammen sind. Und dieser Grund ist, dass sie einen ähnlichen Blick auf die Welt haben, das gleiche Empfinden.

Nach dem ersten Abendessen sind Thomas und sie Hand in Hand zu ihrem Haus gegangen. Manon war betrunken, sie stolperte über das alte, grobe Kopfsteinpflaster und landete in Thomas' Armen. Er lachte, und sie küsste ihn auf den Hals.

In den Monaten zuvor hatten solche kleinen Annäherungen – wenn es sie überhaupt gegeben hatte – dazu geführt, dass Thomas mehr wollte, dass er sie sofort bedrängte. Und wenn sie es ihm verweigerte – und sie verweigerte es ihm immer –, zog er sich sofort zurück. Aber an diesem Abend, wie auch schon an den Abenden zuvor, drängte er nicht. Kein Blick, der signalisierte, dass er mit ihr schlafen wollte. Es nicht nur wollte, sondern es brauchte. Ja, mehr noch: dass er ein Recht darauf hatte!

Noch über eine Stunde saßen sie auf ihrer Terrasse in dem Steingarten, tranken mehr Wein und wurden noch betrunkener. Sie unterhielten sich, lästerten über die anderen Paare und über Professor Blumberg. Gleichzeitig schwärmten sie von dem Haus, von dem Dorf, dem Wald und dem wunderschönen Ausblick.

»Allein dafür lohnt es sich!«, sagte Thomas. »Dann machen wir eben einfach nur Urlaub! Scheiß auf das Coaching!«

So verliefen auch die beiden folgenden Tage und Abende – frei und offen. Ohne jeden Druck, ohne Forderungen. Und es passierte etwas Seltsames: Je häufiger sie Professor Blumberg sah, desto weniger guruhaft kam er Manon vor. Und je mehr Zeit sie am Pool verbrachte, desto weniger peinlich schienen ihr die anderen Paare. Sie mochten aus anderen Welten stammen, andere Interessen haben. Aber entscheidend war, dass sie alle ähnliche

Probleme hatten: zu wenig Sex, zu wenig Respekt, zu wenig Kommunikation – oder zu viel Kommunikation mit den falschen Worten und über die falschen Themen. Vor allem aber keine Achtung mehr vor dem anderen. Genau wie sie und Thomas.

Soweit sie es beurteilen kann, geht es Thomas genauso. Zwar lästern sie immer noch über die anderen, aber längst nicht mehr mit der Schärfe des ersten Abends. Wenn sie sich heimlich Blicke zuwerfen, während Professor Blumberg eine seiner pathetischen Ansprachen hält, dann sind sie von einem milden Lächeln begleitet.

Im Rückblick kommen Manon die vier Tage, seitdem sie hier sind, vor wie mehrere Wochen – die Übernachtung bei ihren Schwiegereltern und der Abschied von ihren Kindern liegen so weit in der Vergangenheit, dass sie sich kaum noch daran erinnert.

Und nun haben Thomas und sie miteinander geschlafen. Das erste Mal seit über einem Jahr, eine Zeitspanne, die ihr vorkommt wie ein halbes Leben. Und danach hat Thomas sie allein gelassen. Und sie hat das Boot gesehen. Das Boot mit den Flüchtlingen.

Sie wendet den Kopf. Thomas schaut sie kurz an, blickt wieder nach vorn auf die Straße. Sie hat einen Gedanken, der inzwischen zu einem Reflex geworden ist, zu einer Art innerem Zwang: Thomas und Léonie haben exakt die gleichen Ohren, genau die gleiche Form. Und genauso reflexhaft folgt der nächste Gedanke: Was, wenn alles nur Genetik ist? Wenn die Menschen seit vierzigtausend Jahren in ihren Genen gefangen sind und der Glaube an die Möglichkeit einer Entwicklung nur Erfindung ist, Einbildung, ein Narrativ? Ein zwanghafter Gedanke führt zum nächsten. Es folgt die Klimakrise. Der ökologische Suizid, den die Menschheit im Begriff ist zu begehen. Und schließlich denkt sie an Gott. Dass all das ohne Gott nicht zu ertragen ist. Es gibt keine Wirklichkeit außerhalb des Menschen, denkt Manon. Mit anderen Worten: Wenn der Mensch Gott braucht, um zu überleben, dann gibt es Gott auch. Ganz einfach.

»Manon?«

»Ja.«

»Hast du gehört, was ich gesagt habe?«

»Ja … Das heißt, nein. Entschuldige.«

Sie sieht den Unmut in Thomas' Gesicht, und einen Moment lang ist sie davon überzeugt, dass er genau weiß, woran sie gedacht hat – an die Klimakrise und an Gott –, und dass er ihr Vorwürfe deswegen machen wird. Aber dann entspannen sich seine Gesichtszüge wieder.

Er setzt den Blinker und bremst.

Zwei Motorräder überholen sie, Jugendliche auf Geländemaschinen, die ohne Erlaubnis auf den Sandwegen des Naturschutzgebiets Rennen veranstalten. Sobald sie an ihnen vorbei sind, fahren sie auf dem Hinterrad, vermutlich dankbar, Publikum gefunden zu haben.

Thomas steuert den Wagen auf eine Ladestation zu. Er stellt den Motor aus und wendet sich ihr zu. »Ich habe dich gefragt, was du davon hältst, wenn wir ein bisschen spazieren gehen. Vor dem Essen haben wir noch eineinhalb Stunden.«

Sein Blick ist freundlich, weich, und obwohl sie müde ist und sich am liebsten kurz hinlegen würde, nickt sie und sagt: »Okay.«

Drei

Sie gehen den Weg, der auf den Bergkamm führt. Er ist steil, steinig und von Wurzeln überwuchert. Die kleinen stacheligen Blätter der Korkeichen werfen Schatteninseln. Thomas trägt eine Sonnenbrille und hat sich die Ärmel seines T-Shirts hochgekrempelt, und wenn sie den etwas schlaff gewordenen Trizeps und die faltigen Ellbogen ausblendet, sieht er von schräg hinten aus wie Mitte zwanzig. Wie immer geht er voraus. Egal, wie schnell sie läuft, Thomas muss mindestens einen Schritt vor ihr sein. Viele Jahre hat Manon dieses Vorauseilen als eine seiner Marotten abgetan, ähnlich wie den regelmäßigen Griff an sein rechtes Ohrläppchen, während er zuhört, die ständige Fussel- und Krümelsuche auf seiner Kleidung oder seine Symmetrie-Sucht. Doch inzwischen weiß sie, dass es um mehr geht, um sie beide, um ihre Beziehung. Er muss ihr *mindestens* einen Schritt voraus sein, denn wenn er es nicht ist, verliert er die Kontrolle. Manon hatte früher kein Problem mit diesem zwanghaften Vorausgehen. Im Gegenteil: Sie empfand es als beschützend. Er würde alles Gefährliche, was auf sie zukommt, abfangen, es würde von ihm abprallen. Doch inzwischen hat sich ihre Sichtweise geändert. Thomas geht nicht mehr voraus, er versperrt ihr den Weg, steht zwischen ihr und der Welt. Er will sie nicht beschützen, er will verhindern, dass sie ihre eigenen Erfahrungen macht.

Manche der Bäume sind an den Stämmen nackt. Im Reiseführer hat Manon gelesen, dass die Rinde der Eichen alle neun bis zehn Jahre zur Korkgewinnung geerntet wird und in den folgenden zehn Jahren nachwächst. Angeblich schadet das den Bäumen nicht, aber wenn Manon sie so nackt dastehen sieht, hat sie Zweifel, ob das wirklich stimmt. Es muss doch einen Grund geben, warum die Evolution den Bäumen eine so dicke Rinde verliehen hat. Ganz bestimmt nicht, damit die Menschen ihre Häuser und Millionen Wein- und Champagnerflaschen damit dämmen und verkorken können. Vielleicht empfinden die Bäume Schmerz, wenn die Rinde im Hochsommer mithilfe von großen Beilen von den Stämmen gelöst wird. Und tatsächlich sehen sie ohne Rinde rosa und schutzlos aus. Bis zu zweihundert Jahre alt sind sie – wenn sie Pech haben, wird ihnen also zehnmal im Leben die Haut vom Körper gezogen.

»Hast du das Foto gesehen, das meine Mutter geschickt hat?«

Thomas hat sich ein wenig zurückfallen lassen. Er geht nun fast neben ihr. Als sie über eine Wurzel steigen, berühren sich ihre Schultern.

Manon schaut ihn fragend an. Sie braucht einen Moment, um wieder in der Gegenwart anzukommen.

»Das Frühstücksfoto.« In Thomas' Stimme liegt Ungeduld.

Nun hat sie es wieder vor Augen. Die Wespe und Léonies miese Laune. »Ja«, sagt sie. »Ich habe sofort ein schlechtes Gewissen bekommen, dass wir sie dagelassen haben.«

Unwillig schüttelt Thomas den Kopf. »Ach, Unsinn! Die werden schon ihren Spaß haben.« Sie laufen genau auf einer Höhe. »Aber ich finde es unglaublich, was für schlechte Fotos meine Mutter macht. Sie legt so viel Wert auf Ästhetik, aber sobald sie etwas mit ihrem Smartphone ablichtet, ist ihr das Ergebnis vollkommen egal.«

»Das stimmt«, sagt Manon. Dabei ist sie sich gar nicht sicher, ob es wirklich stimmt, was er sagt. So, wie sie ihre Schwiegermutter kennt, gefallen ihr diese Fotos, schon allein, weil sie eine gute Schärfentiefe und kräftige Farben haben: eine glatte Oberfläche. In diesem Sinne sind sie das Äquivalent zu ihrem Ordnungszwang. Manon überlegt, ob sie den Gedanken äußern soll, aber sie weiß aus Erfahrung, dass Thomas empfindlich reagiert, wenn jemand anderes als er selbst etwas Kritisches über seine Mutter sagt. Vor allem, wenn Manon diese andere ist.

Manchmal kommt es ihr vor, als wäre Thomas von einem tief sitzenden Ödipuskomplex betroffen: der Todeswunsch gegenüber dem Vater und eine blinde Hinwendung zur Mutter. Wenn er über seine Kindheit und Jugend spricht, ist sein Vater immer der Unsensible, der Strenge, der Verhinderer. Er ist derjenige, der ihn nie gesehen hat und der ihn bis heute nicht sieht. Seine Mutter hingegen ist die Sanfte, Empathische, Liebende. Diejenige, die ihn im Rahmen ihrer Möglichkeiten unterstützt und gefördert hat und ihrerseits unter dem Vater leidet.

Wenn Manon sich zwischen Thomas' Vater und seiner Mutter entscheiden müsste, würde sie auf jeden Fall den Vater wählen. Er ist bei aller Strenge und Unsensibilität geradeheraus, wohingegen ihr die Mutter oft falsch vorkommt, kalkulierend, aufs Äußerliche bedacht. Das entspricht ihrem Sinn für Ästhetik: Die Oberfläche muss stimmen. Und wenn sie nicht stimmt, wird sie nervös, ja bösartig.

Vor ihnen verläuft der Weg in einer scharfen Linkskurve. Thomas ist stehen geblieben. Er holt seine Flasche aus dem Rucksack und trinkt. Anschließend hält er sie Manon hin, die erst jetzt bemerkt, wie durstig sie ist. Sie nimmt mehrere Schlucke und reicht ihm die Flasche zurück. Die Sonne steht direkt über ihnen. Manon hat das Gefühl, die Trockenheit mit allen Sinnen zu erspüren. Die Hitze dörrt alles aus, die Nacktheit der Bäume verstärkt diese Empfindung noch.

»Es ist wirklich unglaublich, wie viele solcher Fotos in jeder Sekunde gemacht und verschickt werden«, sagt Thomas.

Manon schaut ihn fragend an.

»Diese ganzen Familienfotos und WhatsApp-Bilder. Irgendwelche Erinnerungsschnappschüsse mit fünf Megabyte, die jahrelang auf externen Festplatten herumliegen oder die Cloud-Server verstopfen. Millionen und Abermillionen an Fotos, eines schrecklicher als das andere.«

»Ja«, sagt Manon, auch wenn sie die Entrüstung nicht recht nachvollziehen kann. Menschen sind eben maßlos, denkt sie. Und genauso, wie sie zu viel Fleisch essen, Wein trinken oder in der Weltgeschichte herumfliegen, machen sie eben Bilder. Menschen sind nicht vernünftig. So einfach und banal ist das.

»Diese ganzen Bilder sind reiner Datenmüll«, sagt Thomas, als ob er ihre Gedanken gelesen hat. »Kaum besser als der übrige Müll, den wir produzieren. Vielleicht sogar schlimmer.«

Manon ist anderer Meinung. Nicht die Bilder sind das Problem, sondern die Smartphones, mit denen sie gemacht werden. Nicht wegen der Geschmacklosigkeit der Menschen wird die Welt untergehen, sondern aufgrund von Bequemlichkeit und Gier.

Doch sie hat keine Lust auf eine Diskussion zu dem Thema und nickt deshalb nur unbestimmt.

»Am besten wäre es, wenn dieses ganze wahllose Fotografieren verboten wäre. Oder zumindest besteuert. Für jedes Selfie fünfundzwanzig Cent, dann wäre die Bilderflut bald eingedämmt.«

Nun fühlt Manon sich wie eine Studentin in einem von Thomas' Seminaren über Fotoästhetik. Es fehlt nur noch, dass er von früher erzählt, von seiner Kindheit in den Achtzigerjahren, in denen die Negativstreifen und Fotos in Schuhkartons gelagert wurden.

Als sie sich kennenlernten, war Thomas für das Fotolabor in der Hochschule der Künste verantwortlich. Anfangs mochte sie ihn nicht, sie fand ihn spießig. Pedantisch. Humorlos. Dazu arrogant. Kurz gesagt: durch und durch deutsch. Eigentlich fand sie ihn genau so, wie sie ihn an schlechten Tagen auch heute noch findet. Während eines Fotoprojekts, bei dem Manon sich in den Kopf gesetzt hatte, eine ehemals sowjetische Billigkamera mit einem Fischaugenobjektiv und einer speziellen Bildästhetik in einem Schaumstoffball aus dem Fenster zu werfen und im Flug Fotos zu machen, folgte Phase zwei. Thomas unterstützte sie bei dem Projekt weit über seine eigentlichen Aufgaben im Labor hinaus. Er beriet sie. Half ihr. Kaufte mit ihr Schaumstoffbälle und schnitt Löcher hinein. Er stellte sich unten auf die Straße, um die Bälle aufzufangen, die sie aus dem Fenster warf, half ihr, den Selbstauslöser anzubringen. Aber vor allem half er ihr bei der Vergrößerung der Bilder. Und plötzlich lernte sie die andere Seite der Spießigkeit kennen. Thomas war zuverlässig. Verbindlich. Freundlich. Er war an ihr interessiert. Ganz anders als die egomanen Kunststudenten, mit denen sie sonst ihre Zeit verbrachte. Er strahlte in allem, was er tat, eine unglaubliche Sicherheit aus.

Sie verbrachten viel Zeit zusammen in dem kleinen Labor. Das Rotlicht hatte etwas Betörendes, ebenso die Bewegungen von Thomas, die Ruhe und Sicherheit, die er in jeder Geste vermittelte. Es erregte sie, aber auf eine vollkommen unbekannte Weise: tiefer, als sie es in ihrem bisherigen Leben je verspürt hatte. In dem niedrigen, fensterlosen Raum mit den Wannen,

Chemikalien und dem Vergrößerungsgerät, das in der Mitte aufragte wie ein Turm, baute sich eine seltsame Spannung auf. Und trotzdem kam es ihr lange so vor, als hätte Thomas an ihr als Frau überhaupt kein Interesse. Er war freundlich und hilfsbereit und überschritt nie irgendeine Grenze. Er war vollkommen anders als die Männer, mit denen sie sonst zu tun hatte. Kein auffordernder Blick, keine Berührung, kein: »Ich bin verrückt nach dir!« Einfach nur diese Handgriffe, die er ihr zuliebe ausführte und von denen jeder einen bestimmten Zweck verfolgte. Jede Bewegung war von einer unglaublichen Achtsamkeit geleitet. Wie er mit der Pinzette und dem Fotopapier in dem Entwicklerbad hantierte, wie er das Papier immer auf die gleiche Art und Weise drehte und darauf wartete, bis etwas zu sehen war. Wie er das Papier anschließend in das Stoppbad gleiten ließ und es am Ende in der Spülwanne langsam hin und her bewegte.

Manon fühlte sich eingeschüchtert und verunsichert. Viel verunsicherter als durch die direkten Aufforderungen, mit denen andere Männer sie konfrontierten. Einer Aufforderung gegenüber konnte sie sich verhalten. Sie konnte »Ja« oder »Nein« sagen oder auch »Vielleicht«. Aber diese Handgriffe, die nicht direkt ihr galten und doch nur ihr zuliebe vollzogen wurden, hatten etwas Verstörendes und zutiefst Erotisches.

Sie provozierte kleine Berührungen, und je mehr Berührungen es gab, ohne dass etwas daraus folgte, desto stärker erregte es sie. Irgendwann war sie fest davon überzeugt, dass Thomas tatsächlich kein Interesse an ihr hatte. Dass er womöglich asexuell war oder einer seltsamen Objektsexualität frönte – Rädchen, Schrauben, Objektive, Filmdosen –, bis er sie in der Dunkelkammer plötzlich packte, festhielt und küsste. Und dann brachen alle Dämme. Das kleine Metallregal kippte gegen die Wand, Fotopapier fiel zu Boden, Filme, sogar eine Kamera. Nur die Wannen mit dem Chemikalienbad und das Vergrößerungsgerät blieben zum Glück verschont.

Erst im Nachhinein erzählte Thomas ihr, dass er bereits seit Wochen an nichts anderes gedacht hatte, als mit ihr zu schlafen. Er sei wie von Sinnen gewesen, habe sich aber nicht getraut, den ersten Schritt zu machen. Sie habe ihn mit ihrer ganzen Art verunsichert, sie sei ihm ein Rätsel gewesen, ein Satz, über den Manon noch oft nachdachte, ohne zu einem Ergebnis zu kommen. War das gut? Oder schlecht? Und was bedeutete es, dass Thomas ihr ebenso ein Rätsel gewesen war, bevor er sie plötzlich gepackt und geküsst hatte?

Die erste Zeit war wie ein Sturm, der alles durcheinanderwirbelte, und als Manons Projekt *Im freien Fall* – im Rückblick eine Arbeit, die ihr, wie so viele frühe Arbeiten, peinlich, ja pubertär vorkommt – einige Wochen später im Rahmen einer Sammelausstellung das erste Mal der Öffentlichkeit präsentiert wurde, waren sie ein Paar.

Inzwischen haben sie den Gipfel erreicht. Von hier aus kann man den gesamten Wald überblicken, Los Alcorncales, über 1600 Quadratkilometer groß. Sie schauen in Richtung Meer, das als silberner Streifen in der Ferne glitzert. Erneut denkt Manon an die Flüchtlinge, die mit ihrem Traum von einem besseren Leben in Europa jetzt vermutlich in einem der umzäunten Auffanglager gelandet sind. Nach einer monatelangen Hängepartie dürfen sie dann entweder bleiben, um für ein paar Euro pro Stunde in einem der riesigen Gewächshäuser, die sie bei Almeria von der Straße aus gesehen haben, Tomaten zu ernten, oder sie werden abgeschoben – nur damit sie es in ein paar Monaten noch einmal versuchen, auf einem neuen Boot, wieder mit dem Risiko, zu kentern und zu ertrinken.

»Schau mal da!« Thomas deutet in die Luft. Erst sieht Manon nichts, dann entdeckt sie einen Greifvogel, der über ihren Köpfen gleitet.

»Wow!«, sagt sie – etwas so Vollendetes wie das Schweben dieses riesigen Vogels hat sie selten gesehen. Seine Spannweite beträgt bestimmt ein Meter fünfzig, und die gefleckte Zeichnung sieht aus wie der Kopfschmuck eines Stammeshäuptlings.

Greifvögel gibt es auch in der Uckermark, wo sich ihr Landdomizil befindet, aber in der waldarmen Monokultur der ehemaligen LPG-Bewirtschaftung stimmt Manon der Anblick eher traurig.

Der Vogel macht einen Bogen und zieht seine Kreise, wobei er sich langsam in Richtung der Baumwipfel fallen lässt. Für ein paar Sekunden steht er, begleitet von einem seltsamen Rütteln, mit den Flügeln direkt über ihnen in der Luft, und Manon kann die einzelnen Federn sehen, seinen gebogenen Schnabel.

»Was ist das?«, fragt sie. »Ein Bussard?«

»Für einen Bussard ist er zu groß«, sagt Thomas. »Außerdem hat er diese ausgestellten Federn an den Flügeln. Es muss ein Adler sein. Im Reiseführer habe ich gelesen, dass es hier Schlangenadler gibt.«

»Schlangenadler?«

Thomas nickt.

»Ein schöner Name. Und sie ernähren sich tatsächlich von Schlangen?«

»Von Schlangen und Eidechsen. Sie sind reine Reptilienfresser.«

Wie so oft ist Manon beeindruckt von Thomas' enzyklopädischem Wissen über die Natur, aber auch ein wenig gelangweilt und vielleicht sogar genervt. Es hat etwas Streberhaftes. Egal, was er liest, er merkt es sich, ob es sich dabei nun um die Gebrauchsweisung einer neuen Digitalkamera oder um ein Pilzbestimmungsbuch handelt.

Thomas wendet sich ihr zu. Er nimmt seine Sonnenbrille ab. »Es ist schön, dass wir hier sind«, sagt er.

Manon löst den Blick vom Himmel und schaut ihn an. Sie sucht in seinem Gesicht nach einem Hintergedanken, einer bestimmten Absicht. Zu oft hat er solche Sätze in den vergangenen zwei Jahren zu ihr gesagt und damit etwas anderes gemeint: Ich will mit dir schlafen. Lass uns Sex haben. Oder auch: Wenn du keinen Sex haben willst, dann findest du es offenbar nicht schön, Zeit mit mir zu verbringen. Immer wieder ist sie dadurch von ihm in eine Verteidigungshaltung gezwungen worden. Etwas Gemeinsames schön zu finden, ohne dass es dabei um Sex geht, gilt nicht.

Aber in Thomas' Gesicht erkennt sie in diesem Moment nichts anderes als das, was er sagt: »Es ist schön, dass wir hier sind.«

Manon nickt. Sie spürt, wie ihr die Tränen kommen, und schüttelt unwillig den Kopf. Thomas macht einen Schritt auf sie zu und nimmt sie in den Arm. Erst sträubt sie sich, dann lässt sie es geschehen. Sie vergräbt ihr Gesicht in der Mulde zwischen seinem Hals und seiner Schulter. Die Tränen laufen ihr über die Wangen. Thomas drückt sie an sich und streichelt über ihren Kopf.

Das Weinen ebbt ab. Manon schlingt ihre Arme um Thomas, sie halten einander fest. Für eine lange Minute hat sie das Gefühl, dass diese Umarmung ihre gesamte Beziehung verkörpert, ihre Liebe, jedes Jahr, jeden Monat, jeden Tag. Jeden Streit, jede Versöhnung. Dann spürt sie Thomas' Erektion an ihrem Schambein und nimmt im selben Moment wahr, wie sich sein Körper verhärtet. Der Zauber des Moments ist vorbei, sie lösen sich voneinander.

Wie immer gibt es zum Mittagessen nur Leichtes. Salat, gedünstetes Gemüse, Garnelen, Fisch. Dazu trinken sie Weißwein.

»Das hier ist keine normale Beziehungstherapie«, hat Professor Blumberg in seiner Ansprache am ersten Abend betont. »Es ist ein besonderer Ort, an dem Sie sich entspannen können. Und Sie dürfen so viel Alkohol trinken, wie Sie wollen. Sie sollen sich fühlen wie im Urlaub, das ist der beste Weg, Ihre Probleme zu lösen.«

Die Terrasse ist voll, alle Tische sind besetzt, alle beziehungsgeplagten Paare versammelt: die distinguierten Franzosen um die sechzig – sie geliftet, er groß, schlank und am gesamten Kopf kahl rasiert –, die Holländer Mitte dreißig, bei denen die Frau die ganze Zeit irgendetwas zu kritisieren hat, die dicken Österreicher um die vierzig, die wirken wie Rentner, die Spanier in ihrem Alter, die nie ein Wort miteinander wechseln und stattdessen nur auf ihre Handys starren, die Italiener Mitte dreißig, die so wirken, als ob sie eigentlich einen Cluburlaub gebucht haben und sich nun fragen, wo sie gelandet sind, und das andere deutsche Paar Mitte fünfzig, das immer eine Art Partnerlook trägt: Farben, die streng aufeinander abgestimmt wirken. Und schließlich noch das einzige Paar, von denen sie beide das Gefühl haben, sie könnten vielleicht auf ihrer Wellenlänge liegen, und von denen sie nicht genau wissen, woher sie kommen: Dänemark? Schweden? Norwegen? Sie sind vermutlich Mitte dreißig und scheinen – genau wie sie beide – alles mit einer ironischen Distanz zu betrachten.

Nach dem Essen hat Manon Lust zu rauchen. Seit Thomas und sie unterwegs sind, wird sie in regelmäßigen Abständen von der Gier nach einer Zigarette überfallen. Oft kommt sie nach dem Essen oder wenn sie etwas getrunken hat, manchmal auch schon morgens beim Kaffee. Seit ihrer Brustkrebsdiagnose vor fünf Jahren hat sie keine einzige Zigarette geraucht, es ist ihr nicht schwergefallen aufzuhören. Sie wusste immer genau, wofür sie darauf verzichtete. Für ihre Gesundheit. Für Léonie und Noah, auch für Thomas. Aber jetzt will sie rauchen. Sich den Filter zwischen die Lippen schieben, ein Feuerzeug nehmen, den Nikotinschwindel spüren.

Thomas hebt den Blick, zeitgleich spürt Manon in ihrem Rücken eine Bewegung und hört eine fremde Stimme. »*Excuse me!*«

Schräg hinter ihr steht die Frau, die zu dem skandinavischen Paar gehört. Die Frau ist Anfang dreißig und hat blonde, halblange Haare, die sie in einem Pony trägt. In ihrer Nasenscheidewand steckt ein dünner goldener Ring. Am Pool hat Manon gesehen, dass ihr gesamter Rücken tätowiert ist – ein Feuer speiender Drache. Der Mann ist groß, schlank, ein Schwarzer. Sie sind ein schönes Paar.

»Ja, bitte?«, sagt Manon auf Englisch.

Die Frau lächelt. »Entschuldigung, dass wir sie stören. Aber ich würde Sie gern etwas fragen. Also wir.« Die Frau deutet zu dem Tisch hinten an der Mauer. Der Mann hebt die Hand und lächelt.

»Bitte, fragen Sie.«

»Kann es sein, dass wir Sie irgendwoher kennen?« Sie macht eine kurze Pause, schaut Manon prüfend an. »Wir fragen uns das schon seit dem ersten Abend. Adam behauptet, Sie sind Schauspielerin. Ich habe dagegen gewettet. Ich weiß, dass es etwas anderes ist, aber ich komme nicht drauf.«

Manon zögert. Zwar ist es ihr in den vergangenen Monaten häufig passiert, dass sie von wildfremden Menschen angesprochen wurde, aber immer in einem Kunstkontext. Hier befinden sie sich auf einer Paartherapie in Südspanien.

»Nicht dass ich wüsste«, sagt sie. »Wahrscheinlich verwechseln Sie mich.«

Manon bemerkt Thomas' Blick – ihm gefällt die Frau, so wie sie vermutlich jedem Mann gefallen würde.

»Vielleicht haben Sie irgendwo Manons Arbeiten gesehen.« Wie so oft kommt Manon Thomas' Englisch aufgesetzt vor. So als ob er mit aller Kraft versucht, jeden deutschen Einschlag zu vermeiden, wodurch seine Sprachmelodie etwas Gezwungenes bekommt.

»Arbeiten?« Die Frau schaut Manon an.

»Ich bin … Fotografin«, sagt Manon. »Wir sind beide Fotografen, Thomas und ich.«

Thomas lacht. »Das stimmt nicht. Ich bin Fotograf, Manon ist Künstlerin. Eine Künstlerin, die fotografiert, unter anderem.«

»Jetzt weiß ich es!«, ruft die Frau. »Venedig! Biennale! Sie haben vor einem Jahr den Französischen Pavillon gestaltet.«

»Ja … das stimmt.« Manon spürt eine seltsame Mischung aus Stolz und Beschämung. Die Frau hat laut gesprochen, vom Nebentisch schaut eines der Paare zu ihnen herüber.

»Wir haben Sie in einer Podiumsdiskussion gesehen. Aber da hatten Sie noch eine andere Frisur. Längere Haare.«

»Das kann gut sein.«

»Ich habe Ihre Arbeit geliebt. Wir beide!« Sie deutet wieder zu dem Tisch, zu dem Mann, der inzwischen auf sein Handy schaut. »Der französische war der mit Abstand beste Pavillon. Ich finde, Sie hätten es verdient zu gewinnen.«

»Danke, das ist sehr nett. Aber die anderen Arbeiten waren auch gut.«

»Ja. Aber keine war so berührend.«

Manon versucht zu lächeln. Das ganze Gespräch ist ihr unangenehm.

»Sei nicht so bescheiden«, sagt Thomas, und wieder ist da dieses Väterliche in seiner Stimme. »Deine Arbeit war wirklich toll. Das haben alle gesagt.«

Tatsächlich war sie vom Feuilleton lange als die Favoritin auf den Großen Preis gehandelt worden. Aber dann gewann der Japanische Pavillon: Hiroshima schlägt Klimaangst. Der Krieg schlägt die Apokalypse.

Was Thomas verschweigt, ist, dass er selbst lange gegen das Projekt war. Zu privat, zu negativ, zu sehr Zeitgeist. Und immer schwang bei seiner Kritik mit, dass ihm nicht gefiel, wie intensiv sie sich mit diesen Fragen beschäftigte: Klimakrise. Untergang. Zukunftsangst. Wie sie überall nur Tod und Verderben sah, anstatt auch mal das Gute im Leben. Wie ihre Beziehung darunter litt und sie deswegen keinen Sex mehr hatten. Letztlich ging es immer nur um Sex.

»Ich heiße übrigens Airin«, sagt die Frau. Sie deutet wieder zu ihrem Tisch an der Mauer. »Das ist Adam.« Der Mann hat sein Handy zur Seite gelegt, schaut zu ihnen herüber und lächelt.

»Freut uns«, sagt Thomas. »Ich bin Thomas, und das ist Manon. Warum setzen Sie und Ihr Mann sich nicht zu uns?«

Airin strahlt. »Sehr gern. Adam ist mein Freund, wir sind nicht verheiratet.« Sie winkt in Richtung des Tisches, und der Mann, der Adam heißt, greift nach ihren Gläsern, nimmt die beiden Handys, steht auf und schlendert zu ihnen herüber.

Vier

Manon liegt in ihrem Zimmer auf dem Rücken und starrt an die Decke. Es gehört zum Konzept, dass die Paare, die das Coaching absolvieren, getrennte Schlafzimmer haben. »Wenn wir etwas verändern wollen, müssen wir als Erstes unsere Gewohnheiten ändern«, hat Professor Blumberg gesagt. »Wenn Sie gemeinsam Zeit im Bett verbringen wollen, sollten Sie sich bewusst dafür entscheiden.«

Manon hat versucht, nach dem Essen ein wenig die Augen zuzumachen, aber obwohl sie todmüde ist, kann sie nicht schlafen. Stattdessen greift sie nach ihrem Handy und schreibt Léonie eine Nachricht. *Hey mein Schatz! Wie geht es euch? Hier ist es wirklich wunderschön. Wir waren heute schon am Meer, Papa ist sogar geschwommen. Bisous Maman.*

In Gedanken fügt sie an: Außerdem haben wir das erste Mal seit über einem Jahr miteinander geschlafen, und anschließend habe ich ein Flüchtlingsboot gesehen.

Die Kinder und ihre Schwiegereltern wissen nichts von dem Coaching. Sie haben ihnen gesagt, dass sie ein wenig Zeit zu zweit brauchen, und das stimmt ja auch. Aber ihre Schwiegermutter scheint etwas zu ahnen, so wie sie immer alles ahnt. Sie hat mehrfach Andeutungen gemacht. Zum Abschied hat sie gesagt: »Na, dann lasst es euch mal gut gehen!«

Léonie antwortet sofort: *Hey Maman, hier ist es langweilig.*

Und es regnet. Noah spielt den ganzen Tag Computer. Morgen gehe ich reiten. Bisous.

Wie schon mehrfach in den vergangenen Tagen meldet sich Manons schlechtes Gewissen. Sie stellt sich Léonie und Noah in der Spießigkeit des schwiegerelterlichen Hauses vor. Noah vor dem Laptop, hoffentlich nur mit *Minecraft* und keinem Kriegsspiel, Léonie mit dem Handy auf dem Sofa in virtuellem Kontakt mit ihren Freundinnen, von denen die meisten irgendwo richtig Urlaub machen, anstatt bei Oma und Opa herumzuhängen.

Manon muss an das Paar vom Mittagessen denken: Airin und Adam. Sie kommen aus Schweden und haben keine Kinder, wollen auch keine, aus Gründen, die Manon nur zu gut nachvollziehen kann. »Die Welt steht auf der Kippe«, hat Airin gesagt. »Ich hätte Angst, dass die Kinder, die wir bekämen, keine Zukunft mehr haben.«

Der Satz ist wie Wasser auf Manons Angstmühle. In ihren schlimmsten Phasen ist sie mitten in der Nacht mit Panikattacken aufgeschreckt: Schon sehr bald – spätestens in zwanzig, dreißig Jahren, wenn Léonie und Noah nicht einmal so alt wären wie sie und Thomas heute – würde alles zusammenbrechen. Mehrere Kipppunkte der Klimakrise wären überschritten, die Hoffnung auf weiteres Wachstum wäre für immer hinfällig. Und das ohne die Kriege, Pandemien und Naturkatastrophen, die noch obendrauf kamen. Es wäre das Ende der Zivilisation. Zehn Milliarden Menschen würden übereinander herfallen wie die Tiere. Manchmal hatte Manon so große Angst, dass sie auf die Toilette gehen musste, um sich zu übergeben. Wenn die Kunst nicht gewesen wäre, hätte sie diese Phase vielleicht nicht überstanden.

Würde sie heute noch Kinder in die Welt setzen? Ganz bestimmt nicht. Aber 2008 hieß die Klimakrise noch Klimawandel, und man sprach vor allem von den aussterbenden Eisbären und dem steigenden Meeresspiegel. 2008 gab es noch keine Pandemie und keinen Krieg in Europa. 2008 hatte Manon noch keinen Krebs. Die Welt war noch in Ordnung, oder man konnte sich einbilden, dass sie es noch war. Die Apokalypse war noch nicht greifbar.

Sie versucht sich vorzustellen, wie es wohl wäre, wenn Thomas und sie keine Kinder hätten, was für eine Beziehung sie dann führen würden. Viele Reisen? Mehr gemeinsame Hobbys? Einen Hund? Mehr Sex? Oder überhaupt Sex? Oder vielleicht auch gar keine Beziehung mehr? Eine einfache, schmerzlose Trennung, weil außer ihnen beiden – und vielleicht dem Hund – niemand daran hinge?

Doch sosehr sich Manon auch bemüht, sie findet kein Bild für sich und Thomas ohne Léonie und Noah.

Manon war fünf, als ihre Mutter gestorben ist. Ihre Eltern waren zu diesem Zeitpunkt im Urlaub auf Sizilien, sie war bei ihren Großeltern in Berlin, wie so oft.

Ihre Mutter war Grafikerin, ihr Vater Architekt, und wenn das, was Manon erinnert, stimmt und sie die Fotos und die Erzählungen ihrer Großeltern und ihres Vaters mit dazunimmt, waren ihre Eltern so unterschiedlich, wie man sich zwei Menschen überhaupt nur vorstellen kann. Ihre Mutter war nachdenklich, schüchtern, melancholisch, ihr Vater selbstbewusst, eitel und immer unter Menschen. Sie waren beide ein Spiegel ihrer Herkunft: die katholische Berlinerin aus kleinbürgerlichen Verhältnissen, die aufgrund ihrer dunklen Haare von allen für eine Südeuropäerin gehalten wurde, und der schlanke, blasse Nachkomme aus einer reichen Pariser Familie.

Entsprechend schwierig war ihre Beziehung. Anziehung und Abstoßung. Zusammensein und Trennung. On und Off. Sie lebten in Paris. Hier wurde Manon geboren, hier wuchs sie auf, ihre erste Sprache war Französisch, ihre zweite auch, denn sogar ihre Mutter, die in hohem Maße frankophil war, sprach die ersten Lebensjahre vor allem Französisch mit ihr.

Manon weiß nicht viel über die Umstände des Todes ihrer Mutter, nur dass sie nach ein paar Tagen auf Sizilien mit starken Kopfschmerzen in die Notaufnahme eines Krankenhauses kam. Die Diagnose der Ärzte lautete Gürtelrose am Kopf. Um abzuklären, ob sie eine Meningitis hatte, musste eine Punktion des Rückenmarks vorgenommen werden, bei der es Komplikationen gab. Vier Tage später war ihre Mutter tot. Ihr Vater spricht bis heute von Ärzteversagen. Ihre Großeltern haben den Tod ihrer einzigen Tochter mit dem Stoizismus ihrer tiefen Religiosität hingenommen. Sie haben gebetet und Kerzen in der Kirche angezündet und zeit ihres Lebens geschwiegen. Aber darin versteckt spürte Manon immer einen stummen Vorwurf ihrem Vater gegenüber. Inzwischen sind ihre Großeltern längst tot, und sie bereut es, nie genauer nachgefragt zu haben: Was konkret haben sie ihm vorgeworfen? Was war sein Versäumnis? Oder war es nur der ganz allgemeine Vorwurf, dass er ihnen ihre Tochter weggenommen hat?

Nach dem Tod der Mutter blieb Manon erst einmal bei ihrem Vater in Paris, betreut von unzähligen Nannys, die sich mal besser und mal schlechter um sie kümmerten, doch nie so etwas wie elterliche Liebe ersetzen konnten. Mit neun Jahren, nach der dritten Klasse, bekam ihr Vater eine Gastprofessur in Chicago, und Manon kam zu ihren Großeltern nach Berlin, wo sie in eine deutsch-französische Grundschule und später in ein deutsch-französisches Gymnasium kam. Dennoch blieb ihr Vater in ihrem Leben sehr präsent: In fast allen Ferien – manchmal auch nur über ein verlängertes Wochenende – besuchte er sie oder holte sie ab. Auf diese Weise pendelte Manon zwischen einer Drei-Zimmer-Mietwohnung in Berlin-Wedding und einem riesigen Eigentums-Loft nahe der Bastille in Paris.

Es war eine unruhige Kindheit und Jugend. Manon hatte selten festen Boden unter den Füßen. In Berlin ging sie mit ihren Großeltern sonntags in die Kirche, in Paris war sie schon als Zehnjährige auf rauschenden Partys und musste mitansehen, wie ihr Vater von einer Frau zur anderen wanderte. Sie war oft traurig, vielleicht sogar depressiv, und schon früh wollte sie Künstlerin werden: erst Zeichnen und Malen, dann Skulptur, Fotografie, Performance – schließlich alles kreuz und quer. Nach dem Abitur und drei Reise- und Partyjahren bewarb sie sich an der Hochschule der Künste in Berlin und an der École nationale supérieure des beaux-arts in Paris. In Paris wurde sie abgelehnt, in Berlin genommen. Es folgte eine wilde, nicht immer einfache Zeit, bevor sie Thomas kennenlernte. Sie verliebten sich ineinander, Thomas machte ihr einen Antrag – fünf Anträge, bevor sie schließlich einknickte –, und sie heirateten. Thomas wurde zu ihrem Anker, zu dem Fundament, nach dem sie so lange gesucht hatte. Sie waren ein gutes Paar, ein gutes Team. Manon machte ihre Kunst, und Thomas arbeitete als Porträt- und Industriefotograf. Dann folgte die erste Schwangerschaft – nicht ungewollt, aber zu diesem Zeitpunkt auf jeden Fall ungeplant –, und es gelang ihnen erstaunlich bruchlos, sich auch als Eltern den guten Teamgeist zu bewahren: Thomas als Ernährer und treu sorgender Vater, sie als freie Künstlerin, mit allem, was dazugehört.

Léonie ist noch immer online. Vermutlich ist Thomas' Mutter mit den Orchideen beschäftigt, während ihr Schwiegervater, dem Thomas mit den Jahren immer ähnlicher wird, irgendwas im Garten macht.

Vielleicht gehst du mit Balou spazieren? Oder ihr beide?, tippt Manon.

»Maman!«

»Ja?«

»Es regnet! Außerdem waren wir heute Morgen schon eine Stunde mit ihm draußen.«

»Okay. Dann mach's gut, hab dich lieb.«

»Du auch. Grüß Papa.«

»Mach ich.«

Sie legt das Handy zur Seite und schließt die Augen.

Professor Blumberg sieht heute ein wenig müde aus. Manon versucht zu überschlagen, wie viele Sitzungen er bereits hinter sich hat. Es sind acht Paare, inzwischen ist es fünf Uhr nachmittags, vermutlich sind sie also die Sechsten. Sechsmal eine Dreiviertelstunde seit zehn Uhr mit einer Stunde Mittagspause. Lauter Menschen mit den unterschiedlichsten biografischen Hintergründen und Problemen. Und das zehn Tage lang. Wie hält er das durch? Bestimmt helfen ihm die Meditationen und Achtsamkeitsübungen, von denen er mehrfach geschwärmt hat und die im Rahmen des Coachings zweimal täglich als optionale Gruppenangebote auf dem Programm stehen. Vielleicht liegt es aber auch daran, dass ihn die Arbeit hier reich macht. Dass er während der Zeit, die er das Camp den Sommer über betreibt, mehr verdient als andere Menschen im ganzen Jahr.

Sie sitzen in dem großen Erdgeschosszimmer mit Blick auf die Weinmauer. Draußen ist es drückend heiß, aber der Raum ist angenehm klimatisiert. Manon hofft, dass der Strom für die Klimaanlage von der großen Photovoltaikanlage stammt, die unterhalb des Dorfs steht, und nicht aus dem grauen Stromnetz.

Professor Blumberg lächelt, und plötzlich scheint seine Müdigkeit wie weggewischt. »Wie geht es Ihnen heute?«, fragt er und schafft es dabei irgendwie, beide gleichzeitig anzuschauen.

Schweigen, ein kurzer Blick zwischen ihr und Thomas. Sie wollen sich gegenseitig den Vortritt lassen. Schließlich nickt Thomas und räuspert sich. Der morgendliche Ausflug sei schön gewesen, sie hätten einen ganz besonderen Moment miteinander gehabt.

Er deutet den Sex nur an, aber Manon ist sich sicher, dass Blumberg die Anspielung versteht.

Thomas erzählt von dem gemeinsamen Spaziergang, von dem Adler und wie sie sich danach in den Arm genommen haben. Er sagt, es sei toll, dass sie endlich mal wieder Zeit miteinander verbringen. Ohne Kinder, ohne Verpflichtungen. Er sagt, dass Manon seit der Reise viel entspannter auf ihn wirke, nicht mehr so ängstlich und gehetzt. Er erzählt nicht davon, dass er sie nach dem Sex allein gelassen hat, nichts von dem Boot mit den Flüchtlingen und auch nicht, dass sie ihm erst im Auto davon erzählt hat und er es ihr anfangs nicht glauben wollte. Professor Blumberg bedankt sich bei ihm und wendet sich Manon zu.

Auch Manon bleibt nur an der Oberfläche. Sie bestätigt, was Thomas gesagt hat, reichert es mit ein paar eigenen Betrachtungen an. Erzählt, wie sehr sie sich über die Muschel gefreut hat – verschweigt jedoch, dass sie an das Sexspielzeug denken musste, mit dem Thomas sie monatelang bedrängt hat. Sie erzählt von dem Adler und der Erhabenheit seines Flugs, aber sie erzählt nichts von ihren Gedanken an Gott und die Schöpfung. Sie erzählt, dass sie nach dem Kontakt mit Airin und Adam darüber nachgedacht hat, wie ihr Leben ohne Kinder verlaufen wäre, und dass sie es sich nicht vorstellen konnte – aber sie sagt nichts zu ihrer Angst vor der Klimakrise.

Professor Blumberg wirkt zufrieden, und da es nichts mehr zu sagen gibt, beenden sie die Sitzung eine Viertelstunde früher.

Als sie wieder in ihrem Haus sind, setzt sich Manon mit einem Buch auf die Terrasse, während Thomas in der Küche sein MacBook aufklappt und Kundenanfragen beantwortet. Bis zum Essen dauert es noch eine Stunde, genug Zeit, zwei oder drei Kapitel zu schaffen, doch Manon kann sich nicht konzentrieren. Jedes Mal wenn sie drei Sätze gelesen hat, schweifen ihre Gedanken ab, und schließlich greift sie nach ihrem Handy.

Ihr Vater hat ihr eine E-Mail geschickt. Es ist eine Einladung zu einem Preis, den er in Zürich verliehen bekommt. Der sperrige Name lautet: »Auszeichnung für gute Bauten in der Stadt Zürich«. In den Ausführungen erfährt sie, dass der Preis seit dem Jahr 1947 ausgelobt wird. Über die Einladungs-Mail hat ihr Vater einen Satz geschrieben: »*Bonjour ma puce, ça va, toi?*«

Er hat sich seit Wochen nicht gemeldet. Warum gerade jetzt? Plötzlich ist sie davon überzeugt, dass er weiß, dass sie in den letzten Tagen viel an ihn gedacht hat. An ihn und ihr spezielles Verhältnis, an das sie sich selbst mit Mitte vierzig noch nicht wirklich herangewagt. Ihr Vater hat schon immer eine besondere Antenne für solche Momente gehabt. Kurz bevor sie genug Gründe gesammelt hat, um ihm einen Vorwurf zu machen, ist er plötzlich da, küsst sie aufs Haar, nennt sie »*ma puce*« und wischt alles einfach weg. Etwas in ihr drängt danach, sofort auf seine Nachricht zu antworten, die Gelegenheit beim Schopf zu packen, bevor er wieder für Wochen in der Versenkung verschwindet. Wie schön, von dir zu hören! Gratulation zu dem Preis. Mir geht es gut. Ich bin in Südspanien. Wann sehen wir uns wieder? Doch stattdessen legt sie das Handy auf den Tisch und greift nach ihrem Buch.

Nach dem Essen setzen sich Airin und Adam zu ihnen an den Tisch. Zusammen trinken sie Rotwein. Bei den beiden scheint eindeutig Airin die treibende Kraft zu sein, sie erzählt, fragt, hat deutlich mehr Energie. Adam ruht eher in sich. Er hat einen hintergründigen, ja sarkastischen Humor und scheint die Welt mit einer gewissen Distanz zu betrachten. Airin arbeitet als Webdesignerin und als DJane. Adam ist Musikproduzent. Er besitzt ein großes Tonstudio in Stockholm und erzählt ganz nebenbei, dass er bereits mit einigen international namhaften Indiebands zusammengearbeitet hat.

Nach dem zweiten gemeinsamen Glas Rotwein fühlt sich Manon seltsam beschwingt. Die Energie zwischen den beiden Paaren ist eine besondere. Sie fragt sich, warum sie oft so soziophob ist. Ihr wird schnell alles zu viel. Sie hat das Gefühl, die Energie fremder Menschen aufzusaugen wie ein Schwamm und sie anschließend nicht mehr loszuwerden. Doch heute Abend, mit den drei Gläsern Wein in ihrem Blutkreislauf, ist es anders. Es tut gut, jemanden an sich heranzulassen. Es scheint ihr wichtig, einmal aus dem eigenen Kopf herauszukommen, aus der eigenen kleinen Welt.

Thomas ist in dieser Hinsicht ganz anders. Er lernt ständig neue Leute kennen und hat unzählige unverbindliche Kontakte. Er hat kein Problem damit, wenn jemand nicht ganz nach seinem Geschmack ist. Es perlt von ihm an, Manon hat manchmal das Gefühl, dass ihm das Sensorium dafür fehlt, ob ein vertrauenswürdiger Mensch vor ihm sitzt oder ein Blender. Deshalb hat es so gutgetan, dass sie die anderen Paare in den ersten Tagen gemeinsam schlimm fanden. Es war schön, dass Thomas ihr gegenüber mal nicht pädagogisch war, einmal nicht gesagt hat: Manon, steigere dich da nicht so rein. Menschen sind nicht gefährlich.

Airin erzählt, dass Adam und sie überlegen, noch eine Woche Urlaub an das Coaching dranzuhängen, um unten am Strand einen Tauchkurs zu machen. »Dort gibt es eine Schule mit fantastischen Bewertungen. Und wir wollen schon seit Ewigkeiten tauchen lernen.«

Thomas und Manon wechseln einen kurzen Blick. Jahrelang hat Thomas versucht, sie zum Tauchen zu überreden, aber für Manon war das unvorstellbar. Sie liebt das Meer und die Unterwasserwelt, doch schon beim Schnorcheln bekommt sie Angst, wenn der Boden unter ihr mehr als drei Meter entfernt ist. Sobald sie an den Rand eines Riffs gelangt, wird ihr schwindlig, und sie muss umdrehen. Die Vorstellung, mit einer Sauerstoffflasche auf dem Rücken ganz im Meer zu versinken, löst Panik in ihr aus.

»Wart ihr denn schon am Strand?«, fragt Airin. »Hattet ihr schon eure Sunrise Experience?«

Sie lächelt. Manon spürt die Ironie, aber keinen Sarkasmus. Überhaupt scheint Airin jede Bösartigkeit fremd zu sein.

»Ja, heute Morgen«, sagt Thomas.

»Und? Wie war es?« Airin lächelt. Ihre Frage hat nichts Anzügliches, aber es schwingt alles darin mit, was bereits in der Idee mitschwingt: eine einsame Bucht, ein Sonnenaufgang, eine Luftmatratze. Und Professor Blumbergs Worte: »*Lean back and relax.*«

»Es war schön«, sagt Thomas und schaut zu Manon. Sein Blick ist eine Frage.

Sie nickt. »Sehr schön sogar.«

»Der Sonnenaufgang war wirklich atemberaubend«, sagt Thomas.

Plötzlich verspürt Manon den Drang, von dem Boot zu erzählen. »Ich habe ein Flüchtlingsboot gesehen«, sagt sie.

Alle Augen sind auf sie gerichtet.

»Ein Flüchtlingsboot?«, fragt Airin.

»Ja.«

Thomas' Blick ist neutral, aber Manon hat das Gefühl, dass dahinter etwas lauert. Eine Anklage. Oder auch ein Vorwurf.

Adam beugt sich etwas vor und schüttelt langsam den Kopf.

»Wie viele waren es?«

»Ich weiß es nicht genau. Zwanzig bestimmt. Vielleicht auch dreißig.«

»Und du hast das Boot nicht gesehen?« Airin hat sich Thomas zugewandt. Thomas schüttelt den Kopf.

»Ich war spazieren und bin über die Felsen geklettert.« Er nimmt einen Schluck von seinem Wein. Wie schon im Auto hat Manon ein seltsames Gefühl. Thomas' Tonfall hat etwas Erzwungenes, sein Blick wirkt starr.

»Hast du denn mitbekommen, was mit dem Boot passiert ist?«, fragt Adam.

Manon schüttelt den Kopf. »Es war eine enge Bucht, ich konnte nur sehen, wie es vorbeigetrieben ist.«

»Schrecklich«, sagt Airin. »Und wir lassen es uns hier gut gehen.« Sie macht eine unbestimmte Geste, die den Wein, das Essen, vielleicht das ganze Dorf umschließt.

»Es ist ein klassisches Dilemma«, sagt Thomas. »Wir wollen unseren Wohlstand nicht aufgeben, aber wir wollen auch keine schlechten Menschen sein.«

Adam breitet die Arme aus. »Aber genau das sind wir: schlechte Menschen! Uns geht es auf Kosten von anderen so gut. Vor allem auf Kosten der Menschen, die in Afrika leben.«

Ein paar Minuten sprechen sie über die Flüchtlingskrise und streifen dabei auch die anderen großen Krisen der Gegenwart: Krieg, Klima, Überbevölkerung, Globalisierung.

Airin sagt: »Wenn man sich all das vor Augen führt, kann einem ganz schwindlig werden«, und Thomas pflichtet ihr bei: »Deshalb ist es so wichtig, auf sich selbst zu achten. Kein Einzelner kann das Leid der Welt lösen.« Und auch wenn Thomas sie dabei nicht anschaut, spürt Manon, dass sich dieser Satz eindeutig an sie richtet.

Dann versiegt das Thema, und sie trinken schweigend ihren Wein.

Manon ist froh, dass sie von dem Boot erzählt hat, aber sie ist auch erleichtert, dass nun niemand mehr etwas dazu zu sagen hat.

Um Viertel nach elf verabschieden sie sich und gehen über das Kopfsteinpflaster zu ihrem Haus. Manon wappnet sich gegen Thomas' Vorwurf, dass sie das Boot erwähnt hat, gegen die Frage, warum sie diesen Hang zu Problemen hat und immer nur in Krisen lebt. Aber nichts davon tritt ein. Thomas ist ganz entspannt und ihr zugewandt. Vielleicht ist er auch nur betrunken.

Als sie auf ihrer Terrasse angelangt sind, setzen sie sich beide auf einen Liegestuhl und schauen in den gewaltigen Sternenhimmel. Manon kann die Milchstraße sehen, es kommt ihr so vor, als ob sie in der Mitte des leuchtenden Streifens das göttliche Wirken erkennt. Dieser Gedanke lässt sie nicht los, egal, wie rational Thomas dagegen argumentiert: All das kann kein Zufall sein, es muss einen höheren Sinn geben, und das Gefühl, das sich mit diesem Gedanken verbindet, hat etwas Tröstliches.

Kurz bevor sie sich verabschiedet haben, hat Airin sie für einen der folgenden Abende eingeladen. »Ein paar Longdrinks, ein bisschen Musik hören, vielleicht sogar tanzen. Ihr müsst nämlich wissen, dass eine Woche ohne Tanzen bei mir schlimme Entzugserscheinungen auslöst.«

Normalerweise hätte Manon einen solchen Vorschlag als absurd abgetan. Tanzen? Sie? Und dann nicht einmal in einem Club, sondern zu viert in einem Therapie-Dorf mitten im Nirgendwo? Doch Airin hat ihre Idee mit einer solchen Lockerheit vorgetragen, dass in Manons betrunkenem Zustand keine Bedrohung davon ausging.

Sie fragt sich, warum die beiden überhaupt ein Paarcoaching machen. Sie wirken so harmonisch miteinander, lustig, sogar zärtlich. Aneinander interessiert. Aber vielleicht ist es bei ihr und Thomas ja ähnlich, vielleicht merkt man ihnen während dieser Tage in Aldea Paraiso nicht an, dass sie seit Manons Brustkrebsdiagnose vor fünf Jahren in einer Dauerkrise leben.

Äußerlich ließ sich die Störung damals am Sex festmachen – Sex, den Manon nicht mehr wollte oder konnte, zumindest nicht mehr so häufig wie zuvor, und der Thomas fehlte. Sie haben mehrere Beziehungstherapieanläufe unternommen, doch egal, was die Therapeuten gesagt oder angestoßen haben: Thomas ist immer beim Sex stehen geblieben, hat in den Gesprächen kaum ein anderes Thema zugelassen. Und tatsächlich klangen viele seiner Argumente vernünftig: Sie müsse endlich aus ihrem Kopf herauskommen, dürfe sich nicht ständig in Gedankenschleifen verlieren. Sie müsse ihre Angst bekämpfen, die Angst vor dem Krebs, vor den Ausstellungseröffnungen, vor der Klimakatastrophe, vor körperlicher Intimität. Seiner Meinung nach halfen dabei in erster Linie verhaltenstherapeutische Schritte: keine Brustkrebsseiten mehr im Internet, ein Engagement in der Umweltbewegung, klassisches Konfrontationstraining. Sport, Sauna, gemeinsamer Urlaub und: Sex. Vor allem Sex. Vielleicht auch nur Sex. »Machen statt denken!«, das ist einer seiner Lieblingssätze. Und mehr »machen« als Sex geht in seinen Augen nicht.

Mehrfach hat er gedroht, sich von ihr zu trennen. Wenn die Kinder nicht wären, hätte auch Manon vermutlich längst diesen Schritt vollzogen. Aber sowohl für Léonie als auch für Noah wäre eine Trennung kaum zu verkraften, schon so hat Noah große Probleme in der Schule, er hat kaum Freunde und sitzt ständig vor dem Computer. Und Léonie hat mit ihrer Impulsivität zu kämpfen, die durch die Pubertät und die Pandemie noch verstärkt wurde – himmelhoch jauchzend, zu Tode betrübt.

Manon und Thomas haben keinen guten Umgang mit diesen Schwierigkeiten gefunden. Tagtäglich streiten sie über Erziehungsfragen. Thomas versucht es mit Strenge, er besteht auf Ordnung und klaren Regeln. Ständig droht er mit Konsequenzen – kein Handy mehr, keine Computerspiele, kein Taschengeld, keine Übernachtungen bei Freundinnen – und scheint dabei gar nicht zu merken, wie ähnlich er seinem eigenen Vater wird, unter dem er nach eigenem Bekunden in seiner Kindheit so gelitten hat. Manon hingegen versucht es mit Verständnis, mit Erklären, Diskutieren, Neubewerten und noch einmal Erklären. Sie spürt, dass sie dabei oft den Faden verliert und manchmal weder Léonie noch Noah verstehen, was sie eigentlich von ihnen will. Aber so ist sie nun mal, nur so fühlt sie sich authentisch.

All das hat sich in den vergangenen Jahren immer mehr zugespitzt, bis es um alles oder nichts ging. Und nun sind sie hier. Es ist die letzte Ausfahrt, um eine Lösung für ihre Probleme zu finden. Die letzte Chance, ihre Ehe zu retten, ihre Familie. Und vielleicht sogar ihre Kinder.

»Die beiden sind wirklich nett«, sagt Thomas.

»Airin und Adam?«

»Ja.«

»Das stimmt.«

»Was glaubst du, warum sie hier sind?«

»Das habe ich mich auch schon gefragt.«

»Mit zu wenig Sex hat es wohl kaum zu tun.«

»Wie kommst du darauf?«

»Hast du dir die beiden mal angeschaut? Da liegt der Sex doch geradezu in der Luft.«

»Ach ja?«

»Ja.«

Manon richtet sich auf und nimmt einen Schluck von dem Wein, den Thomas ihr eingeschenkt hat. Er schmeckt nach Kork.

»Ich bin müde«, sagt sie. »Ich glaube, ich gehe schlafen.«

Thomas steht auf und kommt zu ihr herüber.

»Was hältst du davon, wenn ich dich zu mir einlade?«

»Zu dir? Du meinst, in dein Zimmer?«

»Ja.«

»Gern, aber ...«

Er hebt beide Hände. »Hey! Stopp! Keine Verträge! Weder in die eine noch in die andere Richtung. Okay?«

»Das meine ich doch gar nicht. Aber ich bin müde. Und betrunken.«

»Dann lass uns einfach Arm in Arm einschlafen. Den schönen Tag gemeinsam beschließen.«

Manon kommt sich albern vor. Und zugleich grausam. Auf seine Weise gibt Thomas sich Mühe. Aber das ganze Sexthema ist mittlerweile zu einem dicken Knoten geworden, und je mehr sie daran ziehen, desto enger und fester wird er. Daran hat auch die Tatsache nichts geändert, dass sie heute Morgen miteinander geschlafen haben. Allein mit welchem Tonfall er gerade gesagt hat: »Hast du dir die beiden mal angeschaut? Da liegt der Sex doch geradezu in der Luft!« Merkt er nicht, wie viel Vorwurf in einem solchen Satz steckt? Was er damit schon wieder für einen Druck aufbaut?

Sie putzen sich die Zähne. Dann gehen sie in sein Zimmer, ziehen sich aus und legen sich hin. Thomas umarmt Manon von hinten und streichelt ihren Bauch. Sie spürt seinen steifen Schwanz in ihrer Pofalte. Er schiebt sein Becken an sie heran und küsst sie in den Nacken.

»*Bonne nuit*«, sagt sie.

Das Französisch wirkt, der Druck seines Beckens lässt nach, die Hand hört auf zu streicheln. Einen Moment lang hat sie Angst, dass er beleidigt aufspringt und die Tür hinter sich zuknallt. Aber er bleibt hinter ihr liegen und hält sie fest.

»Träum schön«, sagt er.

»Du auch.«

Keine zehn Sekunden später ist sie eingeschlafen.

Thomas

Fünf

Nach dem Aufwachen ist er sofort in Bewegung. Noch weiß er nicht, wo er sich befindet, doch sein Oberkörper richtet sich im Bett auf, und seine Muskeln arbeiten.

Die vertrauten Orte drehen sich in seinem Kopf – ihre Berliner Wohnung, ihr Haus in der Uckermark, das Haus seiner Eltern bei Heidelberg –, doch der Abgleich passt nicht. Die völlige Dunkelheit, die ihn umgibt, beraubt ihn jeglicher Anhaltspunkte. Er schaut auf sein Handy, das zu der Weckermelodie brummt: 4:30 steht in weißen Zahlen auf dem schwarzen Display.

Kurz ist die Panik wieder da. Diese seltsame Angst, die ihn seit ein paar Jahren befällt. Vor allem nachts, wenn er wach liegt. Als ob etwas Bedrohliches unmittelbar bevorsteht, dem er nicht entkommen kann. Manchmal hat er Angst zu sterben, zugleich verspürt er den Wunsch, nicht mehr da zu sein, sich einfach aufzulösen.

Und dann weiß er es. Sie sind in Aldea Paraiso. In diesem kleinen Dorf mit all den seltsamen Paaren und dem noch seltsameren Professor. Er befindet sich in seinem eigenen Zimmer: *Privacy, freedom*, wie Blumberg es nennt, getrenntes Schlafen als Chance zur Wiederannäherung. Heute ist der Tag, an dem sie eine der kleinen Buchten entlang der Playa de Bolonia besuchen werden. Sunrise Experience – Blumberg hat für jeden Slot einen eigenen Begriff.

Thomas steht auf, öffnet die Fenster und die Läden. Auch dahinter ist es noch dunkel. Er sieht die Sterne und ganz hinten am Horizont einen schmalen hellen Streifen.

In Shorts geht er durch den Flur und klopft leise an Manons Tür. Keine Antwort. Er drückt die Klinke hinunter.

Manon liegt auf dem Bauch. Wie immer nimmt sie die ganze Breite des Bettes ein. Ihr rechtes Bein ragt nackt unter der Decke hervor. Er setzt sich neben sie auf die Matratze und überlegt, ob er ihr über das Bein streicheln soll, doch der Gedanke, dass Manon es als Forderung missverstehen könnte, hält ihn davon ab. Stattdessen legt er ihr die Hand auf den Rücken.

»Manon.«

Sie reagiert nicht. Sanft schüttelt er sie an der Schulter.

»Manon! Zeit zum Aufstehen.«

Sie dreht den Kopf und blinzelt. Einen Moment lang sieht er in ihrem Gesicht das Gesicht von Léonie. Seit Léonie in der Pubertät ist, nähert sich ihre Physiognomie immer stärker der ihrer Mutter an.

»Wie spät ist es?«, fragt Manon.

»Halb fünf.«

»So früh …«

Er hat Angst, dass sie ihm gleich erzählt, sie habe schlecht geschlafen. Oder dass sie über Kopfschmerzen klagt. Dass sie ihm vorschlägt, sie könnten den Strandausflug doch ausfallen lassen. Stattdessen richtet sie sich auf. »Wir treffen uns gleich in der Küche, okay?«

»Gut.«

Als Thomas nach unten kommt, hantiert Manon schon mit der Espressokanne. Sie trägt das schwarze Kleid, das er so gern an ihr mag, dazu die graue Strickjacke.

»Ich mach uns noch einen Kaffee.«

Er beobachtet, wie sie Wasser in die Kanne füllt, den Espresso in das Sieb löffelt und schließlich den Herd anmacht. Er versucht sie sich vorzustellen, zu dem Zeitpunkt, als sie sich kennengelernt haben, genau zwanzig Jahre jünger. Aber es gelingt ihm nicht. Wenn er sie anschaut, geht es ihm wie mit seinem Spiegelbild: Die Zeit scheint stehen geblieben zu sein. Manon ist nicht Mitte vierzig, sie ist alterslos.

Während die feuchte Espressokanne auf dem Ceranfeld zischt, setzt sie sich zu ihm an den Tisch.

»Weißt du, was ich geträumt habe?«, fragt sie.

Thomas spürt, wie sich etwas in ihm zusammenzieht. Seit ihrer Brustkrebsdiagnose und ihrer ständigen Beschäftigung mit dem Klimawandel hat sie oft schreckliche Angstträume, die sie tagelang beschäftigen.

»Nein, was?«, sagt er.

»Deine Eltern und mein Vater waren hier.«

»Hier? In Paraiso?«

»Ja.«

»Oh. Das klingt nach einem Alptraum.«

Er versucht, es leicht klingen zu lassen, wie einen Witz, aber er meint es ernst. Er muss daran denken, wie Manons Vater und seine Eltern sich das erste und einzige Mal gesehen haben: auf der einen Seite der bekannte französische Architekt, ein Lebemann, ein Frauenheld und Großkotz, der beim Bezahlen eine American-Express-Platinum-Karte aus seinem Büffelleder-Portemonnaie zog und mit französischem Akzent raunte: »*Dinner's on me!*« Und auf der anderen Seite seine durch und durch deutschen Eltern, die ihre Menü-Wahl dreimal änderten und dabei so wirkten, als ob sie sich auf einer Butterfahrt befänden und nicht in einem Sterne-Restaurant. Während des Essens saßen zwei Welten an einem Tisch, dazwischen ein tiefer Abgrund.

Die Vorstellung, dass seine Eltern und Manons Vater mit ihnen gemeinsam an einem Ort sind, ist für ihn einfach nur schrecklich.

Manon schüttelt den Kopf.

»Nein, kein Alptraum. Aber der Traum war seltsam. Sehr sogar …«

Thomas verspürt starken Widerwillen. Wenn er ehrlich ist, möchte er von dem Traum nichts hören. Er will keine Introspektion. Heute ist ihr Strandtag, die Sunrise Experience. Vielleicht mal wieder ein wenig Zärtlichkeit. Leidenschaft. Raus aus dem Kopf und rein in den Körper.

Manon schaut zum Herd und schweigt. Das Zischen der Kanne hört auf, doch ihr Blick bleibt immer noch darauf gerichtet, als ob sie auf etwas wartet. Schließlich ist Thomas davon überzeugt, dass sie gar nicht mehr vorhat, ihm etwas von ihrem Traum zu erzählen. Er verspürt Erleichterung, und zugleich ärgert er sich. Warum hat sie dann davon angefangen?

Doch schließlich wendet Manon sich ihm zu. »Mein Vater hatte die Rolle von Professor Blumberg übernommen. Er sah ganz anders aus als in Wirklichkeit. Auch ganz anders als Professor Blumberg. Er hatte eine Glatze und trug das Gewand eines buddhistischen Mönchs.«

»Das heißt also, dein Vater hat uns therapiert?« Es reizt Thomas hinzuzufügen, dass er nicht wissen will, was ein Psychoanalytiker zu dieser Art Traum sagen würde. Aber er lässt es bleiben – Manons Vater und ihre Beziehung zu ihm waren in der Vergangenheit schon viel zu oft der Auslöser für einen Streit.

»Nein«, sagt Manon, »uns hat er nicht therapiert, aber die

anderen Paare. Wir waren reine Beobachter. Wir haben Urlaub gemacht.«

»Aha. Und meine Eltern?«

»Deine Eltern waren unmöglich. Sie waren nicht in der Lage, den Sitzungen zu folgen, weil sie kein Französisch verstanden und mein Vater sich geweigert hat, Englisch zu sprechen. Vor allem aber hatten sie drei Hunde dabei, kleine Malteser, die haben die ganze Nacht gekläfft und überall hingekackt. Als du mich geweckt hast, waren die Hunde gerade verschwunden, und wir sollten sie suchen …«

Thomas lacht. Es fühlt sich gut an, befreiend. »Verrückt«, sagt er.

»Und deine Mutter hatte einen riesigen Fächer, mit dem sie sich ständig Luft zugewedelt hat, während dein Vater mit einem klobigen Mobiltelefon aus den Neunzigerjahren herumgelaufen ist, mit dem er nirgendwo Empfang hatte. Ach so, und dann war da noch die Tischdecke: Dein Vater hat aus Versehen eine Tischdecke von einem riesigen Tisch gezogen, und dabei ist alles, was darauf stand, zu Bruch gegangen. Deine Eltern waren wirklich wie zwei Elefanten im Porzellanladen.«

»Verrückt.«

»Ja.«

Der Kaffee kocht. Er verspürt Erleichterung. Keine Krankheit. Kein Tod. Keine Apokalypse. Manon hatte einfach nur einen absurden Traum.

Sie trinken den Kaffee als Espresso, währenddessen packt Thomas zwei Flaschen Mineralwasser und die Brote ein, die er am Vorabend geschmiert hat.

Das Dorf schläft noch. In den anderen Häusern ist alles dunkel. Nebeneinander gehen sie das Kopfsteinpflaster entlang. Auch den

Wagen hat Thomas schon am Vorabend gepackt: die große Luftmatratze, die Pumpe, die Handtücher, die beiden Schlafsäcke.

Es ist noch kühl hier oben, er fragt sich, ob Manon warm genug angezogen ist. Zugleich ärgert er sich über diesen Gedanken. Warum ist immer er derjenige, der alles im Blick behält, während Manon nur von einem Moment zum anderen denkt? Einerseits. Denn andererseits denkt sie viel zu viel an das große Ganze. Neuerdings denkt sie sogar an Gott, an die Bibel und geht regelmäßig in die Kirche.

Inzwischen sind sie am Parkplatz angelangt, der vor dem Ortseingang auf einem kleinen Plateau liegt. Manon hat auf dem Beifahrersitz Platz genommen. Sie hat die Tür sofort wieder zugeklappt und die Arme um den Oberkörper geschlungen. Sie friert. Sie fahren um fünf Uhr morgens ans Meer, um sich den Sonnenaufgang anzuschauen. Natürlich braucht sie da einen Pullover oder eine Jacke! Thomas versucht die Wut, die in ihm aufsteigt, herunterzuschlucken. Er zieht das Kabel ab und hängt es in die Ladesäule. Dabei versucht er sich auf jeden Handgriff zu konzentrieren und auf seinen Atem. Am liebsten würde er noch einmal zurücklaufen und Manon etwas Warmes zum Anziehen holen, aber sie ist seine Frau und nicht seine Tochter. Und selbst Léonie weiß, wann sie eine Jacke braucht und wann nicht.

Er setzt sich auf den Fahrersitz, startet den Motor und biegt auf die Straße ein.

Der Weg zum Meer dauert eine knappe Dreiviertelstunde. Zwanzig Minuten geht es eine Serpentinenstraße bergab durch den Wald. Es ist eine Strecke, die Thomas Spaß macht. Vor allem im Elektromodus. Enge Kurven, dazwischen genug Geraden, um zu beschleunigen – und um diese Uhrzeit kein anderes Auto weit und breit.

Thomas hat Manon die Sitzheizung angestellt und für sie beide Radioheads *OK Computer* ausgesucht – eines der Alben, das sie in ihrer Anfangszeit ständig gehört haben. Lange bevor Léonie in Sicht war, von Noah ganz zu schweigen. Lange bevor sie das Haus in der Uckermark gekauft haben. Und noch viel länger bevor Manon Erfolg als Künstlerin hatte. Ja, sogar noch bevor sie – nicht zuletzt dank seines guten Zuredens – überhaupt erkannt hat, dass sie eine Künstlerin ist.

Manon legt den Kopf an die Velourspolster der Fahrzeugsäule und schließt die Augen.

Die Scheinwerfer schneiden ein perfektes Tortenstück aus der Dunkelheit. Wenn eine Kurve kommt, schwenken sie in die Richtung, die die Schnauze einschlägt, meistens reagieren sie sogar schneller als das Auto und antizipieren auf diese Weise den Straßenverlauf.

Aus den Augenwinkeln sieht Thomas, dass Manon eingeschlafen ist. Ihr Kopf rollt mit der Bewegung der Kurven auf dem grauen Velours hin und her.

Er wischt über das Display, macht die Musik ein wenig leiser und versucht, nicht an den Strand zu denken. Nicht an den Sonnenaufgang, vor allem nicht an die Luftmatratze. Nicht an die Erwartung, die er damit verbindet, oder vielmehr: die Hoffnung.

Professor Blumberg hat ihnen gesagt, bei dem Ausflug gehe es nicht um Sex. Überhaupt dürfe es eigentlich nie ausschließlich um Sex gehen. Und deshalb befasse er sich in seinem Coaching mit dem Thema auch nur in einer prinzipiellen Weise. Es gehe darum, dem anderen keine Vorwürfe zu machen und sich darüber klar zu werden, dass Sex für etwas stehe: für eine gute Energie, eine bestimmte Dynamik. Dafür, dass man den anderen achte. *»Sex is nothing, love is everything!«* Genau so hat er es formuliert.

Der Satz ärgert Thomas. Er hat das Gefühl, dass sich Professor Blumberg auf Manons Seite schlägt. Dass er ihr neue Argumente liefert, ihn auf Abstand zu halten. Seit über einem Jahr haben sie nicht mehr miteinander geschlafen, und seit inzwischen fünf Jahren, seit Manons Krebsdiagnose, ist Sex ein Reizthema zwischen ihnen. In dieser Zeit hat Thomas alles Erdenkliche versucht: geduldig gewartet, Freiräume geschaffen, einen Kurztrip ins Wellnesshotel, Massagen, einen Sexspielzeug-Adventskalender, wieder geduldig gewartet – und ja: schließlich auch gefordert. Denn irgendwann war seine Geduld erschöpft.

Hinzu kamen die Paarberatungen, die alles nur noch schlimmer gemacht haben, die Versuche, sich an einem bestimmten Wochentag zu einer bestimmten Uhrzeit zum Sex zu verabreden. Die »Aufarbeitung« ihrer Beziehung. Die Bewertung ihrer Kommunikation. Die Frage nach dem Rollenmodell, das ihr Zusammenleben definiert. All das mündete in Manons Überlegung, vielleicht sei es das Beste, wenn er sich eine Affäre suche, damit sie endlich Ruhe vor seinen Forderungen habe. Aber die Idee, eine Affäre anzufangen – oder gelegentlich in ein Bordell zu gehen –, kommt ihm vollkommen abwegig vor. Er will mit ihr zusammen sein. Er liebt sie. Er begehrt sie noch wie am ersten Tag.

Es stimmt; in seiner Verzweiflung hat er Manon gedroht, dass er sich trennen würde. Mehrfach. Aber das meint er nicht so. Er will, dass es weitergeht. Er will, dass sie noch einmal neu anfangen. Genau deswegen sind sie ja hier, in diesem teuren Luxusdorf am Rand von Europa, mit all den anderen Paaren, von denen die allermeisten einfach nur schrecklich sind. Es geht darum, dass sie wieder zu ihrer Liebe zurückfinden. Und zu dieser Liebe gehört eben auch Sex. Er hat immer dazugehört. Sex ist nicht »*nothing*«, im Gegenteil: Er ist die Basis, auf der alles andere aufbaut. Und diese Reise nach Südspanien ist ihre letzte Chance.

Entweder sie nutzen sie, oder sie werden sich trennen. Das ist die unausgesprochene Übereinkunft, die sie getroffen haben.

Manon gegenüber würde Thomas es nie zugeben, aber der Coaching-Ansatz von Professor Blumberg kommt ihm nicht sonderlich seriös vor. Die Idee scheint sich vor allem aus dem Gedanken zu speisen, dass ein exklusiver Urlaub in einem abgeschiedenen Dorf, umgeben von anderen Paaren, die ebenfalls in einer Beziehungskrise stecken, von allein irgendetwas in Gang setzt. Blumberg wirkt wie eine Art Guru, der seinen guten Ruf einzig seinen Bestsellern zu verdanken hat. Ansonsten liefert er vorgefertigte Schubladen. Plattitüden. Schlagwortsätze.

Um als Teilnehmer angenommen zu werden, mussten Thomas und Manon getrennt voneinander einen umfangreichen Fragebogen ausfüllen und zwei Wochen später gemeinsam ein halbstündiges Zoom-Interview mit Blumberg absolvieren. In Thomas' Augen ist dieses Bewerbungsverfahren vor allem ein Marketinggag. Am Ende ist man froh, dass man fünftausend Euro für ein zehntägiges Coaching bezahlen darf. Man fühlt sich auserwählt – und das, obwohl es keine Beweise dafür gibt, dass Paare auch abgelehnt werden. Auf der Website heißt es: Nicht jedes Paar ist für diese Art Coaching geeignet.

Die Bewertungen, die man im Netz findet, sind fast ausnahmslos euphorisch: tolle Strände, ein märchenhafter Wald, ein historisches Dorf mit wunderschönen Häusern und individuell gestalteten Gärten. Paraiso, das Paradies! Dazu fantastische Menüs, die laut einem Coaching-Teilnehmer, der selbst erfolgreich in der Gastronomie tätig ist, »knapp unter einem Stern rangieren« – und nicht zuletzt unglaubliche Erfolge bei dem, um was es eigentlich geht: die Therapie der Beziehungs- und Ehekrisen. Viele Teilnehmer schreiben, dass es sich bei dem Coaching um ihre letzte Hoffnung gehandelt habe und sie nicht enttäuscht worden seien. Einige berichten davon, dass auf den Urlaub die Trennung folgte, die aber heilsam gewesen sei. »Endlich konnten wir einander loslassen«, schreibt eine Teilnehmerin. »Seitdem sind wir im Guten getrennt. Und im Guten getrennt zu sein, ist besser, als im Schlechten zusammenzubleiben.«

Das ist das, was sich schnell findet, gewissermaßen die Oberfläche. Aber als Thomas ein wenig tiefer recherchierte, stieß er in anderen Foren auch auf negative Erfahrungen. Nicht, was die Natur, den Ort, den Pool, die Gärten, die guten Matratzen und die Verpflegung angeht, sondern im Hinblick auf das Coaching selbst. In einigen Bewertungen wurde Professor Blumberg sogar als Scharlatan bezeichnet, seine Methoden als Humbug. Manche schrieben von Betrug, ein Mann behauptete, dass Professor Blumberg, wenn er nicht in seinem Haus in Aldea Paraiso weile, in einer Villa mit Meerblick lebe, die mehrere Millionen Euro wert sei. Ein Teilnehmer schrieb, dem ganzen Therapieansatz liege ein ausgeklügeltes System zugrunde, durch das die Paare in ihren Häusern mithilfe von Mikrofonen und Kameras überwacht würden, um sie besser kontrollieren zu können. Als Beweis führte er an, dass Professor Blumberg über Informationen verfüge, an die er auf anderem Wege gar nicht gekommen sein könne.

Offenbar wird erfolgreich daran gearbeitet, die negativen Bewertungen aus den großen Coaching-Foren verschwinden zu lassen, weshalb sie sich ausnahmslos in kleinen Neben- und Unterforen finden, die mit dem Thema Beziehungs- oder Ehekrise nicht direkt zu tun haben. Doch auch hier wird ihnen sofort widersprochen – immer nach dem gleichen Prinzip: Trotz sorgfältiger Vorauswahl hätten sich die Teilnehmer nicht auf das

Coaching eingelassen. Sie seien enttäuscht von dem Ergebnis, weil sie nicht verstanden hätten, dass sie selbst etwas dazu beitragen müssten. Und deshalb versuchten sie nun, öffentlich die gesamte Methode zu diskreditieren. Kein Coaching der Welt könne Menschen helfen, die nicht offen an den Prozess herangingen. Das sei nun mal die Grundvoraussetzung.

Das klingt logisch. Aber zugleich wirkt es wie eine Schutzbehauptung. Denn wie soll man sich gegen den Vorwurf erwehren, man sei nicht offen? Thomas fragt sich, ob er selbst offen ist, und kommt schnell zu dem ernüchternden Ergebnis: natürlich nicht. Er will, dass Manon wieder so wird, wie sie früher war. Verrückt, neurotisch, aber ihm zugewandt. Vor allem wünscht er sich, dass sie endlich wieder mit ihm schläft. Und er zweifelt daran, dass ein Satz wie »*Sex is nothing, love is everything*« wirklich dazu beitragen kann.

Durch die Bäume sieht Thomas, dass der helle Streifen am Horizont breiter geworden ist. Plötzlich hat er Angst davor, dass sie zu spät kommen könnten. Dass die Sonne aufgeht, bevor sie den Strand erreicht haben, und das wäre ein schlechtes Omen.

Er beschleunigt. Der Elektromotor nimmt den Befehl sofort an. Eine lang gezogene Kurve, danach eine Gerade, dann geht es scharf nach rechts. Thomas fährt, wie man fahren sollte: bremsen, langsam einfahren, auf dem Scheitelpunkt beschleunigen. Nur ist das Beschleunigen im ganglosen Elektrobetrieb etwas vollkommen anderes als mit dem Verbrennermotor.

Manon schläft. Thom Yorke singt.

Sing us a song,
A song to keep us warm,
There's such a chill, such a chill.

Und dann ist da auf einmal ein Hirsch. Es ist ein großer Hirsch mit einem gewaltigen Geweih. Er steht keine zwanzig Meter vom Auto entfernt mitten auf der Straße. Er rührt sich nicht, schaut Thomas direkt in die Augen, wie auf einem Foto. Ja, genau, es ist ein Foto. Das Bild könnte in einer Ausstellung hängen. Der digitale Tacho. Das Computerdisplay. Das Glas der Windschutzscheibe. Das Tortenstück der kalten LED-Scheinwerfer. Und mittendrin, im Goldenen Schnitt, das Leben. Ein großes, stolzes Leben, mindestens zweihundert Kilo Knochen, Muskeln, Sehnen, Fleisch.

Thomas steigt auf die Bremse, und mit ihm bremst der elektronische Assistent. Die Reifen quietschen. Der Hirsch fliegt auf sie zu und bleibt zugleich erstarrt. Es ist ein ungleiches Kräftemessen. Der Wagen wiegt knapp zweitausend Kilo, die Karosserie besteht größtenteils aus Stahl, und auf der anderen Seite nur Knochen, umgeben von Fleisch und Blut. Thomas presst sich mit den Armen nach hinten in den Sitz, als wollte er sich selbst aus dem Auto schieben, so weit wie möglich weg von dem, was da auf sie zukommt. Kurz vor dem Aufprall schließt er die Augen, und als er sie wieder öffnet, ist der Wagen zum Stillstand gekommen. Er steht direkt vor dem Hirsch, keine fünfzig Zentimeter von seiner Brust entfernt. Erst jetzt kommt Bewegung in den großen braunen Körper. Ein Ruck, und im nächsten Moment ist das Tier aus dem Lichtkegel gesprungen und im Wald verschwunden.

»Was … war das?« Manon sitzt nach vorn gebeugt und hält sich, dort, wo der Gurt aufliegt, das Schlüsselbein. Offenbar ist sie im Schlaf aus dem Sitz geworfen worden. Ihre Augen sind klein und schmal.

»Ein Hirsch«, antwortet er.

»Ein Hirsch?«

»Ja. Er stand mitten auf der Straße und hat sich nicht gerührt.«

»Du meinst ein richtiger Hirsch?«

»Ja. Er war riesig.«

»Puh.«

Thomas nickt. Er nimmt die Hände vom Lenkrad. Seine Handflächen sind schweißnass, er wischt sich über die Hose.

»Alles okay?«, fragt er Manon.

»Ja«, sagt sie, ihre Stimme ein wenig zittrig. »Ich habe mich nur sehr ... erschreckt.«

»Ich mich auch.«

Er atmet tief ein und wieder aus. Dann legt er die Hände aufs Lenkrad, nimmt den Fuß von der Bremse und fährt langsam wieder an.

Sechs

Der Weg vom Parkplatz zum Strand führt einige Hundert Meter oberhalb der Steilküste entlang. Der Himmel ist am Horizont von einem hellen Schleier überzogen, aber von der Sonne selbst ist noch nichts zu sehen. Thomas hat Manon seine Jacke gegeben, und sie hat sie ohne Proteste angezogen. Er selbst trägt sein Kapuzenfleece. Auf dem Rücken hat er seinen kleinen Wanderrucksack mit allem Überlebenswichtigen: Schweizer Messer, Proteinriegel, Trinkflasche und ein kleiner Feldstecher. In der einen Hand hält er eine Taschenlampe, die sie eigentlich gar nicht mehr brauchen, in der anderen trägt er die Luftmatratze und die Pumpe. Manon hat sich die Tasche mit den Handtüchern und der Brotzeit über die Schulter gehängt.

Oberhalb des Strands verläuft ein Holzzaun, und ungefähr in der Mitte befindet sich ein kleines Tor: »*Privado. No entrar!*« steht darauf. Und »*Propiedad de Aldea Paraiso*«. Das Tor ist nur eingehängt, es gibt keinen Schlüssel, aber das wäre auch überflüssig, denn der Zaun ist gerade mal einen Meter hoch. Offenbar vertraut man auf die abschreckende Wirkung der Schilder.

Über eine provisorische Treppe, die zwischen den Klippen hinabführt, gehen sie nach unten. Die Bucht ist nach beiden Seiten hin geschützt. Zwei große Felsen stehen rechts und links. Dahinter liegt das offene Meer, das deutlich bewegter ist als am Tag ihrer Anreise. Die Wellen rollen ungeordnet heran, überholen einander, verschmelzen, laufen rückwärts und kollidieren mit der nachfolgenden Welle in einer Art Liebestanz. Es ist laut. Thomas und Manon können sich nur unterhalten, indem sie fast schreien.

»Wunderschön!«, ruft Manon.

»Ja!«, ruft Thomas zurück.

Er deutet auf einen leicht geschützten Platz links hinten, die Steilklippen im Rücken, das Meer vor Augen.

»Hier?«

Manon nickt und hebt den Daumen. Er packt die Luftmatratze aus, verstöpselt die Standpumpe und macht sich an die Arbeit. Manon schlendert zum Wasser und schaut zum Horizont.

Als er fertig ist, packt Thomas die Schlafsäcke aus und wirft sie auf die Matratze. Unwillkürlich muss er wieder an den Hirsch denken. Daran, wie er im Angesicht seines Todes vollkommen ungerührt mitten auf der Straße stehen geblieben ist. Natürlich konnte er nicht wissen, dass er dem Tod nah war, aber auf einer übergeordneten Ebene wusste er es vielleicht doch. Er wusste es und ist trotzdem stehen geblieben.

Ich bin der Hirsch, denkt Thomas. Ich muss einfach nur stehen bleiben. Wenn ich stehen bleibe, kann mir nichts passieren.

Er geht zu Manon, stellt sich neben sie. Nach ein paar Minuten macht sie einen Schritt nach links, stellt sich vor ihn, greift nach seinen Armen und legt sie um ihren Körper. Dann lehnt sie ihren Kopf an seine Schulter. Es fühlt sich gut an, so wie es sich viele Jahre gut und richtig angefühlt hat.

Sie schauen beide aufs Meer. Dort, wo die Sonne in wenigen Minuten aufgehen wird, leuchtet ein orangerotes Kraftfeld, das auf den gesamten Himmel abstrahlt. Schmale, dunkle Wolken stehen gestaffelt darüber und geben dem Bild Tiefe.

Thomas erinnert sich, wie er als Fünfzehnjähriger während der Sommerferien mit seinen Eltern und seinen Geschwistern in Italien Urlaub gemacht hat. An der Adria. Zum Geburtstag hatte er seine erste Spiegelreflexkamera bekommen. Es war eine Nikon F3 mit einem 50er-Objektiv und einem kleinen Stativ. Er hatte sich extra den Wecker gestellt – genau wie heute – und war in der Morgendämmerung allein zum Strand gelaufen. Er suchte sich einen guten Ort, baute sein Stativ auf und wartete. Der Sonnenaufgang war wunderschön, dramatisch, einzigartig. Die Luft flimmerte. Die Wolken veränderten minütlich ihre Gestalt, während die Möwen vor der glutroten Sonne kreisten. Er verschoss zwei komplette Filme mit je 36 Bildern, den ersten mit 400, den zweiten mit 200 Asa. Den gesamten Urlaub über war er aufgeregt wegen der Fotos. Nein, mehr als das; er war nicht nur aufgeregt, er war davon überzeugt, dass wahre Meisterwerke auf ihn warteten. Dass er mit den Fotos Preise in Fotowettbewerben gewinnen würde. Dass es der erste Schritt zu seinem Traumberuf wäre. Doch als er die Filme zu Hause entwickeln und einen Teil vergrößern ließ – erst ein Jahr später richtete er sich in seinem Zimmer seine eigene kleine Dunkelkammer ein –, war die Enttäuschung riesig. Kein einziges Foto entsprach seinen Erwartungen. Die Realität und der Blick durch das Objektiv waren viel berauschender gewesen als die Abbilder.

Noch heute erzählt Thomas diese Geschichte seinen Studenten und Studentinnen an der Universität der Künste. Als Beispiel dafür, wie es zu einer Zeit war, als man sich noch nicht jedes Foto sofort auf dem Display anschauen konnte. Aber auch als Beispiel dafür, wie schwierig es ist, die Schönheit der Wirklichkeit festzuhalten. Am Ende seines Vortrags sagt er Sätze wie: »Die Welt fotografisch zu verewigen ist eine hohe Kunst – eine, die man lernen muss. Das Abbild ist immer etwas anderes als die Wirklichkeit. Manchmal ist es besser, manchmal schlechter. Aber es ist immer anders. Merkt euch das!«

»Thomas?« Manon hat sich halb zu ihm umgedreht.

»Ja?«

»Ich habe dich etwas gefragt.«

»Oh. Was?«

Sie lächelt. »An was hast du gerade gedacht? Es wirkte, als wärst du ganz weit weg.«

Er schüttelt den Kopf, nickt dann. »Das war ich auch. Ich war fünfzehn und habe einen Sonnenaufgang fotografiert.«

»Das hast du gemacht?«

»Habe ich dir nie davon erzählt?«

Sie lacht. »Nein. Aber es passt zu dir.«

»Und was hast du gefragt?«

»Ob wir uns vielleicht hinlegen wollen.« Sie macht ein schuldbewusstes Gesicht. »*J'ai un peu froid.*«

Mit einem Mal ist es ihm egal, ob sie sich einen Pullover mitgenommen hat oder nicht. Er liebt sie so, wie sie ist. Er will gar nicht, dass sie an ihren Pullover oder ihre Jacke denkt, denn das hieße ja, dass sie ein anderer Mensch wäre.

Er nickt. »Hinlegen klingt gut.«

Inzwischen ist der obere Rand der Sonne am Horizont zu sehen: ein orangerotes Flirren über dem schwarzen Meer.

Sie liegen nah beieinander, jeder tief in seinem eigenen Schlafsack, nur die Köpfe schauen heraus. Thomas hat aus den Handtüchern zwei Kopfkissen gefaltet. Auf diese Weise können sie liegen und zugleich den Sonnenaufgang beobachten. Inzwischen ist ungefähr ein Viertel der Sonne zu sehen, und minütlich wird es mehr. Die Farben changieren. Rot. Orange. Gelb. Wieder rot. »Wunderschön!«, sagt Manon.

Das Meer hat sich beruhigt. Die Wellen laufen nicht mehr wild ineinander, sondern bauen sich langsam auf, schieben sich heran, rollen und brechen schließlich. Es ist, als ob die Sonne eine freundliche, aber bestimmte Autorität hat, die das Chaos eindämmt. Eine Lehrerin, die ihr Klassenzimmer kurz vor Unterrichtsbeginn betritt, niemand ist an seinem Platz, alle reden durcheinander, die Lehrerin räuspert sich, und die Schüler reagieren sofort. Der Tumult ebbt ab. Die Kinder gehen an ihre Tische, rücken ihre Stühle zurecht und setzen sich. Ein letztes Flüstern, ein Kichern, schließlich Stille. Der Unterricht kann beginnen.

Thomas liegt genau wie Manon halb auf dem Rücken. Ihre Köpfe berühren einander. In das Rauschen des Meeres mischt sich ein Rascheln. Manon bewegt sich, und erst jetzt sieht er, dass sie den Reißverschluss ihres Schlafsacks ein wenig geöffnet hat. Ihre Hand liegt neben ihm, sie schaut ihn fragend an.

»Was?«, sagt er.

»Nichts.« Sie lächelt. »Aber du wirkst schon wieder weit weg.«

»Entschuldige, ich ...«

Sie schüttelt den Kopf. »Du musst dich nicht entschuldigen«, sagt sie. Sie beugt sich vor, streichelt über seine Wange, küsst ihn auf den Mund. Er spürt den Widerhall in seinem gesamten Körper, rührt sich aber nicht. Ich bin der Hirsch, denkt er. Ich bleibe einfach stehen.

Sie rückt an ihn heran. Streichelt seine Haare. Dann küsst sie ihn erneut, und nun löst auch er seine Arme aus dem Schlafsack, ihre Hände berühren sich, ihre Finger, sie schauen einander an.

Er sieht die Falten um ihre Augen, und einen Moment lang verrät ihr Gesicht ihre fünfundvierzig Lebensjahre, die zwanzig Jahre, die vergangen sind, seit sie sich kennen. Sie lächelt, und nun ist sie wieder einfach Manon, zeitlos.

Die Klippe hinter ihnen hellt auf, als ob jemand eine Lampe angeknipst hätte. Er löst sich von ihren Augen, stützt sich auf und schaut zum Horizont. Die Sonne ist halb da, der gesamte Himmel glüht. Ab jetzt ist jeder weitere Zentimeter ein unumkehrbarer Schritt weg von der Nacht und in den Tag hinein.

Manon ist seinem Blick gefolgt. »*Magnifique!*«, sagt sie.

Sie sagt es so leise, dass es von der Brandung verschluckt wird und er es halb von ihren Lippen ablesen muss. Eigentlich mag er es nicht, wenn sie Französisch spricht, es sei denn, sie ironisiert es – so wie vorhin, als sie sagte, dass ihr kalt sei. Doch meistens verwendet sie die Sprache ihres Vaters ihm gegenüber in genau der umgekehrten Stoßrichtung, nämlich wenn es ihr mit etwas besonders ernst ist. Allein aus diesem Grund waren die Wochen und Monate rund um die Biennale zwei Jahre zuvor kaum zu ertragen. Immer und überall sprach Manon Französisch, bei ihren Telefonaten, auf allen Podien und Kanälen. Sie war auf einmal Französin, eine französische Künstlerin, die das Land vertrat, in dem sie nur während ihrer ersten zehn Lebensjahre gelebt hat.

In diesem Moment allerdings, als sie »*magnifique*« sagt, ohne dass er es hört, stört er sich nicht daran, im Gegenteil. Er hat das Gefühl, es kommt tief aus ihrem Inneren und beschreibt damit nicht nur den Sonnenaufgang, sondern alles.

Sie küssen einander. Die Schlafsäcke verleihen der Situation etwas jugendlich Pubertäres. Die Kunstseide und die falschen Daunen verhindern jedes Drängen und jedes Sich-bedrängt-Fühlen. Thomas fühlt sich seltsam frei. Alles ist erlaubt, weil kaum etwas möglich scheint. Die Sonne wird von Minute zu Minute heller, und ihre Hände sind nun nicht mehr nur auf den Schlafsäcken, sondern auch darin. Doch als Manon die Reißverschlüsse ganz öffnen will, sagt Thomas: »Nein, warte. Noch nicht!«

Es ist genau das, was sie schon seit Ewigkeiten nicht mehr getan haben: sich etwas verbieten, zumindest für den Moment. Es hinauszögern, die Lust verlängern. In den vergangenen Jahren war vor allem er derjenige, der allzu schnell zur Sache kam. Aber nicht, weil er es unbedingt sofort wollte, oder gar, weil er den Sex als sein gutes Recht betrachtet hätte, sondern aus Hilflosigkeit. Die ganze Gemengelage, das Fordern auf der einen und das Sich-überfordert-Fühlen auf der anderen Seite, endete nur in Verkrampfung.

Manons Schlafsack ist nun ganz nah, genau wie ihr Gesicht, ihr Mund, ihr Atem. Erneut macht sie sich an seinem Reißverschluss zu schaffen, wieder hält er sie davon ab. Ihr Unterkörper schiebt sich an sein Knie heran, ihre Hand umgreift seinen Nacken. Durch den Schlafsack streicht er über ihren Busen, ihren Bauch. Er greift nach ihrem Hintern, ihrem Schritt, spürt ihre Hitze, die sich mit der Wärme der Sonne mischt.

Dann ist sie plötzlich auf ihm, über ihm. Sein Knie ist zwischen ihren Beinen. Er umgreift sie in ihrem Schlafsack, packt mit beiden Händen zu, hält sie so fest, dass sie sich nicht mehr bewegen kann. Sie küssen sich so heftig, dass er ihre Schneidezähne spürt. Sie beißt ihm auf die Unterlippe.

»Au«, sagt er.

Sie lacht. »Das hast du davon. Wenn du mich nicht loslässt, dann beiße ich.«

Und dann haben die Schlafsäcke ihren Dienst getan, und alle Grenzen verschwimmen.

Sie liegen eng nebeneinander, die offenen Schlafsäcken wie Decken über sich. Manons Kopf ruht auf seiner Schulter. Die Sonne steht genau in der Mitte zwischen den beiden Felsen, stark genug, um sie zu wärmen, aber noch so sanft, dass es möglich ist, sie mit zusammengekniffenen Augen zu fixieren. Das Meer glitzert, jede Welle eine kleine Explosion.

Thomas' Körper fühlt sich seltsam an. Ganz leicht, aber zugleich sehr schwer, vertraut, zugleich fremd. Es kommt ihm vor, als ob sein Körper nicht mehr nur ihm allein gehört, sondern auch zu allem um ihn herum: zur Sonne, zum Meer, zum Wind und zu dem Körper neben ihm. Als ob er in eine andere Sphäre eingetreten wäre, hinaus aus seinem kleinen, beschränkten Ich, hinein in die weite Welt, ein Teil der Natur.

Manon dreht sich auf die Seite und zieht ihn an seinem Arm mit sich.

»Hältst du mich fest?«, fragt sie.

Er liegt nun hinter ihr, noch immer nackt. Manon hat sich nach dem Sex ihren Slip und ihr Unterhemd angezogen. So hat sie es schon immer gemacht: Spätestens zehn Minuten, nachdem sie miteinander geschlafen haben, hat sie wieder ihre Unterhose und ein T-Shirt an. Er selbst bleibt immer nackt. Er liebt es, nackt zu sein, nackt mit ihr, nackt neben ihr.

Sein linker Arm ist um ihren Oberkörper geschlungen, sein Schwanz liegt auf dem Stoff des Slips, zwischen ihren Pobacken. Er ist noch immer erigiert oder schon wieder. Manon greift seine Hand und verschränkt ihre Finger mit seinen, wie ein Reißverschluss.

»Ich mach ein bisschen die Augen zu«, sagt sie mit bereits geschlossenen Lidern.

»Gut«, sagt er und schließt seine Augen ebenfalls.

Sieben

Er schreckt hoch. Sein Herz hämmert. Sein Mund ist trocken, sein rechter Arm komplett taub. Die Luftmatratze liegt halb im Schatten eines Felsens.

Manon schläft. Ihr Atem ist ruhig und gleichmäßig. Vorsichtig löst sich Thomas von ihr. Er steht auf, schlägt sich mit der Hand auf den Oberarm. Er knetet den Arm, hüpft auf und ab. Er spürt, wie seine rechte Hand gegen seine Hüfte schlenkert und klatscht, aber er spürt es nicht in der Hand selbst. Schließlich greift er nach seinem Unterarm und schüttelt ihn so lange, bis das Gefühl endlich zurückkommt: erst ein Kribbeln, dann die Kontrolle.

Er trinkt eine halbe Flasche Wasser. Danach steht er unschlüssig neben der Matratze. Manon scheint tief zu schlafen, er überlegt, ob er sich wieder neben sie legen und sich noch einmal an ihren Rücken schmiegen soll. Aber es drängt ihn, sich zu bewegen, eine Viertelstunde am Strand entlangzulaufen und über die Klippen zu klettern. Er hat das Gefühl, dass nicht nur sein Arm wieder aufgewacht ist, sondern sein ganzer Körper. Ein Jahr lang ohne Sex! Immer nur darüber reden, über die Schwierigkeiten, die Hürden, die Unmöglichkeit. Ein Jahr lang nur im Kopf. Dabei ist doch alles so einfach. Und es fühlt sich so gut an – so richtig.

Er greift nach seinen Shorts, die neben der Luftmatratze im Sand gelandet sind, schüttelt sie aus und zieht sie an – genau wie seine Jeans und sein T-Shirt. Dann nimmt er seinen Rucksack, packt eine Flasche Wasser ein. Er knotet die Schnürsenkel der Turnschuhe zusammen, hängt sie sich über die Schulter und marschiert los.

Die Klippen sind scharfkantig. Trotzdem will er barfuß bleiben. Auch die Füße gehören zu seinem Körper. Er will den Boden unter sich spüren. Den weichen Sand, das kalte Wasser. Glatte Steine. Spitze Muscheln. Und wenn es sein muss, eben auch scharfe Kanten.

Über geschichtete Schieferplatten klettert er von Bucht zu Bucht. Nirgendwo ist ein Mensch zu sehen. Von oben ist der Strand nur schwer zu erreichen. Außerdem ist es immer früh am Morgen, erst kurz nach neun, die meisten Urlauber schlafen noch oder frühstücken gerade. Es ist traumhaft; als ob er der erste Mensch ist, der hier seine Spuren hinterlässt.

Die dritte Bucht ist besonders schön. Sie ist kleiner und zu dieser frühen Tageszeit noch schattig. Richtung Westen steht eine Art natürlicher Torbogen, unter dem die Wellen ein Sandbecken ausgespült haben. Thomas krempelt sich die Jeans über die Knie und watet in das Wasser. Er muss sich bücken, damit er nicht mit dem Kopf gegen die Felsen stößt. Auf dem schmalen Sandstreifen zwischen der Klippe und dem Becken liegen allerlei Steine und Muscheln, vor allem Muschelbruchstücke, vermutlich durch das stetige Anbranden der Wellen immer weiter zerkleinert, bis sie schließlich – in Hunderten von Jahren – zu Sand werden.

Zwischen den Steinen entdeckt er einige helle Stacheln. Als er gräbt, kommt eine Muschel zum Vorschein, die wunderschön ist, beinahe kitschig. Als stammte sie aus einem der Souvenirläden, die die Touristenhochburgen an allen Stränden dieser

Welt säumen – in extra angelegten Farmen gezüchtete Kalkge-häuse, die auf der Klaviatur der Sehnsucht des Menschen nach Natur spielen und doch nichts anderes sind als Auswüchse der Globalisierung. Aber diese Muschel hier ist echt. Sie ist wirkliche Natur, nicht bloß die Illusion davon.

Thomas spült sie ab und trocknet sie an seinem T-Shirt. Dann packt er sie in den Rucksack.

Auf der anderen Seite des Torbogens geht es steil hinauf. Thomas zieht sich die Schuhe an. Dann steht er unten im Sand wie vor einer Boulderwand und überlegt, wie er den Aufstieg am besten beginnen soll. Er entscheidet sich, einen kleinen Umweg zu nehmen, nach rechts in Richtung des Torbogens, dann oben weiter nach links bis zu der großen Klippe, von der aus er in die nächste Bucht hinunterklettern kann.

Es ist anstrengend. Ein paarmal rutscht er ab. Einmal verliert er fast das Gleichgewicht, vier Meter über dem Boden, unter ihm hauptsächlich Sand, aber auch Felsen. Als er auf dem Plateau an-gelangt ist, läuft ihm der Schweiß den Nacken herunter, unter seinen Achseln riecht es nach Angst. Aber er fühlt sich fantas-tisch.

Er tritt bis an den Rand der Klippe und schaut auf das Wasser. Die Sonne blendet ihn. Mitten auf dem Meer entdeckt er ein Boot.

Er setzt seinen Rucksack ab, holt seinen Fernstecher heraus und sucht damit das Wasser ab. Es ist ein Schlauchboot mit ei-nem Außenbordmotor, das auf die Küste zusteuert. In dem Boot sitzen mindestens zwanzig Menschen. Männer. Schwarze. Sie sind dunkel angezogen und tragen orange Rettungswesten. Flüchtlinge. Ein Flüchtlingsboot.

Thomas setzt das Fernglas kurz ab, führt es dann erneut an die Augen. Das Boot kommt näher. Viel weiter hinten, rechts am

Horizont, ist ein großer Tanker zu sehen, ansonsten ist das Meer leer.

Es ist befremdlich. Wie oft hat er in den vergangenen Jahren solche und ähnliche Bilder in den Nachrichten gesehen: Flüchtlinge im Mittelmeer. Flüchtlinge auf den griechischen Inseln. Flüchtlinge, die von der Küstenwache oder der Seenotrettung aufgegriffen werden. Flüchtlinge in einer ewigen Wiederholung.

Nun kommt es ihm vor, als ob all diese Bilder und Filmschnipsel die Wirklichkeit überdecken. Als ob die Wirklichkeit gar nicht mehr wirklich ist, sondern nur ein Abklatsch der medialen Dauerbeschallung. Und entsprechend fehlt ihm jedes Gefühl zu dem, was er dort sieht.

Was wollen diese Menschen hier? Was erhoffen sie sich von Europa? Mehr Geld? Mehr Freiheit? Eine Ausbildung? Ein Studium? Wer hat ihnen die Seifenblasenträume von einem besseren Leben eingeflüstert? Vom Tellerwäscher zum Millionär. Wie absurd! Warum begreifen sie nicht, dass sie hier nicht gebraucht werden? Dass sie nicht erwünscht sind? Dass sie froh sein können, wenn sie irgendeinen Hilfsjob angeboten bekommen? Dass sie, wenn sie Glück haben, in irgendeiner großen Stadt in einem Ausländergetto landen! Am Rand von Madrid, in den Hafenvierteln von Marseille, in der Banlieu von Paris oder in Berlin-Neukölln.

Ein paar Monate zuvor hat Thomas einen Auftrag im Wedding angenommen. Ein Start-up-Unternehmen, das für den Relaunch der Website Fotos seines »einzigartigen Loftbüros« sowie »coole Porträts« der Mitarbeiter brauchte. Auf dem Weg zurück in den Prenzlauer Berg bekam Thomas Hunger und verspürte ein starkes Verlangen nach einem Döner. Wegen seiner teuren Foto-

Ausrüstung im Kofferraum zögerte er kurz, aber als er in der Badstraße, der Hauptschlagader des Wedding, einen Parkplatz entdeckte, war die Entscheidung gefallen.

Obwohl die Bezirke unmittelbare Nachbarn sind, war hier alles ganz anders als im Prenzlauer Berg. Hektik. Müll. Laute orientalische Musik, die aus den Autos wummerte. Die Gehsteige waren voller Menschen, die sich in großen Gruppen an Billigmärkten, Handyshops und Gemüseläden vorbeischoben. Kaum ein einziger Bio-Deutscher. Stattdessen Menschen arabischer Herkunft. Viele Afrikaner. Und Türken. Während er auf der Suche nach einer vertrauenserweckenden Döner-Bude war, versuchte er dem wilden Treiben etwas abzugewinnen, es interessant zu finden, bunt, spannend und multikulturell. Aber es gelang ihm nicht – es war einfach nur fremd, und es widersprach in jeder Hinsicht seinen Grundüberzeugungen. Kein Bioladen weit und breit. Alles voller Müll auf den Gehwegen. Mehrere Frauen waren bis auf schmale Augenschlitze in schwarze Gewänder verhüllt. Die meisten Männer aufgepumpte Machos. Die Kinder hingen mit Plastiklimoflaschen in ihren Buggys und daddelten auf Smartphones herum. Vor den Cafés standen Männergruppen, die direkt aus der Gangster-Serie *4 Blocks* hätten stammen können. Thomas fühlte sich angestarrt, wurde angerempelt, und eine Gruppe junger Schwarzafrikaner bot ihm Haschisch an. Es war eine laute, aggressive Konsum- und Wegwerfwelt, und auch die Tatsache, dass der Döner – sein erster seit vielen Jahren – wirklich fantastisch schmeckte und die Cola aus einer aus Polen illegal importierten Einwegdose mindestens genauso gut, konnte ihn nicht versöhnen.

Als er Manon am Abend von seinen Eindrücken erzählte, stritten sie sich. Sie warf ihm vor, Vorurteile zu haben, ja rassistisch zu sein. Er hielt ihr entgegen, dass sie die Realitäten nicht anerkannte. Dass sie nicht sehen wollte, dass die Integration eine Illusion war, dass sie gescheitert war. Manon erzählte ihm von ihren Kindheitserinnerungen in Paris. Wie wohltuend es war, in einem multikulturellen Viertel wie Barbès-Rochechouart herumzulaufen, wo es wild und laut zuging – Sonderangebote, Gemüse, Streetfood –, wo die Menschen einander umarmten, sich über die Straße etwas zuriefen, pfiffen und schimpften. Wo es keine dürren Frauen in Kostümchen und Sonnenbrillen im Haar gab und Männer mit Anzügen und Patek-Philippe-Armbanduhren – kurz gesagt: viel lebendiger als im 12. Arrondissement, in dem ihr Vater in einem Zweihundertfünfzig-Quadratmeter-Loft wohnte.

Thomas hatte ihr versucht zu erklären, dass dieser Blick naiv sei. Dass die Welt sich seit den Neunzigerjahren verändert habe: kulturelle Segregation, stumpfer Konsum, Gewalt, Unterdrückung, Islamismus. Er sprach von den aufgegebenen Stadtteilen, in denen die Arbeitslosenquote der Migranten bei sechzig, siebzig Prozent lag. Und zwar nicht etwa, weil es keine Jobs gab, sondern weil es lukrativer war, Sozialleistungen vom Staat zu kassieren oder Drogendealer zu werden – oder beides parallel. Manon hatte ihn mit weit aufgerissenen Augen angestarrt, der entsetzte Blick der Political Correctness, um dann die altbekannten Phrasen von Krieg und Hunger, Vertreibung und dem unverbrüchlichen Recht auf Asyl anzustimmen.

Und hier und jetzt? Wie wird sie reagieren, wenn sie das Boot entdeckt?

Thomas muss daran denken, wie Manon während einer Pinkelpause bei Marbella auf dem Parkplatz stand und zu den Rauchwolken in der Ferne starrte. Die Hand vor ihrem leicht geöffneten Mund. Das Kopfschütteln. Die Erschütterung angesichts einer Wirklichkeit, die sie seit Jahren kennt. Es fehlte nur noch, dass sie auf die Knie sank, um zu beten. Als ob es bei den Bränden um ihr ganz persönliches Schicksal ging, um ihr Haus, das in Flammen stand, als ob sie etwas daran ändern könnte. Ganz ähnlich war es in den vergangenen drei Sommern in der Uckermark gewesen. Der ständige Blick zum Himmel oder auf ihre Wetter-App. Immer wieder die gleichen Sätze: »Es hat so lange nicht geregnet.« »Unser Brunnen ist schon fast leer.« »Die Bäume sterben.« »In dreißig Jahren werden wir in einer Steppe leben!«

Die Trockenheit ist Manons Trockenheit, und da er sich weigert, sie zu seiner eigenen zu machen, ist er in ihren Augen ein schlechter Mensch. Ein unverbesserlicher Optimist, der einfach nicht sehen will, dass die Welt am Abgrund steht. Dabei weiß er schon seit Langem, wohin die Welt und die Menschheit steuert. Er hat sich nie Illusionen gemacht: Tschernobyl, das Waldsterben, das Ozonloch, Überbevölkerung, Erderwärmung – diese Themen begleiten sein gesamtes Leben. Aber der Unterschied zu Manon ist, dass er keinen Sinn darin sieht, deswegen den ganzen Tag in Weltuntergangsstimmung zu verharren. Denn das hilft niemanden. Ihm selbst nicht, den Menschen, die er liebt, nicht – und am allerwenigsten den Wäldern, die abgeholzt werden, den vertrocknenden Seen, den vergifteten Flüssen oder den Eisbären, die sterben. Bei Manon hingegen musste erst der Brustkrebs kommen, bevor sie verstand, dass die Welt auf der Kippe steht.

Es ist eine Art apokalyptischer Größenwahn. Der gleiche Wahn, der Manon dazu gebracht hat, sich mit einem Füller hinzusetzen und auf handgeschöpftem Büttenpapier Briefe an die Menschheit zu schreiben – *Lettres à l'humanité* –, sie mit einer Mittelformatkamera abzufotografieren und gemeinsam mit Schwarz-Weiß-Detailaufnahmen von Léonie und Noah auszustellen. Und nicht in irgendeiner Galerie, sondern im Französischen Pavillon auf der Kunstbiennale in Venedig. Private Krise meets Klima-Apokalypse. Das ist das Rezept ihres künstlerischen Erfolgs, wobei es sich natürlich nicht um ein Rezept im eigentlichen Sinne handelt, sondern um ihr eigenes Grundgefühl, das zufällig auf einen bestimmten Zeitgeist trifft. Künstlerisch mag das seinen Reiz haben, aber er ist kein Galerist, Sammler oder Kurator. Er ist mit diesem apokalyptischen Grundgefühl verheiratet. Es ist ihre Beziehung, die darunter leidet, es ist ihr Sex, der nicht mehr stattfindet – es ist ihre Ehe, die auf dem Spiel steht.

Das Boot kommt näher. Inzwischen ist es nur noch wenige Hundert Meter von der Küste entfernt, es steuert direkt auf die Bucht zu, in der sie ihr Liebesnest aufgebaut haben.

Thomas packt den Fernstecher ein und setzt sich den Rucksack auf. Nun hat er es eilig.

Er muss in der Bucht sein, bevor das Boot zwischen den Klippen zu sehen ist.

Er muss Manon irgendwie ablenken.

Er muss verhindern, dass sie das Boot sieht.

Er rennt zu den Klippen, klettert, so schnell er kann, rutscht, hält sich fest und schürft sich dabei das Handgelenk auf. Aber als er am Strand unter dem Torbogen ankommt, erkennt er, dass er zu spät ist. Außer Atem steht er in der menschenleeren Bucht. Einer der Männer hat aus einem Ruder und einem Pullover eine schwarze Fahne geknotet, die er über seinem Kopf schwenkt.

Kurz darauf ist das Boot aus seinem Blickfeld verschwunden.

Mindestens eine Minute bleibt Thomas noch regungslos stehen. Dann macht er sich auf den Rückweg.

Manon sitzt auf einem Stein und wischt über ihr Smartphone. Sie hat sich angezogen, also muss sie schon eine Weile wach sein. Das Boot ist hinter der Küstenlinie verschwunden.

»Manon!« Er winkt.

Sie wendet sich ihm zu. Ihr Blick ist unergründlich.

»Ich wollte dich gerade anrufen«, sagt sie.

Ist das ein Vorwurf? Er kann es nicht genau sagen. Aber irgendetwas ist mit ihr, das spürt er. Vielleicht das Boot, vielleicht etwas anderes.

»Ich bin über die Klippen geklettert«, sagt er leichthin.

Er öffnet seinen Rucksack, wühlt darin und zieht die Muschel heraus.

»Schau mal«, sagt er.

»Für mich?«

»Ja.«

Sie nimmt die Muschel, betrachtet sie. Dreht sie in ihrer Hand. Wieder dieses Gedankenverlorene. Als ob sie weit weg ist.

»Danke«, sagt sie.

»Ist das nicht herrlich?«, sagt Thomas und schaut aufs Meer.

»Ja. Wunderschön.«

Erleichterung macht sich in ihm breit.

Kein Wort zu dem Boot, also hat sie es nicht gesehen. Keine Flüchtlingskrise, die in Konkurrenz zu ihrer Ehekrise tritt. Das gute Gefühl des Sonnenaufgangs wird ihnen noch eine Weile erhalten bleiben.

Er tritt von hinten an sie heran, legt seine Arme um ihren Bauch.

»Das war schön vorhin.« Er hat keine Lust mehr zu taktieren. Ihr etwas nicht zu sagen, aus Angst davor, sie damit zu bedrängen.

»Das fand ich auch.« Es klingt ehrlich, ohne Misston.

Er drückt sich an sie. Durch den Stoff seiner Hose spürt er ihren Hintern, und sofort bekommt er eine Erektion.

»Am liebsten würde ich noch mal auf die Matratze …« Es tut so gut, es auszusprechen, es einfach zu sagen, es sagen zu dürfen. Mehrfach hat er versucht, Manon zu erklären, dass es ihm gar nicht um den Sex an sich geht, sondern darum, seinen Empfindungen Ausdruck zu verleihen, ohne dass sofort ein Knoten zwischen ihnen entsteht. Denn wenn sie ihn bei jeder kleinen Andeutung oder flüchtigen Berührung anschaut, als wäre er ein Triebtäter, ist keine Liebesbeziehung mehr möglich.

Thomas beschließt, kurz ins Meer zu springen. Er will die Kälte spüren, die Wellen, seinen Körper. Er fragt Manon, ob sie mitmöchte, aber sie verneint: zu kalt. Nackt steht er am Strand in der Startposition eines Hundertmeterläufers, während Manon auf einem Felsen sitzt.

»*À vos marques!*«, ruft sie und hebt den Arm.

»*Prêts!*«

Er reckt seinen nackten Hintern in die Höhe, den Blick konzentriert auf das Meer. Er stellt sich vor, wie ihn jemand von der Steilküste aus beobachtet: ein nackter, haariger Po und dazwischen ein Hodensack. Manon hat offenbar einen ähnlichen Gedanken. Sie lacht. Es ist schön, sie lachen zu hören. Seit Beginn der Reise lacht sie wieder.

Manon lässt den Arm fallen, und Thomas rennt los. Er spürt den Sand unter seinen Füßen. Er spürt seine schaukelnden Genitalien. Er spürt seine Muskeln, aber er spürt auch, dass er zugenommen hat. Bis auf ein wenig Laufen hat er in den vergangenen fünf Jahren kaum noch etwas gemacht. Kein regelmäßiges Schwimmen. Kein Squash, kein Studio. Mit dem Sex ist auch der Sport aus seinem Leben verschwunden.

Aber auch das will er nach dieser Reise ändern. Er will alles ändern.

Er *muss* alles ändern.

Er spürt das Wasser an seinen Füßen, an seinen Beinen, seinem Bauch: kalt, aber lebendig. Er spürt Manons Blick, es ist ein gutes Gefühl. Das Wissen darum, dass sie ihn anschaut, gibt ihm Kraft.

Noch zwei Schritte, dann springt er, die Hände zusammen, den Kopf nach vorn, die Augen geschlossen, und taucht unter.

Acht

Er erwacht mitten in der Nacht. Diesmal weiß er sofort, wo er ist. Aber er weiß nicht mehr, *wer* er ist. Das Gefühl ist ihm vertraut, doch die Vertrautheit macht es nicht weniger bedrohlich. Im Gegenteil: Je vertrauter es ist, desto bedrohlicher wird es.

Tagsüber kommt es nur selten, und wenn, dann verschwindet es schnell wieder. Aber nachts trifft es ihn unvorbereitet. Es ist, als ob das Gefühl der Fremdheit auf seinen Schlaf lauert. Als ob es darauf wartet, dass sein Ich schwach genug ist, um ihm den entscheidenden Schlag zu versetzen.

Er weiß noch alles, was er wissen muss: seinen Namen, Manons Namen, den Namen ihrer Kinder, den Namen seiner Schwester, den Namen seines Bruders, sogar die Namen der Kinder seines Bruders – auch wenn er zu ihnen kaum ein Verhältnis hat. Aber seine Identität ist porös. Er hat den Bezug zu sich selbst verloren. Ihm fehlt der innere Kern, die Klammer, die alles zusammenhält.

Und dann kommt die Panik. Er liegt auf dem Rücken, sein Herz schlägt schneller, sein Atem zittert, ihm wird schwindlig.

Er kennt dieses Gefühl schon lange, sehr lange. Früher war der Auslöser die Fremdheit, die er in seiner Familie empfand. Seinem großen Bruder gegenüber, gegen dessen Härte, Stumpfsinn und Egoismus. Seiner ein Jahr älteren Schwester gegenüber, ihrer Oberflächlichkeit, Egozentrik und ihrem Materialismus.

Und natürlich seinen Eltern gegenüber, deren Leben nur aus Dingen bestand und dem Versuch, diese Dinge in Ordnung zu halten, und die alles, was darüber hinausging, unter den Teppich kehrten – wobei die treibende Kraft seit jeher sein Vater war und seine Mutter eher das Opfer. Damals fragte er sich, was er in dieser Familie verloren hatte, und das Gefühl der Fremdheit überkam ihn oft abends oder nachts als eine Art Beklemmung, die ihn in Panik versetzte.

Nachdem er von zu Hause weggegangen war – weit weg, nach Berlin, um gegen den Willen seiner Eltern Fotograf zu werden –, war dieses Gefühl verschwunden.

Und dann lernte er Manon kennen, sie heirateten, und er fand seiner Familie gegenüber zu einer neuen Souveränität. Von nun an bildete er gemeinsam mit Manon eine neue Familie, seine eigene kleine Insel, seine Festung. Seine Eltern und Geschwister waren keine Bedrohung mehr, ja, er konnte sogar eine Art mildes Mitleid mit ihnen empfinden. Mit seinem Bruder, der sich einen halben Kilometer von den Eltern entfernt ein Haus gebaut hatte und seit fünfundzwanzig Jahren in einem Rüstungskonzern arbeitete, zuerst als Ingenieur, inzwischen als Manager: drei Kinder, zwei Jungs, ein Mädchen – eine Art Spiegelbild zu dem Leben seiner Eltern. Mit seiner Schwester, die Ärztin war, jedoch längst nicht mehr praktizierte, in zweiter Ehe reich verheiratet, kinderlos, aber mit drei großen Hunden in Kalifornien, wo sie möglichst viel Zeit darauf verwendete, ihr Gesicht faltenlos zu halten.

Viele Jahre war Thomas mit dieser ihm fremden Familie versöhnt. Es war eben seine Familie. Er war anders als sie, und das war gut so. Es gab keinen Groll. Doch seit Manons Brustkrebs und allem, was darauf folgte, ist diese Gelassenheit verschwunden.

Thomas setzt sich auf den Bettrand, atmet tief ein und wieder aus. Erst jetzt fällt ihm auf, dass Manon nicht mehr da ist. Sie ist betrunken neben ihm eingeschlafen, in seinem Arm, nun ist sie verschwunden. Er greift nach seinem Handy. 3:21. Seine Mutter hat weitere Fotos geschickt, und von Léonie hat er einen Link zu einem TikTok-Video bekommen. Er öffnet den Browser und googelt »Flüchtlingsboot Südspanien«. Die Treffer, die ihm angezeigt werden, sind alle älter. Er probiert es mit der Bildersuche. Unzählige Fotos, die sich zum Verwechseln ähneln: Teleobjektiv, keine Tiefenschärfe. Meer. Schlauchboot. Viele Menschen mit dunkler Hautfarbe und orangen Rettungswesten. Alle jung, dicht gedrängt. Manchmal ein Boot der Küstenpolizei im Hintergrund, manchmal mehrere Boote nebeneinander. All diese Bilder haben etwas unglaublich Deprimierendes. Das Meer, das so schön sein kann, so wild und so romantisch, wird zu bewegtem Wasser. Die Fahrt auf einem Boot, die so viel Freiheit verheißt, wird zu einem Gefangenentransport. Die Menschen, von denen jeder einzigartig ist, jeder mit einer eigenen Geschichte, einem unverwechselbaren Fingerabdruck, werden zu einer dunklen Masse. Thomas verändert die Suche. Er lässt sich von Google »Flüchtlingsboot« ins Spanische übersetzen und gibt dann »*barco de refugiados*« und »*Playa de Bolonia*« in die Suchmaske ein. Wieder kein genauer Treffer, dafür erneut deprimierende Bilder. Er legt das Handy beiseite, geht aufs Klo, pinkelt und spült.

Die Panik ist verschwunden. Aber wie jedes Mal, nachdem er den Boden unter den Füßen verloren hat, fühlt er sich seltsam ausgehöhlt.

Er legt sich ins Bett, deckt sich zu. Er kann nicht schlafen. Er hat zu viel Wein getrunken. Er schließt die Augen, öffnet sie wieder, dreht sich von rechts nach links und wieder zurück.

Schließlich liegt er auf dem Rücken und starrt an die Decke. Unwillkürlich muss er an den Hirsch denken, an sein riesiges Geweih, seine ruhigen, dunklen Augen. Und dann muss er daran denken, wie Manon ihm auf der Rückfahrt von dem Boot erzählt hat. Wie aus dem Nichts, genau so, wie der Hirsch plötzlich auf der Straße stand. Warum hat sie ihm nicht am Strand schon davon erzählt? Nur weil er sie allein gelassen hat? Hat er sie denn allein gelassen? Sie hat geschlafen, tief geschlafen, und er ist eine halbe Stunde spazieren gegangen. Er hat ihr eine Muschel mitgebracht. Er hat sie umarmt. Sie hat über seine schaukelnden Hoden gelacht.

Zur Wahrheit gehört jedoch auch, dass er seinerseits bis jetzt nicht zugegeben hat, das Boot gesehen zu haben.

Er ist noch immer überrascht, wie ruhig Manon von dem Boot erzählt hat. Sie hat keine große Weltkrise heraufbeschworen, sondern einfach nur der Sorge Ausdruck verliehen, was mit den Flüchtlingen passieren wird. Vermutlich ist er durch die vergangenen Jahre traumatisiert. All die Weltuntergänge. Die Angst vor dem Krebs. Die Angst vor dem Tod. Die Angst vor der Klimakrise. Die Angst vor dem Krieg. Die allgemeine Angst vor der Zukunft. Die Angst, die in Manons Kunst einfloss und den Zeitgeist traf. Die neue Weiblichkeit, Climate Anxiety, Zukunftsangst, Apokalypse.

Jahrelang hat sich Manon von Stipendium zu Stipendium gehangelt. Regelmäßige Ausstellungen, ja, auch eine Berliner Galerie, die an sie glaubte. Sogar zwei, drei Sammler, die Fotos oder Installationen von ihr kauften. Aber sie war weit davon entfernt, von ihrer Kunst leben zu können. Thomas verdiente das Geld, kümmerte sich auch um vieles andere, denn Manon ist in vielem chaotisch, entsprechend ist er in ihrer Beziehung für die Ordnung zuständig. Für den Haushalt. Für die Steuererklärung. Für die Versicherungen. Für die Urlaubsplanung. Für das Auto. Und in entscheidenden Fragen auch für die Kinder. Hausaufgaben? Sind für Manon nicht so wichtig. Elternabend? Sie hat keine Lust auf die Mütterklüngel. Kochen? Kann sie nicht, will sie auch nicht können. Die Baustelle in ihrem Haus in der Uckermark? Zu viel Organisation. Der Garten? Soll doch einfach alles wachsen, die Natur wird es schon richten.

Das Erstaunliche ist: Auf diese Weise hat ihr gemeinsames Leben über viele Jahre gut funktioniert. Sie hatten ihre Rollen und füllten sie aus. Thomas kümmerte sich um viel bis alles, auch weil er sich gern um viel bis alles kümmert.

Dann kam Manons Brustkrebs. Es war ein frühes Stadium, alle Ärzte beruhigten sie: ein kleiner operativer Eingriff, anschließend Bestrahlungen und regelmäßige Nachuntersuchungen – sie hatte beste Chancen, den Krebs zu besiegen. Doch bei Manon öffnete die Krankheit sämtliche Angst-Schubladen. Sie lag nächtelang wach. Weinte und zitterte. Sie betete. Sie ging in die Kirche. Sie schrieb lange Briefe an ihren Vater, als ob sie sich von ihm verabschieden wollte. Sie ließ ihre eigene Brust-OP filmen, sprach dazu einen Text zu ästhetischer Chirurgie ein und machte eine Installation daraus – *Das Ende der Weiblichkeit*. Ihr eigener Krebs wurde in ihrer Kunst zu einem Krebs, der überall war und nach und nach die Welt zerfraß: Autobahnen. Aufgeplatzter Asphalt. Fleischtheken. Supermarktregale. Nagelstudios. Handyshops. Baumärkte. Konsum war Krebs. Verkehr war Krebs. Alles war krank.

Es ist eine besondere Eigenschaft von Manon, ihre Empfindungen und Ängste für allgemeingültig zu halten. Wenn Thomas nicht gut auf sie zu sprechen ist, hält er es für ausgeprägte Egozentrik mit teilweise narzisstischen Zügen, zugleich ist diese

Charaktereigenschaft jedoch auch faszinierend und vermutlich die Voraussetzung, um überhaupt ein Künstler oder eine Künstlerin zu sein.

Mit der Apokalypse kam der Erfolg. Ausstellungen. Kataloge. Bücher. Eine Galerie in Paris, eine in New York. Manon verdiente Geld, viel Geld. Es folgten Museen, darunter der Hamburger Bahnhof, die Tate Modern in London und sogar das MoMa. Und schließlich, gewissermaßen als Höhepunkt, die Biennale in Venedig im vergangenen Jahr.

Und er? Hat den Boden unter den Füßen verloren. Mit einem Mal war ihre Beziehung nicht mehr die gleiche. Die Koordinaten änderten sich. Er ist nicht mehr länger der erfolgreiche Industriefotograf, der mit seinen gut bezahlten Aufträgen seine Künstler-Ehefrau unterstützt, sondern ein schnöder Handwerker, der sich in den Dienst des Kapitalismus stellt. Die Kluft, die zwischen Manons künstlerischen Fotoarbeiten und seinen Dienstleistungsbildern liegt, ist so unüberbrückbar groß, dass er sich nicht mehr traut, Manon von neuen Anfragen zu erzählen, geschweige denn ihr die Fotostrecken zu zeigen, die er etwa in einem mittelständischen Mechatronik-Unternehmen in Thüringen gemacht hat. Er schämt sich für seine Jobs und ärgert sich, dass er sich dafür schämt. Zugleich ist er wütend auf Manon, weil sie diese Gefühle in ihm auslöst, und dann ärgert er sich wieder über sich selbst, weil er sie dafür verantwortlich macht.

Manon ist inzwischen ständig in der Welt unterwegs. Sie hat eine Assistentin, die sich um alles kümmert, hat viele neue Kontakte, ist auf Symposien, während Thomas zu Hause sitzt und sich mit dem Alltag herumschlägt. Vieles kommt ihm auf einmal sinnlos vor. Nicht nur seine Aufträge, auch ganz banale Dinge, die erledigt werden müssen und die er zuvor einfach nebenbei und ohne groß darüber nachzudenken erledigt hat. Sogar seine

Lehrtätigkeit an der Universität der Künste im Bereich Fotografie, die viele Jahre ein wichtiger Anker für ihn war, fühlt sich inzwischen an wie eine Beamtenstelle, die er ebenso gut kündigen könnte.

Draußen ist schon wieder der helle Streifen zu sehen. Thomas greift nach dem Handy. 4:23. Er steht auf und schließt die Läden. Dann legt er sich wieder hin, dreht sich auf die Seite und ist innerhalb weniger Sekunden eingeschlafen.

Professor Blumberg wirkt deutlich wacher und beharrlicher als am Vortag. Vermutlich hat es etwas mit der Tageszeit zu tun, vielleicht ist es auch eine therapeutische Taktik: am einen Tag weich und ohne jeden Nachdruck, dann wieder klar, scharf und analytisch.

Die Stunde beginnt wider Erwarten mit Small Talk. Professor Blumberg fragt sie nach ihrem Befinden, nach den getrennten Betten und ob sie mit dem Essen zufrieden sind, und zwischendurch bittet er sie mehrfach darum, einfach ein bisschen zu erzählen. Sie antworten abwechselnd. Thomas kommen die Fragen banal vor, aber Professor Blumberg zieht offenbar seine Schlüsse daraus. Immer wieder nickt er, seinen Augen scheint nichts zu entgehen.

Schließlich kommt Professor Blumberg auf den Strandausflug zu sprechen: »Inzwischen haben Sie ja eine Nacht darüber geschlafen«, sagt er. »Ich möchte, dass Sie mir erzählen, wie Sie den gestrigen Morgen erinnern. Und zwar in aller Ausführlichkeit, mit allen guten und schlechten Gefühlen – falls es schlechte Gefühle gab.« Er lächelt. Dann schaut er zu Manon. »Möchten Sie vielleicht anfangen?«

Manon zögert. Sie holt Luft, will etwas sagen, bricht dann ab.

Macht eine ihrer leicht affektierten Gesten, seufzt, schweigt. Und dann, gerade in dem Moment, in dem Thomas davon überzeugt ist, dass sie Professor Blumbergs Frage längst vergessen hat, fängt sie an zu sprechen. Sie erzählt davon, wie sie von der Straße zum Strand gelaufen sind. Wie sie ihr Lager aufgebaut haben und eng umschlungen am Meer standen. Von den Schlafsäcken. Von der Spannung. Davon, dass sie das erste Mal seit Langem das Gefühl hatte, Thomas wieder wirklich nah zu sein, und dass es sie an ganz früher erinnert hat. Und schließlich erzählt sie, wie sie sich geküsst und miteinander geschlafen haben. Und dass sie es schön fand, sehr schön sogar.

Es entsteht eine Pause.

»Und dann?«, fragt Professor Blumberg. Er scheint zu spüren, ja intuitiv zu wissen, dass es da noch mehr gibt. Dass es erst jetzt, nach dem Sex, wirklich interessant wird.

»Wir sind nebeneinander eingeschlafen«, antwortet Manon.

»Und dann?«

Manon schweigt. Professor Blumberg wartet und schaut währenddessen Manon an, die sich mit den Fingerspitzen eine Strähne aus dem Gesicht streicht, den Blick abwendet und zum Fenster blickt.

Thomas kennt diese Blicke und Gesten. Sie wirken aufgesetzt, beinahe so, als würde Manon für ein Foto posieren. Manchmal, zum Beispiel während eines Streits, kommt es ihm so vor, als ob Manon ihre Gefühle nur spielt. Dabei weiß er inzwischen, dass das nicht stimmt. Manon ist in diesem Moment ganz im Einklang mit sich selbst. So aufgesetzt es wirkt – sie tut nicht so, als ob sie nachdenken muss, sie denkt wirklich nach.

Manon schweigt weiter und schaut aus dem Fenster, dann wendet sie plötzlich den Kopf zu Professor Blumberg. »Ich bin aufgewacht und habe ein Flüchtlingsboot gesehen«, sagt sie.

Professor Blumberg schaut sie an. Keine Überraschung in seinem Gesicht. Keine hochgezogenen Augenbrauen, keine Nachfrage, so wie das in einer normalen Kommunikation üblich wäre. Nicht einmal das kleinste Zucken.

Manon dreht sich kurz zu Thomas und schaut ihm in die Augen. In ihrem Blick erkennt er Léonie: wach und herausfordernd, aber auch scheu und verschlossen. Manon atmet tief ein und wieder aus, dann wendet sie sich Professor Blumberg zu: »Thomas war nicht da«, sagt sie. »Ich habe mehrmals nach ihm gerufen, aber er war verschwunden.«

Professor Blumberg verharrt mit seinem Blick für ein paar Sekunden bei Manon, dann wendet er sich Thomas zu. »Wo waren Sie?«

Thomas spürt einen Widerstand. Er hat das Gefühl, auf der Anklagebank zu sitzen, ohne zu wissen, warum. »Die Sonne hat mich geweckt«, sagt er. »Manon hat geschlafen, also habe ich mich angezogen, um ein bisschen den Strand zu erkunden.«

Er weiß, dass es richtig, ja vermutlich wichtig wäre, zu erzählen, dass auch er das Boot gesehen hat. Dass er sogar verhindern wollte, dass Manon es sieht, denn damit wären sie vermutlich im Zentrum ihrer Krise angelangt. Aber er schweigt.

Blumbergs Blick ist nun bei ihm, sie schauen einander in die Augen, und obwohl es Thomas unangenehm ist, hält er es aus.

»Haben Sie denn daran gedacht, dass Manon sich allein fühlen könnte, wenn sie aufwacht?«, fragt Blumberg.

»Nein, das habe ich nicht«, sagt Thomas, ohne zu zögern. Er sieht keinen Grund, warum er daran hätte denken sollen. Es ist viel häufiger Manon, die ihn allein lässt. Nicht nur, wenn sie eine ihrer Kunstreisen unternimmt, sondern auch zu Hause, wenn sie spontan in ihrem Atelier schläft. Und hat sie ihn nicht erst heute

Nacht allein gelassen? Nachdem sie Arm in Arm eingeschlafen waren?

Manon hat die Augen geschlossen und massiert ihre Schläfen mit Zeige- und Mittelfinger. Vermutlich Migräne. Immer wenn etwas schwierig wird, bekommt Manon Migräne.

»Möchten Sie etwas dazu sagen, Manon?« Professor Blumberg schaut sie fragend an.

»Ich ... ja ... Das heißt, nein ... Ich fürchte, ich kann nicht. Ich habe Kopfschmerzen. Ich ...« Sie bricht ab.

Professor Blumberg schaut auf die Uhr. »Wollen wir dann für heute Schluss machen?«

Manon nickt, ohne die Augen zu öffnen oder die Finger von den Schläfen zu nehmen.

»In Ordnung«, sagt Professor Blumberg. »Dann gute Besserung und hoffentlich bis morgen.«

Manon hat tatsächlich Migräne. Sobald sie im Haus sind, zieht sie sich in ihr Zimmer zurück, macht die Läden zu und legt sich mit einem kalten Waschlappen auf der Stirn aufs Bett. Thomas weiß aus Erfahrung, dass die Anfälle meist mehrere Stunden dauern, manchmal den ganzen Tag.

Beim Mittagessen nimmt er nur einen kleinen Teller Salat, trinkt aber zwei Gläser Weißwein und bestellt sich danach noch ein drittes.

Der Tag plätschert dahin. Thomas geht zum Pool, wo er Airin und Adam trifft, mit denen er einen Gin Tonic trinkt. Er schwimmt fünfzig Bahnen. Erst Kraul, dann Schmetterling. Anschließend sitzt er auf der Terrasse in ihrem Steingarten und liest. Zwischendurch lauscht er vorsichtig an Manons Tür, die nach wie vor geschlossen ist. Am frühen Abend schläft er eine Dreiviertelstunde und wacht mit leichten Kopfschmerzen auf. In der Küche trifft er Manon. Sie sieht blass aus, aber sie sagt, dass es ihr besser geht.

Sie erzählt, dass sie länger mit Léonie telefoniert hat und kurz auch mit Noah. Sie sei erleichtert, sie habe den Eindruck, dass es beiden gut gehe und sie es sich in der geordneten Welt bei Oma und Opa gemütlich machten. Sie sagt tatsächlich »Oma« und »Opa«, so hat sie seine Eltern noch nie genannt.

Thomas überlegt, ob er etwas zu der Vormittagssitzung sagen soll, entscheidet sich aber dagegen.

Stattdessen schenkt er sich ein weiteres Glas Weißwein ein und fragt Manon, ob sie mit ihm zum Essen geht. Manon schüttelt den Kopf. Zu viele Menschen, zu viele Reize. Aber sie hat Hunger. Thomas schlägt vor, dass er für sie beide etwas holen und sie dann zusammen im Garten essen könnten. Manon nickt. »Ja, gern. Vielen Dank.«

Als Thomas mit dem Essen zurückkommt, sitzt Manon vor ihrem iPad. Es läuft eine spanische Nachrichtensendung.

»Ich vermute mal, du willst keinen Wein?«, ruft er aus der Küche. Manon reagiert nicht. Er schenkt sich einen Weißwein ein, trinkt einen großen Schluck, schenkt noch einmal nach und stellt das Glas zu den Tellern und dem Wasser auf das Tablett. Dann tritt er hinaus.

»Es war kein Flüchtlingsboot«, sagt Manon.

Er schaut sie fragend an.

»Das Boot, das ich am Strand gesehen habe. Das war kein Flüchtlingsboot.«

Thomas spürt, wie der Boden unter seinen Füßen in Bewegung gerät. Kein Flüchtlingsboot? Er hat es doch mit eigenen Augen gesehen. Sogar durch den Fernstecher. Natürlich war es ein Flüchtlingsboot!

Er stellt das Tablett ab und tritt hinter Manon. Auf dem iPad sieht er einen großen Tanker mit einer Containerladung, der schräg im Wasser liegt. Mehrere Schleppboote haben Stahlseile am Bug befestigt. All das ist offenbar von einem anderen Boot aus gefilmt. Schnitt. Nun steht eine Reporterin an der Steilküste, ungefähr dort, wo Thomas am Vortag stand. In ihrer Hand hält sie ein rotes Mikrofon mit einem weißen Senderlogo. Sie spricht sehr schnelles Spanisch und deutet in Richtung Horizont. Die Kamera schwenkt und zoomt. Ein Tanker rückt ins Bild. Derselbe Tanker, der zuvor von dem Boot aus gefilmt wurde. Derselbe Tanker, den Thomas von der Steilküste aus gesehen hat.

Die Kamera zoomt wieder zurück und schwenkt erneut die Reporterin ins Bild. Sie sagt noch ein paar Sätze, dann folgt erneut ein Schnitt, und man sieht eine Frau und einen Mann in einem Studio.

»Was hat sie gesagt?«, fragt Thomas, nur um wirklich ganz sicherzugehen. Denn eigentlich haben die Bilder für sich gesprochen.

»Der Tanker hatte eine Havarie. Er stammt von der Côte d'Ivoire, aus Abidjan. Er war eigentlich nach Rotterdam unterwegs. Die Ursachen für das Leck sind unklar, vielleicht ein Riff. In dem Schlauchboot, das ich gesehen habe, saß vermutlich die Besatzung. Nun versuchen sie, den Tanker mit Fässern zu stabilisieren und ihn bis nach Algeciras zu schleppen, um dort die Ladung zu löschen.«

Manon macht das iPad aus. Sie schüttelt den Kopf. »Und ich war fest davon überzeugt, dass es Flüchtlinge sind.«

Ich auch, denkt Thomas.

»Siehst du?«, sagt er. »Manchmal ist die Erklärung ganz banal. Man muss nicht immer vom Schlimmsten ausgehen.«

»Ja«, sagt Manon. »Wahrscheinlich hast du recht.«

Das Reisgericht ist nur noch lauwarm, aber Thomas ist so ausgehungert, dass es ihm kaum auffällt. Seit dem Salat am Mittag hat er nichts mehr gegessen. Und daher freut er sich, als Manon ihm ihren Rest auch noch anbietet.

Als er fertig ist, streckt er die Beine unter dem Tisch aus und nimmt einen weiteren Schluck von dem Wein, der inzwischen auch lauwarm ist.

Sie schweigen.

Thomas verspürt eine seltsame Zufriedenheit. Es fühlt sich gut an, hier zu sein, in dieser Abgeschiedenheit, ohne jede Verpflichtung. Ohne Noah und Léonie und ihre Schulprobleme, ohne irgendwelche Fotojobs und ohne seine Studenten. Trotz aller Schwierigkeiten haben Manon und er sich schon jetzt stärker angenähert als bei all den Coaching-Versuchen der vergangenen fünf Jahre. Und nun hat sich sogar das Flüchtlingsboot als eine Schimäre entpuppt.

Thomas legt den Kopf in den Nacken. Erst jetzt merkt er, wie betrunken er ist. Er betrachtet den mit unzähligen Lichtpunkten übersäten Himmel und stellt sich dabei vor, wie das Universum vor vierzehn Milliarden Jahren aus einem winzigen Teilchen entstanden ist. Eine extreme Verdichtung der Materie, dann die Explosion. Und seitdem Ausdehnung. Es ist faszinierend, dass all das im wahrsten Sinne des Wortes unglaublich ist, die Menschen aber trotzdem für fast alles Formeln und Theorien gefunden haben. Auch für den Urknall wird es irgendwann ein Rechenmodell geben, davon ist Thomas fest überzeugt.

Er wendet den Blick vom Himmel ab und betrachtet Manon auf dem Liegestuhl, die Augen geschlossen. Er überlegt, ob er ihr erzählen soll, dass er Airin sexy findet. Ob er sie damit vielleicht ein wenig eifersüchtig machen kann, in der Hoffnung, dass die Eifersucht Anziehung bewirkt.

Doch im selben Moment stocken seine Gedanken.

Da ist ein seltsames Geräusch in der Luft, wobei Geräusche in dieser Abgeschiedenheit überhaupt seltsam sind. Aber hierbei handelt es sich nicht um ein Lachen vom Nachbargrundstück, einen Automotor oder den Ruf eines Raubvogels. Es ist das Eindringen von etwas, das nicht hierhergehört.

Das Geräusch ist spitz und mehrstimmig. Ein Summen, Schwirren, Sirren. Im ersten Moment denkt Thomas an einen Bienenschwarm, doch erstens schwärmen Bienen nicht in der Nacht, und zweitens klingt es viel zu gleichförmig und mechanisch.

Thomas und Manon schauen sich fragend an und heben dann beide den Blick zum Himmel. Das Geräusch kommt schnell näher, wird lauter, bedrohlicher. Ein grünes Licht nähert sich. Vor dem Sternenhimmel erkennt Thomas einen dunklen Körper mit mehreren Beinen, die in alle Richtungen abstehen: Das Ding sieht aus wie eine fliegende Spinne.

Einen Moment lang bleibt es direkt über ihnen stehen, dann schwirrt es weiter über das Dorf in Richtung Meer.

Manon

Neun

Wenn sie die Augen einen Spalt weit öffnet, sieht sie bunte Flecken. Alles um sie herum ist hell, grell, überstrahlt. Sie lauscht dem Plätschern des Wassers, dazu Airins Lachen.

Die Sonne scheint noch unbarmherziger als die Tage zuvor. Keine Wolke weit und breit, der Himmel hellblau. Der grüne Schirm über ihr spendet zwar Schatten, aber keine Kühle. Die hohe Natursteinmauer um den Pool hält die leichte Brise ab, die vom Meer herkommt.

Seit mindestens einer Viertelstunde versucht sie zu schlafen. Immer wieder döst sie kurz weg, während Bilder vor ihrem inneren Auge flackern, unterlegt von den Geräuschen um sie. Trotz ihrer Müdigkeit gelingt es Manon nicht, die Grenze zur Traumwelt zu überschreiten.

Die halbe Nacht hat sie wach gelegen. Sie konnte nicht einschlafen. Das ist oft so nach einem Migräneanfall: Alle ihre Sinne sind wie angespitzt, sie ist hochempfindlich, spürt kleinste Falten im Laken, hört jedes Rascheln überlaut. Hinzu kam diese seltsame Drohne, die über das Dorf geflogen ist. In der Dunkelheit ihres Schlafzimmers sah sie sie immer wieder vor sich wie einen bösen Boten – auch wenn Thomas mehrmals betont hat, dass es bestimmt eine einfache Erklärung dafür gibt.

Die Erklärung folgte dann tatsächlich beim Frühstück. Von Professor Blumbergs Assistentin Emilia haben sie erfahren, dass die Drohnen seit Neustem der Brandprophylaxe dienen. Wenn es so trocken sei wie jetzt und es in der Umgebung bereits mehrere Brände gebe, sei es unerlässlich, mögliche Glutnester frühzeitig zu erkennen. In der Nacht seien die Drohnen daher mit speziellen Wärmebildkameras ausgerüstet. »Also kein Grund zur Beunruhigung«, sagte Emilia. »Es ist eine reine Vorsichtsmaßnahme.«

Doch Manon ist beunruhigt, und obwohl Thomas sich alle Mühe gibt, rein rational damit umzugehen, spürt sie, dass auch er beunruhigt ist. Es ist das alte Spiel: Ihr gegenüber verhält sich Thomas immer abgeklärt und überlegt, aber seine eigenen Bedenken und Ängste hält er streng unter Verschluss.

Manon richtet sich auf, greift nach ihrer Sonnenbrille, verstellt die Lehne ihres Liegestuhls. Außer ihnen, Airin und Adam sind nur noch zwei weitere Paare am Pool. Die beiden dicken Österreicher und die distinguierten Franzosen. Thomas und Adam schwimmen. Airin klettert in diesem Moment aus dem Wasser. Durch den Film auf ihrer Haut erscheinen die Farben des Tattoos auf ihrem Rücken noch intensiver.

Airin greift nach dem Handtuch. »Herrlich!«, sagt sie. »Du solltest auch mal rein.«

»Später vielleicht«, sagt Manon.

Sie mag Airins Direktheit. Nicht einmal davon, dass Airin sie ganz offen als Künstlerin bewundert, fühlt sie sich bedrängt, obwohl ihr eine solche Bewunderung ansonsten immer unangenehm ist.

»Das freut mich«, hat sie geantwortet und es genau so gemeint.

Airin legt sich neben sie. Beide blicken zum Pool, in dem Thomas schwimmt, wobei Manons Augen nach ein paar Sekunden zu Adam wandern.

»Was ist denn euer Thema?«

Manon wendet sich Airin zu, die sie fragend anschaut.

»Wie bitte?«

»Ich meine: Weshalb seid ihr hier?«

»Ach so ... Viele Themen, fürchte ich.« Sie weicht der Frage aus. Und sie spürt, dass Airin es merkt.

Airin nickt. »Aber woran macht es sich fest? Was ist das Thema, das bei euch für die meisten Probleme sorgt?«

Manon überlegt kurz. »Sex«, sagt sie. Sobald sie es ausgesprochen hat, fühlt es sich gut an.

»Und was genau?«

Manon räuspert sich. »Wir ... haben, also hatten seit Langem keinen Sex mehr ... Und davor nur sehr wenig.«

»Oh.« Airin schaut sie an, als ob sie etwas besonders Überraschendes und zugleich Deprimierendes gesagt hätte. Aber warum? Ist das denn nicht der Grund, weshalb die meisten Paare hier sind? Kein Sex mehr? Oder zu wenig Sex?

»Und wer von euch beiden möchte mehr Sex?«, fragt Airin.

Nun wird Manons Verwirrung noch größer. Sind es denn nicht immer die Männer, die mehr Sex wollen? Oder ist das nur ihre Perspektive? Sie versucht sich Thomas als jemanden vorzustellen, der keinen Sex möchte – oder zumindest weniger –, und sich selbst als die, die den Sex fordert, aber es gelingt ihr nicht.

»Thomas«, sagt sie.

»Verstehe«, sagt Airin, und Manon fragt sich, ob sie wirklich versteht oder es nur so dahinsagt.

Zumindest fragt Airin nicht weiter. Manon stellt die Lehne des Liegestuhls nach hinten und greift nach ihrem Buch.

Erneut versucht sie zu schlafen. Stattdessen denkt sie nun an Sex. Daran, welche Wandlungen er in ihrem Leben vollzogen hat. Es gab eine Zeit, vor Thomas, da war sie in dieser Hinsicht vollkommen haltlos und ist oft über ihre Grenzen gegangen. Es waren die Neunzigerjahre in Berlin. Sie war auf der Suche nach etwas, von dem sie nicht wusste, was es war. Sie war promiskuitiv, hat mit vielen Männern geschlafen, auch mit Frauen, manchmal mit beiden zusammen. Oft hat sie sich danach vollkommen leer gefühlt, und nur um diese Leere wieder aufzufüllen, ist sie erneut losgezogen. Alles war Ekstase: die Kunst, das Leben, die Liebe, die Drogen.

Dann trat Thomas in ihr Leben und wurde zu ihrem Anker. Seine Überzeugung, dass sie zusammengehören, war so groß, es reichte für sie beide. Er stand da wie ein Fels. Und wenn sie zweifelte – an sich selbst, an ihrer Kunst, aber auch an der Beziehung –, dann blieb er einfach stehen. Durch seine Sicherheit fühlte sich alles richtig an: die Ehe, die Kinder, das gemeinsame Konto, das Haus in der Uckermark. Alles, was ihr Schwierigkeiten bereitete, übernahm er mit größter Ruhe und Gelassenheit. Er traf Entscheidungen, verdiente Geld, kochte, erzog die Kinder, übernahm sogar die Elternabende und die Hausaufgabenbetreuung. Und wenn sie nicht von Anfang an eine Putzfrau gehabt hätten, hätte er vermutlich auch das noch erledigt.

Bis zu ihrem Brustkrebs kam er ihr manchmal vor wie ein Übermensch, wie jemand, der sich von nichts und niemandem aus der Ruhe bringen ließ.

Dabei sind sie in vielen Fragen unterschiedlicher Meinung. Thomas findet, dass sie im Umgang mit den Kindern nicht konsequent genug ist und sich zu sehr aus der Verantwortung stiehlt. Sie findet, dass Thomas' Erziehungsstil etwas Zwanghaftes hat, so wie er in allem zur Zwanghaftigkeit neigt. »Rationaler Imperativ«, hat sie es während eines Streits einmal genannt. Bei Thomas muss immer alles durchdacht und logisch sein, und entsprechend geraten sie bei Themen wie Ordnung, Pünktlichkeit und

Verantwortungsgefühl oft aneinander. Manchmal redet Thomas mit ihr wie mit einem Kind. Allein deshalb verhält sie sich in diesen Situationen ihm gegenüber auch so – bockig und egoistisch. Kurz gesagt: Thomas ist eben sehr deutsch und sie sehr französisch, das reinste Klischee.

Doch diese Meinungsverschiedenheiten erschütterten nie die Grundfesten. Der Boden war viele Jahre stabil. Sie waren als Paar gut organisiert. Sie achteten darauf, dass sie genug Zeit miteinander verbrachten, gönnten sich schon früh eine Babysitterin, gingen regelmäßig Essen und besuchten gemeinsam Ausstellungen. Sie ließen die Kinder bei Thomas' Eltern und fuhren zu zweit in den Urlaub. Einmal leisteten sie sich sogar den Luxus, gemeinsam mit ihrer Babysitterin und den Kindern nach New York zu fliegen. Sie zahlten der Babysitterin, deren Freund zu dieser Zeit an der Columbia studierte, den Flug, dafür passte sie täglich ein paar Stunden auf Léonie und Noah auf. Trotz zweier kleiner Kinder – Noah war zu diesem Zeitpunkt gerade einmal eineinhalb – hatten sie zu zweit Zeit in New York. Es war der größtmögliche Luxus.

Aber auch der Alltag war gut. Sie redeten viel miteinander: oft über Kunst, über Fotografie, aber auch über Gott und die Welt. Sie bezog Thomas in alles ein, jedes Projekt diskutierte sie mit ihm, an vielen Werken von ihr hatte er maßgeblichen Anteil. So komisch es klingt: Er war ihre Muse. Und wenn sie vor einer Vernissage mal wieder eine Panikattacke bekam, dann blieb er ruhig, und das beruhigte auch sie. Und zu alldem gehörte Sex. Er war eine Selbstverständlichkeit und fühlte sich immer gut an. Bis die Brustkrebsdiagnose kam und alles änderte.

Manon hatte nie damit gerechnet, dass sie ernsthaft krank werden könnte. Sie war so getrieben, so mit ihrer Kunst, ihren Zweifeln und ihren vielen Neurosen beschäftigt, dass eine schwere Krankheit einfach keinen Platz mehr hatte. Es war absurd. Ihr ganzes Leben lang hatte sie vor irgendetwas Angst gehabt, vor Galeristen, vor Ausstellungsbesuchern, vor Small Talk, vor unbekannten Anrufern, vor offiziellen Briefen, vor großen Menschenansammlungen, vor Aufzügen, zeitweise auch vor U-Bahnen, nicht zuletzt vor Spinnen und Mäusen. Aber all das waren keine wirklichen Ängste im Vergleich zu der Angst, die sie nun befiel.

Sie war in einem frühen Stadium erkrankt, »örtlich begrenzt«, wie die Ärzte es nannten. Der Knoten war eineinhalb Zentimeter groß. Er war kaum zu ertasten und wurde nur zufällig dank eines Ultraschall-Screenings entdeckt. Ihre Chancen auf vollständige Heilung lagen laut Auskunft der Ärzte bei über neunzig Prozent. Aber das bedeutete im Umkehrschluss auch, dass der Krebs zu zehn Prozent wiederkommen würde.

Mit einem Mal war ihr Leben auf diese eineinhalb Zentimeter in ihrer Brust beschränkt. Sie sah alles in einem anderen Licht. Sie war am Nullpunkt. Sie musste ganz neu beginnen.

Und Thomas? Thomas wollte Sex.

Natürlich unterstützte er sie. Er kümmerte sich noch mehr um die Kinder und den Haushalt als sowieso schon. Er redete ihr Mut zu, sprach mit Ärzten, besorgte Bücher zum Thema Brustkrebs. Aber er wollte auch Sex. Natürlich nicht am Abend der Diagnose, auch noch nicht ein oder zwei Wochen nach der Operation. Aber nach ungefähr einem Monat fing es an. Er verstand nicht, dass für sie nun alles anders war. Er argumentierte rein rational. Die OP sei doch gut verlaufen. Die Ärzte seien alle optimistisch. Die Literatur und das Internet schätzten die Heilungschancen bei einem so frühen Stadium eher auf achtundneunzig als »nur« gut neunzig Prozent. Was wolle sie denn noch?

Doch der Teufel saß in ihrem Kopf, sie konnte an alles Mögliche denken, nur nicht an Sex.

Manon ging in die Kirche, in die sie ihre Großeltern vor Jahren gegen ihren Willen mitgeschleift hatten. Sie begann zu beten. Sie las in der Bibel. Sie tat lauter Dinge, die sie noch nie zuvor getan hatte. Doch ihre Angst ließ nicht nach.

Und Thomas war unzufrieden. Er verhielt sich wie ein kleiner Junge, der nicht das bekam, was er wollte. Er drängte immer weiter, machte es dadurch nur noch schlimmer. Das Schlimmste war, dass er seine Argumente zu ihrem vermeintlichen Wohl verpackte. Es werde ihr guttun, wenn sie endlich wieder loslasse. Wenn sie sich entspanne, ihren Kopf ausschalte, dem Körper die Führung übergebe. Es sei wichtig für sie, sich wieder dem Leben zuzuwenden, zur Normalität zurückzukehren. Und zu dieser Normalität gehörte in seinen Augen eben auch Sex. Manchmal hatte sie das Gefühl, er wäre am liebsten so weit gegangen, zu behaupten, dass sich, wenn sie weiterhin kein Sex mit ihm hätte, ihre Heilungschancen verschlechterten.

Auch als ihre Krebsangst allmählich nachließ und damit auch der Sex wieder in ihre Beziehung zurückkehrte, blieb er ein Reizthema. Thomas hatte eine Grenze überschritten, auch die Tatsache, dass er sich zwischendurch immer wieder entschuldigte und von seinen Forderungen Abstand nahm – »Es tut mir leid, ich will dich nicht unter Druck setzen, ich verstehe ja, dass es schwierig für dich ist, aber du musst doch sehen, dass es auch für mich nicht leicht ist!« –, änderte daran nichts. Im Gegenteil. Der Sex wurde immer komplizierter.

Hinzu kam, dass der Krebs eine Tür geöffnet hatte. Die Tür zur Apokalypse. Greta Thunberg tauchte in den Nachrichten und auf den Titelseiten auf. Léonie stellte Manon Fragen zum Klimawandel, und sie begann sich das erste Mal wirklich intensiv mit dem Thema zu beschäftigen. Sie las Artikel, Websites, Bücher. Sie schaute sich Filme an. Es waren viele Artikel, viele Bücher und viele Filme. Und mit einem Mal verstand sie die unglaubliche Bedrohung, die vom Klimawandel – der in Wirklichkeit ja eine Klimakrise, wenn nicht gar eine Klimakatastrophe war – ausging. Sie bekam Panikattacken, und je mehr sie sich informierte, desto schlimmer wurde es. Die Krebsangst war durch die Klimaangst abgelöst worden. Und die Vorstellung, im Angesicht des Untergangs der Zivilisation und des Aussterbens der Menschheit Sex zu haben, war fast ebenso schlimm wie im Angesicht des eigenen Todes. Und schließlich kam mit dem russischen Überfall auf die Ukraine auch noch der Krieg nach Europa.

Nun, da Thomas mitbekam, dass ihre Angst vor dem Krebs nicht mehr das vorherrschende Thema war, sondern dass es um das Klima ging, schwand auch das Verständnis, das er zuvor noch gehabt hatte. Er bedrängte sie. Bestellte Sexspielzeug. Drohte ihr offen mit Trennung. Er bestand darauf, dass sie sich therapeutische Hilfe suchten, doch wenn die Beratung nicht in seinem Sinne verlief – weil es etwa hieß, er müsse ihr Zeit und Raum lassen –, dann brach er sie ab. Er hatte keine Geduld. Er war nicht zu Kompromissen bereit. Er wollte genau das, was sie vor dem Krebs gehabt hatten: mehrmals pro Woche Sex.

Das Paradoxe war, dass Manons Kunst von ihrer existenziellen Krise befeuert wurde. Auf einmal hatte sie wirklich etwas zu sagen. Das erste Mal in ihrem Leben ergab das, was sie tat, wirklich Sinn. Für sie selbst, aber offenbar auch für andere. Plötzlich kam der Erfolg. All die vielen, kleinen, mühsamen Schritte, die sie in den Jahren zuvor gemacht hatte – die Stipendien, die Ausstellungen, die Preise, die sie ab und zu gewann –, waren im Rückblick wie der Anlauf zu dem gewaltigen Sprung, der nun folgte. Auf einen Schlag war alles da: Galerien, Museen, Sammler, Artikel in Kunstzeitschriften und im überregionalen Feuilleton. Es war wie ein Sturm, der über sie hereinbrach. Die Galeristen in der ganzen Welt rissen sich um sie. Sie fand einen Verlag, der ihre Bücher publizierte, sie gönnte sich sogar eine Assistentin.

Bezeichnenderweise nahm Thomas immer weniger Anteil an ihren Arbeiten. Er wollte mit ihrer Beschäftigung mit dem Tod und der Klimakrise nichts zu tun haben. Er war dagegen, dass sie ihr Leben in ihre Projekte miteinbezog – die Ultraschallaufnahme von ihrem Karzinom, die Krebsdiagnose, persönliche E-Mails, die Trockenheit in ihrem Garten in der Uckermark, die heile Welt ihres Viertels im Prenzlauer Berg und sogar Léonie und Noah –, all das empfand er als anmaßend und grenzüberschreitend. Er verstand einfach nicht, was ihre Kunst wirklich ausmachte: das Persönliche, Private auf eine höhere Ebene zu stellen, auf der es allgemeingültig wurde.

Inzwischen spürt sie bei Thomas noch etwas anderes. Nicht direkt Neid – er selbst hat nie künstlerische Ambitionen gehabt –, aber einen Sinnverlust. Er hat sie immer beraten und in jeder Hinsicht unterstützt. Nicht zuletzt finanziell. Jetzt hat sie diese Unterstützung nicht mehr nötig. Sie braucht ihn nicht mehr als Berater, auch nicht als Versorger, und ihr kommt es manchmal so vor, als ob er sich dadurch zurückgesetzt fühlt und vielleicht sogar auf eine seltsame Weise entmannt.

Und wie ein riesiger, zäher Klumpen hing über allem die Frage nach dem Sex. Vorgestern am Strand hat sich dieser Klumpen für einen Moment aufgelöst. Vorgestern war Thomas ganz anders. Viel ruhiger, viel mehr bei sich. Ja, Manon hatte sogar kurz das Gefühl, dass es ihm gar nicht mehr um Sex ging. Wenn sie am Strand nicht die Initiative ergriffen hätte, wäre er vermutlich einfach am Wasser stehen geblieben und hätte weiter auf den Horizont gestarrt. Und auch als sie sich danach küssten, schien ihm der Sex selbst gar nicht mehr so wichtig zu sein. Vielleicht wäre es nicht einmal dazu gekommen, wenn sie es nicht selbst unbedingt gewollt hätte. Und alles, was dann kam, fühlte sich gut an.

Eine Drohne schwirrt über dem Pool. Thomas schwimmt noch immer. Nun Rücken. Die Beine in lockerer Bewegung, die Arme in perfekten Halbkreisen um den Kopf herum. Adam sitzt am Beckenrand und lässt die Füße ins Wasser baumeln. Genau wie Airin ist er schlank und durchtrainiert.

»Gefällt er dir?«

Manon wendet sich Airin zu. Sie hat ihr Buch sinken lassen und schaut sie mit ihren hellen Augen an.

»Wer?«, fragt Manon.

»Adam. Du starrst ihn die ganze Zeit an.«

»Oh, das tut mir leid … Ich …«

Airin lacht. »Es muss dir nicht leidtun. Du musst mir nur meine Frage beantworten.«

Manon schaut zu Adam, der seinerseits Thomas beim Schwimmen beobachtet.

»Du meinst, ob er mir gefällt? Als Mann?«

Airin lacht ihr helles, klares Lachen. »Natürlich. Als was denn sonst?«

»Ich … Ich weiß es nicht genau. Er hat einen schönen Körper und sehr schöne Hände…«

Airin lächelt. »Das stimmt.«

Airin hört auf zu lächeln, hält Manon jedoch mit ihrem Blick fest. Manon spürt Hitze in sich aufsteigen. Die Situation ist ihr unangenehm.

»Wie ist es denn bei euch?«, fragt sie, um das Thema zu wechseln, merkt jedoch sofort, dass sie das Thema damit gar nicht gewechselt hat.

»Was meinst du?«

»Ich meine … Warum seid ihr hier?«

»Ach so. Bei uns geht es eher um das Gegenteil.«

»Von was?«

»Von zu wenig Sex.«

»Du meinst …«

»Ich meine damit: Wir haben zu viel Sex. Mit zu vielen wechselnden Partnern. Daraus ergeben sich unsere Probleme.«

»Oh, das …« Manon weiß nicht, was sie sagen soll.

Airin lacht. »Kein Grund für Betroffenheit. Wir haben es uns so ausgesucht. Wir leben in einer offenen Beziehung. Von Anfang an. Also schon seit sieben Jahren. Lange ging es richtig gut. Aber in letzter Zeit ist es schwierig geworden …«

»Verstehe«, sagt Manon, und ihr wird bewusst, dass sie genau das wiederholt, was Airin zuvor zu ihr gesagt hat. Dabei versteht sie gar nichts. Sie hat keine Ahnung von offenen Beziehungen. Ehrlich gesagt ist sie immer davon ausgegangen, dass es sich dabei um eine Modeerscheinung handelt. Etwas, das Menschen mit Anfang zwanzig ausprobieren, um dann mit Mitte zwanzig festzustellen, dass es nicht funktioniert. Sie selbst kennt zwar zu viel Sex mit zu vielen wechselnden Partnern, aber das ist lange her. Und da war sie von einer Beziehung weit entfernt.

Thomas schwimmt an den Beckenrand, schwingt sich hoch, setzt sich neben Adam und lässt seine Füße ebenfalls ins Wasser baumeln. Sie unterhalten sich. Manon spürt wieder die Müdigkeit, ist jedoch weiter denn je davon entfernt, schlafen zu können.

»Was hältst du von morgen Abend?«, sagt Airin.

Manon schaut sie fragend an.

»Ihr kommt nach dem Essen zu uns. Wir trinken ein paar Cocktails, hören Musik und versuchen das Elend der Welt zu vergessen.«

»Klar. Klingt gut«, antwortet Manon. Ihr ist schwindlig. Nichts ist klar. Im Gegenteil: Alles ist unklar, wacklig. Aber unklar und wacklig bedeutet auch lebendig. Ja, vielleicht trifft es das am besten: Sie fühlt sich lebendig. Dann richtet sie sich auf.

»Jetzt gehe ich auch mal ins Wasser«, sagt sie.

Airin lächelt. »Eine gute Entscheidung.«

Manon steht am Beckenrand. Sie spürt die warmen Steine unter ihren Füßen, atmet die stickige Luft. Die Sonne brennt in ihrem Nacken. Eine ganze Weile steht sie so da, zögert den Moment hinaus. Dann stößt sie sich ab, ein Hechtsprung, und den Bruchteil einer Sekunde später durchschlägt sie die Wasseroberfläche und ist umgeben von diesem kühlen, wunderbaren Element.

Zehn

Manon hält den feuchten Bikini in den Händen und beobachtet einen Raubvogel. Er kreist über den Bäumen. Diesmal ist es kein Schlangenadler, dafür ist er zu klein. Vielleicht ein Bussard oder ein Falke, falls es hier überhaupt Falken gibt.

Sie steht auf der Dachterrasse. Ihr Haus befindet sich auf dem höchsten Punkt der Anlage, ganz am Ende, kurz vor der gut zwei Meter hohen Mauer, die den Ort gegen den Wald abgrenzt.

»Es ist ein sehr altes Dorf aus dem 12. Jahrhundert«, hatte Blumberg bei der Begrüßungsrunde gesagt. »Genau genommen ist es eine Mischung aus einem Dorf und einer Festung. Daher die Mauer. Es gab damals viele Räuberbanden, vor denen mussten die Bewohner sich schützen. In diesem Sinne hoffe ich, dass Paraiso auch für Sie zu einer Burg wird, zu einem Ort, an dem Sie sich sicher und geschützt fühlen.«

Räuberbanden.

Vielleicht hat Blumberg diese Geschichte nur erfunden, weil sie so gut klingt. Aber selbst wenn die Mauer nur ein Schutz gegen Wildtiere gewesen ist, wirkt sie heute noch beeindruckend: ein Wall zwischen dem großen, wilden Wald und dem Ort.

Auch hier oben brennt die Sonne, aber dazu weht ein leichter Wind, der die Hitze ein wenig erträglicher macht. Der Raubvogel steht nun mitten in der Luft und stürzt sich dann plötzlich in die Tiefe und verschwindet zwischen den Bäumen. Für ein paar Sekunden scheint die Welt stillzustehen. Der Wind hat eine Pause eingelegt, und alles ist stumm. Im selben Moment spürt Manon eine fremde Anwesenheit, einen Blick in ihrem Nacken. Sie fährt herum.

Thomas steht hinter ihr, eine Kaffeetasse in der Hand. Er muss sich angeschlichen haben, sie hat ihn nicht gehört. Er trägt eine kurze Hose. Sein Oberkörper ist nackt. Sie hat das Gefühl, dass er seit ihrer Reise abgenommen hat. Das morgendliche Schwimmen, die Liegestütze, die er zwischendurch macht, die Spaziergänge, das leichte Essen. Der Schwimmring schrumpft, er wirkt schlanker und durchtrainierter. Andererseits hat sie ihn bis auf den Strandausflug in den vergangenen Monaten auch nur selten mit nacktem Oberkörper gesehen. Insofern fehlt ihr der Vergleich.

»Hast du mich erschreckt!«, sagt Manon.

»Was machst du da?«, fragt Thomas.

Sie deutet auf die Badetasche. »Eigentlich wollte ich bloß die Sachen aufhängen. Aber dann habe ich einen Raubvogel entdeckt.«

»Wo?«

»Ist gerade im Sturzflug verschwunden.«

Thomas lächelt. »Meinst du, er hat seine Beute erwischt?«

»Keine Ahnung, aber der Flug wirkte sehr zielgerichtet.«

Thomas hört auf zu lächeln und kommt auf sie zu. Er nimmt ihr den Bikini aus der Hand und legt ihn auf die Balustrade. Die Kaffeetasse stellt er daneben. Er streicht mit den Fingerspitzen an Manons Hals entlang und über ihre Schulter.

»Manchmal wär ich auch gern ein Raubvogel.«

Manon will etwas erwidern. Sie will etwas sagen wie: Und was wäre ich dann? Eine Maus, die du schlägst, eine Eidechse? Oder ein Huhn? Sie möchte gern spontan sein, aber sie kann es nicht.

Sie ist zu sehr in ihrem Kopf. Es geht ihr zu schnell, es ist zu abrupt, zu eingleisig. Am Strand war alles offen, beweglich. Sie konnte selbst spüren, was sie wollte, aber hier und auf diese Weise kann sie es nicht. Sie ist im wahrsten Sinne des Wortes nicht mehr in ihrem Körper und beobachtet alles nur noch von außen, wie in einem Film.

Sie sieht, wie Thomas vor ihr steht und mit der Hand über ihren Oberarm streicht. Wie er das Muttermal unterhalb ihres Schlüsselbeins fixiert und sich dann vorbeugt und es küsst. Und sie sagt sich, dass sie etwas tun muss. Irgendwie reagieren, sich bewegen. Sie will in ihren Körper zurück. Sie will mit Thomas in Kontakt treten. Will ihn küssen, sich von ihm auf die Terrasse ziehen lassen, in den Schatten der Balustrade, und dann mit ihm schlafen. Oder auch: ihn nicht küssen, keinen Sex, aber sich wenigstens bewegen. Ihm über den Kopf streicheln. Vielleicht auch: ihn wegschieben und sagen: Lass mich! Alles, nur nicht wie gelähmt und stumm vor ihm stehen und in ihrem Körper gefangen sein.

Aber jede Geste, die sie machen könnte, kommt ihr falsch vor. Sie ist nicht *wie* gelähmt, sie *ist* gelähmt.

»Was ist?«, fragt Thomas.

Sie öffnet den Mund, schließt ihn wieder.

Er löst sich von ihr, macht einen halben Schritt zurück und schaut sie an. Sie spürt, wie er sich verhärtet.

»Was ist?«, wiederholt er.

»Ich … weiß es nicht.« Immerhin. Ihre Stimme ist wieder da. Aber ihr Körper bleibt stumm.

Thomas nickt langsam, schüttelt dann ruckartig den Kopf.

»Hey …«, sagt sie, »es tut mir leid.«

»Es muss dir nicht leidtun«, sagt Thomas. »Nichts muss dir leidtun.« Dann dreht er sich um und geht.

Professor Blumberg trägt ein buntes Hemd und eine helle Leinenhose. Er sieht aus wie ein Pauschaltourist oder ein Yogalehrer, und unwillkürlich muss Manon an den Traum denken, den sie in der Nacht vor der Sunrise Experience hatte.

Sie hat Thomas nicht alles davon erzählt. Zum Beispiel nicht, dass seine Mutter ein sodomitsches Verhältnis mit den beiden Malteser-Hunden hatte. Oder dass sein Vater bei einem Gruppenausflug vor allen Leuten mitten in den Wald gekackt hat. Und auch nicht, dass ein anderer Gast – ein blasser Franzose, was sonst? – ihr am Büfett unter das Kleid gefasst und es ihr gefallen hat. Sie weiß aus Erfahrung, dass Thomas nur ein gewisses Maß an Fantasie erträgt und alles, was darüber hinausgeht, als Bedrohung empfindet.

Nun sitzt er verschlossen neben ihr. Um ihn herum ist eine undurchdringliche Wand. In diesen Momenten wirkt er genau wie sein Vater. Alles an ihm ist hart, eckig und abweisend.

Professor Blumberg hat sich ihr zugewendet. Er lächelt freundlich. »Wie geht es Ihnen heute?«, fragt er.

»Danke. Besser«, sagt Manon.

»Schön.« Er macht eine Pause. »Und wie geht es Ihnen beiden heute?«

Manon schweigt. Thomas ebenfalls. Manon verspürt den Drang, Thomas zu erklären, was auf der Terrasse mit ihr los gewesen ist. Dass sie wie gelähmt war, oder nein: wirklich gelähmt war, und nichts dagegen tun konnte. Dass es nichts mit ihm zu tun hatte, sondern mit ihr. Dass sie mehr Zeit braucht. Mehr Ruhe. Dass sie aus ihrem Kopf herausmuss, um ihren Körper spüren zu können. Und dass es ihr leidtut, wirklich leid!

Aber Thomas' Energie lässt nicht zu, dass sie etwas sagt. Sie kennt diese Stimmung. Er ist verbittert, höhnisch, zynisch. Er würde jedes Wort, das sie sagt, sofort gegen sie richten.

Professor Blumberg holt tief Luft. »Ich würde gern noch einmal auf Ihren Strandausflug zu sprechen kommen.« Er macht eine kurze Pause. »Und ich möchte Sie bitten, so tief wie möglich zu schürfen. Gehen Sie in sich und versuchen sich zu erinnern: Wie sind Sie an dem Morgen des Ausflugs aufgewacht? Welche Erwartungen hatten Sie? Welche Hoffnungen? Welche Ängste? Was für Gefühle hatten sie, die sich im Nachhinein aufgelöst haben? Was haben Sie gespürt, aber nicht ausgesprochen? Spielen Sie Detektiv. Alles ist wichtig!«

Mit einem Mal hat Manon das Gefühl, den gesamten Aufbau des Coachings zu durchschauen. Alles kreist um diese seltsame Sunrise Experience. Sie bildet eine Art Mikrokosmos, an dessen Beispiel die neuralgischen Punkte der jeweiligen Beziehungskrise aufgearbeitet werden sollen. Der Strandausflug als ein Abenteuer, das in Erinnerung bleibt. Das frühe Aufstehen. Die gemeinsame Autofahrt. Die Wanderung hinunter zum Strand. Die Luftmatratze als transitorisches Ehebett und das, was bei Sonnenaufgang darauf stattfindet – oder auch nicht. Und dann das Danach. Das Aufwachen. Das Zusammenpacken. Die Rückfahrt.

All diese Punkte sind kleine Widerhaken, an denen sich schwierige Gefühle und unausgesprochene Konflikte festmachen lassen, die exemplarisch für das große Ganze stehen. Darum geht es. Das ist das Prinzip.

Jetzt, wo Manon glaubt, es durchschaut zu haben, hat sie noch weniger Lust, irgendetwas zu sagen.

Professor Blumberg lächelt und schaut sie beide gleichzeitig an. »Na, kommen Sie schon! Trauen Sie sich! Es wird Ihnen helfen. Sie werden schon sehen.«

Manon schweigt, Thomas ebenfalls.

Professor Blumberg hat seine Fingerspitzen wieder zusammengeführt und wartet.

Eine Minute verstreicht. Dann noch eine. Und noch eine.

Schließlich, gerade als Manon davon überzeugt ist, dass sie sich die gesamte restliche Stunde schweigend gegenübersitzen werden, richtet Thomas sich auf.

»Gut«, sagt er. »Dann fange ich mal an …«

Es klingt wie eine Drohung. Und offenbar ist es genau so gemeint. Thomas holt tief Luft. Er sei an dem Morgen der Sunrise Experience eine ganze Weile vor Manons Bett gestanden und habe sie im Schlaf beobachtet. Eigentlich habe er ihr nacktes Bein streicheln wollen, um sie zu wecken, hatte sogar schon die Hand ausgestreckt, habe sich aber nicht getraut, weil er befürchtete, Manon könne es als Forderung missverstehen. »So weit ist es gekommen!«, sagt er, ohne Manon anzuschauen. »Ich habe Angst davor, das nackte Bein meiner Frau zu streicheln.«

Als sie ihm in der Küche von ihrem Traum erzählt hat, habe er die ganze Zeit Angst gehabt, dass es sich dabei um einen Alptraum handeln könnte – Krebspanik, Tod, Weltuntergang –, und bis zuletzt habe er mit dem Schlimmsten gerechnet. Schließlich habe ihn Manon zeitweise jeden zweiten Morgen mit irgendeinem Alptraum konfrontiert. »Jeden zweiten Morgen. Das müssen Sie sich mal vorstellen!«, sagt Thomas zu Blumberg. »Und währenddessen sitzen die Kinder in der Küche und löffeln Cornflakes!«

Am liebsten würde Manon nun die Teile des Traums nachliefern, die sie Thomas verschwiegen hat. Aber sie verzichtet darauf.

Unterdessen erzählt Thomas weiter: Auf dem Weg zum Auto habe er bemerkt, dass Manon zu kühl angezogen war, und wenn er ihr am Strand nicht seine Jacke gegeben hätte, wäre die Sunrise Experience für sie zu einer »Sunfreeze Experience« geworden, wie er sich ausdrückt. »Ich frage mich, warum sie nicht selbst an die Sachen denkt, die sie braucht. Ich bin weder ihr Assistent noch ihr Vater. Und ich habe keine Lust mehr, ständig in diese Rolle gedrängt zu werden.«

Auf der Fahrt hinunter zum Meer habe er gemerkt, dass sie spät dran sind. Der Himmel sei schon ganz hell gewesen, und aus Angst, den Sonnenaufgang zu verpassen, sei er immer schneller geworden. Plötzlich habe hinter einer scharfen Kurve ein Hirsch gestanden, mitten auf der Straße, und der Wagen sei nur Zentimeter vor dem riesigen Tier zum Stehen gekommen. »Und was hat Manon gemacht? Geschlafen! Sie ist erst nach der Vollbremsung aufgewacht. Ob wir es rechtzeitig zum Sonnenaufgang schaffen, war ihr vollkommen egal. Und ein paar Minuten später ist sie wieder eingeschlafen. Das ist typisch für sie. Egal, worum es außerhalb ihrer kleinen Kunstwelt geht – sie übernimmt keine Verantwortung. Für nichts!«

Und der Sex? Er sei nur deshalb zustande gekommen, weil er selbst in diesem Moment nichts in die Richtung unternommen habe. »Hätte ich den ersten Schritt gemacht, hätte sie mich garantiert zurückgewiesen. So, wie sie mich in diesen Momenten immer zurückweist. Jedes Mal!«

Manon will widersprechen. Sie will sagen, dass es nichts damit zu tun hat, *ob* Thomas den ersten Schritt macht, sondern *wie*, auf welche Weise. Dass sie schon in diesem allerersten Schritt, den er macht, den Erwartungsdruck spürt: Nacktheit, Sex, Koitus. Kein offenes, zärtliches Streicheln, das einfach nur um seiner selbst willen stattfindet. Keine lose Unterhaltung, kein leichtes Spiel, sondern ein zielgerichtetes Programm, das nur einem bestimmten Zweck untergeordnet ist, so wie das Kreisen und der anschließende Sturzflug des Raubvogels. Und wenn sie sich nicht sofort und bereitwillig in dieses Programm fügt, dann verhärtet Thomas sich.

Inzwischen ist er bei seiner Klettertour über die Felsen angelangt. Er erzählt von dem Freiheitsgefühl, das er dabei empfunden hat, und dass er sich ihr währenddessen innerlich tief verbunden gefühlt hat, so tief wie seit Jahren nicht. Doch nachdem
er von seinem Strandspaziergang zurückgekommen sei – mit
einer Muschel als Geschenk –, habe er sofort gemerkt, dass etwas
nicht in Ordnung ist. Aber er wolle nicht ständig derjenige sein,
der nachfragt und bohrt. Er wolle die Dinge einfach mal auf sich
beruhen lassen.

Und dann habe sie ihm auf dem Rückweg im Auto plötzlich
von dem Flüchtlingsboot erzählt. Ohne jeden Übergang. Und es
sei ihm nicht erlaubt gewesen, eine vollkommen naheliegende
Nachfrage zu stellen: ob es denn vielleicht nicht auch ein Ausflugsboot oder etwas anderes habe sein können. Sie habe ihn angestarrt, als ob er sie für verrückt erklären wollte. Als ob er ein
Wahrheitsleugner sei. Und entsprechend habe sie ihn zurecht-
gewiesen. Dabei habe er ja nur eine Frage gestellt! »Bei der gestrigen Sitzung hat sie Ihnen doch davon erzählt. Und was haben
wir gestern Abend erfahren? Dass es sich um das Rettungsboot
eines Containerfrachters gehandelt hat. Es ist also genau so, wie
ich es gesagt habe. Es gab eine andere Erklärung dafür.«

Manon senkt den Kopf. Am liebsten würde sie aufstehen und
gehen. Insgeheim hofft sie, dass ihre Migräne zurückkommt, die
ihr keine Wahl lassen würde: einfach nicht mehr funktionieren.
Aber zwei Tage Migräne hintereinander hat sie noch nie gehabt,
und wirklich wünschen kann sie es sich auch nicht, dafür sind
die Anfälle zu schlimm. Stattdessen überlegt sie, Thomas zu bitten, dass er aufhört. Es einfach gut sein lässt. Oder ihn zumindest zu fragen, wie es denn sein könne, dass er gestern Abend
noch so verständnisvoll war, ihr aber heute solche Vorwürfe
macht.

Aber sie weiß, dass es sinnlos ist. Der Grund für seine Härte liegt auf der Hand. Es ist die Situation auf der Dachterrasse. Ihre stumme Katatonie, während er sie gestreichelt und geküsst hat.

Thomas erzählt davon, dass sie im Auto völlig in sich gekehrt gewesen sei. Sie habe ihm nicht zugehört, habe zum Fenster hinausgestarrt und dabei lautlos die Lippen bewegt. Mehrfach habe er ihren Namen gesagt – keine Reaktion. »So ist es ständig! Ich sage etwas, aber sie hört mir nicht zu. Ich will etwas mit ihr besprechen, aber sie ist abwesend. In diesen Momenten komme ich überhaupt nicht an sie heran. Und zwar vollkommen egal, worum es geht: um die Kinder, um eine Verabredung oder um unsere Baustelle in der Uckermark.«

Nun folgt der Schlussakkord. Ihr gemeinsamer Spaziergang. Als er sie, oben auf dem Berggipfel, in den Arm genommen und sie an seiner Schulter geweint habe, sei sie zurückgezuckt, nur weil sein Schwanz mit ihrem Unterleib in Berührung gekommen sei. »Ein paar Stunden zuvor hatten wir noch Sex. Und dann muss ich mich auf einmal schuldig fühlen, wenn ich eine Erektion bekomme. Ich habe keine Lust mehr, mich schuldig zu fühlen! Ich will mich endlich wieder so verhalten können, wie ich bin! Wir sind verheiratet, verdammt noch mal! *Noch* sind wir verheiratet!«

Nun ist Thomas fertig. Alle seine Muskeln sind angespannt. Er atmet schwer, sein Oberkörper ist seltsam gerade aufgerichtet. Manon fühlt sich vollkommen erschlagen, seine Worte liegen wie ein Haufen Trümmer auf ihr.

Wie immer lässt sich Professor Blumberg nicht anmerken, ob das, was Thomas gesagt hat, irgendeine Wirkung auf ihn hat, und schon gar nicht, welche Haltung er dazu hat.

»Danke, Thomas!«, sagt er. »Da haben Sie wirklich tief gegraben. Und ich muss sagen: Das war sehr aufschlussreich.« Er wendet sich Manon zu. »Wie geht es Ihnen damit?«

Manon weiß nicht, was sie sagen soll. Sie setzt an, bricht ab. Setzt noch einmal an. Schüttelt den Kopf. Schließlich sagt sie: »Ich fühle mich wie erschlagen.«

Professor Blumberg schweigt. Nacheinander schaut er sie beide an. Zuerst Manon. Dann Thomas. Dann wieder Manon. Er lehnt sich in seinem Schwingstuhl ein wenig zurück und führt dann seine Fingerspitzen aneinander.

»Wenn wir lange mit einem Menschen zusammen sind, entwickeln wir viele Annahmen über ihn. Manchmal sind diese Annahmen richtig, aber oft sind sie auch falsch. Wir denken, dass wir wissen, was der andere denkt, und dadurch kommt es zu Konflikten, die im Laufe der Zeit immer größer werden. Wir fühlen uns der Situation ausgeliefert. Wir sind blind. Wir sehen nicht mehr, dass wir selbst alles in der Hand haben. Dass wir selbst alles ändern können und es nur um unsere Haltung geht. Darum, diese Annahmen ein für alle Mal über Bord zu werfen.«

Manon hat das Gefühl, in einem schlechten Hollywoodfilm zu sitzen. »Ändere dich selbst, dann änderst du alles.« Was für ein Schwachsinn! Und dafür zahlen sie jeder fünftausend Euro!

Professor Blumberg sieht zufrieden aus. Seine Haltung ist unverändert. Zurückgelehnt, gespreizte Hände, die Finger aneinander abgestützt. Aus den Augenwinkeln sieht Manon, dass auch Thomas immer noch in der gleichen Haltung dasitzt: aufgerichtet und angespannt.

Der Wald spendet ein wenig Schatten, aber Manon schwitzt. Es ist noch heißer als die Tage zuvor und noch trockener. Sie ist kreuz und quer gelaufen, rechts, links, wieder rechts, wieder links, und hat dabei bewusst nicht darauf geachtet, von wo sie kam. Sie wird den Weg zurück schon finden. Oder auch nicht.

Nach der Sitzung sind Manon und Thomas schweigend zurück in das Haus gegangen. Schweigend hat Thomas sich in sein Zimmer zurückgezogen, schweigend hat Manon sich eine Flasche Wasser in ihren Rucksack gepackt und ist losmarschiert.

Manon ist außer Atem. Zwischen den Bäumen hindurch hat sie abseits der ausgewiesenen Wege den Berg auf der anderen Seite des Tals erklommen. Hier wachsen keine Korkeichen, sondern Pinien, die enger zusammenstehen. Dazwischen verteilen sich niedrige, dornige Büsche.

Manon nimmt ihren Rucksack ab, trinkt und lehnt sich an einen Stamm. Erst jetzt bemerkt sie, dass sie einen großen Halbkreis gelaufen ist und sich nur gut fünfhundert Meter Luftlinie von Paraiso entfernt hat, das links unter ihr liegt. Von oben betrachtet hat der Ort etwas Unwirkliches. Es ist kaum vorstellbar, dass hier bis in die Sechzigerjahre des 20. Jahrhunderts Schäfer und Bauern gelebt haben sollen, mitten im Nichts. Wie war ihr Leben damals? Welche Mühsal muss es gewesen sein, diesem Land etwas abzutrotzen! Andererseits war der Boden vor sechzig Jahren vermutlich noch ein anderer. Damals war die Welt im Durchschnitt noch nicht gut ein Grad wärmer, und hier in Meeresnähe hat es sicher noch häufiger geregnet.

Manon greift nach ihrem Handy. Zu ihrem Erstaunen hat sie volles Netz. Sie sieht sich um und schaut, ob sie irgendwo einen Sendemast entdecken kann. Nichts. Vielleicht ganz oben, auf der anderen Seite des Bergs.

Ihre Schwiegermutter hat wieder ein paar Fotos geschickt. Eine Art Album. Frühstück. Noah im Pool, wie er lachend Balou nass spritzt. Léonie auf dem Pferd, dessen Namen Manon jedes Mal vergisst. Außerdem ein Video davon, wie Noah und Léonie –

vermutlich am Tag zuvor – einen Regenbogen fotografieren. Weiter unten findet Manon dann die entsprechenden Fotos ihrer Kinder. Sie muss zugeben, dass alles recht entspannt wirkt. Es freut sie, aber zugleich ärgert es sie, weil Thomas recht behalten hat: Léonie und Noah scheinen tatsächlich Spaß zu haben. Sie überlegt, ob sie bei Léonie einen Videoanruf machen soll. Aber sie hat Angst vor der Frage: »Wie geht es euch?« Oder auch: »Wo ist Papa?«

Manons Handy klopft. Ihr Vater hat ihr ein Foto von einem italienischen Platz geschickt und »Modena« daruntergeschrieben. Manon fragt sich, was er dort wohl wieder macht. Dann fällt ihr ein, dass er ihr schon vor Monaten stolz erzählt hat, dass er eine Reservierung im berühmten Drei-Sterne-Restaurant *Osteria Francescana* ergattert hat und mit Milène dort hinfahren wollte.

Ein paar Minuten bleibt sie noch sitzen, starrt in die flirrende Hitze.

Dann nimmt sie ihren Rucksack und steht auf.

Diesmal läuft sie ganz bewusst einen weiten Bogen, um noch einmal durch den Teil des Waldes zu kommen, in dem Thomas und sie die gehäuteten Korkeichen gesehen haben. Doch sie findet die Stelle nicht mehr. An allen Korkeichen, die hier stehen, ist die Rinde noch intakt.

Der Schweiß läuft ihr die Schläfen runter und tropft auf ihre nackten Unterarme. Das Tanktop hat auf Höhe ihres Brustbeins bereits einen großen dunklen Fleck. Am liebsten würde sie die aufgekrempelte Bluse ausziehen, aber aus Angst, sich dann die Schultern zu verbrennen, lässt sie sie an.

Hoch oben über den Wipfeln schwirrt eine Drohne.

Gerade als Manon entschieden hat, wieder zurück zum Dorf zu gehen, entdeckt sie zu ihrer Rechten die entrindeten Bäume: nackte rote Stämme. Erst jetzt sieht sie, dass mit weißer Farbe Zahlen daraufgeschrieben sind: 23, offenbar das Jahr, in dem sie gehäutet wurden, dieses Jahr.

Manon hat bei Wikipedia gelesen, dass eine Korkeiche alle zehn bis zwölf Jahre geschält wird. Angeblich wird ein regelmäßig geernteter Baum 150 bis 200 Jahre alt, wohingegen eine Korkeiche, die man in Ruhe lässt, bis zu 400 Jahre alt werden kann.

Am Morgen hat Manon mit Thomas über dieses Missverhältnis gesprochen: »Das ist doch unglaublich! Das heißt, sie verlieren die Hälfte ihres Lebens, weil die Menschen sie skalpieren.«

»Sie skalpieren sie nicht, sondern sie ernten die Rinde. Eine Tradition, die es schon seit Jahrhunderten gibt.«

»Deshalb muss diese Tradition ja nicht gut sein.«

»Die Bäume regenerieren sich vollständig.«

»Aber sie sterben früher.«

»Sie werden zweihundert Jahre alt! Das hast du doch selbst gerade gesagt.«

Manon überlegte, ob sie noch etwas sagen sollte, aber sie hatte keine Lust, mit Thomas zu streiten. Und wahrscheinlich hatte er sogar recht: Eine Welt ohne Weinflaschen und Korkböden war tatsächlich nur schwer vorstellbar. Trotzdem hatte der Anblick der gehäuteten Bäume etwas Trauriges.

Sie fotografiert die Bäume in verschiedenen Größen und Perspektiven und achtet besonders darauf, dass sie die Grenze zwischen dem nackten Stamm und dem oberen Teil des Baums, der sich zur Krone hin öffnet, gut ins Bild setzt.

Bei manchen Bäumen ist die Rinde bis zu vier Zentimeter

dick. Man könnte sie so vom Baum nehmen, bügeln und dann damit einen Boden verlegen.

Als sie zwischen dreißig und vierzig Fotos gemacht hat, hört sie auf. Die Hitze setzt ihr zu, sie muss sich an einem Baum abstützen.

Aus dem Wald dringen knatternde Motoren. Vermutlich wieder die Jugendlichen mit ihren Geländemaschinen.

Ein paar Minuten bleibt sie an den Baumstamm gelehnt, lauscht dem an- und wieder abschwellenden Knattern und trinkt in kleinen Schlucken von ihrem Wasser. Dann strafft sie die Schultern und macht sich auf den Rückweg.

Der Rest des Tages ist Schweigen. Schweigend begegnen sich Manon und Thomas in dem Haus. Schweigend gehen sie zum Essen. Schweigend sitzen sie sich gegenüber, und wären nicht Airin und Adam mit dem Dessert zu ihnen an den Tisch gekommen, hätten sie vermutlich auch noch weiter geschwiegen.

Nach ein paar Minuten recht einseitiger Kommunikation fragt Airin: »Ist alles okay bei euch?«

Ein kurzer Blick zwischen ihnen, leer und zugleich angefüllt mit diffusen Gefühlen. Thomas strafft die Schultern, lächelt und sagt: »Ich fürchte, ich war heute ein wenig zu ehrlich.«

Manon traut ihren Ohren nicht. Zu ehrlich? Denkt er wirklich, dass dies das Problem war? Bei dem, was er gesagt hat – und vor allem, wie er es gesagt hat –, ging es nicht um Ehrlichkeit. Es war eine Generalabrechnung. Ebenso gut hätte er sagen können: Es geht nicht mehr. Ich will nicht mehr. Ich kann nicht mehr. Aber das würde er nie sagen. Lieber hält er daran fest, ihr Vorwürfe zu machen.

Und jetzt sitzt er da und kokettiert vor Airin und Adam mit seiner Aufrichtigkeit. Er spielt den Reflektierten, obwohl er doch ständig von seinen Trieben übermannt wird, nicht nur den sexuellen Trieben, auch von seinem Ordnungstrieb, seinem Kontrolltrieb und seinem Besitztrieb.

Alle Augen sind auf Thomas gerichtet. Sein Lächeln wird noch breiter. »Zu meiner Verteidigung muss ich sagen, dass Blumberg uns dazu gezwungen hat. Und ich habe mich diesem Zwang gebeugt.«

Manon schweigt.

»Ehrlichkeit ist gut«, sagt Airin. »Aber zu viel Ehrlichkeit ist schlimmer als eine Lüge.«

Ein guter Satz, findet Manon. Am liebsten würde sie Airin dankbar anlächeln, aber sie beherrscht sich.

Eine Viertelstunde plätschert das Gespräch dahin. Die Waldbrände, die Hitze, die neuesten Entwicklungen im Ukraine-Krieg und erneut die Hitze. Adam erzählt, dass in Teilen von Spanien das Wasser rationiert wurde. »Im Oktober! Das gab es noch nie! Ich meine: Wo soll das alles enden? Etwas anderes als der Untergang ist ja kaum noch vorstellbar.«

Manon schaut zu Thomas. Sie sucht in seinem Gesichtsausdruck nach Widerspruch oder Widerwillen. Aber offenbar scheint es einen großen Unterschied zu machen, ob sie sich apokalyptisch äußert oder ob jemand anderes es tut. Sie würde ihn gern darauf hinweisen. Aber vielleicht ist Thomas' Sichtweise auch nur nachvollziehbar. Sie sind verheiratet. Sie sind seit über zwanzig Jahren ein Paar. Sie haben zwei Kinder, zwei Katzen und ein Haus in der Uckermark. Wenn sie apokalyptisch ist, hat das eine andere Bedeutung.

»Bleibt es bei morgen?«, fragt Airin, als sie sich verabschieden. Im ersten Moment hat Manon keine Ahnung, wovon Airin spricht. Dann fällt Manon die Paar-Party wieder ein, zu der die beiden sie eingeladen haben.

Erneut wechseln sie und Thomas einen kurzen Blick, und diesmal hat Manon das Gefühl, dass alles darin liegt: Wut, Vorwurf, Verzweiflung und vielleicht sogar die Bereitschaft, sich hier und jetzt ein für alle Mal zu trennen.

Nein, will Manon sagen. Auf gar keinen Fall. Wir gehen zu keiner Party. Eher reisen wir morgen getrennt voneinander hier ab. Doch etwas in Thomas Blick hält sie zurück.

»Ja«, sagen sie plötzlich wie aus einem Mund.

Airin und Adam lachen.

Sie verabschieden sich vor dem Restaurant und gehen in verschiedene Richtungen nach Hause – Adam und Airin Arm in Arm, Thomas und sie mit so großem Abstand, dass man von außen kaum erkennen würde, dass sie zusammengehören.

Elf

Es klopft. Zuerst in ihrem Traum in der tiefen Vergangenheit an die Tür ihres Kinderzimmers bei ihrem Vater in Paris, dann in einem Dämmerzustand irgendwo im Nichts und schließlich in der Gegenwart in ihrem Zimmer in Paraiso.

»Ja?« Ihre Stimme klingt so, als ob sie aus einer Blechdose kommt.

Die Tür öffnet sich, Licht fällt herein. Im Rahmen erscheint Thomas. Seine Haare sind feucht. Entweder war er im Pool, oder er hat gerade geduscht. Er lächelt.

Manchmal kommt sie sich vor wie eine Frau, die von ihrem Mann geschlagen wird, und am nächsten Tag kommt er angekrochen und entschuldigt sich. Natürlich schlägt Thomas sie nicht, und er entschuldigt sich auch nicht. Aber immer wieder hat er diese Ausbrüche. Immer wieder schlägt er auf ihre Beziehung ein, auf ihre Ehe, und dann ist er auf einmal nett und fürsorglich. Zuckerbrot und Peitsche. Gestern war die Peitsche, heute kommt offenbar das Zuckerbrot.

Am liebsten würde sie ihm all das sagen, aber sie ist zu müde. Und sie hat Angst, dass die Stimmung dann wieder kippt, und dazu hat sie keine Kraft.

»Wie spät ist es?«, fragt sie stattdessen.

»Halb neun.«

»Warst du schon frühstücken?«

»Und schwimmen. Um neun habe ich ein Zoom-Meeting mit einem Kunden, danach muss ich noch ein paar Angebote schreiben. Daher habe ich gedacht, ich weck dich mal.«

»Ja, das ist gut. Danke.«

Manon hat das Gefühl, dass Thomas noch etwas sagen will. Er öffnet den Mund, schließt ihn dann jedoch wieder. Schweigt.

»Okay«, sagt er nach ein paar Sekunden. »Dann bis später.«

Als sie beim Restaurant ankommt, ist die Frühstücksterrasse schon fast leer, aber das Büfett ist noch reich gefüllt. Während sie sich einen Tee und eine Schale Müsli holt, bekommt sie das Gespräch des dicken österreichischen Paars mit, das immer den Tisch direkt neben dem Büfett besetzt.

»Nein, darum geht es nicht!«, sagt die Frau.

»Worum geht es dann?«, fragt er.

»Das weißt du genau.«

»Ich weiß es nicht. Sag es mir.«

»Ich werde es dir ganz bestimmt nicht sagen. Denn dann ist es sinnlos.«

»Dann halt nicht ...«

»Aber ich will, dass du es endlich kapierst.«

»Wie soll ich es denn kapieren, wenn ich gar nicht weiß, worum es geht?«

»Das weißt du ganz genau!«

»Ich hab dir doch gerade schon gesagt, dass ich ...«

»Psssst!«, sagt die Frau, und aus den Augenwinkeln sieht Manon, dass sie eine Geste in ihre Richtung macht. Der Mann dreht sich um. Viel zu lange hat sich Manon mit der Auswahl der Cerealien aufgehalten. Auffälliger hätte sie kaum lauschen können. Sie nimmt ihre Müslischale und geht weiter zum Tee und Kaffee und ärgert sich, dass sie nicht mehr erfahren wird, worum es eigentlich ging. Nun geht es ihr wie dem Mann, der es ja offenbar auch nicht weiß.

Während sie ihren Tee trinkt, würde sie das Paar am liebsten weiter beobachten, aber sie traut sich nicht. Stattdessen holt sie einen Block und einen Stift aus ihrer Tasche, um sich ein paar Notizen zu machen.

»*Epiderme* – Außenhaut« lautet das Thema einer Gruppenausstellung im Centre Pompidou, bei der sie vor einem halben Jahr ihre Beteiligung zugesagt hat.

Es ist bewusst offen gehalten, in Manons Augen zu offen: Material, Inhalt, Herleitung, Meta-Ebene – jeder Bezug ist möglich.

Am liebsten würde sie ihre Teilnahme einfach absagen. Aber dafür ist es nun zu spät. Die Einreichung der Projekte ist in zwei Wochen. Außerdem hat sie der Kuratorin viel zu verdanken. Sie war es, die ihr die ersten Schritte auf dem internationalen Kunstparkett ermöglicht hat.

»Epidermis – Außenhaut« – egal, wie sie darüber nachdenkt, sie mag das Thema einfach nicht. Es ist ihr zu gefällig. Zu allgemeingültig, gleichzeitig zu nichtssagend. Außenhaut bedeutet Schutz, aber auch Osmose. Zu Epidermis gehören Schweiß, Schnitt- und Schürfwunden, kleine Härchen und unzählige Poren. Die Epidermis ist verletzlich, aber sie kann sich schnell wieder regenerieren.

Auch die Natur ist voller Außenhäute und natürlich auch – und vor allem – die Zivilisation. Betonierte Flächen, Kondome, in Netze eingepackte Obstbäume, Burkas, Architektur. Metaphorisch gedacht ist die Außenhaut so etwas wie die Rationalität. Ein Ordnungsprinzip, das alles zusammenhält. Ist sie weg, herrscht Chaos und höchste Gefahr.

Manon seufzt und wischt über ihr Smartphone. Ihr Vater hat Fotos von dem gestrigen Fünf-Gänge-Menü geschickt. Jeder

Gang ein Foto. Auf einem Bild ist Milènes Hand zu sehen. Eine schöne Hand. Pianistinnenfinger, feingliedrig, bestimmt sehr sanft, wenn es darauf ankommt.

Milène ist drei Jahre jünger als sie selbst: einundvierzig. Und damit genau dreiunddreißig Jahre jünger als ihr Vater. Manon versucht sich vorzustellen, wie es für sie selbst wäre, mit einem dreißig Jahre älteren Mann zusammen zu sein, aber es gelingt ihr nicht, bei diesem Gedanken ihren Vater aus dem Kopf zu bekommen: der gut aussehende, erfolgreiche und doch immer freundliche Architekt, den alle mögen, auch wenn oder gerade weil er als Mensch so schwer greifbar ist.

Stattdessen betrachtet sie die Fotos, die sie am Vortag von den Korkeichen gemacht hat. Natürlich passt es gut, aber genau das ist das Problem. Es passt zu gut. Es ist zu offensichtlich. Die Rinde als Haut, das Schälen als Häuten, die rote Nacktheit der Stämme, ihre Verletzlichkeit, aber auch ihre Widerstandsfähigkeit. Und dann, am Ende der Kette, der Champagner-Korken. Einerseits eine jahrhundertealte Tradition, andererseits Hybris und Ausbeutung der Natur und aus der Perspektive der Bäume vielleicht sogar Sadismus. Mehr steckt nicht drin in dieser Idee. Es ist banal, platt. Sie überlegt noch ein wenig hin und her, ohne zu einem Ergebnis zu kommen.

Durch einen Knall wird sie aus ihren Gedanken geschreckt. Die Österreicherin ist aufgesprungen und hat dabei den Stuhl umgestoßen.

»Gut! Dann halt nicht!«, ruft sie.

Der Mann sitzt leicht vornübergebeugt, hebt dann beide Arme in die Höhe. »In Gottes Namen! Wann hört das endlich auf? Ich bin es so leid! So unglaublich leid!«

Kopfschüttelnd steht die Frau vor ihm, ihre Augen hasserfüllt. Dann dreht sie sich um und stürmt davon.

Am Nachmittag geht Manon noch einmal in den Wald und schaut sich die Bäume an. Sie versucht sich vorzustellen, wie es wäre, einen solch großen Baum mit einer weißen 23 einfach mit den Wurzeln aus dem Boden zu reißen und in die Ausstellung zu stellen. Die Eichen sind wunderschön, die Kronen haben etwas Majestätisches. Die Räume wären hoch genug: eine ehemalige Fabrikhalle. Sie könnte den Baum mit UV-Licht anstrahlen und dazu die Geräusche aus dem Wald aufnehmen. Es wäre bestimmt beeindruckend, aber auch sehr pathetisch und vor allem nicht durchführbar.

Als Manon in die Anlage zurückkehrt, hört sie Stimmen. Sie dringen aus dem Haus mit dem kleinen Kakteengarten, in dem das österreichische Paar wohnt. Es befindet sich direkt hinter dem Tor in der Mauer am Dorfeingang. Die Fenster des Schlafzimmers, das zur Straße hin liegt, stehen offen.

Die Stimme der Frau ist schrill und fordernd, die des Mannes hingegen dunkel und abwehrend. Und wie bei einem guten Kunstwerk spiegelt die Form den Inhalt: Die Frau arbeitet mit langen, vielsilbigen und redundanten Sätzen, Spiralen, die sich immer wieder um sich selbst drehen. Der Mann antwortet mit gebellten Ein-, Zwei- oder Drei-Wort-Entgegnungen. Seine Aussagen sind mit Ausrufezeichen versehen. Es sind Stöße. Schubser. Schläge mit der Faust.

Wie schon beim Frühstück ertappt sich Manon dabei, wie sie eine stille Freude empfindet. Eine seltsame Erleichterung. Es gibt auch andere Paare, die Probleme haben, vielleicht sogar noch größere als sie selbst. Eigentlich können sie sich nicht beklagen. Sie haben Glück gehabt.

Manon hat ihre Schritte verlangsamt, aber ihr Kopf sagt ihr, dass sie weitergehen sollte. Es kommt ihr falsch vor zuzuhören.

Doch gerade als sie sich abwenden und die Straße überqueren will, werden die Stimmen lauter. Nun versteht sie jedes Wort.

»Ich weiß nicht, wie oft ich es dir noch sagen soll!«, ruft die Frau. »Ich kann das so nicht mehr! Ich halte es nicht mehr aus! Es geht nicht mehr! Es ist unerträglich, einfach nur unerträglich, hörst du?«

Der Mann entgegnet etwas, das Manon nicht versteht.

»Das ist alles, was du dazu zu sagen hast? Nach allem, was wir versucht haben? Nach allem, was wir besprochen haben? Du sitzt da, starrst auf den Boden und sagst ernsthaft: Dann halt nicht?!«

Erneut die Stimme des Mannes, gebellt, aber unverständlich.

»Ich fasse es nicht! Ich fasse es einfach nicht! Wozu machen wir das alles überhaupt? Wozu reden wir die ganze Zeit, wenn du am Ende einfach nur sagst: Dann halt nicht!«

»Schrei nicht so!«

»Ich will, dass du mir meine Frage beantwortest! Wozu sind wir hierhergefahren? Wozu reden wir jeden Tag, wenn du überhaupt kein Interesse daran hast, dass wir …«

»Schrei nicht so!«

Die Stimme des Mannes ist immer noch dunkel, aber zugleich schneidend, mit überbetonten Konsonanten. Manon hat das Gefühl, dass er aufgestanden ist. Oder sich zumindest aufgerichtet hat.

»Ich schreie nicht! Ich will etwas von dir wissen. Ich möchte eine Antwort bekommen. Einmal in fünfundzwanzig Jahren will ich eine Antwort haben!«

Erneut ist die Entgegnung des Mannes nicht hörbar. Oder aber er schweigt.

Manon spürt, wie sie die Luft anhält, beinahe so, als ob jeder Atemzug sie verraten könnte. Sollte einer der beiden ans Fenster treten und auf die Straße schauen, würde sie entdeckt werden. Außer zu lauschen, gibt es keinen Grund hier stehen zu bleiben. Andererseits wäre es noch auffälliger, wenn sie nun weiterginge. Allein ihre Schritte auf dem Kopfsteinpflaster würden sie vermutlich verraten.

»Weißt du, was?«, sagt die Frau. »Ich fahre! Du kannst gern hier sitzen bleiben und weiter auf den Boden starren. Ich packe meine Sachen und reise ab. Und zwar noch heute. Jetzt sofort!«

Manon hört Schritte.

»Du bleibst!« Die Stimme des Mannes ist herrisch, befehlend. Sie lässt keinen Widerspruch zu.

»Lass mich! Lass mich los! Hilfe!«

Etwas poltert, kracht.

Dann Stille.

Manon starrt zu dem Fenster. Einen Moment lang ist sie fest davon überzeugt, dass der Mann die Frau umgebracht hat. Dass er sie mit seinen bestimmt hundertfünfzig Kilo geschubst hat. Umgestoßen. Und dass die Frau mit ihren schätzungsweise hundert Kilo so unglücklich mit dem Kopf gegen eine harte Kante geschlagen ist, dass das Gehirn sofort seine Arbeit eingestellt hat. Und nun liegt sie da und ist tot.

Doch zu ihrer Erleichterung hört sie die Frau zuerst leise wimmern und dann weinen. Es folgt noch ein Poltern, als ob der Mann gegen etwas tritt, es umtritt, kaputt tritt. Das Weinen der Frau wird lauter, und noch bevor Manon eine bewusste Entscheidung getroffen hat, ist sie in Bewegung.

Manon findet Professor Blumberg in seinem Büro. Als er die Tür öffnet, lächelt er. Selbst nach einem Tag voller Sitzungen mit krisengeplagten Paaren wirkt er aufgeräumt und frisch.

»Manon! Wie schön, Sie zu sehen! Kommen Sie herein.«

Manon betritt den Raum, der klein und schmal ist, aber einen wunderschönen Ausblick auf den Korkeichenwald hat.

Blumberg schließt die Tür und bietet Manon einen Stuhl an, den sie ablehnt. Und so bleibt auch Blumberg ihr gegenüber stehen. Seine linke Hand legt er auf der Schreibtischplatte ab, als wäre sie ein wertvolles Objekt, das dort hingehört.

Manon ist atemlos. Sie spürt den Schweiß auf ihrer Stirn. Ein paarmal atmet sie tief. Dann erzählt sie, wie sie aus dem Wald gekommen ist und die lauten Stimmen gehört hat. Bewusst überspringt sie die Steigerung und die Pause, die es gegeben hat, um möglichst schnell bei der Eskalation zu landen. Der Ankündigung der Frau, abzureisen. Dem Krachen, dem Poltern, dem Weinen und dem erneuten Krachen.

»Verstehe«, sagt Blumberg und nickt langsam. Seltsamerweise wirkt er nicht beunruhigt. Im Gegenteil. Er lächelt. Dann hebt er die Hand von der Tischplatte, geht zu einer Anrichte, öffnet einen kleinen Kühlschrank, und ein paar Sekunden später hält Manon ein Glas Wasser mit Minzblättern in der Hand. »Trinken Sie erst mal einen Schluck.«

Manon gehorcht. Das Wasser ist eiskalt und schmeckt wie frisch aus einer Bergquelle.

Blumberg hat wieder seine alte Position eingenommen und die Hand zurück auf die Tischplatte gelegt. »Sie müssen sich keine Sorgen machen«, sagt er. »Ganz im Gegenteil!«

»Aber ich dachte kurz, dass er ... Ich meine, dass die Frau ...« Manon bricht ab. »Sie verstehen schon ...«

»Natürlich verstehe ich Sie. Aber wenn Sie mich fragen: Ich finde es gut, wenn Gefühle an die Oberfläche kommen. Wenn sie aufbrechen – manchmal auch im wahrsten Sinne des Wortes ausbrechen. Ganz besonders bei Paaren, die ihre Gefühle seit Jahren unter Verschluss gehalten haben.«

Manon seufzt, schüttelt den Kopf. »Ja, aber …« Sie weiß nicht, was sie sagen soll. Auf einmal kommt ihr ihre Fürsorge übertrieben vor.

Blumberg hebt die Hand von der Tischplatte und macht einen Schritt auf Manon zu.

»Manon … Ich möchte mit Ihnen eine Erkenntnis teilen. Eine, die ich selbst erst spät – manchmal denke ich: vielleicht auch zu spät – hatte. Jede intime Beziehung zwischen zwei Menschen ist eine kleine Insel. Und dabei ist es vollkommen egal, ob sie in einem monogamen, polygamen oder sogar polyamoren Umfeld angesiedelt ist. Und jeder Mensch, der nicht auf dieser Insel lebt, kann sie nur von außen betrachten. Ihre Umrisse. Ihre Geologie. Ihre Flora. Die Klippen, die sie umgeben. Man kann viel erkennen. Oft viel mehr als die Inselbewohner selbst. Aber egal, was man auch tut: Man wird nie auf diese Insel gelangen. Dort ist nämlich nur Platz für genau zwei Menschen. Und diese beiden Menschen müssen ihre Beziehung am Ende selbst klären. Ganz egal, wie. Und ganz egal, was dabei passiert …«

Blumberg schaut ihr direkt in die Augen. Dann lächelt er. Manon nickt unsicher. Sie versteht, was Blumberg gesagt hat, und es ergibt für sie Sinn. Aber sie versteht nicht, in welchem Zusammenhang es mit dem Streit des Paares steht. Heißt das, man soll jede Insel ihrem Schicksal überlassen, ganz egal, ob sie untergeht oder nicht? Oder – weniger metaphorisch gesprochen – soll man den anderen dabei zuschauen, wie sie sich gegenseitig zerstören oder einer den anderen umbringt?

»Seitdem ich das akzeptiert habe«, sagt Blumberg, »bin ich ein deutlich besserer Therapeut. Und auch – und vor allem – ein besserer und glücklicherer Mensch.«

Auf dem Rückweg lauscht Manon noch einmal in Richtung des Kakteengartenhauses. Es ist nichts mehr zu hören. Die Fenster sind geschlossen, und auch im Erdgeschoss ist keine Bewegung zu erkennen. Manon kann es sich nicht wirklich erklären, aber aus irgendeinem Grund hat Professor Blumberg sie beruhigt. Nicht nur in Bezug auf das andere Paar, sondern auch, was Thomas und sie angeht.

Sie sind eine Insel, die niemand anderes betreten kann.

Mit diesem Gefühl überquert sie die Kopfsteinpflasterstraße.

Zwölf

Das Haus von Airin und Adam ist ganz ähnlich aufgeteilt wie das ihre, aber es ist deutlich größer, auch sonst ist vieles anders. Am auffälligsten ist der Garten. Hier löst sich das ein, was in den Broschüren und auf der Website als besonderes Highlight von Aldea Paraiso herausgestellt wird: Die Häuser sind alle ähnlich, aber jeder Garten ist anders. Als Paar hat man keinen Einfluss darauf, welches Haus und welchen Garten man bekommt, die Zuteilung nimmt Professor Blumberg angeblich höchstpersönlich vor. Schon mehrfach haben Manon und Thomas sich gefragt, wie es sein kann, dass gerade sie in dem Haus mit dem Steingarten gelandet sind: kein Grün, nur Kakteen, ein paar Blaukissen und Wildnarzissen und eine Pflanze, die aussieht wie eine Artischocke und von der Thomas ihr erklärt hat, dass sie Hauswurz heißt. Garniert wird das Arrangement mit vielen wechselwarmen Eidechsen, die sich auf den großen Steinen sonnen.

Der Garten von Airin und Adam ist das genaue Gegenteil. Für den engen Ort, in dem die Häuser zwischen den Mauern dicht an dicht stehen, ist er riesig: mindestens fünfhundert Quadratmeter, was sich in der Architektur des Dorfs ausnimmt wie ein Fußballplatz. Alles ist satt und grün, sogar mit zwei Palmen. Mehrere in den Boden eingebaute Sprenger sorgen dafür, dass der Rasen durchgehend feucht bleibt.

Manon hat ihre Schuhe ausgezogen und läuft barfuß. Während die Hitze tagsüber unerträglich ist, sind die Temperaturen mit Einbruch der Dunkelheit angenehm. Die Höhenlage des Ortes und der Herbst, der ja eigentlich längst da ist, drücken das Thermometer auf um die fünfzehn Grad. Die Luft ist weich und frisch und fühlt sich an wie ein gestärktes Laken, das sich um Manons Schultern legt.

Adam drückt ihr einen Gin Tonic in die Hand.

»Cheers!«, sagt er.

Hat sie einen Gin Tonic bestellt? Airin hat ihr vor ein paar Minuten irgendetwas zugerufen, und sie hat genickt und gelächelt, obwohl sie gar nicht verstanden hat, worum es ging. Dann also Gin Tonic. Warum nicht? Soweit sie es beurteilen kann, sind es guter Gin und guter Tonic. Manon hält das Glas gegen die bunten LEDs der Lichterkette, die zwischen dem Haus und dem Baum hängt, der direkt an der Mauer steht.

An den Eiswürfeln steigt die Kohlensäure in schmalen Säulen auf, um sich dann an der Oberfläche in kleinen Explosionen zu entladen. Wenn sie das Glas bewegt, werden die Säulen durchbrochen, finden aber sofort eine neue Bahn.

Der Drink sieht aus wie ein Kunstwerk.

Die Musik kommt aus einer großen Bluetooth-Box, die einen erstaunlichen Sound hat. Da ist noch eine Besonderheit an dem Haus: Es liegt abseits von den anderen, hinter der Kirche. Keine direkten Nachbarn. Deshalb ist die Lautstärke hier vermutlich kein Problem. Oder Airin und Adam kümmern sich einfach nicht um die goldenen Dorfregeln, zu denen auch – und vor allem! – gehört, niemand anderen, durch egal was, zu stören.

Airin und Thomas kommen in den Garten. Airin lacht. Als sie am Fuß der Treppe angelangt sind, bleiben sie stehen. Thomas hat seine Flirt-Haltung angenommen, die aber im Gegensatz zum Verhalten vieler anderer Männer in einer solchen Situation nichts Aufdringliches hat.

Manon beobachtet seine Gesten. Auch in Bewegung und mitten im Dialog sind sie formvollendet. Und so, aus der Ferne, ohne die Ablenkung durch seine Stimme und vor allem durch den Inhalt dessen, was er gerade erklärt, sind seine Gesten noch faszinierender: die Art, wie er mit der flachen Hand ein Thema von einem anderen abgrenzt. Wie er gleichzeitig mit der anderen Hand, die darüber schwebt, mit zusammengeführten Fingerkuppen durch einen Kreis eine Verbindung schafft. Wie dann die Abgrenzungshand mit einer neuen Geste eine Etage höher zu einer Art Conclusio kommt. Er dirigiert im wahrsten Sinne des Wortes das, was er sagt. Stundenlang könnte sie ihm dabei zuschauen. Und je länger sie ihm zuschaut, desto stärker fühlt sie sich zu ihm hingezogen.

Eine ganze Weile dachte sie, dass es nur ihr so geht. Dass es ihre spezielle Schwäche ist, die sonst niemand nachvollziehen kann. Aber als sie ein gutes halbes Jahr, nachdem sie zusammengekommen waren, nach ein paar Gläsern Wein mit ihrer Freundin Zara darüber sprach – »Weißt du, was ich an Thomas wirklich liebe? Womit er mich immer wieder kriegt? Seine Gesten! Die Art, wie er seine Hände bewegt.« –, stellte sie mit Erstaunen fest, dass ihre Freundin genau wusste, wovon sie sprach.

»Das ist mir auch sofort aufgefallen.«

»Wirklich?«

»Ja. Eigentlich ist er überhaupt nicht mein Typ, aber wenn er etwas erklärt oder überhaupt etwas mit seinen Händen macht, dann wird mir ganz anders.«

Ungläubig schüttelte Manon den Kopf. »Das ist verrückt. Und ich dachte, das ginge nur mir so.«

Zara lachte. »Frag mal Hannah oder Sophie. Sie sagen genau das Gleiche. Seine Gesten haben etwas Hocherotisches.«

»Ist das dein Ernst?«

»Ja. Ich bin mir sicher, dass es nur wenige Frauen gibt, denen das mit den Gesten nicht sofort auffällt.«

Seit diesem Dialog sind rund zwanzig Jahre vergangen, und bis auf Zara, die seit Langem in Kanada lebt und mit der sie sich ab und zu noch Nachrichten via Facebook schreibt, hat sie keinen Kontakt mehr zu ihren damaligen Freundinnen. Aber an Thomas' Gesten hat sich nichts geändert. Und an der Wirkung, die sie auf die meisten Frauen haben, vermutlich auch nicht.

»Alles okay?«

Sie fährt herum. Adam steht direkt hinter ihr. Neben ihm, am Stamm der einen Palme, lehnen zwei noch zusammengeklappte Doppelliegestühle.

»Ja«, sagt Manon.

Adam prostet ihr zu.

Sie trinken.

Manon sieht ihn das erste Mal aus nächster Nähe. Beim Essen am Tisch sitzt er immer leicht zurückgelehnt und hat dabei manchmal die Ausstrahlung eines Jugendlichen, der gerade einen Wachstumsschub hinter sich hat. Aber so, wie er jetzt vor ihr steht, wirkt er sehr männlich und ausgesprochen attraktiv. Vor allem seine Oberarme. Sie hat noch nie so wohlproportionierte Oberarme gesehen.

»Schön, dass ihr da seid«, sagt er.

»Ja«, sagt sie. »Das finde ich auch.«

Aus Unsicherheit nimmt sie einen großen Schluck von dem Gin Tonic. Es kommt ihr so vor, als ob in dem Glas sehr viel Gin ist und nur wenig Tonic, und um es zu überprüfen, nimmt sie gleich noch einen Schluck.

Adam greift nach den Liegestühlen und stellt sie einander schräg gegenüber: weinroter, durchgehender Stoff, je zwei angenähte Kissen für zwei Köpfe – eine Art klappbares Doppelbett, in dem man halb sitzt, halb liegt.

Wie auf Kommando kommen Airin und Thomas herüber, und ehe Manon es sich überlegen kann, mit wem sie sich auf welchen der Stühle legen möchte, sitzt sie auch schon halb liegend neben Adam, und ihnen gegenüber liegen halb sitzend Thomas und Airin.

Die Musik ist jetzt leiser. Nicht nur, was die Lautstärke angeht, sondern auch im Hinblick auf das, was läuft: eine schwedische Singer-Songwriterin, die Adam produziert hat und deren komplizierter Name in Manons Ohren klingt wie ein Klischee, mit vielen Äs und Ös und etlichen Konsonanten. Manon hat keine Ahnung, wie die Plattenfirma es fertigbringt, sie mit diesem Namen zu vermarkten, aber die Songs – größtenteils auf Schwedisch – sind wunderschön.

Abwechselnd erzählen Airin und Adam davon, wie sie sich kennengelernt haben und dass sie von Anfang an in einer offenen Beziehung gelebt haben. Eine Zeit lang hatten sie mit anderen nur One-Night-Stands oder kürzere Affären, doch nach und nach kamen immer mehr feste Liebschaften hinzu. Irgendwann wurde eines dieser Paare, das sie zusammen gedatet hatten, immer wichtiger für sie. Gemeinsam verbrachten sie viele Abende und Nächte, die Wochenenden, fuhren gemeinsam in Urlaub. Die anderen Nebenbeziehungen verloren an Bedeutung, und auch wenn sie es nicht direkt aussprechen, liegt in der Luft, dass es nicht nur um einen reinen Partnertausch ging, sondern jeder mit jedem intim war. Dann folgte das böse Erwachen: Der Mann hatte sich in Airin verliebt, wollte mit ihr eine exklusive Einzelbeziehung inklusive Hochzeit und Kindern.

»Das war ein Schock«, sagt Airin. »Es war, als ob alles, für das wir in den Jahren zuvor gelebt hatten, mit einem Mal hinfällig wäre.«

Das andere Paar trennte sich. Die Frau gab Airin die Schuld und zog weg. Der Mann ebenfalls, aber in die andere Himmelsrichtung. Auf einen Schlag war alles kaputt.

Airin und Adam machen eine Pause. Manon kann die Erschütterung des Schocks mit jeder Faser ihres Körpers spüren: Trauerwellen, die sich ausbreiten und alles zum Beben bringen.

»Es hat eine ganze Weile gedauert, bis wir uns davon erholt haben …«, sagt Airin.

Sie schaut zu Adam. Ihre Blicke treffen sich. Manon hat das Gefühl, dass sie das, was nun folgen soll, nonverbal miteinander abstimmen müssen.

»Wir sind damals beide aus einer Illusion aufgewacht«, sagt Adam. »Keiner von uns hat mit so etwas gerechnet. Am wenigsten Carina, das war die andere Frau.«

Und dann sind sie still.

»Und ihr? Wie ist eure Geschichte?«, fragt Adam.

Thomas und sie schauen einander an. Plötzlich kommt Manon ihre Beziehungsbiografie unglaublich banal vor: kennengelernt, verliebt, ungeplant schwanger geworden. Das erste Kind. Wieder schwanger geworden, diesmal geplant. Das zweite Kind. Schöne Reisen. Keine Geldsorgen. Hauskauf in der Uckermark. Der Schock der Krebsdiagnose. Kein Sex mehr. Und jetzt sind sie hier.

Das ist alles.

Nicht einmal eine Affäre. Weder sie noch Thomas. Und das, obwohl sie beide Gelegenheiten dazu gehabt hätten. Manon wird auf Vernissagen und Empfängen ständig von irgendwelchen Männern umschwirrt. Manche bekunden ihr Interesse sehr offensiv, andere wirken geradezu schüchtern. Aber alle wollen etwas von ihr. Und erstaunlicherweise wird es mit der Zeit nicht weniger, sondern eher mehr. Inzwischen ist sie zwar über vierzig, aber dafür hat sie künstlerischen Erfolg, was ihr Alter überzukompensieren scheint. Dennoch ist sie nur ein einziges Mal in die Versuchung von so etwas wie einem Seitensprung gekommen: ein französischer Maler, den sie in Paris kennengelernt hat. Eine Zeit lang hat er ihr erotische E-Mails und Textnachrichten geschrieben, und sie muss zugeben, dass sie es genoss. Aber als er dann mehr wollte, als er begann, sie zu bedrängen, sie anrief und sagte, dass sie sich unbedingt sehen müssten, brach sie den Kontakt ab. In erster Linie gar nicht wegen Thomas, wegen ihrer Ehe und ihrer Familie, sondern vor allem, weil ihr der Schritt aus der Welt der Fantasie in die Wirklichkeit zu groß erschien.

Und Thomas? Von ihm weiß sie, dass es in jedem Jahrgang mindestens zwei Studentinnen gibt, die ihm mehr oder weniger offensiv signalisieren, dass sie ihn gern mal privat treffen würden – den jung gebliebenen Dozenten mit den schönen blauen Augen und den verführerischen Gesten. Hinzu kommen die Kundinnen: Geschäftsfrauen zwischen vierzig und fünfzig, die es sexy finden, von einem erfahrenen Fotografen inszeniert zu werden, und nicht genug von seinen positiven Rückmeldungen bekommen können: »Ja, genau! Das ist ein schöner Blick! Der gefällt mir! Bleiben Sie genau so, das sieht fantastisch aus! Ja, ganz toll!« Klick, klick, klick, klick, klick, klick – jedes Klappen des Spiegels ist für diese Frauen ein kleiner erotischer Schauer.

Mehrmals hat Manon Thomas aufgefordert, doch eine dieser Gelegenheiten zum Sex zu ergreifen, anstatt ihr ständig den Vorwurf zu machen, dass sie ihm etwas verweigere. Doch Thomas hat dies kategorisch ausgeschlossen, und die Art, wie er es getan hat, hat in ihr den Verdacht hervorgerufen, dass es dabei gar nicht nur um den Sex geht, den er mit ihrer Absolution haben könnte, sondern vor allem um seine Angst, dass sie in diesem Fall das Gleiche für sich in Anspruch nehmen würde.

Doch all das erzählen sie nicht, sondern nur die äußeren Eckpunkte. Und eigentlich ist es auch nur sie, die erzählt. Sie gibt sich große Mühe, Thomas in einem guten Licht erscheinen zu lassen, vermutlich in einem viel besseren Licht, als er es eigentlich verdient hat. Sie nimmt die Schuld für ihre Krise vor allem auf sich. »Lange Zeit war ich nach meiner Krebserkrankung komplett blockiert. Ich hatte das Vertrauen in meinen Körper verloren und wusste nicht, wie ich es jemals wiederfinden sollte. Ich ...« Sie unterbricht sich abrupt. Sie ist betrunken. Sie muss aufpassen, dass nicht alles aus ihr herausbricht. »Auf jeden Fall hatten wir eine schwierige Zeit. Aber nach und nach wird es besser. Und der Aufenthalt hier und die Gespräche mit Professor Blumberg tun uns beiden sehr gut.«

Die Sitzung vom Vortag drängt in ihr Bewusstsein. Thomas' verbaler Amoklauf. Sie schiebt die Erinnerung sofort beiseite. Stattdessen denkt sie an die Österreicher, daran, wie Blumberg reagiert hat, als sie ihm davon erzählt hat. Seine Inseltheorie, mit der er ihr die Sorgen genommen hat.

»Blumberg ist wirklich ein Zauberer«, sagt Airin, als ob sie ihre Gedanken gelesen hätte. Dann lächelt sie und schüttelt mädchenhaft den Kopf: »Manchmal habe ich das Gefühl, er kann Wunder vollbringen.«

Adam lacht. »Warum nicht gleich Gott höchstpersönlich? Der Herrscher über das Paradies! Nicht umsonst heißt der Ort Paraiso.«

»Und wo ist der Baum der Erkenntnis?«, fragt Manon. »Und die verbotene Frucht?«

Auf einmal fühlt sie sich ganz frei und leicht.

»Keine Sorge«, sagt Airin, »zu der kommen wir noch. Inklusive Schlange und Sündenfall.« Sie lacht, und alle anderen stimmen mit ein.

Während Airin und Adam für ihre Geschichte fast eine halbe Stunde gebraucht haben, ist Thomas' und ihre nach knapp fünf Minuten erzählt. Fünf Minuten für über zwanzig Jahre gegenüber einer halben Stunde für sieben. Das scheint der messbare Unterschied zwischen einer heteronormativen monogamen und einer heteroflexiblen polyamourösen Beziehung zu sein.

»Okay«, sagt Airin schließlich und drückt ihre Zigarette aus – bestimmt schon die fünfte oder sechste, seit sie in den Liegestühlen sitzen –, »ich würde sagen, dann kommen wir mal zur verbotenen Frucht.«

Es hat etwas Bedrohliches, aber zugleich etwas Hocherotisches, als sie »*Forbidden fruit*« sagt, und unwillkürlich stellt Manon sich vor, wie es wäre, sie zu küssen.

Adam nestelt an seiner Hosentasche herum und holt ein kleines silbernes Döschen hervor. Er richtet sich auf, lehnt sich nach vorn und lässt den Deckel aufspringen, und zwar so, dass sie und Thomas direkt in die Dose hineinschauen können.

Darin liegen vier runde Tabletten in vier verschiedenen Farben – Rosa, Gelb, Blau, Grün – und mit vier verschiedenen Prägungen. Auf die grüne Tablette ist ein Totenkopf gestempelt.

»Oh«, sagt Thomas.

Airin lacht.

Eine Pause entsteht. Schweigen. Das Döschen mit den Tabletten ist wie ein Magnet, der alle Aufmerksamkeit anzieht. Schließlich räuspert Thomas sich. »Also … ich bin mir nicht sicher, ob wir …« Er schaut Manon an.

»*Pourquoi pas?*«

Sie hat es nicht selbst gesagt, sondern etwas hat durch sie hindurch gesprochen. Eine Stimme, die von ihrer Stimmung getragen wird. Ihr Blick hat sich mit dem von Thomas verhakt. Sie sieht die Sorge. Aber sie hat keine Ahnung, ob es dabei um sie geht oder um ihn selbst. Oder um sie beide, als Paar.

»Es ist vollkommen ungefährlich«, sagt Adam. »Reines MDMA mit einem kleinen Spritzer LSD. Bei einem Wein würde man sagen: ein edler Tropfen – *a noble drop.*«

Airin dreht sich in dem Liegestuhl zur Seite und wendet sich Thomas zu. Sie hebt die Hand, streckt den Zeigefinger aus und berührt mit der Fingerspitze seinen Kehlkopf. Seinen Adamsapfel. *La pomme d'Adam*, wie er so perfekt passend zum Ort, zum Garten, zu Adam neben ihr und zur verbotenen Frucht genannt wird. Dann fährt sie langsam abwärts in Richtung Brust, über das Schlüsselbein, durch die graue Behaarung, bis zum ersten geschlossenen Hemdknopf, wobei es am Ende nicht mehr die Fingerspitze ist, die mit Thomas' Haut in Kontakt ist, sondern der Nagel, nicht besonders lang, aber sorgsam spitz gefeilt und hellblau lackiert. »Aber selbst wenn es ein kleines bisschen gefährlich ist …«, sagt Airin. »Ein bisschen gefährlich darf eine verbotene Frucht doch sein, oder nicht?«

Manon sieht, wie Thomas schluckt. Sein Adamsapfel hüpft.

»Ja«, sagt Thomas. »Da hast du vermutlich recht.«

»Ganz bestimmt sogar«, sagt Airin. »Du musst nämlich wissen, dass ich immer recht habe.« Sie lacht.

Adam streckt Manon die Dose hin, und sie spürt, wie sein Oberschenkel gegen ihren drückt. Sie betrachtet die Tabletten.

Sie weiß nicht, ob es eine gute Idee ist, eine der Pillen zu nehmen. Aber wenn es eine gute Idee sein sollte, wird sie auf keinen Fall die grüne mit dem Totenkopf nehmen. So viel Aberglauben gesteht sie sich zu.

»Wenn du willst, halte ich dir die Augen zu«, sagt Adam. Seine Hand nähert sich ihrer Augenpartie.

Manon schüttelt sanft den Kopf und macht eine Geste. »Ich greife lieber ganz bewusst zu«, sagt sie.

»Auch gut«, sagt Adam und zieht seine Hand wieder weg.

Manon entscheidet sich für die blaue Tablette, die einen ganz ähnlichen Farbton hat wie Airins Fingernägel. Darauf ist eine Taube. »Eine gute Wahl!« Adam lächelt.

Manon steckt sich die Tablette in den Mund und spült sie mit einem großen Schluck Gin Tonic herunter.

Adam dreht sich zu Thomas und streckt ihm die Dose hin.

Thomas zögert. Erneut treffen sich ihre Blicke. Thomas' Gesichtsausdruck ist ernst. Ist da ein Vorwurf? Oder sogar so etwas wie Angst? Hätte sie sich noch mal mit ihm abstimmen sollen? Vielleicht ja. Doch nun ist es zu spät. Die blaue Taube ist bereits in ihrem Magen und löst sich in der Kohlensäure des Tonic Waters auf. In spätestens einer Dreiviertelstunde wird ihre Reise beginnen – egal, ob Thomas mitkommt oder nicht.

Mit einem Mal fühlt sie sich tatsächlich wie Eva, die von der Schlange verführt wurde und die nun Adam verführt, um nicht allein zu sein – nur dass Adam nicht Adam ist, sondern Thomas.

Thomas starrt auf die Tabletten. Er ist vollkommen regungslos. »Vielleicht möchtest *du* blind dabei sein«, sagt Airin und legt ihre Hand über seine Augen. Dann greift sie nach seinen Fingern und führt sie zur Dose. Begleitet von einer gewissen Erleichterung denkt Manon, dass Airin nun mindestens genauso Eva ist wie sie selbst.

Thomas' Finger sind in der Dose, tasten. Als er seine Hand wieder herauszieht, hält er die grüne Tablette im Pinzettengriff. Den Totenkopf. Er steckt ihn sich in den Mund und schluckt trocken. Airins Hand löst sich von seiner Augenpartie, und Thomas greift nach seinem Gin Tonic, um nachzuspülen.

Alles zerfällt in einzelne kleine Momente. Manon spürt das Gras zwischen ihren Zehen. Sie spürt die warme Luft und den Bass der Lautsprecher in ihrem Bauch. Sie spürt Thomas' Berührung: wie er ihr über den Rücken streichelt. Es fühlt sich gut an. So gut, dass sie Thomas in den Arm nimmt, ihn an sich drückt und festhält. Auch das fühlt sich gut an. Sie fragt sich, warum es nicht immer so sein kann. So leicht, so fließend, so tänzelnd und schwebend und dabei doch erdverbunden.

Die Apokalypse, die sie unterschwellig immer begleitet, hat sich in dem Prickeln des Tonic Waters aufgelöst. Es gibt kein Gestern und kein Morgen, nur noch den Moment, den unmittelbaren Augenblick. Und der kann lang und dann wieder kurz sein, eine Ewigkeit und zugleich ein Wimpernschlag.

Sie ist mal hier, mal dort, wie alle anderen auch. Mal sind sie alle zusammen, dann wechselnd allein. Mal im Haus, das riesig erscheint und dessen Steinboden in der Küche so angenehm kühl ist, dass sie sich darauflegt, sich zusammenrollt wie ein Embryo und ihre Wange daran schmiegt. Dann sind sie wieder alle zusammen, aber ganz woanders: unter der Palme im Schneidersitz, einander an den Händen haltend.

Und überall sind Lichter und Farben. Die bunten Lampen, die Sterne, Airins blaue Nägel, das Display ihres iPhones, das in unglaublichen Farben leuchtet, Adams dunkle Haare, das helle

Rechteck, das aus dem Haus auf den Rasen fällt, die Kerzen, die irgendjemand in der Küche angezündet hat. Es ist wie ein andauerndes, immanentes Feuerwerk. Die kleine Welt, in der sie sich bewegen, entzündet sich an sich selbst.

Thomas tanzt. Wie lange hat sie ihn schon nicht mehr tanzen sehen? Zehn, fünfzehn Jahre? Oder sogar noch länger? Sie hat vergessen, wie schön er tanzt. Sein Tanz ist die Verlängerung seiner Gesten in den Körper. Sie fühlt sich zu ihm hingezogen, und mehrmals geht sie zu ihm, um ihn zu küssen und seine Wärme zu spüren. Er berührt sie, erwidert ihre Zärtlichkeit, aber sein Körper scheint ganz der Musik verschrieben zu sein.

Unterdessen wartet sie darauf, dass etwas passiert. Dass Airin und Adam sich ihnen nähern. Dass Adam ihr die Hand aufs Bein legt, während sie in dem Doppelliegestuhl nebeneinander in die Sterne schauen. Dass Airin sie küsst, als sie voreinander tanzen und Manon sich in ihren Augen spiegelt. Dass Airin Thomas küsst, als er auf dem Rücken im Gras liegt und sie neben ihm kniet und seine Hand hält. Aber nichts davon passiert. Sie umkreisen einander, umschwärmen sich gegenseitig, aber Manon hat das Gefühl, dass Adam und Airin die Grenze definieren: bis hierhin und nicht weiter.

Sie weiß nicht, ob sie davon enttäuscht ist oder erleichtert. Oder auch beides zugleich. Aber es spielt auch keine Rolle. Nichts spielt irgendeine Rolle, denn sie ist glücklich.

Thomas

Dreizehn

Nach fünf Bahnen ist er im Rhythmus. Das Wasser trägt ihn. Seine Gedanken lösen sich von seinen Bewegungen. Arme. Beine. Das Drehen des Kopfes. Das Gleiten, Verdrängen, Getragenwerden. Wenn er wirklich drin ist, ist es wie Fliegen, und er hat das Gefühl, nie wieder aufhören zu wollen. Sein Leben lang schwimmen, getragen vom Wasser.

Es ist ein großer Pool, sechzehn Meter lang und damit nur neun Meter kürzer als ein kleines Sportbecken. Er ist lang genug, um als Schwimmer nicht von den ständigen Wendungen genervt zu sein. Lang genug, um in einen eigenen Rhythmus zu kommen, aber nicht so groß, dass das Becken mit seinen Proportionen die Architektur des kleinen Ortes sprengen würde.

Thomas wechselt vom Kraul zu Rücken. Er spürt, dass Airin und Manon ihn beobachten, und er vermutet, dass auch Adam und das französische Paar mit ihren Blicken bei ihm sind. In seiner Jugend hat es Mädchen gegeben, die sich in sein Schwimmen verliebt haben. Die im Freibad in Heidelberg am Beckenrand saßen, die Füße ins Wasser baumeln ließen und ihn beobachteten. Und wenn er dann nach seinen zwanzig Bahnen aus dem Wasser stieg, kicherten sie.

Er begreift nicht, wie er sich so lange hat hängen lassen. Wie er sich so vernachlässigen konnte. Er hat auf Menschen, die keine Selbstdisziplin haben, immer herabgeblickt. In seinen Augen gibt es keine Begründung dafür, sich gehen zu lassen – egal, wie die Lebensumstände sind. Rein rational kann er es zwar nachvollziehen, dass Adipositas als eine Krankheit gilt, die behandelt und therapiert werden muss, aber sein Gefühl sagt etwas anderes. Es sagt, dass es jeder und jede selbst in der Hand hat. Egal, wie die Umstände sind, die Ernährung und die körperliche Betätigung kann der Mensch selbst kontrollieren. Und wenn jemand dick wird, ist das seine freie Entscheidung.

Doch nun hat er das erste Mal so etwas wie eine Ahnung davon bekommen, wie es ist, in einen negativen Strudel zu geraten: körperlich und gedanklich. Es gibt gute Gründe dafür, warum er sich in den vergangenen Jahren hat gehen lassen: die geschlossenen Fitnessstudios und Schwimmbäder während der Pandemie; Manons viele Kunstreisen und die daraus resultierende Verpflichtung, noch mehr für die Kinder da sein zu müssen; eine Knieverletzung, die er sich beim Laufen zugezogen hat; die immer größere Mühsal, ab Mitte vierzig sein Gewicht zu halten, und die immer größere Überwindung, Sport zu treiben, je mehr er zunahm – ein Circulus vitiosus.

Doch der Hauptgrund ist der fehlende Sex. Wenn er keinen Sex hat, spürt er seinen Körper nicht mehr. Und wenn er seinen Körper nicht mehr spürt, dann lässt er sich gehen. Und wenn er sich gehen lässt, rückt der Sex in immer weitere Ferne.

Das war auch der Grund, warum er am Strand unbedingt losmusste: Endlich hat er seinen Körper wieder gespürt. Er musste sich einfach bewegen. Es ging nicht anders. Seit diesem Morgen ist er wieder tiefer in seinem Körper drin. Er spürt wieder, dass er ihn pflegen muss. Und zu dieser Pflege gehört Bewegung. Die Hauptpflege ist Bewegung!

Als er aus dem Wasser steigt, spannt er seine Bauchmuskeln an. Er hat das Gefühl, allein in den vergangenen Tagen zwei Kilo abgenommen zu haben, und es fühlt sich gut an. Es ist ein Anfang.

Adam sitzt am Beckenrand. Spontan setzt sich Thomas neben ihn.

Nach wie vor hat er seine Bauchmuskeln angespannt, doch wenn er an sich herunterschaut, sieht er noch die Röllchen, die in Richtung seiner Lenden schwappen.

Adam und er unterhalten sich über Musik. Es schmeichelt Thomas' Eitelkeit, dass Adam als einer der gefragtesten Musikproduzenten Skandinaviens ihn als gleichberechtigten Gesprächspartner akzeptiert, ihn nach seiner Meinung zu Bands und Musikrichtungen fragt und offenbar beeindruckt davon ist, welches Verständnis er dafür hat, wie Musik produziert wird. Thomas erzählt, dass er jahrelang Bands auf Konzerten fotografiert hat. Er übertreibt dabei ein wenig, denn tatsächlich hat er nach gut eineinhalb Jahren wieder damit aufgehört. Zu schwierig, gute Fotos zu machen. Zu schlecht bezahlt. Aber in diesen eineinhalb Jahren hat er viel mitbekommen – auch wenn es die Neunzigerjahre waren, die inzwischen wie eine längst vergangene Epoche scheinen. Doch gerade für diese Zeit interessiert sich Adam ganz besonders, weil er selbst noch zu jung war, ein Teenager. Fünfzehn Jahre Altersunterschied können eine ganze Welt bedeuten.

Unauffällig schaut Thomas zwischendurch immer wieder zu Manon und Airin und ertappt sich bei der Fantasie, mit ihnen beiden gemeinsam Sex zu haben. Von Manon weiß er, dass sie früher auch mit Frauen Sex hatte, und Airin wirkt in dieser Hinsicht so offen, dass er keinen Zweifel daran hat, dass sie schon alle möglichen Konstellationen ausprobiert hat.

Etwas schwirrt über den Pool. Thomas und Adam unterbrechen ihr Gespräch und heben die Köpfe. Es ist wieder eine dieser

Drohnen. Trotz der Hitze hat Thomas Gänsehaut – die Drohnen haben etwas Unheimliches. Das Geräusch, dieses mehrstimmige Sirren, die Art, wie sie sich scheinbar autonom durch die Luft bewegen. Das Wissen darum, dass sie eine Kamera an Bord haben und jemand in diesem Moment genau das sieht, was auch die Drohne sieht.

Einen Moment lang bleibt das Ding direkt über dem Pool stehen. Emilia hat behauptet, dass die Drohnen immer wieder über Aldea Paraiso fliegen, weil es am einfachsten ist, sich von hier zu orientieren. Der Ort sei so etwas wie der Ausgangspunkt, von dem aus sie systematisch den Wald abfliegen. »Wenn es technische Schwierigkeiten gibt, landen sie hier, und die Feuerwehr kommt, um sie zu reparieren.«

Aber muss die Drohne dafür so lange über dem Pool stehen? Hier gibt es nur halb nackte Körper. Thomas würde am liebsten aufstehen, um das surrende Gerät zu verscheuchen – mit Gesten oder, wenn das nicht hilft, mit Wasser –, doch da dreht sie bereits ab und schwirrt in Richtung Wald.

»Thomas?«

Er wendet seinen Blick vom Himmel ab. Adam schaut ihn fragend an.

»Ja?«

Adam lacht. »Wo warst du gerade?«

Thomas schüttelt den Kopf. »Entschuldige … Die Drohne hat mich abgelenkt. Ich hasse diese Dinger.«

»Echt?«, sagt Adam. »Ich finde sie lustig. Ich habe sogar selbst eine, mit der ich ab und zu ein Video drehe. Es macht Spaß. Man fühlt sich wie ein kleiner Junge.«

»Das stimmt. Für Fotos und Videos sind sie ganz praktisch.«

Natürlich hat Thomas auch schon Fotos mithilfe von Drohnen gemacht – oder vielmehr: machen lassen. Firmenansichten aus der Vogelperspektive oder Aufsichten von großen Fertigungshallen. Einmal sogar ein Gruppenbild, auf dem die gesamte Führungsetage einer Firma auf einem Hügel steht und in die schwebende Kamera winkt. Doch wenn es sich irgendwie vermeiden lässt, arbeitet er ohne Drohne. Er holt sich lieber eine Leiter, ein großes Stativ oder einen Ballon, an den er die Kamera hängt.

»Was ich gerade fragen wollte: Was hältst du davon, wenn ihr morgen nach dem Essen noch auf ein paar Drinks zu uns kommt?«

Adam schaut Thomas in die Augen. Ein klarer, direkter Blick. Thomas spürt auf Höhe seines Zwerchfells eine leichte Vibration.

»Morgen?«, fragt er.

»Ja. In unserem Haus gibt es eine kleine Bar. Und viel Eis inklusive Cruncher. Longdrinks, Cocktails – alles ist möglich.«

»Also, wenn das so ist, sage ich sofort zu!« Thomas lacht. »Und Manon werde ich auch überzeugen.«

»Ich glaube, sie hat ihr Einverständnis schon gegeben.«

Thomas schaut zu Adam, der mit seinem Blick bei Airin ist, die den Daumen hebt. Manon steht auf und geht zum Pool.

»Wow! Da habt ihr euch ja perfekt abgestimmt«, sagt Thomas. Adam lacht. »Wir sind ein gutes Team. Keine Party ohne die entsprechende Planung.«

Manon steht inzwischen am Rand, mit den Zehen über dem Wasser. Sie sieht fantastisch aus. Sie ist kein sportlicher Typ, hat nie Sport gemacht. Aber ihr Körper ist schlank, und sie wirkt fit. Vielleicht liegt es daran, dass sie jeden Tag mindestens zwanzigtausend Schritte zu Fuß geht, sich alles erläuft. Oder daran, dass sie ständig schwere Sachen in ihrem Atelier herumträgt. Aber vor allem hat sie nur selten Hunger. Am Anfang ihrer Beziehung dachte er, sie habe vielleicht eine Essstörung, aber dann stellte er fest, dass sie das Essen einfach vergisst. Ihr Kopf ist die ganze Zeit so angefüllt – mit Gedanken, Ideen und Bildern, Menschen, Ängsten und Zweifeln –, da hat Essen einfach keinen Platz.

Manon spannt die Muskeln an und beugt sich vor. Dann stößt sie sich ab und taucht mit einem beinahe perfekten Hechtsprung ins Wasser.

Dank der Klimaanlage ist die Temperatur im Haus angenehm. Und dank des Solarfelds auf der Schafweide können sie sie sogar mit gutem Gewissen den ganzen Tag laufen lassen. Thomas ist in der Küche. Während er darauf wartet, dass der Espresso kocht, macht er Liegestütze. Inzwischen schafft er problemlos dreißig, langsam gedrückt und technisch einwandfrei ausgeführt. Vor fünf Jahren hat er je nach Tagesform noch zwischen achtzig und hundert am Stück geschafft. Aber vor fünf Jahren war auch noch alles anders.

Thomas dreht sich mit dem Rücken zu einem der Stühle, stützt sich mit den Händen auf der Sitzfläche ab und setzt die Fersen auf den Boden. Dann drückt er sich zwanzigmal hoch: Trizeps. Anschließend ein paar Crunches, dann fünfzig Sekunden gehaltener Ellbogenstütz.

Der Kaffee kocht. Er nimmt eine Tasse, bedeckt den Boden mit Zucker, gießt einen Schluck Espresso darauf, rührt um, trinkt.

Er fragt sich, wo Manon ist. Seit sie zurückgekommen sind, hat er sie nicht mehr gesehen. Er schenkt sich noch einen Espresso ein und geht damit nach oben. Manons Zimmertür steht offen. »Manon?«

Keine Antwort. Ob sie spazieren gegangen ist? Dann hätte sie ihm doch Bescheid gesagt, oder? Er schaut durch das Fenster in den Steingarten. Auch da ist sie nicht. Dann fällt ihm die Dachterrasse ein, auf der sie am ersten Abend ein Glas Wein getrunken haben. Er geht die schmale Treppe nach oben, durch die geöffnete Tür. Direkt gegenüber an der Balustrade steht Manon. Sie hat ihm den Rücken zugewandt und schaut in die Ferne. Er hätte jetzt gern seine Kamera dabei, um ein Foto zu machen. Am liebsten eine Mittelformat. Aber das Klicken würde sie aufschrecken. Dann eben seine digitale Leica. Sogar das Handy würde ihm schon reichen, aber das liegt unten. Es ist wirklich ein perfektes Bild: die Handtücher auf der Leine, Manons Rücken, ihr geblümtes Kleid. Der nasse Bikini, den sie in der Hand hält, der Wald und die weite Ferne dahinter, in der man das Meer erahnen kann.

Ruckartig dreht Manon sich um. Sie muss wirklich tief in Gedanken gewesen sein.

»Thomas! Hast du mich erschreckt …«

Er lacht.

»Was machst du da?«, fragt er.

Sie atmet ein und wieder aus. »Ich hänge die Badesachen auf. Aber … gerade habe ich einen Raubvogel im Sturzflug beobachtet.«

Sie ist wunderschön. Verletzlich. In ihren dunklen Augen ruht das komplette Universum.

Thomas lächelt. »Und? Meinst du, er hat seine Beute erwischt?«

»Keine Ahnung, aber der Flug wirkte sehr zielgerichtet.«

Es liegt eine Spannung in der Luft. Eine besondere Energie. Thomas macht zwei Schritte auf Manon zu, nimmt ihr den nassen Bikini aus der Hand und legt ihn auf die Balustrade. Die Kaffeetasse stellt er daneben. Er streicht mit den Fingerspitzen an Manons Hals entlang und über ihre Schulter.

»Manchmal wäre ich auch gern ein Raubvogel.« Seine Stimme kommt tief aus seinem Bauch. Sie vibriert in seiner Brust. Wieder ist da dieses Gefühl von Befreiung. Es tut so gut, nicht darüber nachdenken zu müssen, was er sagt und wie er es sagt.

Er streicht mit den Fingerspitzen über Manons Oberarm. Betrachtet das Muttermal unterhalb ihres Schlüsselbeins, beugt sich vor und küsst es. Manon reagiert nicht. Ohne sich zu rühren, steht sie vor ihm.

»Was ist?«, fragt Thomas.

Manon öffnet den Mund, schließt ihn wieder.

Er löst sich von ihr, macht einen halben Schritt zurück und schaut sie an. Sie sieht verschreckt aus, beinahe ängstlich.

»Was ist?«, wiederholt Thomas.

»Ich ... weiß es nicht.«

Thomas spürt, wie die Energie verpufft. Aber erstaunlicherweise ist da keine Enttäuschung, wie sonst immer. Eher Wut, und zwar keine verdeckte, gehemmte Wut, sondern eine, die sich zutiefst berechtigt anfühlt.

Diese Wut ist gut.

Er nickt langsam, schüttelt dann den Kopf.

»Hey ...«, sagt Manon, »es tut mir leid.«

»Es muss dir nicht leidtun«, sagt Thomas. »Nichts muss dir leidtun.«

Die Wut trägt ihn durch den Tag. Sie ist wie ein fester Boden, auf dem er steht und geht.

Alles, was er sagt und tut, fühlt er auch, und ganz besonders all das, was er während der Stunde bei Blumberg über die Sunrise Experience erzählt hat. Über seine Gefühle und die vielen doppelten Böden. Es ist richtig und wichtig, all das zu sagen, und er ist Professor Blumberg unendlich dankbar für seine Hartnäckigkeit: »Es wird Ihnen guttun!« Das waren seine Worte, und sie treffen voll und ganz zu.

Das erste Mal während all dieser Jahre und der vielen Coachings hat Thomas wirklich das ausgesprochen, was ihn bewegt. Und Manon? Sie hat danach gesagt, sie fühle sich wie erschlagen, aber das macht ihm kein schlechtes Gewissen. Denn er ist ehrlich gewesen.

Nachmittags telefoniert er das erste Mal, seit sie aus Heidelberg losgefahren sind, mit seiner Mutter. Wie immer redet sie viel, erzählt von den Kindern – alles wunderbar! – und beklagt sich über seinen Vater, ohne sich wirklich zu beklagen: reine Larmoyanz. Normalerweise gehen diese Gespräche einfach nur durch ihn hindurch, er selbst ist gar nicht anwesend. Oft macht er parallel Bildbearbeitungen; wenn ihn anschließend jemand fragen würde, worüber sie gesprochen haben, hätte er keine konkrete Erinnerung. Aber die wäre auch gar nicht notwendig, denn die Gespräche verlaufen sowieso immer gleich.

Aber heute ist es anders. Heute fragt er nach. Was sie denn so unternehmen? Warum sie denn nicht in den Zoo oder die Falknerei gehen? Oder ins Jugendtheater? Sie könnten doch mal wieder mit der Bergbahn auf den Königsstuhl fahren. Wie viele Stunden sitzt Noah vor einem Laptop und spielt *Mindcraft* oder Schlimmeres? Wie oft sitzt Léonie mit ihrem Smartphone auf dem Sofa? Vielleicht können sie beide ja auch mal was dazu sagen. Womöglich haben sie als Großeltern ja einen größeren Einfluss.

Und dann erzählt er auf einmal von Manon und von sich. Natürlich ohne den gesamten Hintergrund auszumalen oder in die Details zu gehen. Aber offen und ehrlich. Dass sie schon seit einiger Zeit in einer Beziehungskrise stecken und sie zu lösen versuchen. Dass er es wichtig findet, Probleme anzugehen, gerade wenn man lange zusammen ist. Dass er allen Paaren einen solchen Prozess empfehlen würde, egal in welchem Alter. Auch ihnen. Oder ob sie vorhaben, auf diese Weise bis ans Ende ihrer Tage nebeneinanderher zu leben?

»Was meinst du damit?«, fragt seine Mutter.

»Du beklagst dich ständig über Papa, und Papa scheint auch nicht besonders zufrieden zu sein. Ich glaube, dass euch ein Beziehungscoaching guttun würde.«

»Ein Beziehungscoaching?«

»Genau. Und Markus und Judith könnt ihr es auch gleich empfehlen.«

»Was ist denn mit Markus und Judith?«

»Meinst du denn, Judith ist glücklich mit Markus? Hast du ihn dir mal angeschaut? Er ist übergewichtig, um nicht zu sagen fett. Er isst, als gäbe es keinen Morgen mehr. Und er trinkt. Jeden Abend. Und am Wochenende spätestens ab 15:30 Uhr, Anstoß in der Bundesliga. Vermutlich erfüllt er alle Voraussetzungen für die klinische Definition von Alkoholismus.«

»Wie redest du über deinen Bruder?«

»Ich sage nur die Wahrheit. Außerdem ist er ständig unterwegs, während Judith mit den Jungs im Haus sitzt. Und wenn er ausnahmsweise mal zu Hause ist, kann man sich über nichts anderes mit ihm unterhalten als über Waffensysteme und Fußball.«

»Was ist denn los mit dir heute?«

»Nichts ist los. Ich nenne die Dinge nur beim Namen.«

Kurz darauf beendet er das Gespräch, freundlich, aber bestimmt. Er stellt sich den Gesichtsausdruck seiner Mutter vor, wie sie mit dem weißen schnurlosen Telefon in der Hand an der Terrassentür steht, in den Garten schaut und langsam den Kopf schüttelt. Er hat das Gefühl, ihre Verwirrung über die mehreren

Tausend Kilometer, die zwischen ihnen liegen, spüren zu können.

Zwischen Manon und ihm herrscht den Tag über Schweigen. Es ist nicht das erste Mal, dass so etwas vorkommt. Solche Phasen hatten sie in den vergangenen Jahren häufiger. Aber der Unterschied besteht darin, dass seine innere Bewegung in der Vergangenheit eine andere gewesen ist. Er hat geschwiegen, um etwas Bestimmtes zu erreichen. Nach ihren Streitereien hat er darauf gewartet, dass Manon endlich einknickt. Darauf, dass sie sich bei ihm entschuldigt. Dass sie Abbitte leistet. Kurz gesagt: Das Schweigen war für ihn anstrengend. Es war ein Kampf. Und nicht selten hat er ihn verloren. Aber heute ist es anders. Er schweigt nicht, um etwas zu erreichen, sondern weil er nichts zu sagen hat. Weil er alles, was er zu sagen hat, bereits in der Stunde bei Blumberg gesagt hat.

Sogar das Essen verbringen sie, ohne miteinander zu sprechen. Erst als Airin und Adam sich mit dem Dessert zu ihnen setzen, ändert sich die Stimmung, und als Airin fragt, ob mit ihnen alles in Ordnung sei, schauen sie sich das erste Mal seit der Begegnung auf der Terrasse in die Augen.

Manon schweigt. Thomas zuckt mit den Schultern. »Ich fürchte, ich war heute ein wenig zu ehrlich.«

Alle Blicke sind auf ihn gerichtet. Er lächelt. »Zu meiner Verteidigung muss ich sagen, dass Blumberg uns dazu gezwungen hat, ehrlich zu sein. Und ich habe mich diesem Zwang gebeugt.«

»Ehrlichkeit ist gut«, sagt Airin. »Aber zu viel Ehrlichkeit ist schlimmer als eine Lüge.«

Thomas will ihr widersprechen. Doch dann bemerkt er den Blick zwischen ihr und Adam, und ihm wird klar, dass sich der

Satz gar nicht auf das bezogen hat, was er gerade gesagt hat, sondern auf Airin und Adam, auf deren gemeinsame Geschichte. Was auch immer diese Geschichte beinhaltet.

»Bleibt es bei morgen?«, fragt Airin, als sie sich verabschieden.

Erneut schauen sich Manon und Thomas in die Augen.

»Ja«, sagen sie wie aus einem Mund.

Vierzehn

Als Thomas aufwacht, ist die Sonne noch hinter den Bergen. Er zieht seine Badehose an, greift nach den Handtüchern und schlüpft in die Flip-Flops. Am Pool trifft er die Französin. Sie ist bestimmt schon Anfang sechzig, aber das Alter steht ihr. Sie trägt eine Badekappe und zelebriert mit gerecktem Hals bedächtiges Brustschwimmen. Ihr Mann ist nirgends zu sehen. Sie lächelt Thomas zu, er lächelt zurück. Als er fünfzig gekraulte Bahnen später aus dem Becken steigt, sitzt sie mit ihrem Handy auf einem Liegestuhl.

»Sie schwimmen sehr schön«, sagt sie.

»Danke«, sagt er. »Ich bin früher viel geschwommen. Das ist zwar lange her, aber die Technik verlernt man nicht.«

Sie lächelt. Beinahe so, als hätte er etwas Anzügliches gesagt. »Technik ist alles«, sagt sie. »Oder zumindest fast.« Einen Moment lang hält sie seinen Blick, dann schaut sie wieder auf ihr Handy.

Als er kurz darauf geht, ruft er: »Ich wünsche Ihnen noch einen schönen Tag.«

Sie schaut auf. Schaut ihn an. Lächelt. Zwinkert. Er hebt die Hand zum Gruß und geht.

Zurück im Haus, macht er sein Fitnessprogramm: Liegestütze, Sit-ups, Crunches. Trizeps am Stuhl, fünf Klimmzüge an dem Holzbalken zwischen dem offenen Wohnraum und der Küche.

Als er fertig ist, lauscht er. Offenbar schläft Manon noch. Spontan geht er hoch und klopft.

»Ja?«

Er öffnet die Tür. Manon liegt auf dem zerwühlten Bett. Das Laken ist halb auf den Boden gerutscht.

»Guten Morgen!«, sagt er. Es fühlt sich gut an, richtig. Gestern hat er geschwiegen, aber heute ist ein neuer Tag. Und heute Abend sind sie eingeladen.

»Wie spät ist es?«, fragt Manon.

»Halb neun.«

»Warst du denn schon frühstücken?«

Er schüttelt den Kopf. »Das habe ich ausfallen lassen. Dafür war ich schwimmen. Um neun habe ich ein Zoom-Meeting mit einem Kunden, danach muss ich noch ein paar Angebote schreiben. Daher habe ich gedacht, ich weck dich mal.«

»Das ist gut. Danke.«

Thomas hat das Gefühl, dass Manon noch etwas sagen will. Sie öffnet den Mund, schließt ihn dann jedoch wieder.

»Okay«, sagt er selbst nach ein paar Sekunden. »Dann bis später.«

Manon nickt.

Er zieht die Tür hinter sich zu. Einen kurzen Moment bleibt er dahinter stehen. Er schüttelt den Kopf, lächelt. Dann geht er die Treppe zur Küche hinunter.

Als er das nächste Mal aufwacht, ist es bereits Nachmittag, Viertel nach vier. Nachdem er am Morgen so früh aufgestanden und gleich schwimmen gegangen ist, hat er sich nach dem Mittagessen noch einmal hingelegt. Eigentlich wollte er nur einen kurzen Powernap machen, nun hat er fast zwei Stunden tief geschlafen.

Er lauscht. Irgendetwas hat ihn geweckt. Ein Geräusch oder eine Stimme. Jetzt hört er es. Einen Moment lang ist er davon überzeugt, dass es von einem Tier stammt. Eine rollige Katze vielleicht. Dann begreift er, dass der Laut aus den offenen Fenstern des Hauses gegenüber kommt und menschlich ist. Eine Frau, die weint. Vermutlich die Österreicherin. Es klingt jämmerlich: Das Weinen ist ein Wimmern, Schluchzen, Heulen. Und es wird lauter. Es schwillt an wie eine Welle.

Er versteht nicht, warum die Frau bei offenem Fenster weinen muss. Glaubt sie etwa, sie ist die Einzige hier, die Probleme hat?

Er fragt sich, wo Manon ist. Offenbar nicht im Haus. Sie hat gesagt, dass sie spazieren gehen will, aber auch das ist nun schon über zwei Stunden her. Sie würde bestimmt sofort rübergehen, um die Frau in den Arm zu nehmen und ihr den Rücken zu streicheln. Sie würde sich auflösen in der fremden Verzweiflung. Und irgendwann, in ein paar Monaten oder Jahren, würde sie das Erlebnis – oder auch nur das Gefühl, das damit verbunden ist – künstlerisch verwerten. Genau so funktioniert sie: Sie leidet selbst und mit anderen und wirkt dabei ganz privat – und am Ende gibt es eine Ausstellung, und die ganze Welt kann daran teilhaben. Genauso wie die Österreicherin ganz Paraiso an ihrem Weinen teilhaben lässt.

Vor dem Abendessen geht Thomas ins Bad, um zu duschen. Er ignoriert Manons strafenden Blick, nachdem Emilia die Paare angesichts der Trockenheit vorgestern darum gebeten hatte, sorgsam mit dem Wasser umzugehen. »Noch ist genug da«, hat sie gesagt. »Aber wenn es weiter nicht regnet, kann es zu Engpässen kommen.«

Wenn Manon ihn gefragt hätte, warum er noch einmal duscht, hätte er gesagt, dass er sich nach seinem Nachmittagsschlaf müde fühlt und verschwitzt. Doch es gibt noch einen anderen Grund. Die Einladung bei Airin und Adam und die Aussicht auf Sex. Denn Sex ist das Thema dieses Abends, daran hat Thomas inzwischen keinen Zweifel mehr. Die Art, wie die beiden sie taxieren. Die Anspielungen. Airins neckisches Lachen. Die kleinen Berührungen beim Essen, nicht zuletzt die Blicke, die sich Airin und Adam immer wieder zuwerfen. Gemeinsam haben sie etwas ausgeheckt, eine Überraschung, und Manon und Thomas müssen nichts anderes tun, als abzuwarten und sich überraschen zu lassen.

Als Thomas nach der Einladung das erste Mal daran gedacht hat, dass es um einen Partnertausch gehen könnte, hat er Widerstände gespürt. Genauer: Eifersucht, ja Angst. Wie wird er damit umgehen, wenn er Manon und Adam dabei beobachtet, wie sie sich küssen? Und wie würde es ihm gehen, wenn es noch mehr wäre als nur das? Allein der Gedanke daran ist gefährlich. Doch wenn er dann daran denkt, dass er im Gegenzug Airin küssen würde und noch vieles mehr, bekommt die Bedrohung etwas Verlockendes.

Natürlich hat er bemerkt, wie Manon Adam angestarrt hat. Wie sie jeden Zentimeter von Adams Körper mit ihren Blicken abtastet. Und tatsächlich ist Adams Körper wunderschön, nahezu perfekt. Für Thomas' persönlichen Geschmack ist er vielleicht ein bisschen zu schlaksig, aber dafür so feingliedrig und wohlproportioniert, dass es kaum möglich ist, den Blick abzuwenden. Und vermutlich ist genau das, was Thomas als einen gewissen Mangel wahrnimmt – zu wenig klar definierte Muskelmasse –, genau das, was Adam so anziehend macht. Er hat eine unglaubliche Lässigkeit. Alles an ihm ist cool.

Und es kommt noch etwas anderes hinzu: Adam ist fünfzehn Jahre jünger als er. Das sieht man. An seinem Körper und seinen

Bewegungen. An der Art, wie er sich streckt, seinen Kopf rollt, um seine Nackenmuskulatur zu entspannen, an dem Schwung, mit dem er von einem Liegestuhl aufsteht. Wenn Adam in seinem Alter ist, dann wird Thomas selbst Mitte sechzig sein, bestenfalls ein jung gebliebener Rentner, vielleicht aber auch ein alter Mann. Das ist die Realität. Vermutlich ist es auch das Alter, das Manon anzieht, genau wie Airins Alter für Thomas eine Rolle spielt. Fünfzehn Jahre machen viel aus. Sie sind, was den Körper angeht, eine kleine Ewigkeit.

Im Bad stellt sich Thomas nackt vor den Spiegel. Er spannt seine Bauch- und Brustmuskeln an und betrachtet sich. Er hat den Eindruck, dass die Fettpolster an den Hüften etwas kleiner geworden sind. Auch seine Schultern und der Bizeps treten durch das Training und das viele Schwimmen in den vergangenen Tagen wieder klarer hervor. Trotzdem wirkt er immer noch viel zu weich und zu schwammig. Er sieht so aus, wie er nicht aussehen will: wie ein fünfzigjähriger Familienvater, der zu viel isst und zu wenig Sport treibt. Mit dem Sport hat er nun wieder angefangen, aber das Essen und auch das Trinken bleiben ein Problem.

Er muss an den Instagram-Kanal denken, auf dem ein Japaner Mitte dreißig gemeinsam mit seinem sechzigjährigen Vater täglich die Veränderungen ihrer beider Oberkörper im Zuge eines strengen Diät- und Sportplans dokumentiert hat. Es war faszinierend zu sehen, wie die beiden sich veränderten. In den ersten Wochen war kaum etwas zu sehen, aber schon nach zwei Monaten sahen Vater und Sohn deutlich besser aus. Und als das Projekt nach einem halben Jahr endete, waren sie kaum wiederzuerkennen. Vielleicht sollte er das auch machen. Natürlich nicht öffentlich, nur für sich selbst: ein halbes Jahr lang – oder besser noch ein Jahr – täglich seinen nackten Oberkörper vor dem

Spiegel fotografieren. Gewissermaßen als Motivationshilfe. Er muss sich neu erfinden, um wieder der zu werden, der er einmal war. Er muss sich bewegen. Und er muss Sex haben – sehr gern mit Manon, aber wenn sie sich weiter stur verweigert, dann eben mit anderen.

Das Haus, das Airin und Adam bewohnen, ähnelt dem ihren, aber es wirkt ganz anders, viel eingelebter. Auf dem Wohnzimmertisch liegen Bücher und schwedische Zeitschriften, an der Vorratskammertür hängt ein Plakat von Sonic Youth. Auf der Arbeitsfläche in der Küche stehen etliche Gewürzdosen, der Kühlschrank ist bis oben hin voll, und die Getränkebar ist reichhaltig genug, um damit zwanzig Gäste einen ganzen Abend lang zu versorgen.

Der riesige Garten ist in Anbetracht der Trockenheit erstaunlich grün. Er ist von einer gut zwei Meter hohen Mauer umgeben und dadurch von außen nicht einsehbar. Über eine Bluetooth-Box läuft Musik, auf der Playlist erkennt er Balthazar und Kruder und Dorfmeister, und wie Adam es versprochen hat, gibt es Gin Tonic. Die Stimmung ist gelöst, im besten Sinne ungezwungen, und ehe er sich versieht, sitzt er neben Airin auf einem seltsamen Doppelliegestuhl, ihnen gegenüber Adam und Manon. Nun, da er Schulter an Schulter mit Airin in dem roten Stoff hängt, fühlt er sich ihr seltsam ausgeliefert. Ihr und der gesamten Situation. Er kann Airin nicht anschauen, ohne an Sex zu denken. Und er kann auch Adam und Manon nicht anschauen, ohne an Sex zu denken. Der Gedanke hemmt und verunsichert ihn, und daher versucht er ihn mit aller Kraft beiseitezuschieben. Aber es gelingt ihm nicht. Denn kaum denkt er ein paar Sekunden an etwas anderes, spürt er wieder Airins Schulter an seiner, oder ihr Geruch weht durch eine Bewegung zu ihm herüber.

Soweit er es beurteilen kann, ist es kein Parfüm, sondern eher eine Creme oder ein Duschgel. Etwas Zitroniges, sommerlich und hell.

Er sieht, wie Adam seine Hand auf Manons Arm legt und wie Manon lacht. Nein, nicht lacht, sondern kichert wie ein Teenager. So kennt er sie gar nicht. Beim Trinken zieht sie sonst schnell eine Grenze. Aber heute Abend hat sie mindestens so viel getrunken wie er, mit dem Unterschied, dass sie viel weniger verträgt.

Thomas hat das Gefühl, die sexuelle Spannung mit Händen greifen zu können, und er hat Angst, dass ihm die Situation entgleiten könnte. Noch schwieriger wird es, als Airin und Adam im Wechsel von ihrer Beziehung erzählen. Denn es ist genau so, wie Thomas es sich in seinen Fantasien ausgemalt hat: offen polygam, ja sogar polyamourös mit allem, was dazugehört. Aber zugleich ist es auch ganz anders, geradezu verstörend, als Adam von dem Paar erzählt, mit dem Airin und Adam eine Überkreuzliebe hatten und das sich daraufhin getrennt hat. Davon geht ein dunkler Sog aus. Eine Gefahr, die Thomas nicht wirklich benennen kann. Denn eigentlich hat diese Geschichte ja nichts mit ihnen zu tun. Sie sind im Urlaub – wenn auch unter speziellen Vorzeichen. Hier und heute geht es um Spaß. Darum, etwas auszuprobieren, einen Schritt aus ihrer Komfortzone in die Welt zu machen. Mit anderen Worten: Sie werden bestimmt keine Parallelbeziehung mit den beiden eingehen, egal, was passiert. Und doch verbirgt sich in der Geschichte etwas Beunruhigendes. Etwas, das Thomas nicht greifen kann. Etwas, das ihm Angst macht.

Und dann ist da plötzlich dieses Döschen mit den Pillen. Thomas hat den Übergang nicht wirklich mitbekommen. Vielleicht gab es auch gar keinen Übergang. Nachdem Airin und Adam fertig waren, haben auch Manon und er von ihrer Beziehung erzählt, von ihrer Ehe – oder vielmehr hat vor allem Manon davon erzählt. Natürlich hat sie dabei vieles geschönt. Sie hat zwar auch von ihrer Krebsangst gesprochen und der Schwierigkeit, ihrem Körper zu vertrauen, aber nicht von ihren übrigen Ängsten und der ständigen Heraufbeschwörung der Apokalypse. Und auch nur am Rande davon, wie sehr sie sich ihm in den vergangenen fünf Jahren verweigert hat.

Fünf Jahre lang!

Das Döschen ist rund und aus echtem Silber, und die Pillen, die sich darin befinden, sind bunt. Adam sagt etwas von MDMA und von LSD – nur ein winziger Spritzer –, und als Thomas Zweifel anmeldet, hebt Airin ihre Hand, streckt ihren Zeigefinger mit dem blauen Nagel aus und kratzt ihm damit über den Kehlkopf, den Hals und die Brust.

Thomas' Atem geht stoßweise. Er denkt daran, dass Manon vollkommen entfesselt sein kann, wenn sie Drogen nimmt. Zumindest war es vor langer Zeit einmal so, noch vor den Kindern – in einem anderen, früheren Leben. Er will Adam die Dose mit den Pillen entreißen. Er will gehen, jetzt sofort, und er will Manon mitnehmen. Aber neben ihm sitzt Airin. Er hört ihre Stimme, spürt ihren Oberarm an seinem, spürt die unsichtbare Linie, die ihr Nagel auf seiner Haut hinterlassen hat, und riecht ihren Zitronenduft. Und in seiner Hand ist dieses schwere Glas mit dem Gin und dem Tonic. Und dann nimmt Manon eine der Pillen und spült sie mit einem großen Schluck herunter. Und kurz darauf ist die Dose bei ihm. Airin sagt etwas, dessen Sinn er nicht versteht, ihre Hand legt sich über seine Augen, warm und trocken. Und noch ehe Thomas eine bewusste Entscheidung getroffen hat, greift er blind zu und steckt sich das kleine Ding in den Mund.

Der Rausch ist warm und weich. Viel sanfter, als er ihn sich vorgestellt hat. Alles fließt und pulsiert. Der Sex, der in dem Liegestuhl neben Airin noch so gegenwärtig war, wird von den Sensationen des Augenblicks in den Hintergrund gedrängt. Die bunten Lichter in den Zweigen. Die Kohlensäure in seinem Glas. Airins Lachen, Adams tiefe Stimme. Aber vor allem ist da die Musik. Alles ist nur noch Musik.

Thomas fragt sich, warum er so lange keine Musik mehr gehört hat, wirklich richtig gehört. Eigentlich war Musik neben Fotos und Filmen einmal alles für ihn. Ständig war er auf Konzerten, auch am Anfang ihrer Beziehung noch, gemeinsam mit Manon, nächtelang hat er nichts anderes gemacht, als Musik zu hören. Er hat darin gebadet. Doch nach und nach hat die Kunst die Musik verdrängt. Manons Kunst. Aber auch die Ausstellungen, die sie sehen wollte, die sie sehen *musste*. Die Vernissagen, auf denen sie zusammen waren, die Reisen, die sie wegen ihrer Kunst unternommen haben. Und dann kamen die Kinder, und seine Zeit für die Musik wurde noch begrenzter. Vor ein paar Jahren hat er schließlich den letzten Schritt vollzogen und seine CD-Sammlung aufgelöst, weil doch alles bei den Streamingdiensten zu finden ist – alles und noch viel mehr. Aber es hat sich angefühlt wie eine Beerdigung.

Und jetzt, in diesem Moment, spürt er, wie sehr ihm die Musik gefehlt hat. Und er versteht noch etwas: dass er die Musik für Manon aufgegeben hat. Die Musik war für ihn nur ein Hobby, aber die Kunst ist für Manon ihr ganzes Leben.

Thomas hat die Augen geschlossen und tanzt. Es ist, als ob Adam die Playlist nur für ihn zusammengestellt hat. Selbst als Manon ihn küsst und er ihren Körper spürt, will er nichts anderes, als weiter mit der Musik verbunden zu sein. Sich von ihr ergreifen und berühren lassen.

Er kann nicht anders.

Inzwischen ist er barfuß. Er spürt den Rasen unter seinen Füßen, spürt die kühl-warme Luft. Spürt die Schallwellen. Es ist nicht er, der sich bewegt, sondern die Musik bewegt ihn. Sie trägt ihn wie das Wasser beim Schwimmen.

Zwischendurch halten sie sich zu viert an den Händen. Dann küsst er Manon. Dann ist er kurz davor, Airin zu küssen. Oder sie ihn? Er weiß es nicht. Er beobachtet, wie Adam und Manon einander umarmen, und es macht ihm keine Angst.

Und währenddessen tanzt er.

Und tanzt.

Und tanzt.

Und dann, irgendwann mittendrin, fasst ihm Adam an den Arm. Er hält eine Flasche Wasser in der Hand.

»Du musst trinken!«, sagt er.

Thomas will nicht trinken. Er will weiter tanzen. Aber sein Mund ist trocken, und er schwitzt. Das Wasser in dem großen Glas sieht verlockend aus. Es leuchtet im Glanz der Lichter, die Kohlensäure perlt, klettert, glitzert und platzt.

Erst jetzt sieht er, dass Manon nicht weit vom ihm entfernt auf dem Rasen liegt und Airin ebenfalls tanzt.

»Mach eine kurze Pause«, sagt Adam. »Lass deinen Körper regenerieren. Komm, ich zeig dir was.«

Thomas will keine Pause machen. Er will sich nichts zeigen lassen. Er will weiter tanzen. Aber Adam wirkt sehr entschlossen. Er nimmt seinen Arm und zieht Thomas in Richtung Haus. Widerwillig folgt er ihm.

Sie betreten die Terrasse. Adam deutet auf einen Busch, soweit Thomas es erkennt, ein Westlicher Erdbeerbaum, den ihre Nachbarn in der Uckermark im Garten stehen haben.

»Da! Siehst du es?«, sagt Adam.

Thomas macht einen Schritt auf den Busch zu. Er sieht die ovalen Blätter und die typischen rosafarbenen Glockenblüten. Sonst nichts.

»Was meinst du?«

»Auf dem Ast direkt vor dir.«

Warme Wellen pulsieren durch Thomas' Körper. Er betrachtet den Ast. Einen Moment lang zweifelt er an Adams Verstand. Vielleicht hat Adam eine Halluzination – eine Folge des LSD. Nur ein kleiner Spritzer, aber er merkt ja an sich selbst, welche Wirkung der hat. Doch als er Adam erneut fragend anschaut und sein zustimmendes Lächeln sieht, beginnt er an seinem eigenen Verstand zu zweifeln. Offenbar ist da tatsächlich etwas, aber er kann es nicht sehen. Eine negative Halluzination, eine durch die Droge ausgelöste partielle Blindheit. Lächelnd macht Adam einen Schritt zur Seite und tritt direkt hinter ihn. Thomas spürt Adams Fingerspitzen an seinen Schläfen und fügt sich ihrem Druck.

»Schau einfach geradeaus«, sagt Adam leise. »Direkt vor dir!«

Thomas schaut. Er sieht den Ast. Er sieht die Blätter. Er sieht die Blüten. Sonst nichts.

Und dann, gerade als er sich abwenden will, um Adam mit aller Entschiedenheit zu sagen, dass da nichts ist, erkennt er es. Auf einen Schlag ist es da, und zwar genau vor ihm: ein Chamäleon. Es sitzt auf der Astgabel zwischen den Blättern. Mit dem Schwanz ist es gut zwanzig Zentimeter lang. Sein Kopf endet in dem typischen Höcker, sein Bauch ist blattgrün – die perfekte Tarnung. Sein linkes Lochauge ist nach hinten gerichtet, das rechte kann Thomas nicht sehen. Aber er ist davon überzeugt, dass es nach vorn schaut, damit das Chamäleon alles im Blick behalten kann.

Thomas hat noch nie in seinem Leben ein Chamäleon in freier Wildbahn gesehen. Es beginnt sich zu bewegen, und Thomas bestaunt die Füße, die aussehen wie eine Mischung aus Zangen und Schlangenköpfen: vier eigenständige Tiere, die an dem grünen Körper hängen – ein Wunder der Evolution.

Thomas und Adam sitzen nebeneinander auf der Terrasse. Inzwischen ist Thomas froh, dass Adam ihn zu der Tanzpause gezwungen hat. Er erzählt von dem Hirsch, der genauso unvermittelt vor ihm aufgetaucht ist wie nun das Chamäleon aus den Blättern des Buschs. Dieses riesige braune Tier, das urplötzlich mitten auf der Straße stand, während Thom Yorke sang.

Adam lächelt und schüttelt den Kopf. »Wow!«, sagt er. »Das klingt nach einem ziemlich verrückten Moment.«

»Ja, das war es ...«

Schweigen. Durch die Musik hindurch hört Thomas Manons Lachen. Er sieht, wie sie mit Airin unter der Lichterkette zusammensteht, barfuß und strahlend. Die Droge hebt ihn auf einen neuen Wellenkamm, auf dem er reitet wie ein Surfer, und auf einmal spürt er seine unendliche Liebe zu Manon, vielleicht so, wie er sie noch nie zuvor verspürt hat. Sie ist seine Frau, die Mutter seiner Kinder, und er liebt sie noch genau so, wie er sie am ersten Tag geliebt hat.

Im selben Moment empfindet er eine tiefe Dankbarkeit.

Er ist dankbar dafür, dass er Manon kennengelernt hat. Dankbar dafür, dass sie sich in ihn verliebt hat. Dankbar dafür, dass sie eine Familie gegründet und zusammen zwei Kinder bekommen haben, die trotz aller Probleme einfach nur wundervoll sind. Er ist sogar dankbar für ihre Beziehungskrise und dafür, dass sie hier gelandet sind, denn er hat das Gefühl, dass sie sich dadurch weiterentwickelt haben – eine neue Stufe in ihrer Liebe.

Er fragt sich, wie er Manon gegenüber so hart sein konnte, so strafend, am liebsten würde er zu ihr hinübergehen und sie in den Arm nehmen. Er will ihr sagen, wie sehr er sie liebt. Aber das hieße, er müsste aufstehen und sich bewegen. Er müsste die Situation verändern, und das will er nicht. Er will hierbleiben, neben Adam auf dem Boden der Terrasse, die unregelmäßig geschlagenen Natursteine unter ihm, die Hauswand im Rücken, und den Augenblick festhalten. Ihn in die Ewigkeit verlängern.

Dann hört er plötzlich ein mehrstimmiges Surren und hebt den Kopf. Direkt über ihnen steht eine dieser Drohnen. Das grüne Licht ist wie ein Loch im Himmel, und der dunkle Körper wirkt riesengroß. Mindestens zehn Sekunden schwebt sie über der Terrasse, die vier Beine bedrohlich ausgestreckt, dann verschwindet sie über dem Haus in Richtung Kirche.

Der Augenblick, den er sich zur Ewigkeit gewünscht hat, ist vorbei.

Thomas wendet sich Adam zu. Der hat die Augen geschlossen und wippt zur Musik. Manon und Airin tanzen. Niemand scheint die Drohne wahrgenommen zu haben.

Mit einem Ruck steht er auf. Er läuft durch das Haus, vorbei an den Zeitschriften und Büchern, an der Bar und an den schwarz-weißen Sonnenbrillen-Gesichtern von Sonic Youth. Er öffnet die Tür und schließt sie wieder. Er steht draußen und lauscht. Kein Surren, nur die Musik.

Er schaut sich um. Die Kirche. Die Mauer. Die anderen Häuser. Darüber der Sternenhimmel. Sonst nichts. Er lauscht erneut. Nichts. Er dreht sich einmal um sich selbst, und da entdeckt er das grüne Licht, weit weg, am Dorfende, hinter dem Torbogen, über dem Wald.

Mit schnellen Schritten geht er die Kopfsteinpflasterstraße entlang. Er wundert sich darüber, dass es ihm gelingt, mit jedem Schritt den Scheitelpunkt der Steinrundungen zu treffen. Er spürt die Unebenheiten, aber im Gegensatz zu den anderen betrunkenen Abendenden läuft er traumwandlerisch sicher über die tausend kleinen Hügel.

Die Musik entfernt sich, weil er sich von ihr entfernt. Ihr eigenes Haus lässt er zu seiner Rechten liegen und das Haus der Österreicher, das noch hell erleuchtet ist, zu seiner Linken.

Und dann ist er im Wald.

Das grüne Licht ist verschwunden.

Er läuft zwischen den Bäumen hindurch, immer weiter und immer tiefer hinein. Der Boden ist trocken. Zweige, auf die er tritt, knacken, und Büsche, die er im Vorbeigehen streift, rascheln.

Sein Atem geht schnell. Er weiß nicht, ob es von der Bewegung kommt oder ob es die Drogen sind – oder noch immer der Schock über das Auftauchen und Verschwinden der Drohne.

Er hört etwas, ein Knacken, und sieht zwischen den Bäumen eine Bewegung. Er hält den Atem an. Einen Moment lang ist er ganz sicher, dass gleich der Hirsch auftauchen wird. Der große, stolze Hirsch. Derselbe Hirsch, von dem er Adam erzählt hat, bevor die Drohne aufgetaucht ist. Er ist davon überzeugt, dass er jetzt Kontakt mit ihm aufnehmen, ihm die Hand hinhalten könnte, und der Hirsch würde daran schnuppern.

Er wartet, aber nichts passiert.

Schließlich macht er sich auf den Rückweg. Das Haus der Österreicher ist nun dunkel. Aber direkt davor, im Licht der Laterne, steht die Frau neben zwei blauen Hartschalenkoffern. Sie trägt ein weißes Kleid und eine dunkle Sonnenbrille und ist vollkommen erstarrt. Wie eine Figur von Duane Hanson steht sie da. Leer und ohne Leben.

»Alles in Ordnung?«, fragt Thomas. Seine Stimme klingt so fremd, als ob in ihm ein anderer spricht.

Die Frau dreht nicht einmal den Kopf.

»Hey, da bist du ja wieder.« Adam ist in der Küche und mischt einen weiteren Gin Tonic.

»Ja«, sagt Thomas.

»Wo warst du die ganze Zeit?«

»Ich … ich musste kurz raus. In den Wald.«

»Hast du den Hirsch gesucht?« Adam lacht. Thomas hat das Gefühl, dass er sich über ihn lustig macht. Zugleich fühlt er sich ertappt.

Er schweigt.

»Du hast mich vorhin übrigens auf eine Idee gebracht«, sagt Adam.

Thomas schaut ihn fragend an.

»Lass uns an den Strand fahren!«

»An den Strand?«

»Ja.«

»Jetzt?«

»Ja!«

»Und was ist mit der Musik?«

»Wir nehmen sie einfach mit.« Adam lacht.

Thomas schweigt. Der Vorschlag fühlt sich falsch an. Er muss an Manons und seine Stunde auf der Luftmatratze denken. Und im nächsten Moment an das dunkle Boot: das Flüchtlingsboot, das keines war.

»Und?«, fragt Adam. »Was sagst du?«

»Der Weg ist ganz schön weit. Und wir haben alle getrunken und Drogen genommen.«

»Ach was!«, sagt Adam. »Die Pille hält den Alkohol in Schach. Und hier gibt es keine Polizeikontrollen. Höchstens Hirsche.« Er lacht.

»Trotzdem … Ich weiß nicht.« Es ist eine Lüge. Er weiß es ganz genau: Er will nicht zum Strand. Auf keinen Fall. Er will hierbleiben. In diesem Garten. Oder zumindest in Paraiso. Hinter den Mauern, die ihn beschützen.

»Lass uns Airin und Manon fragen, was sie davon halten«, sagt Adam.

Und ohne eine Reaktion von Thomas abzuwarten, dreht er sich um und durchquert den Raum.

Manon und Airin stehen Arm in Arm neben der Palme, die Augen geschlossen. Adam tritt hinter Airin und streicht über ihren Rücken.

Manon schaut Thomas mit großen Augen an. »Thomas!«, sagt sie. »Wo warst du die ganze Zeit?«

»Nur kurz draußen.«

Sie holt Luft, um etwas zu sagen, aber Adam lässt sie nicht zu Wort kommen.

»Thomas und ich haben überlegt, zum Strand zu fahren. Was haltet ihr davon?«

Thomas will protestieren. Nicht sie haben es überlegt, Adam hat es überlegt.

»Eine gute Idee!«, sagt Airin. »Wir nehmen Decken und Handtücher mit. Und die Box.«

Thomas versucht Manons Blick aufzufangen. Doch ihre Aufmerksamkeit ist nur noch bei Adam und Airin.

»Warum nicht?«, sagt sie. »Aber Handtücher? Das Wasser ist doch viel zu kalt!« Sie lacht.

»Ich … würde lieber hierbleiben«, sagt Thomas.

Erst jetzt schaut Manon ihn wieder an. Ihr Blick ist seltsam, als ob er durch ihn hindurchgeht. Thomas versucht ihr zu signalisieren, dass es ihm wichtig ist. Dass er ihre Unterstützung braucht. Sollen Adam und Airin allein fahren, umso besser, dann wären sie wieder zu zweit. Er würde Manon gern von der

Liebe und Dankbarkeit erzählen, die er vorhin empfunden hat. Von seinem Gefühl, dass sie eine neue Stufe ihrer Beziehung erreicht haben. Aber Manon scheint all das nicht wahrzunehmen, und er traut sich nicht, es vor den anderen auszusprechen.

»Na, komm schon«, sagt Adam zu ihm. »Es wird bestimmt fantastisch. Ihr habt den Sonnenaufgang doch selbst gesehen.«

Thomas atmet tief ein und wieder aus.

»Gut«, sagt er. »Dann also zum Strand.«

Fünfzehn

Er hat beide Hände am Lenkrad. Der Rücken ist aufrecht und in den Sitz gedrückt. Rechts und links liegt der Wald, von den Scheinwerfern nur an den äußersten Rändern kurz aus der Dunkelheit geholt und wieder zurückgeworfen.

Das Fahren fühlt sich gut an. Die Droge passt sich der Situation an, sie macht ihn ruhig und vorausschauend – eine Chamäleon-Droge. Alles ist ganz ähnlich wie während der Sunrise Experience, und doch ist alles ganz anders. Neben Thomas sitzt nun Adam, und hinten sitzen Airin und Manon, ihre Finger ineinander verschlungen, beide zurückgelehnt und mit geschlossenen Augen.

Sie kommen an die Kurve, hinter der der Hirsch stand. Thomas fährt bewusst langsam und bremst kurz ab, denn er hält es für vorstellbar, dass der Hirsch wieder dort steht, an genau derselben Stelle, mitten auf der Straße. Dass er nachts immer dort steht und wartet, um sich mit den Autos, die kommen, zu messen: Der Stärkere gewinnt.

Doch hinter der Kurve ist alles leer.

Er parkt an der Strandstraße, genau dort, wo sie beim letzten Mal gehalten haben. Im Rückspiegel sieht er, wie Airin und Manon die Augen öffnen und ihre Finger entflechten.

»Wow!«, sagt Manon, und Airin lächelt und nickt.

Thomas kommt es so vor, als ob sie beide genau das Gleiche erlebt und die ganze Zeit einen stummen Dialog darüber geführt hätten. Er wüsste gern, was Manon empfunden hat. Ob es nur emotional oder auch körperlich war, erotisch oder gar sexuell. Er würde sie gern danach fragen, und wieder bedauert er, dass sie nicht allein sind.

»Danke«, sagt Airin zu Thomas.

»Wofür?« Thomas schaut sie fragend an.

»Für diesen großartigen Trip hier runter. Du bist ein toller Fahrer!« Sie lacht.

»Ja«, sagt Manon. »Das ist er.«

Der doppelte Boden öffnet sich. Eine Falltür. Nun ist er endgültig draußen, außerhalb von allem. Er ist der Fahrer, die anderen waren seine Gäste. Sie wollten zum Strand, er hat sie gefahren. Fehlt nur noch, dass sie ihn dafür bezahlen.

Es ist deutlich früher als bei der Sunrise Experience, kurz vor drei, noch ist von der Sonne, die bald aufgehen wird, nichts zu sehen. Dafür gibt es einen unglaublichen Sternenhimmel, mondlos und in der Mitte die Milchstraße.

Manon ist stehen geblieben und schaut in den Himmel. Thomas hebt ebenfalls den Kopf. Sofort findet er den Großen Wagen und hält sich daran fest.

»Sternenregen«, sagt Manon. »Der schönste Himmel, den ich je gesehen habe!«

Thomas sagt nichts. Er klammert sich mit seinem Blick an die Achse des Großen Wagen.

Eine kleine Ewigkeit bleiben sie so nebeneinanderstehen. Manon ist in den Anblick der Sterne versunken, Thomas fixiert den Großen Wagen. Währenddessen hofft er, dass Manon es vielleicht irgendwie schafft, ihn aus seiner Versenkung herauszuholen. Eine Umarmung. Ein Kuss. Aber nichts davon passiert.

In der Ferne hört Thomas Airin und Adam, die nach ihnen rufen.

»Komm«, sagt Manon schließlich. Sie greift nach seiner Hand und zieht ihn mit sich.

Thomas lässt den Großen Wagen los und wendet seinen Blick vom Himmel ab. Er versucht wieder zurückzufinden in den Rausch, zurück in die Selbstverständlichkeit und vor allem zu der Liebe, die er Manon gegenüber empfunden hat, bevor die Drohne aufgetaucht ist. Aber es gelingt ihm nicht. Er ist getrennt von allem. Manon hingegen scheint mit allem verbunden zu sein. Sie hat eine Leichtigkeit, die er schon lange nicht mehr bei ihr erlebt hat. Ihr Gang ist federnd, jeder Schritt eine neue Eroberung der Welt.

Airin und Adam sind nirgendwo zu sehen. Offenbar hatten sie so viel Vorsprung, dass sie sich schon an den Abstieg zum Strand gemacht haben.

»Adam hat wirklich recht gehabt«, sagt Manon. Sie geht ein paar Meter vor ihm. Seine Hand hat sie losgelassen, vermutlich weil er ihr zu langsam ist.

»Was meinst du?«, hört Thomas sich fragen. Er spürt, wie seine Brust von dem Ton seiner Stimme vibriert.

»*It's a noble drop!*«, sagt Manon.

Zuerst hat Thomas keine Ahnung, wovon sie redet, dann fällt ihm wieder ein, was Adam zu der Pille gesagt hat.

»Ja«, sagt er, nur um irgendwas zu sagen. »Ja, das stimmt.«

Es herrscht fast völlige Windstille. Das Meer ist viel ruhiger als bei ihrem ersten Ausflug. Die Wellen schwappen träge über den Sand und ziehen sich langsam wieder zurück.

Die Box spielt Musik. Airin, Manon und Adam tanzen unterhalb der Steilküste.

Thomas steht barfuß an der Wassergrenze. Er hat sich die Hose hochgekrempelt und lässt seine Knöchel umspülen. Erst jetzt fällt ihm auf, dass an den Kanten der Wellen, wenn sie brechen, blaue Streifen entlanglaufen. Je länger er die Streifen betrachtet, desto heller wird das Leuchten. Kleine blau-weiße Explosionen. Ein Feuerwerk im Wasser. Biolumineszenz.

Ein paar Sekunden lang ist er ganz leer, und die Welt fließt durch ihn hindurch. Dann zieht sich plötzlich ein Knoten in ihm zusammen. Alles liegt offen vor ihm, ausgebreitet wie ein Netz, das sich schlagartig verknüpft hat: Adams und Airins Einladung, die Gewürze, die Zeitschriften. Das Sonic-Youth-Poster an der Speisekammertür. Das Gefühl, dass die beiden schon seit Langem dort wohnen. Die Drogen, die Drohnen. Professor Blumberg. Die Gerüchte in den Foren. Die Rauchmelder an den Zimmerdecken. Es ist alles geplant. Es ist ein Netz. Und sie sind mittendrin.

Er dreht sich um. Mit schnellen Schritten geht er auf die Steilküste zu. Sie müssen es irgendwie schaffen zu verschwinden. Bevor es zu spät ist.

Er geht auf Manon zu, packt sie an der Schulter, schüttelt sie.

»Manon!«

»Was ist los?«

Er zieht sie zur Seite, so nah wie möglich an die Klippen und so weit wie möglich weg von Airin und Adam.

»Ich muss mit dir reden!«, sagt er.

»Worüber?«

»Es ist … Ich … ich glaube …« Er bricht ab.

Sie schaut ihn an.

»Thomas«, sagt sie. »Was ist los?«

Er hört die Sorge in ihrer Stimme. Es fühlt sich seltsam an. Durch die Drogen hat eine Rollenumkehr stattgefunden. Nun hat er Angst, während Manon ruhig und entspannt ist.

»Wir müssen hier weg!«, sagt er.

»Aber ... warum?«

»Weil ...« Er weiß nicht, wo er anfangen soll. »Weil alles ... Ich meine all das ...« Er bricht erneut ab.

»Thomas ... Du musst dich beruhigen. Du hast einen schlechten Trip.«

»Nein, nein ... Das ist es nicht. Es ist ...« Er schüttelt den Kopf. Er kann es nicht formulieren. Er weiß nicht, wo er anfangen soll. Bei Sonic Youth? Bei den Gerüchten in den Foren? Bei den Drohnen? Oder bei Professor Blumberg?

Allmählich wird das Netz dünner. Die Einzelteile sind noch da, aber die Verbindungen sind nicht mehr so deutlich.

Was ist los mit ihm? Ist es wirklich der Trip?

Er weiß es nicht. Er weiß gar nichts mehr.

Manon nimmt ihn in den Arm und legt seinen Kopf an ihre Schulter, ganz ähnlich, wie er es auf dem Gipfel nach der Sunrise Experience mit ihr gemacht hat. Es fühlt sich gut an, und er würde gern weinen, so wie Manon geweint hat. Aber es geht nicht.

»Achtung! Ortswechsel!« Airin steht neben ihnen. Sie lacht. Ihre Zähne sind sehr weiß und ihre Augen sehr blau.

Thomas löst sich aus Manons Umarmung.

»Ortswechsel wohin?«, fragt Manon.

Nun taucht auch Adam auf. In seinem Blick ist etwas Wildes, Gieriges. Er deutet in Richtung Landesinnere. »Es gibt da ein Felsplateau im Wald«, sagt er. »Von dort hat man eine fantastische Aussicht auf das Meer und den Sonnenaufgang.«

»Klingt gut«, sagt Manon, schaut dabei zu Thomas. »Was meinst du?«

Thomas überlegt, ob er die beiden ganz direkt mit seinem Verdacht konfrontieren soll: dass sie gar kein echtes Paar sind, sondern Schauspieler. Dass sie für Blumberg arbeiten, um die anderen, echten Paare auszuspionieren und zu beeinflussen. Dass Blumberg sie auf sie beide angesetzt hat.

Doch im selben Moment kommt ihm dieser Gedanke absurd vor. Genauso wie die Idee, dass Blumberg die Drohnen als mobile Überwachungsarmee fliegen lässt oder sich in den Rauchmeldern Kameras und Mikrofone befinden.

»Thomas?« Manon greift nach seiner Hand und drückt sie. »Was hältst du von der Idee?«

»Ich weiß nicht.«

»Vertraut uns!«, sagt Adam mit einem Ton, der keine Widerrede zulässt. »Es ist großartig da oben! Lasst uns los, sonst verpassen wir den magischen Augenblick.«

Seit sie aus Paraiso aufgebrochen sind, wirkt Adam auf Thomas ganz anders als zuvor. Viel bestimmter, beinahe autoritär. Vielleicht scheint er nur auf den ersten Blick so zurückhaltend, eine Art Schüchternheit, die sich immer mehr auflöst, je näher man ihm kommt.

»Und?«, fragt Manon ihn. »Was sagst du?«

»Okay …«, sagt er und nickt.

Der Weg kommt Thomas ewig vor. Ein schmaler, gewundener Pfad im Wald, zwischen den Pinien hindurch. Sie stehen deutlich enger als die Korkeichen. Ihre Stämme sind schlanker und brauchen weniger Platz. Unter den Pinien wachsen trockene, dornige Büsche, die Thomas im Vorübergehen an den Unterarmen schrammen. Er ist mindestens zwanzig Meter hinter den anderen und fühlt sich wie früher mit seiner Familie. Hintendran. Ausgeschlossen. Er hat das Gefühl, er könnte stehen bleiben, und niemand würde es bemerken.

Bei einem der Familienspaziergänge hat er es tatsächlich einmal ausprobiert. Er war zwölf oder dreizehn. Sonntagswanderung. Die wöchentliche Aufrechterhaltung der Illusion, dass sie einander nahe wären, wenn sie am Wochenende etwas zusammmen unternähmen. Zusammen frühstücken. Zusammen abräumen. Zusammen ins Auto steigen und dort Schulter an Schulter die größtmögliche physische Nähe erleben. Das Bild einer intakten Familie, das der Selbstbestätigung diente.

Immer waren es Rundwege, zu Hause mit einer Wanderkarte minutiös vorbereitet, inklusive der Vesperpausen: Ort, Zeit, Dauer. Für seinen Vater gab es nichts Schlimmeres, als den gleichen Weg zurückzulaufen, den er hingelaufen war, was vermutlich mit der Effizienz des höheren Beamten zusammenhing. Fünfzehn Jahre lang hatte er das Heidelberger Finanzamt geleitet, bevor er mit dreiundsechzig in den Vorruhestand ging und zugleich die Seiten wechselte, indem er Steuerberater wurde. Das Büro führt er bis heute, mit Mitte achtzig, wobei er sich seine Klienten von Anfang an selbst aussuchte und nur die aufnahm, die ihn interessierten. Ein Hobby, mit dem er seine stattliche Beamtenrente von fast viertausend Euro aufbessert.

Die Formation bei den Sonntagspaziergängen war immer die gleiche. Sein Vater und sein Bruder bildeten die Vorhut: der Lehrer und sein williger, gelehriger Schüler. Hinter ihnen gingen seine Mutter und seine Schwester. Auch sie waren einander sehr ähnlich, zugleich auch fremd.

Und ganz hinten er, der Nachzügler. Er ging bewusst langsam. Beobachtete die Gegend. Machte Bilder von besonders schönen Ausblicken. Zuerst nur innerlich, später mit der Kamera. Meistens warteten sie an einer bestimmten Stelle auf ihn, sein Vater bis oben hin angefüllt mit unterdrückter Ungeduld, seine Mutter mit der Nachsicht, die man einem hoffnungslosen Fall zukommen lässt.

Doch an diesem bestimmten, noch kameralosen Tag mit zwölf oder dreizehn war es anders. Diesmal ging er nicht nur langsamer, er blieb schließlich einfach stehen, setzte sich auf einen Baumstumpf und wartete. Niemand kam. Niemand rief seinen Namen. Eine Ewigkeit schien zu vergehen. Die Vögel zwitscherten, es summte, raschelte. Das Sonnenlicht tanzte zwischen den Schatten der Blätter auf dem Boden.

Irgendwann war er davon überzeugt, dass sie nicht mehr zurückkämen. Dass er auf diesem Baumstumpf sitzen bliebe, bis die Sonne unterging und es dunkel würde. Bis die Vögel verstummten und das Summen erstarb. Dass er dann allein den dämmrigen Weg bis zum Parkplatz zurückgehen müsste. Dass sie ohne ihn weggefahren waren und er gezwungen wäre, auf späte Spaziergänger oder den Förster zu warten, in der Hoffnung, dass sie ihn mitnahmen.

Doch die Fantasie trat nicht ein. Irgendwann kam seine Mutter rufend den Weg zurückgelaufen.

»Thomas! Was machst du denn da?«, fragte sie, als sie ihn entdeckte.

»Ich ... habe mich nur kurz ausgeruht.«

»Wir warten die ganze Zeit auf dich! Ich habe mir schon Sorgen gemacht.«

Wir und *ich.*

Wir warten, *ich* habe mir Sorgen gemacht.

»Tut mir leid«, sagte er, »das wollte ich nicht.« Dabei war es genau das, was er wollte: auf sich aufmerksam machen. Zeigen, dass er auch noch da war.

»Na, jetzt komm endlich! Wir haben noch eine lange Strecke vor uns.«

Und er stand auf und folgte ihr.

Heute bleibt Thomas nicht stehen. Im Gegenteil: Er hat zu den anderen aufgeschlossen, und Manon hat nach seiner Hand gegriffen.

»Geht es dir besser?«, hat sie gefragt.

»Ja«, hat er ohne jede Überzeugung geantwortet.

Nebeneinander sind sie die letzten paar Hundert Meter gelaufen und die allerletzten fünfzig hintereinander geklettert.

»Wow!«, sagt Manon, als sie oben ankommen. »Atemberaubend!«

Sie stehen auf einem Felsplateau, das an einem Hang über dem Wald thront. Es ist tatsächlich ein unwirklich schöner Ort. Geschützt und trotzdem frei. Wie eine natürliche Terrasse, von der aus man die gesamte Küstenlinie überblicken kann. Der Horizont leuchtet rot. Die Straße ist hinter den Bäumen verschwunden, und es ist auch kein Geräusch mehr zu hören. Das Meer liegt wie ausgebreitet. Wenn Thomas den Kopf nach rechts dreht, in Richtung Westen, kann er sich einbilden, die Neue Welt erahnen zu können, den amerikanischen Kontinent. Von hier oben betrachtet man alles aus einer anderen Perspektive. Nicht ohnmächtig staunend, sondern erhaben, über allem schwebend. Es ist ein Gottesplatz.

Mit dem anbrechenden Tag ist das Netz endgültig verschwunden. Die vermeintlichen Zusammenhänge. Thomas fragt sich, wie er ernsthaft davon ausgehen konnte, dass all diese heimlichen Verknüpfungen existieren. Er ist froh, dass er Manon gegenüber nichts davon erwähnt hat.

Der Streifen am Horizont wird von Minute zu Minute heller. Sie sitzen am vorderen Rand des Plateaus. Manon liegt auf dem Rücken. Adam hat Tabak, Blättchen und ein Tütchen mit Gras ausgepackt.

»Zeit für einen kleinen Joint«, sagt er und lacht.

Thomas beobachtet ihn. Geübte, routinierte Bewegungen, die darauf hindeuten, dass es zu seinem Alltag gehört. Er selbst hat schon seit über zwanzig Jahren nicht mehr gekifft.

Vom Meer her ist Wind aufgekommen. Thomas fröstelt und wundert sich, dass Manon überhaupt nicht kalt ist.

Adam lässt sich von Airin ein Feuerzeug geben und zündet den Joint an, bevor er ihn Manon reicht. »Vorsicht mit der Glut!«, sagt er und gibt Manon einen aufklappbaren Handaschenbecher und eine Wasserflasche.

Manon hält den Joint zwischen Zeigefinger und Daumen und zieht daran. Sie inhaliert tief und hält den Rauch lange in der Lunge. Es ist das erste Mal seit fünf Jahren, dass Thomas sie rauchen sieht, wobei er natürlich nicht ausschließen kann, dass sie auf einer ihrer vielen Kunstreisen geraucht hat, ohne dass er davon weiß.

»Was ist mit dir, Thomas?«, fragt Airin.

»Danke«, sagt er. »Für mich nicht.«

»Bist du sicher?«, fragt Adam. »Es ist richtig gutes Zeug. Nicht diese hochgezüchteten Plantagenpflanzen aus den Niederlanden, sondern Gras aus Marokko, direkt vom Erzeuger.« Er lacht. »Ich habe es in Tarifa gekauft.«

Thomas schüttelt den Kopf. »Ich mag es nicht, stoned zu sein … Zumindest nicht mehr.«

»Schade«, sagt Adam.

Und genau wie unten am Strand ist da wieder dieses Gefühl, dass es eigentlich nicht in Ordnung ist, Nein zu sagen.

Der Sonnenaufgang hält, was Airin und Adam versprochen haben und noch viel mehr: ein beeindruckendes Schauspiel, das so wirkt, als wäre es nur für sie inszeniert worden. Die Farben ändern sich minütlich, der Himmel brennt, das Meer leuchtet, glitzert, atmet, während es mit den Wellen über den Strand streichelt.

Airin sitzt zwischen Adams Beinen, ihr Blick ist auf den Horizont gerichtet. Thomas und Manon halten hingegen Abstand. Er liegt halb und stützt sich mit dem Ellbogen auf, Manon sitzt im Schneidersitz, die Hände auf den Knien. Fast wirkt es, als würde sie meditieren.

Thomas hat das Gefühl, dass das Gras Manon stärker zugesetzt hat als der Alkohol und die Pille zuvor. Ihre Augenlider sind schwer, das Weiße um die Iris ist rot. Ihre Gesten sind verlangsamt.

Die Sonne ist inzwischen nicht mehr orange, sondern gelb. Sie klettert immer höher und wird bald den gesamten Himmel überstrahlen. Der magische Moment ist vorüber, auch die Droge verliert immer stärker an Wirkung. Zumindest bei ihm. Er schaut auf sein Handy. Es ist 9 Uhr 15.

»Was meint ihr? Sollen wir allmählich fahren?«, sagt er.

Adam dreht sich um. »Was? Jetzt schon? Ich dachte, wir stürzen uns noch in die Wellen!«

»Das dachte ich auch«, sagt Airin. »Jetzt haben wir so lange aufs Meer gestarrt, da wäre es doch schade, nicht zum Abschluss noch kurz reinzuspringen …«

»Also, ich nicht«, sagt Thomas. »Mir ist gerade gar nicht nach Wasser zumute.«

Adam lacht. »Und das vom Profischwimmer!«

»Was ist mit dir, Manon?«, fragt Airin.

Manon hebt den Kopf und öffnet die Augen. Sie scheint weit weg gewesen zu sein.

»Was?«, fragt sie.

»Willst du schon fahren?«

»Fahren?«

»Zurück nach Paraiso. Oder vielleicht noch ein bisschen blei-ben? Warten, bis es richtig warm wird, und dann nackt ins Meer springen?«

»Puh ... Ich kann kaum die Augen offen halten«, sagt Manon. »Aber hier bleiben könnte ich ewig. Dieser warme Wind. Zauberwind! Wobei es sein kann, dass ich dann einschlafe. Das Gras hat mich müde gemacht.«

»Wirklich?«, sagt Adam. »Ich habe das Gefühl, ich könnte noch tagelang weitermachen. Aber kein Problem. Fahrt nur. Ich denke, wir bleiben noch.«

»Und wie kommt ihr nach Hause?«, fragt Manon.

»Wir nehmen später ein Taxi.«

»Ein Taxi? Wirklich?«

Adam nickt. »In Tarifa gibt es Taxis. Und wenn man denen sagt, man möchte von Bolonia nach Aldea Paraiso, dann machen sie ein Wettrennen darum, wer der Erste ist.« Er lacht.

Wieder ist da diese überbordende Männlichkeit, die zu dem ersten Eindruck, den Thomas von Adam hatte, so überhaupt nicht passen will. Aber wie konnte er sich auch einbilden ihn zu kennen, wo er ihn doch nur ein paarmal gesehen hat?!

Airin löst sich von Adams Oberkörper, steht auf, kniet sich vor Manon und greift nach ihren Händen. »Bleib du doch auch noch! Wir hängen noch ein bisschen hier rum, rauchen was, ziehen vielleicht noch eine kleine Line und schauen aufs Meer. Danach begleitest du uns zum Schwimmen – springst kurz rein oder auch nicht –, und zum Abschluss laden wir dich auf eine Taxifahrt ein. Was meinst du?«

Airin schaut Manon direkt in die Augen und massiert ihre

Hände, um zu zeigen, wie wichtig es ihr ist. Thomas spürt, dass da für sie noch etwas offen ist. Ein loses Ende: Intimität, Sex oder einfach nur Zeit und Nähe.

Manon schaut zuerst Airin an, dann Thomas. Er sieht die Unsicherheit in ihrem Blick und wie sie innerlich schwankt. Er fühlt sich weit weg, ohne jeden Kontakt zu den anderen, die ihrerseits auch den Kontakt zu ihm abgebrochen haben. Aber er gibt sich Mühe, sich nicht einzumischen. Manon soll frei entscheiden.

»Ich fürchte, ich bin zu müde«, sagt sie schließlich. »Ich muss ins Bett.«

Als sie sich verabschieden, ist die Umarmung längst nicht so innig wie vor ein paar Stunden. Die Droge hat ihre Kraft verloren, die Reise ist vorbei, und eine erneute Buchung haben sie beide abgelehnt.

»Findet ihr den Weg allein runter?«, fragt Adam.

»Klar, kein Problem«, sagt Thomas.

Auf der Rückfahrt liegt Manon in ihrem Sitz und hat die Augen geschlossen, ganz ähnlich wie auf der morgendlichen Fahrt zur ersten Sunrise Experience. Nur dass jetzt die Sonne scheint und sich die Kronen der Pinien im Wind wiegen.

Thomas fährt langsam. Er weiß, dass er bei einer Polizeikontrolle sofort seinen Führerschein verlieren würde.

Manon wendet sich ihm zu. »Glaubst du ... es ist okay, dass wir sie ... allein gelassen haben?«, sagt sie. Ihre Sprache ist verlangsamt. Ihr Mund ist trocken.

»Warum nicht?«, sagt er. »Sie wollten ja noch bleiben.«

»Aber ich glaube, sie hätten sich gewünscht, dass wir auch noch bleiben.«

Sie hätten sich gewünscht, dass *du* noch bleibst, denkt Thomas. Aber er schweigt. Die Sonnenflecken auf dem Asphalt sind grell, er muss die Augen zusammenkneifen, damit sie ihn nicht blenden. Seine Sonnenbrille liegt im Haus.

Eine Weile schweigen sie.

»Was für ein Abend!«, sagt Manon schließlich. »Und ein noch tollerer ... Morgen!« Ihre Stimme kommt wie von weit her. Gedämpft, als ob sie sich in einem echolosen Raum befindet.

»Ja ...«, sagt Thomas.

»Aber irgendwie auch anders ...«

Thomas wartet einen Moment. Aber Manon scheint innerlich abzuschweifen.

»Anders als was?«, fragt er nach ein paar Sekunden.

»Ich meine ... Als ich ... gedacht habe ...«

»Was hast du denn gedacht?«

»Na ja ... vermutlich das Gleiche wie du. Dass es ihnen ... um Sex geht ...«

Thomas denkt nach.

Eine Kurve. Die Sonne blendet. Der Wind weht Zweige von Büschen über die Fahrbahn.

»Sie haben sich bewusst dagegen entschieden«, sagt Manon.

»Gegen was?«, fragt Thomas.

»Gegen den Sex.«

»Woher weißt du das?«

»Airin hat es mir erzählt ... Wenn ich es richtig verstanden habe, waren wir für sie so eine Art ... Challenge. Sie wollen lernen, Freundschaften mit Paaren zu haben, ohne dass es dabei um Sex geht ...«

»Ach ja?«

»Ja.«

Thomas versucht zu erspüren, was diese Information mit ihm macht. Im ersten Moment fühlt er sich hintergangen. Getäuscht und benutzt. Die Anspielungen. Das Flirten. Der Zitronenduft.

Der Fingernagel an seinem Kehlkopf. Die Umarmungen und Beinaheküsse: Alles nur ein Spiel? Andererseits ergibt die Sache aus Airins und Adams Perspektive durchaus Sinn. Eine Drogennacht mit einem Paar, das ihnen gefällt, aber ohne Sex, das ist vermutlich eine große Herausforderung für sie. Und Thomas hält es für gut möglich, dass es bis zuletzt wacklig war: die Intensität, mit der Airin auf Manon eingeredet hat. Ihr Blick. Der Griff nach Manons Händen. Vielleicht wollte sie da noch Sex. Oder beide wollten es, Adam und sie. Aber nur mit Manon.

Manon fängt an zu kichern.

»Was ist?«, fragt Thomas.

»Das Leben ist absurd. Die einen haben zu viel von irgendwas und die anderen zu wenig. Und alle sind unglücklich.«

Thomas ärgert sich über diese Plattitüde, mit der sie seinen Wunsch nach mehr Sex lächerlich macht. Aber er schweigt. Manon ist stoned, und er hat keine Lust, sich mit ihr zu streiten.

Unterdessen ebbt Manons Kichern wieder ab. Sie lehnt den Kopf zurück, schaut gedankenverloren zum Seitenfenster hinaus.

Sechzehn

Als Thomas eine Viertelstunde später auf den Parkplatz fährt, ist Manon eingeschlafen. Er macht den Motor aus, lässt die Klimaanlage aber weiterlaufen.

Das Auto der Österreicher, ein weißer Range Rover, der immer direkt neben ihnen stand, ist verschwunden. Thomas betrachtet Manon. Ihr Mund steht leicht offen, ihr Hals ist überstreckt. Ihr Kopf lehnt zwischen dem Sitz und der Verkleidung des Türrahmens.

»Manon.«

Keine Reaktion.

Er fasst sie an die Schulter und schüttelt sie sanft. »Manon!«

Erschrocken fährt sie hoch, federt nach vorn. Der Sicherheitsgurt blockiert. Ihr ganzer Körper ist in Anspannung. Ihre Augen sind weit aufgerissen.

»Was?«, stößt sie hervor. »Was ist ...?«

»Nichts. Wir sind da.«

»Wo?«

»In Paraiso. Auf dem Parkplatz.«

Erst jetzt scheint sie die Umgebung wahrzunehmen. »Puh ...«, sagt sie. »Ich ... ich bin eingeschlafen.«

»Es tut mir leid, dass ich dich erschreckt habe.«

»Nein, hast du nicht ...« Ihre Stimme ist dünn, kaum mehr als ein Flüstern. »*Mais j'ai fait un cauchemar ...*«

Der Satz kommt von tief innen. Er klingt beinahe so, als hätte ihn nicht die erwachsene Manon gesagt, sondern ein Kind. Die Fünfjährige, die gerade ihre Mutter verloren hat.

»Willst du ihn mir erzählen?«

Manon holt tief Luft. Sie lehnt sich nach vorn, öffnet den Sicherheitsgurt und schließt die Augen. Sie atmet tief ein und dann wieder aus.

»Wir ... wir waren oben auf dieser ... Felsenterrasse. Wir saßen dort ... und haben den Sonnenaufgang betrachtet. Aber dann ... dann war auf einmal alles anders. Plötzlich ist Adam aufgestanden, hat sich an den Rand gestellt ... Und er hat gesagt: Ich glaube, ich kann fliegen. Aber unten war kein Wald, sondern es waren Felsbrocken. Scharfkantige Klippen. Und Airin ist zu ihm gerannt und hat ihn gepackt und versucht ihn festzuhalten. Und ich auch ... Nur du bist sitzen geblieben und hast weiter den Sonnenaufgang betrachtet.«

Sie macht eine kurze Pause und schaut Thomas an, als wolle sie ihm einen Vorwurf machen.

»Adam hat uns beide zur Seite gestoßen. Und dann ... hat er ... die Arme ausgebreitet und sich von dem Felsvorsprung abgestoßen. Und natürlich konnte er nicht fliegen. Er ist sofort in die Tiefe gestürzt. Es hat kein Geräusch gegeben. Die Wellen haben es übertönt. Das Meer war ganz nah, direkt unter uns. Airin und ich sind an den Rand gelaufen und haben hinuntergeschaut. Nur du bist sitzen geblieben ... Ich war fest davon überzeugt, dass Adam tot ist. Aber er hat von unten gewunken, hat gelacht und sich sofort wieder auf den Weg nach oben gemacht. Im ersten Moment war da eine große Erleichterung. Airin hat gerufen: Er lebt! Er lebt! Er lebt ... Sie hat sogar geweint vor Glück. Doch als er oben ankam ...«

Manon hält sich die Hand vor den Mund, schüttelt den Kopf.

»Er war blutüberströmt. Alles war gebrochen. Die Knochen ragten aus seinem Arm heraus. Er hatte keine Zähne mehr im Mund, und sein Bein war total verdreht. Airin hat geschrien und ist auf ihn zugestürzt. ›Du bist verletzt!‹, hat sie gebrüllt. Und: ›Wir müssen ins Krankenhaus!‹ Aber er hat nur gesagt: ›Ach, die paar Schrammen. Das macht doch nichts! Es war herrlich! Ich springe gleich noch mal.‹ Und während er gesprochen hat, ist die ganze Zeit das Blut aus seinem Mund gelaufen, bei den Konsonanten hat es gespritzt. Ein Sprühregen aus Blut in der Morgensonne ...«

Manon schüttelt erneut den Kopf. Erst nach ein paar Sekunden spricht sie weiter.

»Und dann hat Adam gefragt: ›Wer von euch macht mit? Wer traut sich?‹ Und da bist du aufgestanden und hast gesagt: ›Ich bin dabei! *Sounds like fun.*‹ Genau das waren deine Worte! Airin und ich haben geschrien und geweint und verzweifelt versucht euch aufzuhalten, aber ... ihr habt uns einfach beiseitegestoßen. Und dann seid ihr an den Rand getreten und gesprungen ... Hand in Hand ... In diesem Moment hast du mich geweckt ... Es war so schrecklich ... Alles war vollkommen real. Als ob es wirklich genau so passiert wäre!«

Manon schaut ihn an. Sie ist blass. Ihr Atem ist flach.

»Das klingt tatsächlich nach einem Alptraum ...« Thomas lächelt und hofft, dass er dem Traum auf diese Weise ein wenig den Schrecken nehmen kann. Aber er spürt selbst, dass es nicht funktioniert. Und wenn es für ihn nicht funktioniert, wie soll es dann für Manon funktionieren?

»Glaubst du, es kann sein, dass ihnen tatsächlich ... irgendwas passiert ist?«

»Was meinst du?«

»Dass sie in Gefahr sind?«

Er legt seine Hand auf ihre. »Unsinn«, sagt er. »Es war nur ein Traum.«

»Ja ...«, sagt Manon. »Hoffentlich.«

Thomas schaut auf die Uhr. In gut einer Stunde ist ihre Sitzung bei Blumberg. Während der Rückfahrt hat er gedacht, dass es am besten wäre, sie einfach ausfallen zu lassen. Dass sie stattdessen ins Haus gehen und sich hinlegen könnten, vielleicht sogar ins gleiche Bett, nah beieinander, Arm in Arm. Vielleicht hätte er Manon in so einer Situation doch noch sagen können, wie schön es war, sie so glücklich zu erleben. Wie nah er sich ihr gefühlt hat und wie leid es ihm tut, dass er, nachdem die Drohne über die Terrasse geflogen ist, selbst so weit weg war. Doch nun, nach dem Alptraum, ist es für diese Art von Nähe zu spät.

»Wollen wir denn gleich zu Blumberg?«, fragt er.

»Also, ich finde, ja«, sagt Manon. »Was meinst du?«

Thomas nickt.

Die Küche ist angenehm kühl. Thomas schraubt die Espressokanne auf. Manon sitzt hinter ihm. Es ist genau wie an dem Morgen vor der Sunrise Experience.

Alles ist eine Schleife. Ein Kreis. Nur dass es jetzt draußen hell und heiß ist.

»Hast du was von Léonie gehört?«, fragt Manon.

»Gestern Nachmittag«, sagt er. »Sie hat mir ein TikTok-Video geschickt.«

»Und seitdem nicht mehr?«

»Nein. Warum?«

»Ich habe ihr gestern zweimal geschrieben, und sie hat nicht geantwortet ...«

Thomas füllt einen letzten Löffel Kaffeepulver in die Kanne, verschraubt sie und stellt sie auf den Herd. Erstaunt stellt er fest, dass das MDMA immer noch Wellen schickt, die ihn nach oben heben und schweben lassen.

»Vielleicht haben sie endlich mal was unternommen«, sagt er und denkt dabei an das Telefonat mit seiner Mutter.

»Ja, wahrscheinlich ...«

Sie schweigen.

Thomas schaut zu dem Haus der Österreicher. Die Läden sind geschlossen.

Das erste Mal, seit sie in Paraiso sind, kommen sie zu spät zu ihrer Sitzung.

Blumberg trägt eine weiße Leinenhose und ein buntes Hawaiihemd. Er hat die Beine übereinandergeschlagen, die Fingerspitzen berühren sich. Er ist frisch rasiert und wirkt ausgeschlafen. Aufmerksam. Bereit zu coachen.

Thomas betrachtet das Ölgemälde an der Wand. Das Rot leuchtet heute deutlich stärker als die Tage zuvor. Und auch das Sonnenlicht, das durch das Fenster in den Raum fällt, ist heute so hell, dass er die Augen zukneifen muss.

»Schön, dass Sie da sind«, sagt Blumberg. Seine Stimme ist weich und tief. »Wie geht es Ihnen heute?« Immer die gleiche Frage, die Blumberg vermutlich allen Paaren am Anfang der Stunde stellt. Ihnen, Adam und Airin und auch den beiden Österreichern, bevor sie abgereist sind.

Thomas und Manon schauen einander an. Thomas sieht die Unsicherheit in Manons Blick. Vielleicht sogar Angst. Vielleicht aber auch nur Müdigkeit.

»Wir waren gestern Abend bei Airin und Adam«, sagt sie. »Sie hatten uns eingeladen.«

»Das freut mich«, sagt Blumberg. Sein Gesichtsausdruck ist freundlich und offen wie immer. Aber aus irgendeinem Grund hat Thomas ein komisches Gefühl. Er weiß nicht, ob es daran liegt, wie Blumberg den Kopf neigt – ein wenig so, als ob er ein seltenes Tier betrachten würde –, oder an seiner Art zu sprechen, ein wenig langsamer als sonst, beinahe pastoral.»Wie kam es dazu?«, fragt er Manon.»Und wie war es?«

Manon erzählt von der Einladung, ihrem Zögern, aber auch ihrer Vorfreude. Dem guten Gefühl, ihr eigenes kleines Beziehungsquadrat einmal zu verlassen, das sind ihre Worte: Beziehungsquadrat. Dann erzählt sie von dem Abend selbst. Von den unterschiedlichen Paar-Biografien und davon, dass sie das Gefühl hatte, dass sie und Thomas nichts Interessantes zu berichten haben. Sie erzählt von dem Pillendöschen und davon, dass sie sich Sorgen gemacht hat, weil Thomas die Pille mit dem Totenkopf genommen hat.

Thomas spürt, wie sein Schwindel sich verstärkt. Das Rot des Bildes und die verlaufenen Ölfarben bekommen etwas Bedrohliches. Er muss seinen Blick davon abwenden.

»Was für ein … Totenkopf?«, fragt er.

»Er war auf deiner Pille.«

Thomas schweigt. Ein Totenkopf. Und er hat danach gegriffen. Blind. Mit Airins Hand auf seinen Augen.

Während er versucht, seine Augen von dem Bild an der Wand fernzuhalten, gleichzeitig nicht zu dem übergrellen Fenster gegenüber zu schauen, erzählt Manon weiter. Sie schwärmt davon, wie nah sie sich ihm im Garten gefühlt hat. Wie sie sich umarmt und geküsst haben. Und wie dankbar sie war, dass Thomas ihr Mann und der Vater ihrer Kinder ist. Wie dankbar sie überhaupt für alles war. Für das Leben.

Es ist seltsam, befremdlich, aber vielleicht liegt es auch einfach nur am Drogenrausch: Manon hat ihre Gefühle genau so beschrieben, wie er sie gestern Nacht empfunden hat. Als ob sie durch die Pille wirklich miteinander verbunden waren.

Alles war im Gleichklang.

Erneut verspürt Thomas ein tiefes Bedauern darüber, dass er den Moment nicht genutzt hat. Dass er, als er auf der Terrasse saß und dieses Gefühl der tiefen Liebe empfunden hat, nicht sofort aufgestanden und zu ihr gegangen ist.

»Doch dann kam ein Bruch«, sagt Manon. »Auf einmal warst du nicht mehr da. Nicht mehr im Garten und nicht im Haus. Ich habe dich gesucht und Adam gefragt, ob er weiß, wo du bist. Eine Ewigkeit warst du verschwunden, jedenfalls kam es mir so vor. Und als du wiederkamst, warst du ganz anders. Irgendwie ... unnahbar. Und als wir dann zum Strand gefahren sind, war da keinerlei Verbindung mehr zwischen uns ... Und am Strand hatte ich das Gefühl, dass du richtig panisch wurdest.«

Thomas atmet tief. Der Schwindel hat ein wenig nachgelassen. Das rote Bild wirkt nicht mehr so bedrohlich, auch das Fenster ist weniger überstrahlt, da sich eine Wolke vor die Sonne geschoben hat. Er überlegt, ob er von der Drohne erzählen soll. Davon, dass sie ihn aus allem herausgerissen hat und er ihr bis in den Wald hinterhergelaufen ist. Aber es kommt ihm lächerlich vor.

Stattdessen sagt er: »Ich brauchte ein bisschen Zeit für mich allein. Und als ich zurückkam, hatte Adam diese Idee mit dem Strand. Aber ich wollte nicht zum Strand. Und dann hat der Trip eine komische Richtung genommen ...«

Manon schüttelt den Kopf. »Zeit für dich allein? Das verstehe ich nicht. Es war doch alles so gut. So ... perfekt!«

Thomas schweigt. Schon zum zweiten Mal, seit sie hier sind, hat er aus Manons Sicht einen perfekten Moment zerstört. Das erste Mal, als er am Strand über die Klippen geklettert ist, und nun gestern.

Manon wendet sich wieder Blumberg zu und erzählt weiter. Von der Fahrt zum Strand. Von ihrem Gefühl zu fliegen. Von der tiefen Verbindung, die sie zu Airin verspürt hat. Von den Sternen, den Wellen, von der Musik, von der Felsenterrasse und dem Sonnenaufgang.

Thomas kommt es so vor, als ob Manon in der ganzen Zeit, die sie hier in Paraiso bei Blumberg sitzen, noch nie so viel erzählt hat.

»Airin und Adam wollten, dass wir noch bleiben. Sie wollten noch mal runter zum Meer. Aber ich war so müde und außerdem habe ich gespürt, dass Thomas wegwollte.«

»Ich?«, fragt Thomas.

»Ja, du!«

Er will widersprechen. Aber es gibt nichts zu widersprechen. Er wollte weg. Sie wäre gern noch geblieben.

Manon ist bei ihrem Alptraum angelangt und erzählt ihn mindestens genau so schockierend und blutig, wie sie ihn Thomas auf dem Parkplatz erzählt hat. Und auch Blumberg gegenüber endet sie mit ihrer Angst, dass Airin und Adam irgendwas zugestoßen sein könnte.

»Das lässt mich nicht mehr los«, sagt sie. »Dieser Gedanke, dass wir sie nicht hätten allein lassen dürfen.«

Sie schaut Thomas dabei direkt in die Augen. Nun ist er sich ganz sicher, dass ein Vorwurf darin steckt. Er wollte fahren, sie wäre gern noch geblieben.

Blumberg hat die ganze Zeit aufmerksam zugehört, aber seine Miene ist vollkommen neutral geblieben. Keinerlei emotionale Reaktion. Ein Therapeut wie aus dem Lehrbuch. Die perfekte Projektionsfläche.

Nun lächelt er. »Danke für Ihre Offenheit, Manon«, sagt er.

»Das klingt nach einem bewegten Abend ... Ich freue mich immer, wenn Paare untereinander Kontakt haben. Das setzt manchmal mehr in Gang als zehn therapeutische Sitzungen.« Er lacht.

Dann wird er wieder ernst. Er lehnt sich in seinem Stuhl nach vorn, stützt seine Ellbogen auf die Knie und wendet sich Thomas zu. »Ein Trip holt die Gefühle an die Oberfläche, die in uns sind. Wenn ich Sie richtig verstanden habe, wollten Sie nicht zum Meer, sind aber trotzdem gefahren. Ein klassischer Konflikt zwischen Innen und Außen, Wunsch und Handlung. Da wundert es mich nicht, dass Ihre Reise in eine falsche Richtung gegangen ist ...«

»Kann gut sein«, sagt Thomas. Mit einem Mal kommt ihm Blumberg vor wie ein Drogenguru aus den Siebzigerjahren. Im selben Moment ist da wieder das Netz, noch enger geknüpft als in der Nacht am Strand: Blumberg, der die Dogen besorgt hat. Blumberg, der Airin und Adam beauftragt hat, sie ihnen zu verabreichen. Blumberg, der den gesamten Abend geplant hat: die Musik. Das Tanzen im Garten. Die Drohne. Die Österreicherin mit ihren Koffern. Die Fahrt zum Strand. Den Sonnenaufgang auf der Felsenterrasse.

Alles nur Theater. Alles nur für sie.

Dann ist das Netz wieder verschwunden, und die Idee einer Verschwörung kommt ihm vollkommen absurd vor.

Blumberg hat sich Manon zugewendet. »Ich spüre Ihre Sorge wegen des Traums«, sagt er. »Aber ich glaube, sie hat mehr mit Ihnen als mit Airin und Adam zu tun. Es ist auch hier so wie überhaupt im Leben. Wir können nur uns selbst retten, das dürfen wir nie vergessen. Aber das Gute daran ist: Wenn jeder sich selbst rettet – und damit meine ich natürlich nicht die äußerliche oder gar materielle Rettung, sondern die innerliche, seelische –, dann rettet er auch den anderen. Und mit etwas Glück sogar die ganze Welt.«

Blumberg macht eine Pause, um seinen Worten den nötigen Raum zu geben. Dann richtet er sich auf und schaut auf die Uhr.

»Für heute ist unsere Zeit leider vorüber. Aber wir sollten morgen noch mal auf Ihren weiteren gemeinsamen Weg zu sprechen kommen ...« Er lässt seinen Blick von Manon zu Thomas wandern und wieder zurück.

»Okay«, sagt Manon.

Thomas nickt stumm.

Sie stehen auf, und Blumberg begleitet sie zur Tür. Das Rot des Gemäldes ist wie an den Tagen zuvor.

Die meisten Paare haben bereits gegessen, die Terrasse ist schon fast leer. Manon hat Fisch, Reis und Salat genommen, Thomas hat sich für das Lamm mit Kartoffeln entschieden. Heute braucht er Kalorien, je mehr, desto besser. Ihm wird bewusst, dass er die vergangenen Tage viel zu wenig gegessen hat. Alles war darauf ausgerichtet abzunehmen. Zurück zu seinem alten Körper zu finden. Aber sein Körper braucht auch Energie.

Während des Essens spürt er, wie die Erschöpfung kommt. Eine stumpfe Gleichgültigkeit macht sich in ihm breit. Alles scheint weit weg zu sein, in großer Entfernung, nichts hat irgendeine Bedeutung.

Und trotzdem ist da immer wieder dieses Gefühl, beobachtet zu werden. Es kommt und geht. Aber es geht nie ganz.

Die Stunde bei Blumberg scheint Manon gutgetan zu haben. Das viele Reden. Offenbar hat der Traum dadurch seine Bedrohlichkeit verloren.

Sie schweigen.

Thomas will gerade aufstehen, um sich etwas von dem Nachtisch zu holen – Crema Catalana, die größtmögliche Sünde –, da hält Manon ihr Handy in die Höhe.

Das Display leuchtet.

»Deine Mutter ...«, sagt Manon.

Thomas liest »Gesine«.

Manon bleibt sitzen und rührt sich nicht, und einen Moment lang wirkt es auf Thomas, als wollte sie den Anruf ins Leere laufen lassen. Doch dann steht sie ruckartig auf und überquert die Terrasse.

In den Regeln von Paraiso ist festgeschrieben, dass während des Essens nicht telefoniert werden darf. Genauso wenig wie in den Gemeinschaftsräumen und erst recht nicht in der Kirche. Und tatsächlich halten sich fast alle Paare daran.

Manon steht inzwischen auf der Kopfsteinpflasterstraße und hält sich das Smartphone ans Ohr.

Erst jetzt fällt Thomas ein, dass er sein eigenes Handy seit gestern Abend nicht mehr benutzt hat. Bevor sie zu ihrer Verabredung mit Airin und Adam gegangen sind, hat er es ausgeschaltet und auf den Nachttisch gelegt. Er war davon ausgegangen, dass sie Sex haben würden. Und dazu passt nichts von dem, wofür sein Smartphone steht: Deutschland, seine Eltern, die Kinder, TikTok, Instagram, seine E-Mail-Korrespondenz, mögliche Jobanfragen.

Er schaut zur Straße. Manons Körperhaltung ist angespannt. Sie fängt an hin und her zu laufen. Gestikuliert. Dann bleibt sie stehen und starrt irgendwohin – nur um gleich darauf wieder hin und her zu laufen und erneut zu gestikulieren.

In ihrer gesamten Haltung stecken Anspannung und Sorge. Eine tiefe Erschütterung. Etwas ist passiert. Etwas Schreckliches.

Am liebsten würde Thomas aufstehen und gehen. In Richtung Toilette, dann scharf rechts, durch die Küche und durch den Speisesaal wieder heraus. Oder gleich zur Mauer. Sich an den Weinreben nach oben ziehen und auf der anderen Seite in den Wald springen und dann immer geradeaus.

Er versucht aufzustehen, aber es geht nicht. Stattdessen starrt er weiter wie gebannt zu Manon, die nun wie angewurzelt dasteht.

Den Kopf hebt, ihn langsam schüttelt.

Manon

Siebzehn

Plötzlich ist die Sonne verschwunden. Gerade eben war sie noch da, heiß und gleißend. Sie hat sich durch das schmale Fenster gezwängt und ein schiefes Rechteck auf den Boden geworfen. Aber nun ist dort draußen nur noch diffuse Helligkeit. Es ist, als ob der Himmel seinen hellsten Stern verschluckt hätte.

Manon hat den Übergang nicht mitbekommen. Sie war zu sehr bei all dem, was sie erzählt hat. Bei der gestrigen Nacht. Bei der tiefen Verbindung, die sie zu allen anderen empfunden hat. Bei ihrem Gefühl für Thomas. Bei Thomas' Abkapselung und seiner Panik. Und schließlich bei dem Traum, den sie im Auto hatte und von dem sie nach wie vor nicht glauben kann, dass es nur ein Traum war, weil er sich anfühlt wie eine Erinnerung.

Zu real, zu klar und beängstigend.

Doch Blumberg ist es gelungen, sie zu beruhigen. Sie weiß gar nicht genau, was er gesagt hat, aber der Klang seiner Stimme, der Tonfall, die Eindringlichkeit und seine Anteilnahme haben sie beruhigt. Und als sie nun neben Thomas an der Tür steht, um sich von Blumberg zu verabschieden, hat sie das erste Mal, seit sie im Auto aufgewacht ist, keine Angst mehr.

Auch draußen auf der Kopfsteinpflasterstraße hält die Ruhe an. Das Haus von Airin und Adam ist nun nicht mehr bedrohlich. Nicht mehr so, wie es ihr noch vor gut einer halben Stunde vorkam, als sie zu der Sitzung mit Blumberg gegangen sind: verlassen und tot.

Thomas schwankt neben ihr, atmet tief und stützt sich an der Kirchenwand ab.

»Alles in Ordnung?«, fragt Manon.

»Ja«, sagt er und geht dabei in die Knie. »Aber ich glaube, ich sollte … was essen …«

Manon nickt. »Ich auch. Ich habe ein riesiges Loch im Bauch …«

Die Terrasse ist fast leer. Nur die Holländer und das andere deutsche Paar in seinem farblichen Partnerlook sitzen in weitestmöglichem Abstand zueinander an zwei Tischen. Die Stimmung ist gedrückt. Als ob die Sonne unmittelbaren Einfluss auf Paraiso hätte. Eine Woche lang stand sie ununterbrochen am Himmel, nun ist sie verschwunden und mit ihr auch die Urlaubsstimmung.

Aber vielleicht hat es auch mit dem Nachrausch zu tun. Mit dem Kater, der auf die Droge folgt. Manon fühlt sich entfremdet und leer.

Der Fisch schmeckt wässrig, daher lässt Manon die Hälfte auf ihrem Teller liegen und isst vor allem Reis, Brot und Salat, hält sich jedoch noch ganz bewusst ein wenig Platz für Crema Catalana frei, die am Ende des Büfetts thront.

Thomas hingegen isst wie seit Tagen nicht. Sein Blick ist nur auf den Teller gerichtet. Er scheint vollkommen ausgehungert zu sein.

Als Manon zufällig auf ihr Handy schaut, sieht sie, dass Thomas' Mutter versucht hat, sie anzurufen, und gerade als sie danach greift, ruft sie schon wieder an.

»Gesine« leuchtet auf dem Display.

Sie zögert kurz, wendet sich dann Thomas zu, der sich gerade eine Kartoffel in den Mund schiebt, und hält ihm das Handy hin. »Deine Mutter …«, flüstert sie ihm zu, steht auf und überquert die Terrasse.

»Hallo, Gesine«, sagt sie, sobald sie das Kopfsteinpflaster unter den Füßen spürt.

»Da bist du ja. Ich wollte gerade schon wieder auflegen. Und Thomas ist auch nicht zu erreichen …« Ein Vorwurf schwingt in ihrer Stimme mit, und sofort fühlt Manon sich schuldig. Hinzu kommt, dass sie genau weiß, was ihre Schwiegermutter über ihre Qualitäten als Mutter denkt. Dass sie unfähig ist. Antiautoritär. Verantwortungslos. Ganz ähnliche Attribute, mit denen vermutlich auch Thomas sie versehen würde.

»Wir sind hier gerade beim Essen«, sagt Manon, »auf der Terrasse dürfen wir nicht telefonieren.«

»Was ist denn das für eine Regel?«

Manon hat keine Lust, sich mit ihrer Schwiegermutter über diese Frage auseinanderzusetzen.

»Ist denn alles okay bei euch?«, fragt Manon, obwohl sie natürlich ahnt, dass nicht alles okay ist. Warum sollte ihre Schwiegermutter sie sonst anrufen?

»Nein«, sagt Gesine. »Nicht wirklich …«

Im Hintergrund sind Geräusche zu hören. Auf einmal ist Manons Angst wieder da. Doch nun ist es nicht die Angst um Airin und Adam, sondern um Léonie und Noah. Ihr ist schwindlig. Zugleich hat sie das Gefühl zu schweben. Das MDMA schickt immer noch kleine Wellen durch ihren Körper.

»Gesine? Was ist los? Ist was passiert?«

»Wir hatten hier …« Gesine unterbricht sich. »Wartest du einen kleinen Moment? Ich muss kurz den Raum wechseln.«

»Ja«, sagt Manon. »Okay.«

Unruhe ergreift ihren Körper. Sie beginnt, auf und ab zu laufen.

»Gesine?« Keine Antwort, dafür Rascheln, Schritte, das Schlagen einer Tür.

»So, jetzt bin ich wieder da«, sagt Gesine. »Es geht um Léonie und um Noah. Sie haben sich gestritten.«

»Gestritten?«

»Ja.«

Erneut hört Manon den Vorwurf in der Stimme ihrer Schwiegermutter. Die Kinder haben sich gestritten. Und warum? Weil sie sie nicht richtig erzogen hat. Weil sie sich nicht kümmert und alles dem armen Thomas überlässt.

Wenn ihre Schwiegermutter wüsste, wie oft die beiden sich zu Hause streiten. Jeden zweiten Tag. Aber nun haben sie sich offenbar auch mal bei Oma und Opa gestritten.

Na und?

»Worum ging es bei dem Streit denn?«, fragt sie, um ihre Anteilnahme zu signalisieren.

»Ich weiß es nicht genau. Ich glaube, Léonie wollte Klavier spielen, und Noah hat sich dadurch gestört gefühlt ...« Ihre Schwiegermutter unterbricht sich kurz. Dann setzt sie noch einmal neu an. »Also, sie haben sich wirklich schlimm gestritten. Und nicht nur gestritten, sondern ... geprügelt.«

»Geprügelt?«

»Ja.«

»Du meinst, nicht nur geschubst oder gestoßen, sondern ...«

»Nein, richtig geprügelt, mit Fäusten und Fingernägeln. Léonie hat eine Platzwunde an der Lippe, und Noah hat mehrere Kratzer am Hals.«

Manon spürt, wie sich etwas in ihr zusammenzieht, ein Knoten, der immer enger wird.

»Und wie geht es ihnen jetzt?«, fragt sie.

Schweigen.

»Gesine?«

»Ja?«

»Ich habe dich gefragt, wie es ihnen jetzt geht!«

»Ja, entschuldige …«, sagt Gesine. »Das ist das, worüber ich eigentlich mit euch sprechen wollte. Léonie hatte nach dem Streit einen …« Eine erneute Pause. Offenbar sucht ihre Schwiegermutter nach dem richtigen Wort. »Eine Art … Zusammenbruch.«

»Einen Zusammenbruch?«

»Ja. Einen Nervenzusammenbruch. Sie hat am ganzen Körper gezittert und mindestens zwei Stunden lang nur geweint. Und währenddessen hat sie immer wieder gesagt, dass sie es nicht mehr aushält.«

Einen Nervenzusammenbruch …

Sie hätten die Kinder nicht bei Thomas' Eltern lassen dürfen. Aber jetzt ist es zu spät.

Am liebsten würde Manon ihr Smartphone Thomas geben und sich irgendwo verkriechen. Aber es geht nicht. Sie muss das Telefonat weiterführen, ob sie will oder nicht.

»Was genau meinte sie damit?«, fragt sie so ruhig wie möglich.

»Dass sie *was* nicht mehr aushält?«

Gesine macht ein seltsames Geräusch. Was ist das? Ein Lachen? Oder ein Seufzen? »Na, die Situation zwischen euch!«, sagt sie, als liege das klar auf der Hand. »Zwischen Thomas und dir. Und Noah hat anschließend ganz ähnliche Sachen gesagt.«

»Zwischen uns?« Manon ist wie vor den Kopf gestoßen. Sie hat mit allem gerechnet, aber nicht damit.

»Ja.«

»Was genau haben sie denn … gesagt?«, fragt Manon.

»Sie haben gesagt, dass ihr euch nur noch streitet. Dass es dauernd Stress gibt. Oder, warte, wie hat Léonie es genannt? Ich glaube, sie hat gesagt, dass ihr nur noch irgendwelche *Beziehungsissues* habt. Genau das war ihr Ausdruck. *Beziehungsissues.* Und Noah hat gesagt, dass Papa ihn jedes Mal anschreit, wenn er Ärger mit Mama hat.«

»Aber ... das ... Ich meine, das ist ...« Manon bricht ab. Sie hat keine Ahnung, was sie sagen soll. Bis zu diesem Moment dachte sie, dass es ihnen immer gut gelungen ist, die Kinder aus ihrer Beziehungskrise herauszuhalten. Aber offenbar hat sie sich getäuscht.

»Wann war das denn?«, fragt sie. »Ich meine, der Streit?«

»Nach dem Frühstück.«

»Und wo sind sie jetzt?«

»In ihren Zimmern ...«

»Und was machen sie da?«

»Bei Noah weiß ich es nicht. Er hat sich vollkommen zurückgezogen ... Wahrscheinlich spielt er mit seinem Computer. Léonie hat bis gerade eben mit einer Freundin telefoniert ... Ich mache mir ein bisschen Sorgen um sie.«

»Warum?«

»Als sie ihren Weinkrampf hatte, hat sie mehrmals gesagt, dass sie alles nur noch hasst. Und dass sie nicht mehr leben will.«

Manon bleibt ruckartig stehen. Nun hilft nicht einmal mehr die Bewegung. Ihre eigene Tochter sagt, dass sie nicht mehr leben will. Und zwar nicht wegen einem ersten Liebeskummer, einer schlechten Mathearbeit oder weil sie in der Klasse gemobbt wird, sondern wegen Thomas' und ihrer Beziehungskrise.

Das erste Mal seit Beginn des Telefonats schaut Manon zur Restaurantterrasse. Thomas starrt sie fragend an. Er hebt beide

Hände, und sein Mund formuliert stumm:»Was ist los?« Einen Moment lang schauen sie einander in die Augen. Dann wendet sich Manon ruckartig ab und geht die Straße in Richtung Kirche hinunter, so weit, bis sie aus Thomas' Blickfeld verschwunden ist.

»Manon?« Wie immer spricht ihre Schwiegermutter ihren Namen so deutsch wie möglich aus.

»Ja.«

»Bist du noch dran?«

»Ja ... jetzt wieder ...«

Ihre Schwiegermutter räuspert sich.»Ich habe nachgedacht.« Sie macht eine Pause. Manon spürt, dass etwas hinter dem Satz lauert. Eine Falle, und sie muss aufpassen, dass sie nicht hineintappt.

Sie schweigt und wartet.

Ein erneutes Räuspern.»Vielleicht ist es ein Zeichen«, sagt Gesine.

»Ein Zeichen wofür?« Es kommt schärfer heraus, als sie wollte.

»Na ja. Du bist in letzter Zeit viel unterwegs, und Thomas muss sich um alles kümmern. Ich kann mir vorstellen, dass das schwierig für Léonie und Noah ist. Für euch als Familie. Und als Paar vermutlich auch.«

Manon atmet tief ein. Nun sind sie also beim Kern angelangt. Bei dem, was ihre Schwiegermutter ganz grundsätzlich über sie denkt: dass sie ihre Mutterrolle nicht richtig ausfüllt. Oder nein: dass sie sie gar nicht ausfüllt. Dass sie stattdessen ihre ganze Energie darauf verwendet, obszöne, eklige, unverständliche, exhibitionistische Kunstwerke zu produzieren. Und dass ihr armer Sohn darunter leiden muss. Mittelbar hat sie das Manon immer schon zu verstehen gegeben. Aber nie so direkt. Neu ist außerdem, dass sie nicht nur über die Familie spricht, sondern auch über sie als Paar. Woher um alles in der Welt weiß ihre Schwiegermutter, dass sie Schwierigkeiten »als Paar« haben? Hat Thomas sich etwa bei seiner Mutter ausgeheult? Ihr erzählt, dass sie sich ihm verweigert?

»Manon, bist du noch dran?«, fragte ihre Schwiegermutter erneut.

Erst jetzt atmet Manon wieder aus.

»Ja«, sagte sie. »Entschuldige …« Sie entschließt sich, den Einwurf ihrer Schwiegermutter einfach zu überspringen und dort anzuknüpfen, wo sie zuvor waren. Bei dem, worum es eigentlich geht. »Ich glaube, du musst dir keine Sorgen machen wegen Léonie. Ich meine wegen dem, was Sie gesagt hat … Sie ist mitten in der Pubertät. Da geht alles drunter und drüber. Und sie ist manchmal eben sehr emotional.«

Manon ist erstaunt, wie leicht es ihr fällt, diese Sätze zu sagen, und wie glaubwürdig sie klingen. Überhaupt erstaunt es sie, wie erwachsen sie sich ihrer Schwiegermutter gegenüber fühlt.

Sie spürt die Irritation. Ihre Schwiegermutter hatte mit einer Entgegnung gerechnet. Einer Verteidigung, auf die sie einen neuen Angriff hätte folgen lassen können. Doch Manon hat sie einfach ins Leere laufen lassen.

»Ich hoffe, du hast recht«, sagt ihre Schwiegermutter knapp.

Ja, denkt Manon, das hoffe ich auch.

»Kannst du sie mir vielleicht kurz mal geben?«, sagt sie.

»Du meinst Léonie?«

»Ja.«

»Ich glaube nicht, dass das eine gute Idee ist«, sagt Gesine spitz. »Außerdem musste ich Léonie versprechen, dass ich euch nicht anrufe. Zumindest noch nicht heute …« Sie macht eine Pause. »Die beiden wissen übrigens ganz genau, weshalb ihr in Spanien seid.«

»Ach ja? Weshalb sind wir denn hier?« Wieder zu viel Schärfe. Deutlich zu viel sogar. Aber was soll sie anderes tun? Wenn sie angegriffen wird, muss sie sich verteidigen.

Gesine seufzt. »Léonie hat gesagt: ›Seit Jahren machen sie diese Beziehungscoachings und jetzt auch noch diesen bescheuerten Crashkurs ... Aber es bringt doch sowieso nichts ... Besser wäre es, wenn sie sich endlich trennen würden!‹ Und Noah hat gesagt: ›Bestimmt streiten sie sofort wieder, wenn sie zurück sind.‹«

Manon hat das deutliche Gefühl, dass ihre Schwiegermutter all das mit einigem Genuss zitiert. Dass es vielleicht sogar ihre Meinung ist, die sie durch ihre Enkelkinder nur bestätigt sieht.

»Das haben sie gesagt?«

»Ja ...«

Manon fragt sich, woher die Kinder den Grund ihrer Reise kennen. Und natürlich auch, woher Gesine den Grund kennt. Sie haben allen nur gesagt, dass sie Zeit zu zweit brauchen.

Von einer Sekunde auf die andere fühlt sich Manon unglaublich müde, erschöpft. Die Drogennacht zollt ihren Tribut.

»Okay«, sagt Manon. »Ich muss erst mal mit Thomas sprechen. Und dann ... dann überlegen wir, was wir machen. Ob wir vielleicht früher abreisen. Oder zumindest einer von uns ... Wir melden uns.«

»In Ordnung. Ich halte euch auf dem Laufenden.«

»Danke. Tschüs.«

»Auf Wiederhören«, sagt ihre Schwiegermutter, als ob sie mit einer Hotline gesprochen hätte.

Manon tippt mit dem Daumen auf das Display.

Sie starrt zum Kirchturm. Der Wind hat noch einmal zugenommen. Die Blätter der Korkeichen rauschen.

Sie weiß, dass sie sich jetzt eigentlich umdrehen und zurück zur Terrasse gehen müsste. Dass sie sich mit Thomas besprechen müsste, damit sie sich dem, was Gesine erzählt hat, gemeinsam stellen können.

Stattdessen senkt sie den Blick in Richtung Straße und geht mit entschiedenen Schritten auf das Dorftor und den dahinter liegenden Parkplatz zu.

Wenn die Sonne nicht scheint, wirkt der Wald ganz anders. Nicht mehr verwunschen und rätselhaft, sondern feindlich und abweisend. Kein Zauberwald mehr, sondern eine Ansammlung von Bäumen, die sich gegenseitig das Wasser wegnehmen. Seltsamerweise scheint durch den bedeckten Himmel alles noch viel trockener zu sein. Als ob die Trockenheit sich erst dann richtig zeigt, wenn die Sonne nicht mehr von ihr ablenkt. Ohne Licht und Schatten, sondern einfach nur milchig und hell. Grauweiß. Wenn selbst das Grün zu Braun wird. Hinzu kommt der Wind, das Knacken der Zweige, das Rascheln der Blätter. Kein Saft, keine Feuchtigkeit, keine Energie, nirgendwo.

Sie denkt an Léonie und Noah.

Bisher war sie immer davon überzeugt, Thomas und sie müssten wegen der Kinder zusammenbleiben – vielleicht sogar vor allem wegen ihnen. Weil ihre Entwicklung sonst Schaden nehmen könnte. Weil sie keine *enfants du divorce* werden sollten, Scheidungskinder.

Doch nun ist alles anders.

Nun liegt eher der Gedanke nahe, nicht *wegen* der Kinder zusammenzubleiben, sondern sich *für* die Kinder zu trennen.

Aber was würde das konkret bedeuten? Wer würde in der Wohnung bleiben? Was wäre mit ihrem Haus in der Uckermark, das ihnen beiden gehört? Was mit den vielen gemeinsamen

Freunden, die sich zwischen ihnen entscheiden müssten? Und den beiden Katzen? Wie sollen sie ihr getrenntes Leben organisieren? Wäre ihnen das überhaupt möglich?

All diese Fragen kreisen in ihrem Kopf, und sie findet keine Antworten darauf.

Erst als Manon auf dem Gipfel ankommt, hält sie inne. Sie ist schweißüberströmt. Hier oben ist es noch windiger, ein heißer Wind, der nichts daran ändert, dass die Luft stickig ist. Die Wolken hängen tief, entsprechend schlecht ist die Sicht. Der Ausblick ist nicht wiederzuerkennen. An dem Vormittag mit Thomas, als sie den Schlangenadler gesehen haben, war es eine klare, offene Welt. Sie konnte sogar die Federn des Adlers erkennen, der über ihnen unter dem strahlend blauen Himmel schwebte. Nun ist alles verdeckt, verschleiert und verschluckt. Und wenn sie atmet, fühlt es sich so an, als ob nicht nur das Licht milchig ist, sondern auch die Luft.

Manon stützt sich auf ihre Oberschenkel. Alles dreht sich. Sie hat nicht einmal etwas zu trinken dabei. Sie hat nichts dabei außer ihrem Handy. Erschöpft setzt sie sich vor eine große Korkeiche, den Stamm wie eine Lehne im Rücken. Ein oder zwei Minuten bleibt sie so sitzen, dann zwingt die Müdigkeit sie in die Waagerechte. Nur kurz die Augen zumachen, sagt sie sich, nur eine Viertelstunde schlafen, danach wird es ihr bestimmt besser gehen. Sie rollt sich direkt vor dem Stamm zusammen, legt ihren Kopf auf eine der großen, runden Wurzeln und schließt die Augen.

Als sie aufwacht, hat sich die Stimmung erneut verändert. Eine frühe Dämmerung hat eingesetzt, die Wolkendecke ist noch dichter als zuvor. Der Wind hat ein wenig nachgelassen. Manon schaut auf ihr Handy: 18:17. Das heißt, sie hat mindestens zweieinhalb Stunden geschlafen, tief und traumlos. Das Telefonat mit ihrer Schwiegermutter ist in weite Ferne gerückt, als hätte sie es nicht erst vor drei Stunden geführt, sondern vor drei Tagen. Und alles, was davor war – die Pille, das Tanzen, die Fahrt zum Strand, der Sonnenaufgang –, kommt ihr vor, als ob es gar nicht stattgefunden hätte – ein entfernter Traum.

Ihr Mund ist trocken. Sie kann kaum schlucken. Aber seltsamerweise hat sie keinen Durst.

Manon steht auf, streckt sich, schüttelt ihre Arme und Beine aus und macht sich an den Abstieg.

Als sie auf dem letzten kleinen Waldhügel vor Paraiso angelangt ist, hört sie einen Motor, der sich schnell nähert. Sie bleibt abrupt stehen und beobachtet zwischen den Bäumen hindurch, wie ein Taxi von der Straße aus auf den Parkplatz einbiegt.

Ungefähr in der Mitte macht es eine halbe Wende und bremst. Die beiden Türen im Fond öffnen sich, und kurz hintereinander steigen zuerst Adam und dann Airin aus.

Airin trägt eine dunkle Sonnenbrille. Ihre Bewegungen sind eckig, abgehackt. Während Adam neben das Fenster des Fahrers tritt, steuert sie ohne Umschweife auf das Dorftor zu.

Adam reicht dem unsichtbaren Fahrer Geld durch das Fenster und eilt dann mit schnellen Schritten hinter Airin her. Währenddessen biegt das Taxi mit quietschenden Reifen wieder auf die Straße ein.

Kurz vor dem Dorftor erreicht Adam Airin. Er packt sie von hinten am Arm und reißt sie herum. Airin versucht, sich loszumachen, aber Adam greift noch fester zu.

Manon ist zu weit entfernt, um ihre Stimmen zu hören, aber ihre Körperhaltungen lassen keinen Zweifel daran zu, dass sie sich anschreien.

Ein paarmal geht es hin und her, wobei Adam Airin die ganze Zeit am Arm hält und sie mehrfach schüttelt. Plötzlich hebt er drohend die Hand, und einen Moment lang scheint es so, als ob alles passieren könnte. Dann ruft Airin noch einmal etwas. Knapp und offenbar sehr entschieden. Im nächsten Augenblick macht sie sich mit einem Ruck los, dreht sich um und verschwindet durch das Tor im Dorf.

Adam bleibt stehen. Langsam lässt er den Kopf sinken und vergräbt das Gesicht in seine rechte Hand. Dann richtet er sich langsam wieder auf und folgt Airin.

Die ganze Szene hat nicht länger als zwei Minuten gedauert, aber sie wirft ein vollkommen anderes Licht auf die Beziehung der beiden. Airin und Adam hatten auf Manon immer so harmonisch miteinander gewirkt. So offen und rücksichtsvoll. Und auch wenn natürlich klar war, dass sie Probleme haben – haben mussten, sonst wären sie ja nicht hier –, hätte Manon nie gedacht, dass sie sich derart streiten könnten. Die ganze positive Energie, die die beiden sonst ausstrahlen, hat sich in den vergangenen zwei Minuten ins Gegenteil verkehrt.

Paradoxerweise hat diese Erkenntnis gleichermaßen etwas ausgesprochen Beunruhigendes, aber auch Beruhigendes: Niemand, der hier ist, ist ohne Grund hier. Alle kämpfen. Alle streiten. Alle leiden. Es ist ein Trugschluss, sich von dem äußeren Eindruck täuschen zu lassen. Jede Beziehung hier steht auf der Kippe. Manche, wie die Österreicher, brechen einfach ab. Jedes Paar hat seinen Abgrund. Vielleicht ist keines zu retten.

Langsam läuft Manon den Hügel hinab und überquert den Parkplatz.

Als sie an dem Haus von Airin und Adam vorbeikommt, bleibt sie kurz stehen und lauscht. Es ist nichts zu hören.

Achtzehn

Thomas' Zimmertür ist zu. Eine kleine Ewigkeit steht Manon im Flur und starrt auf die Klinke, als ob sie ihr irgendetwas mitteilen könnte. Schließlich greift sie danach. Sie spürt das kühle Metall, drückt es vorsichtig hinunter und schiebt die Tür langsam in den Raum hinein. Die Fensterläden sind geschlossen. Thomas liegt ihr zugewandt auf der Seite. Er atmet tief. Im Raum ist es dunkel, aber durch die halb geöffnete Tür und durch die Fensterläden fällt noch genug Licht, um sein schlafendes Gesicht zu sehen.

Manon versucht sich vorzustellen, wie es wäre, wenn sie sich trennen würden. Aber es gelingt ihr nicht.

Sie fragt sich, ob es nur die lange Zeit ist. Die Gewöhnung. So wie man von einem bestimmten Ritual nicht mehr loskommt. Doch es fühlt sich nach mehr an. Die Vorstellung, dass Thomas nicht mehr in ihrem Leben wäre und sie nicht mehr sein schlafendes Gesicht betrachten könnte, löst in ihr eine ähnliche Angst aus wie der Gedanke an eine bevorstehende Amputation. Etwas, das seit über zwanzig Jahren zu ihr gehört, würde von ihr abgetrennt. Bei vollem Bewusstsein.

Wie soll das möglich sein?

Es ist einfach nicht vorstellbar.

Auch wenn sie durch die Kinder vermutlich weiterhin in Verbindung bleiben würden, so wäre es doch etwas vollkommen anderes. Sie würden nicht mehr zusammengehören. Sie würden nicht mehr nebeneinander die Zähne putzen. Würden morgens in der Küche nicht mehr zusammen beim Kaffee sitzen oder abends auf dem Sofa, jeder mit seinem Smartphone in der Hand. Sie könnten einander nicht mehr beim Schlafen beobachten. Alles Intime wäre verloren.

Denn ist nicht genau das das eigentlich Intime? Nicht der Sex, sondern der Alltag? Der schlechte Atem am Morgen, die zufällige Berührung in der Küche, der tägliche Ärger über die Tics des anderen, die Diskussionen über den Umgang mit den Kindern. Die vielen belanglosen Nachrichten und Telefonate. Das Schweigen, das sich ganz normal anfühlt. Ist wahre Intimität vielleicht nur die Vertrautheit, die in der Gewohnheit, dem Alltag und der Banalität des Lebens ihren Ausdruck findet?

All das wäre durch eine Trennung unwiederbringlich verloren. Und was wäre erst, wenn nicht nur die Amputation erfolgte, sondern wenn anschließend auch noch andere Menschen den Platz einnähmen? Menschen, die sie womöglich noch gar nicht kennen. Es ist unvorstellbar.

Aber Manon spürt auch, dass es so nicht weitergeht.

Sex is nothing, love is everything.

Es klingt gut, aber es ist falsch. Es ist romantisierend. Richtig müsste es heißen: Sex ist nichts, Alltag ist alles.

Inzwischen haben sich Manons Augen so gut an das Dämmerlicht gewöhnt, dass sie alles genau erkennen kann. Thomas' Hand auf dem Laken. Sein halb offener Mund, durch den er atmet. Im Schlaf wirkt er so weich, so sanft. Ohne die Ordnungs- und Kontrollsucht, ohne all das Deutsche.

Erst als ihr die Tränen über die Wangen laufen, merkt sie, dass sie weint. Sie wischt sich mit der Hand über das Gesicht, doch es kommen immer mehr. Sie presst die Augenlider zusammen und muss sich beherrschen, nicht laut zu schluchzen. Am liebsten würde sie sich jetzt zu ihm legen. Sich von hinten an seinen Rücken schmiegen, die Nase dicht an seinem Nacken, der immer ein bisschen nach Waldmeister riecht. Stattdessen wischt sie sich noch einmal übers Gesicht, schließt kurz die Augen und schluckt. Dann verlässt sie auf Zehenspitzen das Zimmer und zieht so leise wie möglich die Tür hinter sich zu.

Manon schreckt hoch. Sie liegt angezogen auf ihrem Bett, das Handy neben sich. Das Display behauptet, es sei 22:32 Uhr, aber von ihrem Gefühl her ist es tiefe Nacht.

Das Licht ist an. Sie erinnert sich, dass sie noch eine Nachricht an Katja geschickt hat und eine möglichst unverdächtige an Léonie, danach ist sie offenbar eingeschlafen.

Nun weiß sie auch, was sie geweckt hat. Das Klopfen ihres Handys. Sie hofft auf Léonie, aber die Nachricht ist von ihrem Vater.

»*Ça va, toi?*«

Es ist genau die gleiche Frage, die sie Léonie gestellt hat.

Es ist ungewöhnlich, dass ihr Vater sie so etwas fragt, ohne von sich selbst zu berichten oder Fotos zu schicken von einem Städtetrip, einem Museums- oder Restaurantbesuch, einem Symposium, auf dem er gesprochen hat, einer Preisverleihung.

»*Ça va, toi?*« – ohne Kontext.

Spürt er etwas? Ahnt er, dass es ihr nicht gut geht?

Wohl kaum. Die Rede ist von ihrem Vater, dessen Sensibilität selbst für Menschen, die ihm gegenübersitzen, alles andere als ausgeprägt ist. Die Vorstellung, dass er über Hunderte von Kilometern hinweg irgendwelche emotionalen Signale seiner Tochter empfängt, scheint abwegig.

Andererseits: Wer weiß?

Manon entscheidet sich dafür, erst mal nicht zu antworten. Sie legt ihr Handy beiseite und lauscht in die Dunkelheit. Es ist nichts zu hören. Offenbar schläft Thomas nach der Drogennacht durch. Ihre Gedanken wandern zu Léonie und Noah, dann zu ihrer Schwiegermutter und schließlich wieder zu Thomas. Es ist eine Kreisbewegung, ohne dass sie dadurch zu einer Entscheidung kommt. Im Gegenteil: Je länger sie ihre Gedanken kreisen lässt, desto schwindliger wird ihr.

Um sich abzulenken, greift sie erneut nach ihrem Handy. Der erste Newsflash, der ihr angezeigt wird, stammt von einer lokalen spanischen Zeitung: »*Incendio forestal cerca de la costa*« ist dort zu lesen: »Waldbrand nahe der Küste.«

Es ist kein Wunder, dass sie solche Meldungen erhält. Wer wie sie ständig nach der Apokalypse googelt, bekommt sie irgendwann frei Haus geliefert.

Manon tippt mit dem Daumen auf die Nachricht. Das Foto ist noch austauschbar: ein brennender Wald, davor eine Küstenstraße. Von solchen und ähnlichen Fotos hat Manon in den letzten Jahren unzählige gesehen. Brennende Wälder auf der ganzen Welt. In Europa, Australien, Kanada, Kalifornien. Aber der Text bettet das Bild in einen eindeutigen Zusammenhang ein: »Nahe der Playa de Bolonia wurde gegen 15:00 Uhr von Spaziergängern ein Feuer entdeckt, das sich durch den Wind rasend schnell ausbreitet.«

Manon steht auf, durchquert ihr Zimmer und öffnet die Tür. Im Flur lauscht sie erneut. Im Haus ist es dunkel. Thomas' Zimmertür ist nach wie vor geschlossen. Auf Zehenspitzen geht sie die Treppen zur Dachterrasse hinauf.

Der Himmel ist nach wie vor bedeckt, und der Wind schickt immer noch seine Böen vom Meer her. In der Dunkelheit ist nichts zu erkennen. Aber sie riecht es. Sie riecht den Rauch – als ob all ihre Nachbarn in der Uckermark sich verabredet hätten, gleichzeitig ein Lagerfeuer in ihrem Garten zu machen –, und im selben Moment wird ihr bewusst, dass sie den Rauch, ohne es wahrzunehmen, schon auf ihrer Bergtour am Nachmittag gerochen hat: die Schwefelpartikel in der Luft, das war das Feuer, der Brand.

Manon steht an der Balustrade und schaut in die sternenlose Dunkelheit. Wenn sie an den Untergang denkt, hat sie einen brennenden Wald vor Augen. Keine schmelzenden Gletscher. Nicht den steigenden Meeresspiegel. Keine Überschwemmungen. Keine Hurrikans und keine Erdrutsche. Keinen Smog, an dem jährlich Millionen Menschen sterben, und nicht einmal Dürren, vertrocknende Seen oder auf dem Trockenen jämmerlich verendende Fische. All das ist schrecklich, und jedes einzelne dieser Ereignisse reicht für sich genommen für einen eigenen Untergang. Aber in ihrer persönlichen Angstwelt rangieren die brennenden Wälder ganz oben. Durch nichts anderes wird die Katastrophe für sie derart greifbar. Ein Waldbrand ist wie das Klimakatastrophen-Konzentrat – der Wald, der Unmengen an Kohlendioxid aufnimmt, geht in Flammen auf, der gebundene Kohlenstoff entweicht in die Atmosphäre. Ganze Ökosysteme werden vernichtet, seltene Pflanzen, Säugetiere, Insekten. Allein bei den verheerenden Wald- und Buschbränden in Australien 2019/2020, die Manon nachts stundenlang live auf ihrem Handy verfolgt hat, sind drei Milliarden Wildtiere umgekommen oder vertrieben worden.

Drei Milliarden!

Das wäre mehr als ein Drittel der Weltbevölkerung!

Aber es sind ja nur Tiere! So denkt der Mensch, da er selbst bei Waldbränden nur selten direkt betroffen ist. Bis auf ein paar indigene Völker leben die meisten Menschen fernab von Wäldern. Sie gehen darin spazieren, roden sie oder jagen darin. Aber sie wohnen nicht im Wald. Und im Gegensatz zu den Sturm- oder Hochwasserkatastrophen sterben sie entsprechend auch nicht darin. Höchstens an den Folgen. Denn jeder brennende Wald ist wie ein Beschleuniger für die Apokalypse.

Anders gesagt: Nun ist die Klimakrise, die Manon seit Jahren schlaflose Nächte bereitet und der sie immer wieder versucht, sich in ihrer Kunst zu stellen, kein entfernt drohendes Horrorszenario mehr, sondern eine unmittelbar greifbare Katastrophe. Sie spielt sich nicht mehr nur auf ihrem Bildschirm ab, sondern direkt vor ihren Augen. Gleichzeitig passiert etwas Seltsames: Manon hat keine Angst. Sie weiß nicht, ob es daran liegt, dass ihre Angstrezeptoren gerade überbelegt sind – die Ehekrise, der Drogen-Alptraum, der Anruf ihrer Schwiegermutter, Léonie und Noah –, oder ob es einfach nur eine paradoxe psychische Reaktion ist wie bei einem Menschen, der jahrelang panische Angst vor Schlangen hat, dann eines Tages in ein Terrarium mit mehreren Pythons gesteckt wird und feststellt, dass die Realität weniger schlimm ist als die Fantasie.

Doch es ist noch seltsamer: Manon hat nicht nur keine Angst, sie verspürt Erleichterung. Das, was immer ihre größte Befürchtung war, hat sich in unmittelbarer Nähe ereignet. Und sie erlebt es nicht nur unterwegs, auf der Durchreise mit einem ganz anderen Ziel, wie bei Marbella auf der Hinfahrt, sondern an dem Ort, an dem sie sich aufhält.

Manon muss an den Joint denken, den sie geraucht haben. Könnte es etwa sein, dass das der Auslöser war? Aber die Felsenterrasse, auf der sie saßen, war mindestens dreißig Quadratmeter groß, und sie befanden sich weit weg von den Bäumen. Vor allem aber war Adam ausgesprochen vorsichtig. Er hatte einen verschließbaren Handaschenbecher dabei und eine große Flasche mit Wasser. Und er hat Airin und sie mehrfach daran erinnert, dass sie mit der Glut vorsichtig sein sollten. Abgesehen davon gibt es unzählige andere mögliche Ursachen für das Feuer.

Manon überlegt, ob sie Thomas wecken soll. Aber was soll das bringen? Er wird es früh genug erfahren. Außerdem: Wenn sie ihn weckt, müssten sie auch über Léonie, Noah und seine Eltern sprechen, und das will sie nicht. Noch nicht. Nicht jetzt.

Ein paar Minuten bleibt Manon noch an der Balustrade stehen und klammert sich mit den Händen daran wie an die Reling eines Schiffs bei starkem Seegang.

Als Manon das nächste Mal erwacht, ist bereits heller Tag. Das Licht zwängt sich durch die Ritzen der Fensterläden. Sie schaut auf die Uhr ihres Smartphones: 9:26. Sie steht auf und öffnet das Fenster. Sofort riecht sie das Feuer, noch deutlicher als in der Nacht. Doch nirgendwo ist Rauch zu sehen. Der Himmel ist ein wenig heller als am vergangenen Nachmittag, aber er ist nach wie vor bedeckt. Der Wind hat wieder aufgefrischt. Sie durchquert das Zimmer und öffnet die Tür. Auch Thomas' Tür ist offen. Das Bett ist gemacht, wie immer. Auch so ein Zwang: Wenn er das Schlafzimmer verlässt, muss er das Bett machen. Und er erwartet von allen anderen, dass sie es genauso machen.

»Thomas?«

Keine Antwort.

Was würde sie für ein bisschen Normalität geben?

Mit Thomas in der Küche sitzen, einen Kaffee trinken und über Alltägliches reden. Über die Probleme der Kinder in der Schule oder auch über ihre Probleme und, wenn es sein muss, sogar über ihre Krebsangst. Keine Ausnahmesituation, sondern Alltag.

Alltag ist alles.

Von der Dachterrasse aus sieht sie jetzt in der Ferne die Rauchwolken. Der Feuergeruch ist so stark, dass sie sich kaum traut, tief einzuatmen. Mehrere Hubschrauber und zwei Löschflugzeuge fliegen einen weiten Bogen über die Küste. Raubvögel kreisen über den Wipfeln und kreischen. Vermutlich rufen sie ihren Artgenossen Warnungen zu. Die Drohnen sind hingegen verschwunden.

Als Manon die Treppe zur Küche hinuntergeht, hört sie die Haustür. Sie bleibt auf halber Höhe stehen. Thomas betritt den Flur. Seine Haare sind feucht, und er hat ein Handtuch über der Schulter, also war er am Pool.

Er hält mitten in seiner Bewegung inne und schaut sie an. Der Schlaf hat ihm gutgetan. Er wirkt erholt. Längst nicht mehr so zerfahren wie noch am Vortag bei Blumberg und auf der Terrasse. Aber in seiner ganzen Haltung meint Manon eine seltsame Traurigkeit zu erkennen, die sie so noch nie an ihm gesehen hat.

Bestimmt hat er gestern, kurz nachdem sie im Wald verschwunden ist, mit seiner Mutter telefoniert und alles erfahren. Vermutlich sogar noch deutlich mehr als sie.

»Hallo«, sagt Manon von der Treppe aus.

Thomas antwortet nicht. Er steht im Flur und schaut sie von unten an. Normalerweise ist Schweigen seine Reaktion darauf, wenn er keinen Sex bekommt. Es ist seine Bestrafung dafür, wenn sie sich ihm mal wieder »verweigert« hat, wie er sich gern ausdrückt. Wenn er vorgeschlagen hat, sie könnten sich doch einen »gemütlichen Abend« machen, »ein wenig kuscheln«, und sie gesagt hat, dass sie zu müde sei oder Kopfschmerzen habe. Also immer, wenn dieses verdammte Thema zwischen ihnen steht. Aber heute ist es irgendwie anders. Thomas' Schweigen ist diffuser, weniger auf sie bezogen.

Manon streckt die Hand aus und hält sich am Treppenge-
länder fest.

»Wo warst du gestern?«, fragt Thomas. Kein Vorwurf in seinem Tonfall. Er stellt die Frage ganz neutral, und Manon kann
gut verstehen, dass er sie stellt. Schließlich war sie auf einmal
verschwunden.

»Ich ... war spazieren ... im Wald ... Dann bin ich eingeschlafen.«

»Eingeschlafen?«

»Ja.«

»Wo?«

»Unter einer Korkeiche.«

Thomas schaut sie verwundert an. Als ob sie etwas vollkommen Abwegiges, ja Absurdes gesagt hätte. Aber genau so ist es ja
auch: Sie hat mit seiner Mutter telefoniert, hat von Léonies und
Noahs Streit erfahren und allem, was darauf folgte, und statt mit
ihm darüber zu sprechen, wie es eigentlich richtig gewesen wäre,
ist sie in den Wald gegangen, hat sich unter einen Baum gelegt
und ist eingeschlafen.

»Die Straße ist gesperrt«, sagt Thomas, der seine Position
noch immer nicht verändert hat.

»Welche Straße?«

»Alle Straßen im gesamten Umkreis.«

»Wirklich?«

»Ja. Sie werden erst wieder freigegeben, wenn das Feuer unter
Kontrolle ist ...«

»Aber das bedeutet ja, dass wir ...« Manon unterbricht sich.
Sie will das Offensichtliche nicht aussprechen. Sie kann es nicht.
Denn es bedeutet, dass sie festsitzen. Dass sie eingeschlossen
sind. Sie und die anderen Paare – gefangen im Paradies.

Thomas schaut sie weiterhin mit diesem seltsamen Blick an.

»Hast du es denn deiner Mutter schon gesagt?«, fragt Manon.

»Du meinst, das mit dem Feuer? Und dass wir hier nicht wegkommen?«, fragt Thomas.

»Ja.«

Er nickt. »Ich habe gerade noch mal mit ihr telefoniert.« Es fällt Manon schwer, es sich einzugestehen, aber das Feuer verleiht ihr eine gewisse Genugtuung. Die Wirklichkeit setzt dem kühlen Pragmatismus von Thomas etwas entgegen. Seinem *behaupteten* Pragmatismus. Denn sie glaubt ihm nicht. Sie kennt ihn. Sie kennt seine Biografie. Sie kennt seine Verletzungen, seine Sensibilität. Sie weiß, wie er als Kind unter seinem Vater gelitten hat, und kann sich vorstellen, dass seine Mutter auch nicht viel besser war. Mit anderen Worten: Sein Pragmatismus ist ein Schutzschild. Nicht mehr, aber natürlich auch nicht weniger.

Neulich, am Strand, war all das für kurze Zeit verschwunden. Die ganze Maskerade. Da war er einfach nur er selbst. Da war er pur, verletzlich, auch beim Sex.

»Hat deine Mutter dir erzählt, wie es Léonie und Noah geht?«, fragt Manon.

Thomas zuckt mit den Schultern. »Sie sagt, sie sind sehr zurückgezogen. Sie reden nicht miteinander und auch nur das Nötigste mit ihr. Aber ich glaube, es geht ihnen so weit okay …«

»Gut …«, sagt Manon.

Thomas schweigt.

Nun ist es unausweichlich. Das große Thema hinter Léonies und Noahs Streit steht zwischen ihnen. In Léonies Worten: »Besser wäre es, wenn sie sich endlich trennen würden.« Zumindest ist dies der Satz, den ihre Schwiegermutter wiedergegeben hat. Manon fragt sich, ob Gesine den Satz Thomas gegenüber genau so formuliert hat oder vielleicht anders. Noch dramatischer, wie sie ihm gegenüber womöglich überhaupt alles in deutlich kräftigeren Farben gemalt hat. Sie fragt sich, ob es vielleicht der heimliche Plan ihrer Schwiegermutter ist, ihren Sohn endlich von dieser neurotischen Frau zu befreien, die ihm so offensichtlich nicht guttut. Und vielleicht hat seine Mutter ja sogar recht: Vielleicht tut sie Thomas wirklich nicht gut oder zumindest nicht mehr, und er bräuchte eine andere Frau. Eine, die ihn stärker unterstützt. Die ihn *überhaupt* unterstützt.

Sie holen beide fast gleichzeitig Luft, um etwas zu sagen, atmen dann jedoch stumm wieder aus.

Erneutes Schweigen.

»Es tut mir leid, dass ich gestern einfach so verschwunden bin«, sagt Manon schließlich. »Aber ich stand unter Schock und …« Sie bricht ab, sammelt sich. »Und dann war ich so müde und erschöpft …«

Thomas schüttelt den Kopf und macht eine Bewegung mit der Hand, die signalisieren soll, dass es nicht wichtig ist. Er schaut auf seine Armbanduhr.

»In zwanzig Minuten haben wir unsere Sitzung bei Blumberg«, sagt er.

»Ich weiß«, sagt Manon, obwohl sie den Termin vollkommen vergessen hat.

»Gut«, sagt Thomas. »Dann bis gleich.«

Er wendet sich ab und verschwindet in der Küche.

Manon bleibt auf der Treppenstufe stehen und starrt in den leeren Flur.

Neunzehn

Das erste Mal, seit sie hier sind, gehen sie nicht zusammen zu der Sitzung. Als Manon loswill und nach Thomas ruft, ist er nicht mehr da. Kurz hat sie Angst, dass sie sich in der Zeit geirrt haben könnte, aber daran liegt es nicht. Thomas ist ohne sie vorgegangen, weil er ohne sie vorgehen wollte.

Der Wind hat sich wieder ein wenig abgeschwächt, und auch der Brandgeruch ist nicht mehr so stark wie zuvor. Als Manon die Straße entlanggeht, kommt ihr das Kopfsteinpflaster noch gröber und unregelmäßiger vor als sonst, zweimal knickt sie fast um.

Thomas wartet bereits vor dem Therapieraum. Nun folgt die zweite Premiere: Blumberg ist nicht pünktlich. Die Tür ist zu. Sie klopfen, keine Antwort. Sie drücken die Klinke, es ist abgeschlossen.

Schweigend stehen sie nebeneinander in dem Gang und warten.

Schließlich kommt Blumberg mit schnellen Schritten den Gang hinunter. Sein Gesicht ist ein wenig gerötet, sonst wirkt er wie immer. Freundlich und offen.

»Es tut mir leid, dass Sie warten mussten«, sagt er, während er die Tür öffnet. »Aber hier geht es gerade drunter und drüber … Das Feuer bringt alles durcheinander.«

Nacheinander betreten sie den Raum und setzen sich. Blumberg schenkt sich ein Glas Wasser ein und trinkt. Dann lehnt er sich zurück, lächelt sein obligatorisches Lächeln und stellt seine obligatorische Frage:»Wie geht es Ihnen heute?«

Manon und Thomas wechseln einen Blick.

Genau wie vorhin im Haus verströmt Thomas diese seltsame Traurigkeit, die Manon nicht richtig greifen kann.

»Ich denke, Sie wissen, dass Sie sich wegen des Feuers keine Sorgen machen müssen«, sagt Blumberg.»Von gesperrten Straßen einmal abgesehen … Die Korkeichen sind wie ein Schutzwall. Das wussten die Menschen schon vor Jahrhunderten, und es stimmt noch immer.«

Er lächelt.

»Aber entschuldigen Sie die Abschweifung. Zurück zu meiner Frage: Wie geht es ihnen heute?«

Erneutes Schweigen. Thomas schaut zu Boden.

Er atmet tief. Manon versucht vergeblich ihre Gedanken zu ordnen und eine mögliche Antwort zu finden. Gerade als sie sich durchgerungen hat, von dem Telefonat mit ihrer Schwiegermutter zu erzählen, hebt Thomas den Kopf, wendet sich Blumberg zu und sagt:»Wir haben uns getrennt.«

Im ersten Moment ist Manon davon überzeugt, sich verhört zu haben. Aber als Blumberg nickt, seinen Blick von Thomas zu ihr und wieder zurück wandern lässt und fragt:»Möchten Sie mehr darüber sagen?«, wird ihr klar, dass Thomas genau das gesagt hat, Wort für Wort:»Wir haben uns getrennt.«

Manon ist völlig paralysiert. Sie starrt auf das rote Bild und hält den Atem an.

Das Seltsame ist, dass sie nicht einmal sagen könnte, dass es sie überrascht. Es ist wie mit dem brennenden Wald. Sie haben schon so oft über eine Trennung gesprochen, und sie hat schon so oft darüber nachgedacht, dass es nun, da es passiert, etwas Erleichterndes hat. Aber warum hat Thomas gesagt »*Wir* haben uns getrennt« statt: »Ich möchte mich trennen«? Hat sie irgendetwas nicht mitbekommen?

»Ich kann gern etwas dazu sagen«, sagt Thomas zu Blumberg. »Gestern Nachmittag hat meine Mutter angerufen. Sie hat erzählt, dass unsere Kinder sich schlimm gestritten haben und unsere Tochter anschließend einen Zusammenbruch hatte.« Er macht eine kurze Pause. Dann fährt er fort. »Und anschließend haben Léonie und Noah meiner Mutter erzählt, dass sie die Situation zwischen uns nicht mehr aushalten und sich wünschen, dass wir uns endlich trennen. Manon und ich standen beide unter Schock. Manon ist spazieren gegangen, und ich habe mich hingelegt und geschlafen. Als Manon zurückkam, hat sie mich geweckt. Sie hat geweint, und ich habe auch geweint. Wir saßen zusammen auf meinem Bett, haben uns in die Augen geschaut, und plötzlich war uns beiden klar, dass es vorbei ist ...«

Es dauert ein paar Sekunden, bevor Manon versteht, was das, was Thomas gesagt hat, bedeutet. Also war er wach, als sie in sein Zimmer kam, und hat gehört, dass sie geweint hat. Aber warum hat er nichts gesagt? Stattdessen hat er die Entscheidung getroffen, sich von ihr zu trennen, und nun sagt er: »Wir haben uns getrennt.«

Warum?

Blumberg schaut zu Manon. Sein Blick ist fragend. »Sie scheinen überrascht?«, sagt er.

Manon schließt die Augen. Einen Moment lang ist sie kurz davor, Thomas' Lüge aufzudecken und ihn damit zu konfrontieren. Aber dann erinnert sie sich an ihre eigenen Gedanken während ihres Spaziergangs im Wald und in dem halb dunklen Zimmer vor Thomas' Bett. Sie denkt daran, dass sie sich innerlich eigentlich auch schon getrennt hat.

Sie schüttelt den Kopf. »Nein, nein, ich bin nicht überrascht … Es ist nur … Ich wusste nicht, dass wir es heute hier erzählen wollen … Ich dachte eigentlich, wir wollten es für uns behalten …«

»Verstehe«, sagt Blumberg. Aber sein Blick sagt etwas anderes. Manon ist sich sicher, dass er ihr Spiel durchschaut. Dass er genau weiß, dass Thomas ihr mit seiner Äußerung den Boden unter den Füßen weggezogen hat.

Blumberg lässt mit seinem Blick von ihr ab und schaltet zurück in den normalen Coaching-Modus. »Ich bin auf jeden Fall froh, dass Sie es mir gesagt haben«, sagt er lächelnd. Er macht eine kurze Pause und hebt beide Hände in die Höhe. »Alle Paare, die hierherkommen, wollen ihre Beziehung retten. Doch viele verstehen nicht, dass die Rettung ihrer Beziehung vielleicht einfach darin besteht, diese Beziehung zu beenden und zu überlegen, wie sie die Beziehung nach der Beziehung gestalten wollen. Ganz besonders stellt sich diese Frage natürlich bei den Paaren, die so lange zusammen sind und gemeinsame Kinder haben. Die eine Familie sind, so wie Sie.«

Manon muss an ihre Überlegungen im Wald denken und dass sie auf genau diese Frage keine Antwort hat. Nun würde sie doch gern zu Thomas schauen, aber sie vermutet, dass er immer noch den gleichen Gesichtsausdruck hat wie zuvor. »Ich glaube, das wird Ihre Hauptaufgabe sein: ganz genau zu erspüren und zu überlegen, wie Sie Ihr Leben gestalten wollen. Eine Trennung kann etwas sehr Befreiendes sein. Aber sie bedeutet auch Arbeit. Gefühlsarbeit. Und wenn Sie sich dieser Aufgabe stellen, kann die Verbindung zwischen Ihnen etwas sehr Kostbares werden. Denken Sie dabei daran, was Sie hier über sich gelernt haben.

Denken Sie an die Sunrise Experience. Es liegt alles in Ihrer Hand.«

Es ist faszinierend. Blumberg findet offenbar immer einen Weg, das Positive zu sehen. Egal, ob Paare einander Gewalt antun, wie die beiden Österreicher, ob sie Drogen nehmen, wie Airin und Adam, oder ob sie sich während ihres Aufenthaltes in Paraiso trennen, wie sie beide – immer sieht er die Chancen, die darin liegen.

Manon fragt sich, ob das einfach seine Methode ist, den Laden am Laufen zu halten. Denn wenn er es nicht schaffen würde, alles immer zum Guten zu wenden, könnte er die Anlage vermutlich dichtmachen. Nach wenigen Wochen würde der Pool von Algen erobert werden, und nach ein paar Monaten wären die Gärten und Straßen von Pflanzen überwuchert. Tiere würden den Ort als Schutzraum nutzen. Rehe, Hirsche, Wildkatzen. Insekten würden sich in den Häusern breitmachen, und nach und nach würde alles verfallen, wie es zwischen den Siebziger- und Zweitausenderjahren schon einmal verfallen ist. Doch diesmal wäre es anders. Es wäre eine Ruine, in der all die kaputten Träume der Paare begraben sind, die hier ihre Zeit verbracht haben. All die Hoffnung und Verzweiflung und Wut und Liebe.

Das verlassene Paradies.

Doch dann hat Manon einen anderen Gedanken: Vielleicht ist genau das die Lösung. Genau diese Haltung von Blumberg, die man vielleicht buddhistisch nennen könnte: einfach in allem immer das Positive sehen, egal, was kommt. Sich den Gegebenheiten anpassen und das Beste daraus machen. Denn das ist immer und unter allen Umständen möglich. Es kostet nichts, und jeder Mensch hat es selbst in der Hand.

Könnte sie das? Sie bezweifelt es. Aber würde es ihr guttun? Ganz bestimmt sogar.

Blumberg beugt sich vor. Er stützt die Ellbogen auf seine Knie. »Ich möchte Ihnen etwas anvertrauen«, sagt er. »Und ich möchte Sie darum bitten, dass Sie es für sich behalten ... Meinen Sie, das wäre möglich?«

Er schaut sie beide nacheinander an.

Das erste Mal, seit Thomas verkündet hat, dass sie sich getrennt haben, wendet sich Manon ihm zu. Thomas ist mit seinem Blick bei Blumberg. Nickt. Offenbar ist das seine Antwort auf Blumbergs Frage. Dann dreht er den Kopf zu Manon. Jetzt ist die Traurigkeit nicht mehr diffus, sondern eindeutig. Ein paar Sekunden lang treffen sich ihre Blicke, dann dreht sich Thomas weg und schaut zu Boden.

»Ja«, hört Manon sich sagen, während sie sich Blumberg zuwendet. »Sie können sich auf uns verlassen.«

Eine seltsame Formulierung. Hat sie das gerade wirklich gesagt? Allein das Uns. Gibt es das denn noch? Ein Wir?

Blumberg lächelt. »Danke«, sagt er und holt tief Luft. »Ich möchte Ihnen sagen, dass es gut sein kann, dass das heute unsere letzte Sitzung ist ... Ich bin wegen des Feuers privat in einer schwierigen Situation und werde daher morgen und übermorgen wahrscheinlich nicht mehr da sein können ... Ich erzähle Ihnen das, weil ich es gerade eben erfahren habe ... Aber auch, weil Sie beide mir heute ihre eigene, sehr besondere Situation geschildert haben und es mir richtig erscheint, dass Sie es wissen ...«

Er schaut sie mit seinem Doppelblick beide an.

»Danke«, hört Manon sich sagen.

Thomas schweigt.

»Natürlich bekommen Sie und die anderen Paare eine entsprechende Gutschrift für die ausstehenden Sitzungen. Nur falls Sie sich darüber Gedanken machen: Das ist alles in unseren Geschäftsbedingungen geregelt ...«

Manon nickt, um zu zeigen, dass Sie verstanden hat und einverstanden ist. Währenddessen fragt sie sich, wie Blumberg Paraiso verlassen will, wenn doch alle Straßen gesperrt sind. Aber vielleicht gibt es für den Gottvater, den Chef des Paradieses, eigene Regeln. Oder er ist dazu in der Lage, durch das Feuer hindurchzulaufen, so wie Jesus auf dem Wasser gegangen ist. Manon überlegt, was für eine schwierige private Situation Blumberg meinen könnte. Vermutlich lebt seine Familie im Waldbrandgebiet.

Blumberg lehnt sich zurück und legt erneut die Fingerspitzen aneinander.

»Da wir uns ja wahrscheinlich nicht mehr sehen werden, möchte ich Sie abschließend um etwas bitten ...«

Manon und Thomas schauen ihn beide fragend an.

»Es kann gut sein, dass es Ihnen erst mal seltsam vorkommt. Aber ich bin sicher, dass es Ihnen guttun wird ...« Er hält kurz inne. »Ich möchte Sie darum bitten, aufzustehen, sich voreinander hinzustellen, sich in die Augen zu schauen und sich dann in den Arm zu nehmen.«

Schweigen. Absolute Stille. Manon ist wie erstarrt. Sie hat das Gefühl, dass jede Bewegung von ihr ein Erdbeben auslösen könnte.

»Wie bitte?«, sagt Thomas.

»Sie haben schon richtig verstanden«, sagt Blumberg. »Und ich kann mir gut vorstellen, dass die Erfüllung meiner Bitte eine Überwindung für Sie ist. Für Sie beide. Schließlich haben Sie sich gerade erst getrennt und müssen sich in der neuen Situation noch zurechtfinden. Aber vertrauen Sie mir, es wird Ihnen guttun. Und vielleicht wird es Ihnen sogar den Weg für die kommenden Wochen und Monate ebnen ...«

Die Stille ist durchbrochen. Jetzt darf Manon sich auch endlich wieder bewegen. Sie dreht sich zu Thomas. Er wirkt angespannt. Er starrt vor sich hin, seine Kiefermuskeln arbeiten. Kein Wunder: Ohne dass sie etwas davon wusste, hat er die Entscheidung getroffen, sich von ihr zu trennen.

Manon steht auf und stellt sich mitten in den Raum. Thomas bleibt sitzen. Manon kommt es vor wie eine inszenierte Szene in einem Bühnenstück: Thomas sitzt nach vorn gebeugt auf seinem Stuhl, sie steht verloren im Raum. Blumberg betrachtet sie beide.

Schließlich schiebt Thomas seinen Stuhl zurück, steht auf und stellt sich direkt vor sie, so nah, dass sie Schwierigkeiten hat, seine Augen zu fixieren. Immerhin erkennt sie, dass sein Blick hart ist. Undurchdringlich. Doch dahinter erahnt sie die Traurigkeit.

»Na, kommen Sie schon«, sagt Blumberg. »Trauen Sie sich!«

Nach ein paar Sekunden breitet sie die Arme aus, und Thomas macht es ihr nach. Ein gemeinsamer Schritt: ein halber von ihr, ein halber von ihm, dann spürt sie seinen Körper an ihrem. Alles ist ganz vertraut, aber zugleich ganz neu. Sie haben sich Tausende Male umarmt, aber es ist die erste getrennte Umarmung. Manon spürt Thomas' Anspannung. Sie hat das Gefühl, als wollte er sie am liebsten auf Abstand festhalten, mit ausgestreckten Armen von sich weg. Sie arbeitet dagegen und drückt sich umso stärker an ihn heran. Nach ein paar Sekunden nimmt seine Anspannung ab. Seine Hände – diese wunderschönen Hände, mit denen er alles, was er sagt, so formvollendet dirigiert – werden lebendig: Die Finger spreizen sich ein wenig, und von den Ballen her geben sie Wärme ab. Manon legt ihren Kopf an Thomas' Schulter und muss sich beherrschen, nicht zu weinen. Diese Blöße will sie sich nicht geben. Nicht hier. Nicht in diesem Moment. Nicht, nachdem Thomas sich ohne Vorankündigung von ihr getrennt hat.

Sie hört ein Geräusch, und aus den Augenwinkeln nimmt sie eine Bewegung wahr: Blumberg, der aufsteht und neben sie tritt. Seine Stimme ist ganz nah. Er selbst ist ganz nah. »Darf ich Sie berühren?«, fragt er. »Sie beide?«

»Ja«, hört sie sich sagen.

Ein wenig zeitversetzt hört sie von Thomas einen Laut, von dem sie nicht sagen kann, ob es ein Ja oder ein Nein ist. Aber für Blumberg scheint die Antwort eindeutig zu sein, denn kurz darauf ist eine dritte Hand auf ihrem Rücken. Und auf Thomas Rücken vermutlich auch.

»Ist das in Ordnung für Sie?«, fragt Blumberg.

Sie nickt. Thomas reagiert nicht.

»Wenn es sich falsch anfühlt, sagen Sie es, dann entferne ich mich wieder. Wenn es sich jedoch richtig anfühlt, dann versuchen Sie, sich fallen zu lassen ...« Thomas schweigt, Manon ebenfalls. Blumberg atmet ein paarmal tief ein und wieder aus. »Lassen Sie sich fallen!«, sagt er mit leiser Stimme. »Lassen Sie los!«

Manon hat das Gefühl, dass Blumberg den Druck mit seiner Hand ein wenig erhöht, und plötzlich spürt Manon, dass Thomas' Körper in Bewegung gerät. Er beginnt zu beben, zuckt. Und kurz darauf fühlt sie etwas Warmes, Feuchtes auf ihrer Schulter. Tränen.

Thomas weint.

In all den Jahren hat Manon Thomas nur ein einziges Mal weinen gesehen: Als sie die Katze, die er mit in die Beziehung gebracht hatte, einschläfern lassen mussten. Zwar hat Thomas immer wieder behauptet, er habe auch bei den Geburten geweint, aber Manon hat ihm nicht geglaubt. Es passt nicht zu ihm, in einem solchen Moment zu weinen.

Aber jetzt weint Thomas. All seine Muskeln sind angespannt. Manon spürt, wie er dagegen ankämpft. Wie er versucht, seine Tränen zu unterdrücken, es ihm aber nicht gelingt. Er zittert. Er zuckt. Und dann fallen noch mehr warme Tropfen auf ihre Schulter. Manon hat keine Ahnung, wie sie reagieren soll. Viele Jahre hätte sie sich eine solche Gefühlsregung von Thomas gewünscht, aber hier und jetzt findet sie darauf keine Antwort. Es ist, als ob ihr eigene Traurigkeit nicht mehr genug Raum hat neben Thomas' Weinen. Sie ist überfordert. Es ist ihr im wahrsten Sinne des Wortes zu viel.

Ein paar lange Minuten geht das so: Manon steht starr da. Sie spürt Blumbergs Hand, Thomas' Hände, Thomas' Tränen und das Beben seines Körpers. Dann löst Blumberg seine Hand von ihrem und vermutlich auch von Thomas' Rücken und tritt einen Schritt zurück, und sofort erstirbt das Weinen.

Kurz darauf lösen sie sich voneinander. Manon hat das Gefühl, dass der Impuls dazu von Thomas kam, aber es kann ebenso gut sein, dass sie es selbst war, die den Anstoß gegeben hat.

Sie steht verloren im Raum und starrt zu Boden.

»Schön, dass Sie sich beide darauf eingelassen haben«, sagt Blumberg. Er macht eine kurze Pause. »Ich wünsche Ihnen alles Gute für die Zukunft, wo auch immer Ihr Weg Sie hinführen wird.«

»Danke«, sagen Manon und Thomas fast wie aus einem Mund.

Es ist heller geworden, und der Wind hat ein wenig nachgelassen. Sie stehen nebeneinander auf der Kopfsteinpflasterstraße. Schon jetzt kommt Manon die Stunde bei Blumberg seltsam unwirklich vor. Thomas hat sich von ihr getrennt. Jedoch nicht so, wie man sich normalerweise trennt, sondern indem er verkündet hat, *sie* hätten sich beide getrennt, einvernehmlich. Blumberg hat ihnen zu dieser Entscheidung gratuliert und ihnen prophezeit, dass aus ihrer Verbindung etwas sehr Kostbares entstehen könnte. Dann hat er sie aufgefordert, sich ihren Dämonen zu stellen. Und schließlich hat er sie dazu aufgefordert, einander in den Arm zu nehmen, und Thomas zum Weinen gebracht.

Und jetzt? Was jetzt?

»Ich muss noch etwas aus dem Wagen holen«, sagt Thomas, als wäre es die Antwort auf die Frage, die Manon nicht gestellt hat.

»Aus dem Wagen?«, fragt sie.

»Ja«, antwortet Thomas.

»Okay«, sagt Manon.

»Bis später«, sagt Thomas, und ohne sie noch einmal anzuschauen, dreht er sich um und geht in Richtung Parkplatz.

Beim Mittagessen sitzt Manon allein am Tisch. Vor ihr steht ein Salat. Daneben ein halb leeres Glas Weißwein.

Offenbar ist es der Feuerwehr trotz all der Löschflugzeuge nicht gelungen, den Brand einzudämmen. In den Nachrichten ist davon die Rede, dass es so trocken und windig ist, dass eigentlich nur Regen helfen könnte. Den soll es morgen geben, laut ihrer App mit fünfzigprozentiger Wahrscheinlichkeit.

Das erste Mal, seit sie hier sind, herrscht auf der Terrasse eine aufgekratzte, energiegeladene Stimmung. Es ist, als ob die Paare sich bereitwillig auf die Ablenkung stürzen würden. Endlich keine egozentrische Nabel- und Beziehungsschau mehr, bei der sich die ganze Zeit alles nur im eigenen Gedanken- und Gefühlskreis dreht, sondern ein reales Feuer, das Rauchwolken über den

Himmel schickt und immer näher kommt. Alle sind im Austausch untereinander, über sämtliche Tischgrenzen hinweg. Jeder will etwas gehört haben. Unzählige Gerüchte sind in Umlauf: Am kommenden Tag soll die Straße wieder freigegeben werden. Der Ort soll evakuiert werden. In Paraiso gibt es nur noch Essen für einen Tag. Das Trinkwasser ist durch die Löschchemikalien verseucht worden. Die Regierung in Madrid hat vor, den nationalen Notstand auszurufen. Der Rauch ist giftig, und sie müssten eigentlich alle Masken tragen.

Zumindest sind dies die Punkte, die ihr die Französin am Nebentisch an der Schulter ihres Manns vorbei referiert, bevor sie zu jedem einzelnen Punkt ihre persönliche Meinung kundtut.

Seit der Sitzung bei Blumberg fühlt sich Manon seltsam leicht. Als ob etwas von ihr abgefallen wäre. Oder vielmehr: als ob ihr etwas abgenommen worden wäre, von dem sie sich selbst nicht befreien konnte.

In der Zwischenzeit war sie die ganze Zeit allein im Haus, Thomas blieb verschwunden. Schließlich war sie schon davon überzeugt, dass er sich ins Auto gesetzt und einfach losgefahren wäre, über den Parkplatz und dann mit quietschenden Reifen auf die Straße. Mit Vollgas an allen Absperrungen vorbei und durch das Feuer hindurch.

Doch als sie kurz darauf auf die Dachterrasse ging, um nachzuschauen, war das Auto noch da.

Beim Essen sind alle Tische besetzt, nur Airin und Adam und die beiden Österreicher fehlen. Und natürlich Thomas.

Nach dem zweiten Glas Weißwein schaut Manon auf ihr Handy, bestimmt das zwanzigste Mal in der letzten halben

Stunde. Jetzt, endlich, hat Léonie geschrieben. *Hey Maman. Oma hat mir erzählt, dass sie dir von unserem Streit erzählt hat. War ziemlich krass.* Aber ich hab ja immer gesagt, dass ich 'ne Schwester und keinen blöden Bruder will ;-). Egal. Inzwischen haben wir uns wieder vertragen. Macht euch also keine Sorgen.* Kein Wort zu ihrem Zusammenbruch. Kein Wort dazu, dass sie die Beziehungskrise ihrer Eltern nicht mehr aushält, genauso wenig wie ihr kleiner Bruder. Kein Wort davon, dass sie gesagt hat, dass sie nicht mehr leben will. Aber was erwartet sie? Dass Léonie schreibt: »Und? Habt ihr jetzt kapiert, dass eure *Beziehungsissues* uns kaputt machen?«

Dann könnte sie antworten: »Hey mein Schatz, du kannst stolz auf uns sein. Wir haben es endlich geschafft! Papa hat sich heute in unserer Paartherapiesitzung von mir getrennt. Und ich bin erleichtert. Danke für eure Unterstützung.«

Stattdessen schreibt sie nur: *Danke!* und schickt dazu ein Herz. Und dann: *Lasst es euch gut gehen.* Und dann: »Wir sehen uns bald!« Und schließlich: *Ich freu mich auf dich und auf euch!,* mit einem zweiten Herz.

Als Airin die Terrasse betritt, sind die beiden Franzosen längst gegangen. Auch viele der anderen Tische sind inzwischen leer. Vor Manon steht das vierte Glas Wein. Sie ist betrunken, und es kommt ihr so vor, als ob sich alles in einer guten Schwebe befindet, im Fluss.

Ohne Umschweife steuert Airin auf Manons Tisch zu und setzt sich. Ihr Rücken ist nicht gerade wie sonst, sondern rund. Sie sieht blass aus. Müde. Kein Strahlen in den Augen. Manon muss an die Sonnenbrille denken, die Airin gestern auf dem Parkplatz getragen hat.

»*Hej*«, sagt Airin.

»Hi«, sagt Manon.

»Ich hatte gehofft, dass du hier bist. Oder eigentlich ihr … Wo ist Thomas?«

»Er … hatte keinen Hunger.«

»Verstehe …«

»Und Adam?«

»Wir …« Sie unterbricht sich und schüttelt den Kopf. Sie beugt sich nach vorn. »Hast du vielleicht eine Sekunde?«

»Klar.«

Die gute Schwebe kippt. Aber es macht nichts. Der Alkohol schützt sie, und damit er sie auch weiterhin schützt, nimmt sie noch einen großen Schluck.

»Gut«, sagt Airin. Einen Moment lang schließt sie die Augen, wie um sich zu sammeln. Dann holt sie tief Luft und beugt sich noch weiter nach vorn.

»Ich glaube, dass wir das Feuer verursacht haben«, sagt sie fast flüsternd.

Manon hat auf einmal das Gefühl, neben dem Tisch zu stehen und die Szene von außen zu beobachten. Wie Airin vor ihr sitzt und sie ihr gegenüber und sie anstarrt.

»Ihr?«, fragt sie.

»Ja«, antwortet Airin.

»Wie ist das passiert?«, hört Manon sich fragen.

Airin schüttelt den Kopf. Schließt erneut die Augen. Öffnet sie wieder. Obwohl inzwischen nur noch ein Tisch am anderen Ende der Terrasse besetzt ist, ist ihre Stimme nach wie vor so leise, dass Manon Mühe hat, sie zu verstehen. »Es war, kurz nachdem ihr gegangen seid. Wir saßen dort oben auf der Felsenterrasse und hatten eine unserer leidigen Diskussionen. Lebensgestaltung. Verbindlichkeit in der Beziehung. Sex mit anderen. Familie. Kinder. Das übliche Blabla. Ich habe versucht, Adam meinen Standpunkt zu erklären. Dass ich keine Mutter sein möchte und frei bleiben will. Aber Adam hat nicht zugehört. Er hat sich die Ohren zugehalten und ›No Woman No Cry‹ gesungen. Dann hat er den Joint zwischen seine Fingerknöchel gesteckt, die Augen geschlossen und provokativ daran gezogen, während er weitergesummt hat. Und da habe ich ...« Sie unterbricht sich und schüttelt den Kopf.

»Was?«, fragt Manon, obwohl sie es längst weiß. Aber sie will es von Airin hören.

Airin atmet ein, hebt den Kopf und öffnet die Augen. »Ich habe ihm den Joint zwischen den Fingern herausgezogen und runter in den Wald geworfen.«

»Oh«, hört Manon sich sagen.

»Es war eine .... Kurzschlussreaktion.«

Weil sie nicht weiß, was sie sagen soll, nimmt Manon einen Schluck Wein.

»Wir sind sofort runter und haben alles abgesucht«, sagt Airin. »Aber wir waren ja immer noch drauf. Keine Ahnung, ob das der Grund war, aber wir haben ihn nicht gefunden. Ich habe gesagt, dass schon nichts passieren wird. Dass der Joint bestimmt irgendwo verglimmt ... Aber Adam war ziemlich besorgt deswegen und hat noch mindestens eine halbe Stunde weitergesucht. Vergeblich ...«

Sie macht eine Pause. Manon spürt, dass es jetzt eigentlich richtig wäre, etwas zu fragen. Aber alles, was ihr als mögliche Frage einfällt, kommt ihr sinnlos vor.

Airin schüttelt den Kopf. »Jedenfalls haben wir uns ...« Sie unterbricht sich und setzt noch einmal neu an. »Irgendwie haben wir uns dann gegenseitig beruhigt. Wir haben uns gesagt, dass schon nichts passieren wird. Dann haben wir eine Line Koks gezogen und sind runter zum Strand.«

Sie macht eine Pause. Einen Moment lang sitzt sie ganz starr. Schüttelt dann erneut den Kopf. »Ich hätte nie gedacht, dass man mit so wenig Glut einen solchen Brand auslösen kann …«

Manon hat wieder ihren Traum vor Augen. Adam, der von dem Felsen springt.

Come on, it's fun!

Aber die Angst ist verschwunden.

»Und jetzt?«, fragt sie.

»Wir haben uns deswegen gestern den ganzen Abend gestritten. Adam will noch abwarten, aber ich denke, wir sollten der Polizei Bescheid geben … auch wegen euch …«

»Wegen uns?«

»Ja. Bestimmt hat eine der Drohnen euer Auto an der Strandpromenade gefilmt. Euer Kennzeichen.« Airin schüttelt langsam den Kopf. »Vor nicht allzu langer Zeit hat ein Deutscher dreieinhalb Jahre Haft dafür bekommen, dass er Klopapier im Wald verbrannt hat. Gar nicht weit von hier. Fahrlässige Brandstiftung …«

»Dreieinhalb Jahre?«, fragt Manon. Ihr Wein ist inzwischen leer. Sie hat das Gefühl zu lallen, aber am liebsten hätte sie noch ein fünftes Glas.

Airin nickt. »Und dazu noch eine Entschädigung in Millionenhöhe. Die spanische Rechtsprechung ist ziemlich hart.«

Manon schnappt nach Luft. Nun ist ihr Alptraum endgültig Realität geworden. Und vielleicht sogar noch schlimmer. Der Wald brennt. Airin und Adam haben ihn vermutlich angezündet, und dafür drohen ihnen womöglich mehrere Jahre Gefängnis. Und Thomas und sie sind mitschuldig, zumindest in moralischer Hinsicht: Hätten sie nicht gemeinsam Drogen genommen und wären sie nicht zusammen zum Strand gefahren, wäre all das nicht passiert.

Erstaunlicherweise bleibt sie trotzdem ruhig. All das ist schrecklich, erschütternd, aber es macht ihr keine Angst. Sie weiß nicht, ob es an dem Wein liegt oder daran, dass ihre Gefühlsrezeptoren in den vergangenen Tagen einfach überstrapaziert wurden und auf keine Schwingung mehr ansprechen. Oder ob es einfach nur der Trennungsschock ist: Ihre Angst ist verschwunden.

»Verdammt«, sagt sie zu Airin.

Airin nickt. Sie holt eine Packung Zigaretten hervor und ein Streichholzheftchen.

»Ich nehme noch einen Wein«, sagt Manon. »Du auch?«

»Ja«, sagt Airin. »Wein ist gut ...«

Manon lächelt und winkt der Bedienung.

Thomas

Zwanzig

Thomas erwacht im Halbdunkel. Er liegt auf dem Bauch. Sein Nacken schmerzt. Fahles Licht sickert durch die Ritzen der geschlossenen Fensterläden, die im Wind klappern. Alles an ihm und in ihm fühlt sich verklebt an.

Draußen dämmert es. Aber er kann beim besten Willen nicht sagen, ob es sich dabei um die Abend- oder die Morgendämmerung handelt. Im Haus ist es still. Er tastet nach seinem Handy, aber es liegt nicht an dem üblichen Platz auf dem Nachttisch. Im selben Moment erinnert er sich, dass er es nach dem Telefonat mit seiner Mutter in der Küche gelassen hat.

Noch immer spürt er die Nachwehen der Droge. Hitzewellen, empfindliche Haut und ein Gehör, das einzelne Geräusche filtert und verstärkt. Dann wieder gar nichts. Scheinbare Normalität.

Nach dem Gespräch mit seiner Mutter wollte er sich kurz hinlegen.

Kurz.

Eigentlich.

Als er in sein Zimmer gegangen ist, war es halb fünf. Dann ist es jetzt entweder ungefähr sieben Uhr abends oder sechs Uhr morgens, und er hat gute zwei oder gute dreizehn Stunden geschlafen.

Er versucht sich zu bewegen, aber es geht nicht. Es ist unvorstellbar für ihn aufzustehen. Die Decke von seinem Körper zu werfen, sich aufzurichten, die Füße auf den Boden zu stellen, die Knie durchzudrücken, sich hochzustemmen und dann hinunterzugehen, um das Handy zu holen. Genauso unvorstellbar ist es, das Fenster und die Läden zu öffnen.

Am liebsten würde er nie mehr aufstehen. Sich nie wieder bewegen. Nicht einmal mehr atmen. Seinen Körper ausschalten, vor allem auch seinen Kopf. Seine Gedanken, seine Gefühle.

Léonie hat gesagt, sie will nicht mehr leben, und Noah hat Angst vor ihm. Vermutlich haben beide Angst vor ihm.

Was kann es Schlimmeres geben?

Er hat versagt. Als Vater, Ehemann und Mensch. Er hat es nicht geschafft, seine Kinder zu beschützen. Die Kinder leiden unter ihnen, und das bedeutet, dass sie vor allem unter ihm leiden, da er derjenige ist, mit dem sie die meiste Zeit verbringen.

Im Alltag gibt sich Thomas Mühe, Léonie und Noah einen festen Halt zu geben, eine Struktur, einen Plan, an dem sie sich orientieren können. Er will ihnen ein Gegengewicht zu Manons Haltlosigkeit bieten, und nebenbei versucht er alles aufzufangen und in geordnete Bahnen zu lenken: Noahs Probleme in der Schule, Léonies Pubertät, die Handyzeiten, die Computerspielzeiten, die Hausaufgaben, die Elternabende, Léonies Klavierstunden, Noahs Basketballtraining, Freunde treffen. Zähne putzen, Kieferorthopäden-Termine koordinieren und sie dann am Wochenende dazu bringen, mit in die Uckermark zu fahren.

Gut möglich, dass er es manchmal übertreibt. Dass er zeitweise zu streng ist. Aber was soll er machen, wenn von Manon in dieser Hinsicht gar nichts kommt? Wenn sie entweder äußerlich oder innerlich abwesend ist? Wenn sie sich entweder auf irgendwelchen Ausstellungsreisen befindet oder sich in immer neue apokalyptische Ängste verstrickt?

Innerlich hat Thomas sich meist damit beruhigt, dass es bestimmt bald besser werden würde. Dass sie nur ihre Beziehungsprobleme in den Griff bekommen müssten, dann würde er wieder der Vater werden, der er einmal war. Der Vorzeigevater, der alles hinbekommt – und noch ein bisschen mehr als das.

Aber währenddessen hat er offenbar nicht bemerkt, dass ihm alles immer stärker entglitten ist und seine Kinder unter ihm leiden. Sie leiden unter ihm! Unter ihrem Vater! So wie er unter seinem Vater gelitten hat.

Und nun sind es schon fünf Jahre seit der Krebsdiagnose. Fünf Jahre, seitdem sie auf der falschen Spur sind.

Ihm wird klar, dass fünf Jahre für Léonie und Noah ein vollkommen anderer Zeitraum sind als für ihn als Erwachsenen. Vermutlich können sie sich kaum noch daran erinnern, dass er einmal anders war.

Unten schlägt die Haustür zu, kurz darauf hört Thomas Schritte auf der Treppe. Manon. Also muss es sieben oder halb acht Uhr abends sein. Seit sie während des Mittagessens mit dem Handy am Ohr aus seinem Blickfeld verschwunden ist, hat er sie nicht mehr gesehen. Hat sie denn immer noch nicht geschlafen? Wo war sie die ganze Zeit? Oder war sie zwischendurch kurz da?

Nun sind die Schritte im Flur. Sie nähern sich. Dann ist es still. Thomas hat sich umgedreht. Er liegt dem Flur zugewandt auf der Seite und starrt auf die Tür. Es herrscht eine beinahe unheimliche Stille. Er lauscht, aber er hört nichts mehr. Er sieht auch kein Licht im Flur. Ein paar Sekunden scheint alles in völligem Stillstand zu verharren. Dann sieht er eine Bewegung: die Tür, die sich langsam öffnet, dazu ein leises Knarren, als Manon ihr Gewicht verlagert.

Thomas schließt die Augen. Er kann jetzt nicht mit ihr sprechen. Nicht, nachdem sie ihn allein auf der Terrasse hat sitzen lassen. Und schon gar nicht, nachdem er mit seiner Mutter telefoniert und alles erfahren hat. Er will einfach nur hier liegen und sich nicht bewegen. Sterben. Oder nein, nicht sterben, sondern tot sein, ohne Übergang.

Er hört ein leises Quietschen. Dann nichts mehr. Offenbar steht Manon in seinem Zimmer in der halb geöffneten Tür und beobachtet ihn. Er gibt sich Mühe, tief und regelmäßig zu atmen. Den Anschein zu erwecken, als schliefe er. Aber er schläft nicht. Sein Herz schlägt ihm bis in den Hals und die Schläfen. Es kommt ihm ein seltsamer Gedanke, der wie eine paradoxe Intervention seines Inneren ist: Er fragt sich, wie es wäre, wenn Manon sich jetzt zu ihm legen würde. Wenn sie ganz nah an das Bett herantreten, die Decke zur Seite schlagen, über ihn klettern und sich an seinen Rücken schmiegen würde. Wenn endlich einmal eine Bewegung von ihr erfolgen würde. Eine Bewegung auf ihn zu.

Er hat das Gefühl, dass dann alles möglich wäre.

Die Chance für einen wirklichen Neuanfang.

Wie lange ist es her, dass sie ihm gezeigt hat, dass sie ihn liebt? Als Mann, als Partner und nicht nur als Fels in ihrer Angstbrandung? Wie lange ist es her, dass sie ihm gezeigt hat, dass sie ihn begehrt? Er kann sich kaum noch daran erinnern. Neulich, während der Sunrise Experience, da war es so. Aber das war die große Ausnahme. Es war das erste und einzige Mal seit vielen Jahren, nicht erst seit ihrer Krebserkrankung. Immer war er derjenige, der auf sie zugekommen ist. Der den ersten Schritt gemacht hat. Viele Jahre hat diese klassische Rollenverteilung gut funktioniert. Denn es waren nicht nur Rollen, die sie gespielt haben, sondern sie entsprachen ihrer Persönlichkeit. Er bewegte sich auf sie zu, und sie nahm diese Bewegung auf. Doch seit Manons Erkrankung ist dieses bewährte Muster außer Kraft gesetzt. Und nun, nach inzwischen mehr als fünf Jahren, in denen er sich immer wieder gegen ihren Widerstand auf sie zubewegt hat, während sie sich immer weiter von ihm wegbewegte, müsste sie endlich einmal wieder die Initiative ergreifen. Einen Schritt machen. Eine klare Entscheidung treffen. Anders wird sich die Verkrampfung zwischen ihnen nicht lösen. Nicht heute, nicht morgen und auch nicht übermorgen. Und keine Beziehungstherapie der Welt wird sie und ihre Familie retten.

Eine ganze Weile hört Thomas nur seinen eigenen Atem eingebettet in die Stille. Dann ist da auf einmal etwas anderes. Etwas, das er im ersten Moment nicht einordnen kann. Ein zweites Atmen, aber viel unregelmäßiger als sein eigenes. Es ist Manon. Und dann erkennt er, dass Manon weint. Sie steht vor seinem Bett, beobachtet ihn im Schlaf – oder bei dem, was sie für seinen Schlaf hält – und weint.

Und wieder kommt die Wut. Am liebsten würde Thomas aufspringen und sie packen und schütteln, genau so, wie er Léonie manchmal schüttelt, wenn sie auf stur schaltet. Was ist los mit ihr? Warum kennt sie nur diese eine Bewegung? Warum wählt sie immer nur den Weg in die Angst? In die Traurigkeit? In die Verzweiflung? In die Vermeidung? Warum kann sie nicht einmal etwas anderes ausprobieren? Einen Schritt über ihren Schatten machen?

Mindestens zwei Minuten lang lauscht er ihrem unterdrückten Weinen, während er sich weiterhin größte Mühe gibt, trotz seiner Wut ruhig und regelmäßig zu atmen. Dann hört er das leise Knarzen der Dielen und kurz darauf, wie die Tür ganz vorsichtig ins Schloss gezogen wird.

Als Thomas das nächste Mal erwacht, ist erneut Dämmerung. Diesmal muss es der Morgen sein. Der Fensterladen klappert noch immer, der Wind ist stärker geworden. Draußen auf der Straße sind Stimmen zu hören. Jemand ruft etwas.

Sofort ist dieses Sackgassengefühl wieder da. Das Gefühl der völligen Ausweglosigkeit. Sie sind am Ende. Er und Manon. Léonie. Noah. Sie als Familie. Die Idee, dass sie es gemeinsam schaffen können, existiert nicht mehr.

Die Stimmen draußen werden lauter. Er schließt kurz die Augen, dann zwingt er sich hoch, öffnet das Fenster, wobei er mit Kraft gegen eine Windböe andrücken muss. Er befestigt die Fensterläden mit einem Haken an der Außenwand. Unten auf der Straße steht Emilia mit der neurotischen Holländerin, die mit Anfang dreißig wirkt wie Mitte vierzig, was vermutlich mit den Botox-Behandlungen zu tun hat, die ihr Gesicht wie eine Maske erscheinen lassen. Wie auch beim Essen und bei den Gruppenzusammenkünften spricht sie laut und untermalt alles, was sie sagt, mit theatralischen Gesten. Aber heute ist sie nicht nur laut, sondern zudem aufgeregt.

»Aber die können doch nicht einfach die Straße sperren! Ich will hier weg! Wir alle wollen hier weg!«

Emilia versucht offenbar sie zu beruhigen. Aber da sie deutlich leiser spricht, hört Thomas nichts von dem, was sie sagt.

Erst jetzt hebt Thomas den Blick. Der Himmel ist bedeckt, genau wie schon gestern Nachmittag. Aber im Süden, in Richtung Meer, ist eine dunkle Wolke zu sehen. Ist das Rauch? Er atmet durch die Nase. Es riecht verbrannt. Die Straßen sind gesperrt. Die neurotische Holländerin wirkt panisch. Zusammengenommen heißt das wohl: Der Wald brennt.

Emilia und die Holländerin gehen in Richtung Kirche. Die Rauchwolke – wenn es eine war – ist schon wieder verschwunden.

Alles, was an diesem Tag folgt, kommt Thomas seltsam unwirklich vor. Das Schwimmen, das Gespräch mit einer sichtbar blassen Emilia über den Waldbrand und die gesperrten Straßen. Das erneute Telefonat mit seiner Mutter, die seltsame Begegnung mit Manon im Hausflur, bei der sie sich angesichts des Streits zwischen den Kindern ganz anders verhält als vermutet – gefasst, beinahe cool. Und bei alldem verspürt Thomas dieses Gefühl der Leere.

Es folgt die Stunde bei Blumberg. Er kommt sich vor wie ein Verräter. Doch als er es ausgesprochen hat – »Wir haben uns getrennt!« –, fühlt sich das Wir nicht nur richtig an, sondern auch wahr. Manon hätte die Trennung abwenden können. Aber statt sich zu ihm zu legen, ist sie vor dem Bett stehen geblieben und hat geweint.

Also haben sie sich getrennt. Es ist vorbei, und sie wissen es beide.

Doch auch hier erstaunt Manon ihn wieder. Blumberg gegenüber gibt sie sich keine Blöße, auch ihnen beiden gegenüber nicht, als Paar. Wie immer versucht Blumberg, nur das Gute zu sehen, und da es eigentlich nichts Gutes mehr gibt, liegt das Gute nun eben in ihrer Trennung. Er vertraut ihnen an, dass er in den kommenden Tagen vermutlich nicht mehr da sein wird, und ohne es genau benennen zu können, beschleicht Thomas wieder dieses seltsame Gefühl des großen Betrugs. Alle stecken unter einer Decke. Alle wissen mehr als sie. Sie sind nur zwei Figuren in einem Spiel.

Dann, endlich, steuert die Stunde auf ihr Ende zu. Doch statt sie in ihr neues Leben zu entlassen, bittet Blumberg sie – gewissermaßen als ein Abschiedsgeschenk –, dass sie einander in den Arm nehmen. Plötzlich kippt alles. Am liebsten würde Thomas aufstehen und gehen. Gerade eben hat er sich von Manon getrennt – nach zwanzig gemeinsamen Jahren! –, und sicherlich wäre es jetzt das Beste, sie ein paar Wochen nicht zu sehen, einfach nur, um diesem Schritt eine Konsequenz folgen zu lassen. Aber natürlich ist das nicht möglich: Sie sind hier gefangen. Der Wald brennt. Die Straßen sind gesperrt. Und wenn sie nicht mehr gesperrt sind, müssen sie irgendwie nach Heidelberg kommen – getrennt oder zusammen. Sie müssen die Kinder abholen. Sie müssen gemeinsam mit ihnen sprechen. Und dann müssen sie gemeinsam ihre getrennte Zukunft planen.

Aber es ist eine Sache, aus verschiedenen Gründen auch nach der Trennung weiter miteinander zu tun zu haben, und eine ganz andere, sich direkt nach der Trennung auf Anweisung des Therapeuten vor dessen Augen in den Arm zu nehmen.

Er entscheidet sich für den Weg des geringsten Widerstands. Mitmachen. Es hinter sich bringen. Diesen letzten Schritt noch gehen, um es endlich abzuschließen. Also steht er auf und tut, was Blumberg von ihm verlangt.

Es fühlt sich vertraut an. Genau so hat Thomas Manon unzählige Male im Arm gehalten, vor allem in den letzten fünf Jahren, wenn sie Angst hatte. Beruhigend. Beschützend. Väterlich.

Doch dann ist da Blumberg, der fragt, ob er ihnen die Hand auf den Rücken legen darf. Thomas sagt »Nein«, aber es kommt nur ein Laut aus ihm heraus, den Blumberg offenbar als ein Ja auffasst.

Und im selben Moment ist da eine dritte Hand. Und diese Hand ist ganz anders als Manons Hände. Es ist eine große Männerhand, und sie möchte nichts von ihm. Sie will nicht beruhigt werden, sondern sie liegt auf seinem Rücken, um *ihn* zu beruhigen. *Ihn* zu beschützen. Sie sagt: Du musst keine Angst haben. Es ist alles gut.

Thomas versucht gegen die Tränen anzukämpfen. Aber es gelingt ihm nicht. In diesem Moment löst sich alles, bricht aus ihm heraus. Die Zeit mit den Kindern. Seine eigene Kindheit. Die Anspannung. Die Liebe. Die Wut. Und die Zeit mit Manon, die nun zu Ende geht.

Nach der Stunde muss er allein sein. Er verlässt den Ort und überquert den Parkplatz. Er setzt sich ins Auto. Er schaltet die Klimaanlage ein und stellt die Lehne zurück. Eine Ewigkeit starrt er durch die Windschutzscheibe in die Wipfel der Korkeichen. Dann schließt er die Augen und hört Musik. Ein Medley ihrer ersten Beziehungsjahre: Radiohead. The Kills. Feist. The Strokes. Franz Ferdinand. Und wieder Radiohead. Er versucht, dem Gefühl nachzuspüren, das er gerade in der Sitzung hatte, aber es gelingt ihm nicht. Er fühlt sich leer. Also macht er die Musik aus und schaut weiter in die Bäume, die sich im Wind wiegen, so lange, bis ihm die Augen zufallen und er einschläft.

Als er zurückkommt, ist es bereits Nachmittag. Manon sitzt im Steingarten zwischen den Kakteen. Bereits auf den ersten Blick erkennt er, dass sie betrunken ist. Die Art, wie sie die Beine hochgelegt hat. Wie sie den Kopf dreht. Und dazu ihre Augen, die einen glasigen Schimmer haben.

»Da bist du ja«, sagt sie. Ihre Stimme ist belegt, die Konsonanten verschwimmen mit den Vokalen. »Ich muss dir etwas sagen ...« Sie lallt.

»Was?«

»Das Feuer«, sagt Manon. »Ich meine, der Waldbrand ...«

»Was ist damit?«, fragt er. Er hat sich ihr gegenüber hingesetzt. Er riecht Weißwein. Außerdem Nikotin. Teer. Ein halbes Jahr lang musste er sich ihre Selbstvorwürfe anhören – »Ich bin selbst schuld an meinem Krebs. Wie konnte ich nur so lange rauchen!« –, und nun, ein paar Jahre später, fängt sie wieder an. Es ist in höchstem Maße irrational. Es ist ein Affront. Aber es geht ihn nichts mehr an.

»Airin und Adam ...«, sagt sie. »Airin sagt, es kann sein, dass sie schuld sind.«

»Du meinst an dem Feuer?«, fragt er, nur um sicherzugehen.

»Ja ... Sie haben sich gestritten ... Und dabei hat Airin Adam den Joint aus der Hand genommen und von der Felsenterrasse geworfen ...«

Es hat Manon sichtlich Mühe gekostet, diesen Satz zu sagen. Vielleicht ist das auch der Grund, warum sie es jetzt auf Französisch versucht: »*C'est terrible. Il se peut qu'ils aillent en prison pour cela* ...« Aber das Lallen wird dadurch nicht besser.

Thomas weiß nicht, was er sagen soll. Noch vor ein paar Tagen hätte er vermutlich versucht, Manon zu beruhigen. Er hätte so etwas gesagt wie: Es muss nicht sein, dass sie schuld sind. Und wenn sie schuld sind, ist nicht gesagt, dass sie dafür ins Gefängnis müssen. Und all das hätte er nur für sie gesagt, ganz unabhängig von dem, was er selbst darüber denkt. Aber das sind ihre alten Rollen. Und die greifen nun nicht mehr.

Am meisten wundert er sich darüber, dass Airin und Adam sich gestritten haben. Es passt überhaupt nicht zu dem Bild, das er von den beiden hat. Aber dann kommt ihm ein interessanter Gedanke: Was, wenn Airin und Adam nur unter anderen Menschen funktionieren? Wenn sie genau deswegen eine offene Beziehung führen? Wenn das der Grund ist, warum sie hier sind? Und auch der Grund, warum sie sich an Manon und ihn herangeworfen haben?

»Was sagst du dazu?«, fragt Manon.

»Wozu?«, fragt er.

»Dass Airin und Adam an dem Feuer schuld sind.«

»Was soll ich dazu sagen?«, sagt Thomas. »Jetzt brauchen sie erst mal einen guten Anwalt …«

»Ja …«, sagt Manon und nickt dazu, als ob sein Kommentar eine ganz neue Dimension eröffnet. »Drei Jahre ist ein Deutscher wegen einer ähnlichen Sache ins Gefängnis gekommen. Drei Jahre! Und dazu musste er eine Millionen…ent…schädigung zahlen …« Sie stolpert über das Wort, verheddert sich darin. Dann schüttelt sie den Kopf. »Ich bin müde«, sagt sie.

»Du bist betrunken«, sagt Thomas. Er gibt sich Mühe, es nicht tadelnd klingen zu lassen. Und offenbar gelingt es ihm. Denn Manon nickt erneut.

Sie schweigen. Zwischen ihnen entsteht ein großer, leerer Raum. Thomas wartet darauf, dass Manon etwas zu der Sitzung bei Blumberg sagt. Zu seiner überfallartigen Trennung. Vielleicht sogar zu seinen Tränen. Aber sie scheint mit ihren Gedanken ganz woanders zu sein. Oder der Alkohol überdeckt alles.

Wie sie so dasitzt, wirkt sie vollkommen verloren. Am liebsten würde er sie in den Arm nehmen, aber jetzt ist nicht der richtige Zeitpunkt. Wird dafür jemals wieder der richtige Zeitpunkt sein? Er weiß es nicht, und das macht ihn traurig.

»Bis zum Abendessen lege ich mich noch ein bisschen hin«, sagt Thomas.

»Das werde ich auch tun«, sagt Manon. Sie bleibt jedoch genau so sitzen wie zuvor und macht keinerlei Anstalten aufzustehen.

Erneutes Schweigen.

»Okay …«, sagt Thomas schließlich. »Dann bis später.« Ein wenig ungelenk hebt er die Hand zum Abschied. Dann schiebt er seinen Stuhl nach hinten und streckt die Beine durch.

Einundzwanzig

Der Himmel ist noch dunkel, aber Thomas ist schon unterwegs. Er hat sich den Wecker gestellt, ist leise die Treppe heruntergegangen und hat seinen Rucksack gepackt: zwei Flaschen Wasser, drei belegte Brote, zwei Äpfel, zwei Orangen, ein paar Müsliriegel, eine Taschenlampe, seinen Kompass und seine Leica M11. Für den Fall, dass die Wettervorhersage recht behält, hat er sogar eine Regenjacke eingepackt.

Auf Zehenspitzen ist er durch den Flur geschlichen und hat die Tür hinter sich zugezogen. Über das Kopfsteinpflaster ist er zum Nordtor gegangen, durch das Tor in den Wald.

Gestern Abend vor dem Einschlafen hat er gespürt, dass er dringend wegmuss. Weg von diesem Ort mit seinen seltsamen Regeln. Weg von Blumberg. Weg von Emilia. Weg von Airin und Adam. Weg von der Restaurantterrasse, von der Kirche, der Dorfmauer und dem Parkplatz. Und nicht zuletzt weg von Manon.

Seit er sie gestern Nachmittag betrunken auf der Terrasse zurückgelassen hat, hat er sie nicht mehr gesehen. Erst war er in seinem Zimmer, dann sie in ihrem. Er hat sie nur noch gehört. Ihre Schritte, das Wasser im Bad, das Schlagen der Tür.

Die Leere, die er am Vortag verspürt hat, ist den Abend über noch größer geworden, und je mehr Zeit verging, desto unwirklicher kam ihm alles vor. Als er mitten in der Nacht aufgewacht ist, war er kurzzeitig davon überzeugt, die vergangenen sechsunddreißig Stunden nur geträumt zu haben: der Anruf seiner Mutter auf der Terrasse, Manons Verschwinden, Manon, die vor seinem Bett stand, während er so getan hat, als ob er schläft, das Aufwachen am Morgen, das Feuer und seine Entscheidung, sich von Manon zu trennen.

Er ist noch immer verwirrt.

Manons Reaktion auf seinen Satz bei Blumberg war das genaue Gegenteil von allem, was er sich hätte vorstellen können – Wut, Trauer, Verzweiflung, Unverständnis, Anklage, Hysterie. Manon ist ruhig geblieben. Beinahe unterkühlt. Sie hat die Fassung bewahrt, vor ihm und vor Blumberg.

Es wirkt, als ob sie das Ende ihrer Beziehung tatsächlich akzeptiert hat. Als ob sie versteht, dass es unausweichlich ist – und vielleicht sogar noch mehr: Womöglich ist er ihr mit seinem Satz nur zuvorgekommen, und wenn er diesen Schritt nicht vollzogen hätte, hätte sie es getan.

Dieser Gedanke beunruhigt ihn. Er weiß nicht, wie es andersherum gewesen wäre. Ob er es auch so ruhig hingenommen hätte. Ob es ihm ebenfalls gelungen wäre, Blumberg gegenüber so zu tun, als ob er Bescheid wüsste. Vermutlich nicht. Nein, nicht nur vermutlich, ganz bestimmt nicht.

Abgesehen davon traut er dem Frieden nicht. Er kennt Manon. Bei ihr ist alles möglich. Vielleicht ist es nur die Ruhe vor dem Sturm. Vielleicht ist sie ein paar Tage ganz vernünftig und dreht dann plötzlich durch. Oder sie bekommt Alpträume oder Panikattacken, die aus einer ganz anderen Quelle zu stammen scheinen, die aber ihren wirklichen Ursprung in der Trennung haben. Es würde ihn nicht wundern. Womöglich war ihr Trinken und ihr Rauchen am Vortag – sie hat tatsächlich geraucht, nachdem sie das Rauchen fünf Jahre lang als die Hauptursache für ihren Krebs verteufelt hat – schon ein erster Vorbote.

Und aus all diesen Gründen braucht er Abstand. Einen ganzen Tag lang Ruhe. Er muss sich sammeln. Erst danach wird er sich mit Manon hinsetzen und die getrennte Zukunft besprechen können.

Und auch die Planung der kommenden Tage wird vielleicht schon bald besser möglich sein: Die Wettervorhersage prophezeit für den Abend Gewitter mit Starkregen, was laut Feuerwehr die einzig echte Perspektive ist, den Waldbrand in den Griff zu bekommen.

Bevor Thomas aus dem Haus geschlichen ist, hat er Manon einen Zettel geschrieben und auf den Küchentisch gelegt: »Mache eine kleine Tour in Richtung Norden. Bin gegen Abend wieder da.« Der erste Zettel seit bestimmt fünfzehn Jahren. Auch hier hat es sich komisch angefühlt, keinen Bezug zu ihrer Situation zu nehmen und stattdessen so zu tun, als sei alles wie immer. Aber hat nicht Manon genau das Gleiche gemacht, als sie gestern bei Blumberg waren? Wir haben uns getrennt, na klar, ich wusste nur nicht, dass wir es schon erzählen. Vielleicht ist genau das ihr gemeinsamer Weg: Als sie noch zusammen waren, haben sie alles ausgesprochen und ausdiskutiert – nicht zuletzt während ihrer unzähligen Coaching-Sitzungen –, so lange, bis sie ihre eigenen Stimmen nicht mehr hören konnten. Jetzt, wo sie getrennt sind, tauschen sie nur noch das Nötigste miteinander aus.

Ganz bewusst hat Thomas sein Handy im Flugmodus gelassen. Er will die Kanäle, die sie in den vergangenen Jahren benutzt haben, kappen. Er will allein sein. So wie am Strand, nachdem sie Sex hatten und er über die Klippen geklettert ist, aber diesmal ohne die Verpflichtung, wieder zurückkehren zu müssen.

Es ist noch kühl, auch durch den Wind, der im Vergleich zum Abend wieder ein wenig stärker geworden ist. Es dämmert, aber der Himmel ist diesig. Soweit er es beurteilen kann, sind es keine Wolken, sondern der Rauch. Das Feuer ist inzwischen so groß und nah, dass die Umgebung rötlich schimmert.

Bevor er sich in die Küche geschlichen hat, ist er auf die Dachterrasse gegangen, von wo aus er für einen Moment in der Dunkelheit die Flammen erkennen konnte: ein orangerotes Pulsieren in der Ferne.

Kaum hat er den ersten Hügel erklommen, spürt er die innere Freiheit. Es ist ein Gefühl, das er sich, seit er mit Manon zusammen ist, nur selten zugestanden hat. Immer wenn er für ein paar Tage beruflich unterwegs war, war er in Gedanken bei ihr. Er machte sich Sorgen, ob sie zurechtkam. Ob sie es schaffte, den Alltag zu bewältigen. Sie verlor Schlüssel. Parkte das Auto im absoluten Halteverbot. Sie bezahlte keine Rechnungen. Verlegte Briefe. Vergaß wichtige Termine. Versäumte gemeinsame Verabredungen. Weil ihr all das nicht wichtig war. Weil ihr nichts wichtig war bis auf ihre Kunst.

Nachdem die Kinder da waren, wurde es noch schlimmer, weil folgenreicher. Als er vor einigen Jahren bei einem Shooting in London war, klingelte sein Handy: der Kindergarten. Es war kurz nach fünf am Nachmittag – Feierabend für die Erzieherinnen. Aber Noah war noch nicht abgeholt. Manon hatte Thomas gesagt, dass Léonie mit zu einer Schulfreundin gehen und von deren Mutter vom Hort abgeholt würde, aber von Noah hatte sie nichts gesagt. Thomas rief Manon an. Er erreichte sie nicht. Er rief im Kindergarten an und schilderte die Situation. »Ich bin in London«, sagte er. »Ich kann nichts machen.«

»Habt ihr denn irgendjemand anderen, der Noah abholen kann?«, fragte die Erzieherin.

»Nein, leider nicht …«

Es folgte ein unangenehmes Schweigen. »Okay …«, sagte die Erzieherin schließlich. »Dann müssen wir hier eine Lösung finden.« Thomas hörte den Unmut in ihrer Stimme. Den Subtext, den sie mitschickte: Den ganzen Tag haben wir auf euer Kind aufgepasst, von 9 Uhr morgens bis 17 Uhr abends. Aber nun wollen wir Feierabend machen. Und du bist in London, und Manon ist verschwunden. Wie stellt ihr euch das vor?

Die Lösung bestand darin, dass eine der Erzieherinnen, die nicht weit vom Kindergarten entfernt wohnte, Noah mit zu sich nach Hause nahm.

Eine halbe Stunde später erreichte Thomas Manon endlich. Es war bestimmt der fünfzehnte Versuch.

»Warum hörst du dein Handy nicht?«, fragte er.

»Ich hatte Musik an.«

»Wo bist du?«

»Im Atelier.«

»Du hast Noah nicht abgeholt!«

»Noah? Aber … ich hole ihn doch gleich. Ich habe heute Morgen Bescheid gesagt, dass ich ihn wahrscheinlich bis fünf dortlasse. Du weißt doch, meine Ausstellung. Es ist noch so viel zu tun.«

»Gleich? Was meinst du mit gleich? Es ist 17:30 Uhr! Der Kindergarten hat seit einer halben Stunde zu!«

Es stellte sich heraus, dass die Uhr im Atelier noch auf Winterzeit gestellt war. Und das, obwohl es schon Mitte April war, drei Wochen nach der Zeitumstellung.

Wochenlang hatte Thomas ein schlechtes Gewissen gegenüber den Erzieherinnen. Manon hingegen war der Meinung, dass so etwas schon mal passieren könne, alles halb so schlimm. Genau so war sie: Alles Alltägliche, Organisatorische, Familiäre nahm sie auf die leichte Schulter. Ihre Kunst hingegen war sakrosankt. Hier vergaß sie nie etwas – sei es die Vernissage von einer Freundin, ein Gespräch mit einem Galeristen oder den Abgabetermin für eine Sammelausstellung. Zuverlässig kümmerte sie sich um alle Anfragen und die Mailkorrespondenz. Um Materialien und Verschickungen. Sie füllte seitenlange Fragebogen für Stipendien aus und reichte die entsprechenden Nachweise fristgerecht ein. Oft war es zeitlich ziemlich knapp, aber kein einziges Mal war sie mit irgendetwas zu spät dran. Sie schaffte jeden Termin, ganz einfach, weil es ihr wichtig war, was im Umkehrschluss bedeutete, dass ihr alles andere eben nicht wichtig war.

Und trotzdem funktionierte ihre Beziehung in dieser Zeit. Manon war die zerstreute Künstlerin und chaotische Mutter, er war der zuverlässige Auftragsfotograf und Vater, der immer alles im Blick hatte. Und gestern nun hat er sich aus ihrem eingespielten Rollenmodell verabschiedet. Er ist nicht mehr zuständig. Er ist nicht mehr verantwortlich. Er wird sich eine kleine Wohnung suchen. Er wird eine Affäre haben. Oder mehrere Affären. Und irgendwann vielleicht auch eine neue Beziehung. Sie werden sich die Kinder teilen. Gern kann er sie auch vier Tage in der Woche nehmen, aber drei Tage wird Manon zuständig sein. Mit allem, was dazugehört. Nun muss sie schauen, wie sie klarkommt.

Inzwischen ist er auf den Wanderweg gestoßen, den er gestern Abend herausgesucht hat. Es ist ein aus drei offiziellen Touren zusammengesetzter Rundweg. Eine anspruchsvolle Tageswanderung von sieben Stunden über eine Bergkette bis auf knapp 1300 Meter. Mit einem Umweg von ein paar Kilometern käme er an einen kleinen Ort, in dem er sein Wasser auffüllen könnte, aber vermutlich wird das gar nicht nötig sein.

Normalerweise sind auf den Wegen viele Menschen unterwegs. Thomas hat sie gesehen, als er in den ersten Tagen spazieren war: Wandergruppen, die den Empfehlungen ihrer Reiseführer folgten. Sie fuhren bis zu dem Parkplatz am Fuß der Berge und gingen von dort aus los. Doch heute ist hier niemand außer ihm. Die Zufahrten sind gesperrt. Der Waldbrand hat ganze Arbeit geleistet.

Thomas hat sich vorgenommen, zügig zu gehen. Seinen Körper zu fordern. Er will einen klaren Schnitt machen: zwischen den vergangenen acht Tagen, die er, bis auf die zwei Strandausflüge, fast durchgehend in Paraiso verbracht hat, und der Gegenwart. Er will eine Grenze ziehen zwischen seinem alten und seinem neuen Leben. Er will spüren, dass zwischen ihm und Manon etwas passiert ist. Etwas Großes, Unumkehrbares. Etwas, das mehr zur Folge hat, als einfach nur schweigend nebeneinander im Haus zu sitzen und darauf zu hoffen, dass der Regen kommt und die Straßen wieder freigegeben werden.

Außerdem will er Fotos machen. Er will dieses seltsame Licht einfangen. Dieses orangene Rauchlicht, das er so noch nie gesehen hat. Aber nicht als ein Kunstprojekt, wie Manon es machen würde, sondern ohne bestimmten Zweck. Er will so fotografieren, wie er es mit fünfzehn in Italien am Strand gemacht hat: die naive Freude am Festhalten dessen, was er sieht. Und genau wie damals hätte er am liebsten eine analoge Kamera, bei der nur die Blende, die Belichtungszeit und der Blick durch den Sucher als Kontrollmöglichkeit existierten und alles andere eine Überraschung war. Aber wenn überhaupt eine Digitalkamera diesem Gefühl nahekommt, dann ist es die, die er gerade in den Händen hält. Er hat sie sich vor eineinhalb Jahren für sehr viel Geld in der Hoffnung gekauft, damit wieder an die Fotobegeisterung seiner Jugend anzuknüpfen, aber bis auf ein paar Probeschüsse hat er nie ein Bild damit gemacht. Nun ist ihr Moment endlich gekommen. Obwohl es eigentlich noch zu dunkel ist, versucht er den hellen Schimmer am Horizont einzufangen, das rötliche Licht und die seltsame Stimmung, in die der Wald getaucht ist. Dann ein Blatt. Der Weg. Ein Baumstamm. Ein Stein. Wie lange hat er schon nicht mehr einfach so fotografiert? Nicht als Auftrag oder Test, sondern nur weil er Lust dazu hatte? Weil Fotografieren etwas ist, das ihm Spaß macht …

Schon bevor Léonie zur Welt kam, ist er nur noch selten mit seiner analogen Leica in Berlin durch die Straßen gestreift, etwas, das er früher ständig machte. Bald darauf war sein eigenes Bildermachen Geschichte, und in den letzten Jahren hat er privat nur noch die Kinder fotografiert, und das oft genug lieblos mit dem Smartphone. Familienfotos. Erinnerungsschnappschüsse. Gemeinsame Selfies.

Manchmal kommt es ihm so vor, als ob Manon mit ihrer künstlerischen Dominanz jeden kreativen Funken in ihm zum Erlöschen gebracht hat. Aber er war nicht unzufrieden damit, im Gegenteil. Jahrelang hat es ihm gereicht, Manon in ihrer Arbeit zu unterstützen. Er mochte nur ein fotografischer Handwerker sein, aber er war immerhin ein Handwerker, der es seiner Frau ermöglichte, eine Künstlerin zu sein. Nun ist diese Unterstützung nicht mehr nötig, und seine Auftragsarbeiten und die monotone Lehrtätigkeit an der Universität der Künste kommen ihm sinnlos vor.

Thomas schwitzt, und er schmeckt den Rauch. Er ist inzwischen knapp unterhalb des ersten Berggipfels auf gut tausend Metern und entscheidet sich, eine Pause einzulegen. Ein paar Meter weiter findet er einen flachen Felsen, auf den er sich setzt. Er trinkt und beißt in das Brot. Erst mit dem Blick von hier oben wird ihm bewusst, wie riesig die Fläche ist, die inzwischen brennt. Der gesamte Pinienwald steht in Flammen, von der Küste in einem weiten Bogen bis oberhalb von Paraiso, das durch den Korkeichenwald geschützt ist.

Thomas hat einmal gelesen, dass sich ein Waldbrand in einer Geschwindigkeit von mehreren Kilometern pro Stunde ausbreitet. Das Wasser, das die Löschflugzeuge, die in Bögen immer wieder vom Meer her kommen, abwerfen, scheint kaum mehr zu sein als der sprichwörtliche Tropfen auf den heißen Stein. Und Airin und Adam sind die Brandstifter! Nicht auszudenken, was gewesen wäre, wenn er sich nicht durchgesetzt hätte. Wenn er sich auf Manons Wankelmütigkeit eingelassen hätte und sie geblieben wären. Dann hätten sie sich mitschuldig gemacht und würden vermutlich ebenfalls angeklagt werden. Auch ihnen könnten mehrere Jahre Haft drohen.

Es befremdet Thomas, wie schnell er sich an das Feuer gewöhnt hat. Vorgestern war es noch der Ausnahmezustand. Heute ist es die neue Normalität, er kann sich kaum noch daran erinnern, wie er sich davor gefühlt hat. Es gibt kein Vorher mehr. Um auf andere Gedanken zu kommen, holt er seine Kamera heraus, schaut durch den Sucher, verändert ein wenig seine Position und fotografiert.

Bis zum Mittag hat er fast hundert Fotos gemacht. Nur selten schaut er sich die Bilder auf dem Display an, schaltet es schließlich ganz aus und benutzt die Kamera tatsächlich genau wie einen analogen Apparat.

Bevor er die erste Bergkette hinabsteigt, holt er sein Handy heraus und deaktiviert den Flugmodus. Es ist ein komisches Gefühl, erst so spät am Tag online zu sein, und er verspürt die diffuse Hoffnung, wegen der Abgeschiedenheit seines Standortes vielleicht gar keinen Empfang zu haben. Doch zu seinem Erstaunen hat er auch hier volles Netz. Es kommt eine WhatsApp von seiner Mutter. Sie schreibt, dass zwischen Léonie und Noah alles wieder gut ist und sie sich keine Sorgen machen müssen. Danach folgt eine zweite WhatsApp: *Wir haben gerade gesehen, dass es in eurer Gegend brennt. Wie weit ist das Feuer von euch entfernt?*

Ein wenig ängstlich wartet Thomas auf Nachrichten von Manon. Verpasste Anrufe. Mailbox. SMS. Doch es kommt nichts. Er verspürt Erleichterung, aber auch eine seltsame Leere. Ist das die getrennte Zukunft? Dass sie sich überhaupt nicht mehr schreiben?

Er versucht sich vorzustellen, was Manon gerade macht. Vielleicht ist sie noch beim Essen. Unterhält sich mit Airin und Adam. Oder sie ist am Pool und liest. Bisher hatte er immer ein gutes Gespür für alles, was Manon betrifft, selbst wenn sie Tausende Kilometer voneinander entfernt waren. Manchmal kam es ihm vor wie eine telepathische Verbindung. Aber die scheint mit der Trennung verloren gegangen zu sein.

Spontan versucht er seine Mutter zu erreichen. Zuerst per WhatsApp-Anruf, dann über das Mobilfunknetz. Doch sie geht nicht ran. Er zögert kurz und wählt dann die Festnetznummer. Er hat sie nicht eingespeichert, aber er kann sie noch immer auswendig, über dreißig Jahre nachdem er von zu Hause ausgezogen ist. Es ist die Nummer seiner Kindheit, die sich nie geändert hat und sich bis zum Tod seiner Eltern auch nicht mehr ändern wird.

Fünfmal ertönt das Freizeichen, dann ein Klicken, dem die Stimme seines Vaters folgt: »Ziegler, hallo?«

»Hallo«, sagt Thomas, »ich bin's.«

»Markus?«

»Nein, Thomas.«

»Ah, Thomas. Warte, ich rufe Mama.« Der Ton verändert sich. Offenbar hat sein Vater das Telefon vom Ohr weggenommen und hält es nun in der Hand. »Gesine? Gesine!«

Ein paar Sekunden vergehen. Dann ist die Stimme seines Vaters wieder zu hören.

»Ich weiß nicht, wo sie gerade ist. Aber wenn ich sie sehe, sage ich ihr, dass du angerufen hast.«

Thomas überlegt, wie lange er nicht mehr mit seinem Vater telefoniert hat. Es muss Jahre her sein. Seit seine Mutter ein Smartphone hat, ist das der Kommunikationskanal, über den alles in ihrer Familie läuft. Zumindest zwischen seiner eigenen Familie und den Eltern. Was Markus oder Judith machen, weiß er natürlich nicht. Seit zwei Jahren hat auch sein Vater ein Smartphone, aber soweit Thomas weiß, nutzt er es nur, um auf die Wetter-App zu schauen oder nach Handwerker-Videos auf YouTube zu suchen. Und wenn Thomas ausnahmsweise auf dem Festnetz anruft, geht sonst immer seine Mutter ran.

»Ich wollte sie gar nicht sprechen«, sagt Thomas.

»Ah. Wen wolltest du dann sprechen?«, fragt sein Vater. »Léonie? Geht sie nicht an ihr Handy?«

»Dich.«

»Mich?«

»Ja«, sagt Thomas, ohne zu wissen, was er eigentlich sagen soll. Warum sollte er mit seinem Vater sprechen wollen? Was hat er vor? Was soll das werden?

»Ich bin gerade im Garten beschäftigt«, sagt sein Vater. »Ich muss die Hasel zurückschneiden.«

»Es dauert nicht lange.«

»In Ordnung. Dann schieß mal los.« Eine der Lieblingsformulierungen seines Vaters, die er schon immer gehasst hat.

»Manon und ich haben uns getrennt.« Alles kommt ganz spontan, und Thomas hat keine Ahnung, wohin es führen soll. Pause.

»Bist du noch dran?«, fragt Thomas.

»Ja. Ich bin noch dran.« Die Stimme seines Vaters klingt anders. Belegt, als ob er eine Erkältung bekommt. »Aber ich verstehe nicht, wie du das meinst«, sagt er.

»Ich meine es so, wie ich es gesagt habe: Wir haben uns getrennt. Nun müssen wir schauen, wie es weitergeht.«

Er überlegt, ob er seinen Vater darauf hinweisen soll, dass weder er noch seine Mutter es Léonie oder Noah gegenüber erwähnen dürfen, aber im selben Moment wird ihm klar, dass es das Allerletzte wäre, was sie tun würden.

»Heißt das, ihr lasst euch scheiden?«, sagt sein Vater.

»Keine Ahnung. Darüber haben wir bisher noch nicht nachgedacht.«

»Habt ihr denn einen Ehevertrag?«

»Einen Ehevertrag?«

»Ich meine Gütertrennung.«

»Nein. Hab ihr denn Gütertrennung? Mama und du?«

»Natürlich nicht.«

»Siehst du.«

Wenn es nicht so traurig wäre, müsste Thomas lachen. Er erzählt seinem Vater, dass sich Manon und er nach zwanzig Jahren Beziehung und als Eltern seiner beiden Enkel getrennt haben, und das Einzige, was ihm dazu einfällt, ist, nach einem Ehevertrag zu fragen.

»Das ist aber ein gutes Stichwort«, sagt Thomas.

»Was?«

»Die Gütertrennung. Ich brauche nämlich Geld.«

»Geld?«

»Ja.«

»Wofür?«

»Für mein neues Leben. Ich höre auf mit den Auftragsfotos. Und auch meine Lehrtätigkeit an der UDK werde ich kündigen.«

Hat er das gerade wirklich gesagt? Er richtet seinen Blick in die Ferne. Zwei Löschflugzeuge fliegen von verschiedenen Seiten über den Wald und werfen fast gleichzeitig ihre Wasserladungen ab.

»Und was machst du stattdessen?«

»Mal schauen. Vielleicht studieren. Architektur an einer Fachhochschule würde mich zum Beispiel reizen.«

»Studieren?«

»Genau. Habe ich ja nie. Und dafür brauche ich Geld.«

»Und wie stellst du dir das vor?«

»Zum Beispiel indem ihr mir einen Teil meines Erbes vorab auszahlt. So, wie ihr es vor zehn Jahren auch schon mit Markus gemacht habt.«

»Aber Markus hat ein Haus gebaut.«

»Und ich werde studieren.«

»Aber das ist doch ...« Sein Vater unterbricht sich. »Ich meine ... das ist doch nicht das ... Moment mal.«

Es raschelt.

»Gesine?« Die Stimme seines Vaters ist dumpf. Offenbar hält er das Telefon von seinem Ohr weg. Im Hintergrund hört Thomas die Stimme seiner Mutter. »Thomas ist am Telefon«, sagt sein Vater. Eine kurze Pause. Thomas stellt sich vor, wie sein Vater seiner Mutter einen wilden Blick zuwirft, den sie mit einem fragenden Blick beantwortet.

»Thomas?« Nun ist die Stimme seines Vaters wieder klar und deutlich. »Ich muss wie gesagt wieder raus in den Garten, aber ich gebe dir mal deine Mutter.«

Thomas lässt das Handy sinken.

»Thomas?«, hört er die Stimme seiner Mutter ganz leise.

»Jetzt wird hier gerade das Netz schlecht«, sagt Thomas, während er das Telefon auf Höhe seiner Hüfte gegen sein T-Shirt reibt. »Ich melde mich später wieder.« Er tippt mit seinem Daumen auf den roten Button mit dem Hörer und versetzt das Handy direkt danach wieder in den Flugmodus.

Zweiundzwanzig

Inzwischen ist Nachmittag. Thomas hat die zweite Bergkette hinter sich gelassen. Nun folgt der Abstieg ins Tal, in dem der Wanderweg in einem weiten Bogen am Korkeichenwald entlang zurück nach Paraiso führt.

Ein warmer Westwind ist aufgekommen, und es passiert etwas Seltsames, in Thomas' Augen eigentlich Unlogisches: Obwohl er dem Feuer immer näher kommt, klart es auf. Das erste Mal am heutigen Tag ist der Himmel strahlend blau. Erst am Horizont türmen sich Wolkenberge.

Er ist stehen geblieben. Von hier oben kann er in Echtzeit beobachten, mit welcher Geschwindigkeit sich das Feuer ausbreitet. Doch die Grenze zwischen dem Pinienwald auf der linken und dem Korkeichenwald auf der rechten Seite bleibt eine deutlich abgegrenzte Linie. An manchen Stellen franst der Rand ein wenig aus, und die Flammen finden noch Büsche, die als Nahrung dienen, aber das Bild wird dadurch nur noch deutlicher: Pinien brennen, Korkeichen nicht.

Thomas holt seine Kamera heraus und macht ein paar Fotos. Auf dem Display hat die klare Grenze zwischen den beiden Wäldern etwas Artifizielles. Als ob nicht die Natur die Entscheidung getroffen hätte, was brennt und was nicht, sondern ein Mensch an einem Computer: ein Waldbrand, der so lange digital bearbeitet wurde, bis er genau in den Goldenen Schnitt passt.

Er überlegt kurz, ob es nicht vielleicht besser wäre, den Weg genau so zurückzugehen, wie er ihn gekommen ist. Aber je näher er dem Feuer kommt, desto größer wird die Anziehung, die es auf ihn ausübt. Bisher hat er nur Fotos aus der Ferne gemacht und von einem erhöhten Standpunkt aus. Die Löschflugzeuge fliegen wie große Insekten über den Wald und werfen ihr dem Meer entnommenes Wasser ab. All das ist beeindruckend, aber das Dramatische fehlt. Man kann das Feuer auf den Fotos nicht spüren. Es bleibt abstrakt. Hinzu kommt nun das Sonnenlicht, das alles noch viel schärfer, klarer und kontrastreicher wirken lässt.

Abgesehen davon hat er sich am Morgen extra einen Rundweg herausgesucht. Er will keine Wiederholung, allgemein nicht und insbesondere nicht am heutigen Tag. Jeder Schritt soll eine neue Erfahrung sein.

Er muss an seinen Vater denken. Daran, dass er in seiner Situation vermutlich genau die gleiche Entscheidung treffen würde. Auf den sonntäglichen Familienspaziergängen war es vollkommen undenkbar, den gleichen Weg wieder zurückzugehen, und soweit er weiß, ist es bis heute so. Es ist wie ein innerer Zwang. Es muss immer einen anderen Rückweg geben, selbst wenn sich herausstellt, dass dieser an einer viel befahrenen Straße verläuft oder im Hochsommer auf einem schattenlosen Feldweg. Thomas muss an das Gefühl denken, das er als Kind und als Jugendlicher dabei seinem Vater gegenüber hatte. Diese Mischung aus Respekt, Angst, Wut und manchmal sogar Hass. Es gab Tage, an denen er sich vorgestellt hat, seinen Vater zu erschlagen. Ihn zu Boden zu schubsen, einen Stuhl zu packen und ihn über seinem Kopf zu zertrümmern. Oder einen Hammer zu nehmen und damit auf ihn loszugehen. Doch sobald er diese Gedanken hatte, kamen die Schuldgefühle. Es war trotz allem sein Vater. Der alles für die Familie tat. Thomas hatte nicht das Recht, ihn zu hassen.

Und heute? Heute hat er eigentlich gar kein Verhältnis mehr zu ihm. Alles läuft über seine Mutter. Und trotzdem hat er seinem Vater vorhin von der Trennung erzählt. Und nicht nur das, sondern auch davon, dass er keine Auftragsfotos mehr machen und seine Anstellung bei der Universität der Künste kündigen wird. Und er hat ihn nach Geld gefragt. Nach einem Vorschuss auf sein Erbe.

Immer mal wieder hat Thomas darüber nachgedacht, wie es wäre, eine neue Herausforderung zu suchen. Oder besser gesagt: überhaupt eine Herausforderung: Architektur studieren. Er hat zwar nur das Fachabitur, das aber mit dem Schwerpunkt Gestaltung, und mit den Wartesemestern, die er angehäuft hat, würde er bestimmt sofort einen Studienplatz bekommen. Trotzdem fragt er sich, warum er den Gedanken seinem Vater gegenüber so dargestellt hat, als hätte er bereits eine Entscheidung getroffen. Was hat ihn dabei geritten? Meint er das wirklich ernst? Oder war es nur eine spontane Reaktion auf die Frage nach dem Ehevertrag? Eine Provokation, um zu sehen, was passiert? Aber dafür hat es sich, nachdem er es ausgesprochen hatte, zu gut angefühlt. Zu richtig. Und würde die Entscheidung nicht sogar einer inneren Logik folgen? Er hätte sich dann nicht nur von Manon getrennt, sondern er würde sich auch von dem Leben trennen, das er mit ihr zusammen und nicht zuletzt *für sie* geführt hat. Die Auftragsfotos, die er seit zwei Jahrzehnten macht: Industrieanlagen. Gebäude. Fertigungshallen. Kalt glänzende Maschinen. Empfänge. Büros. Bildschirme. Glatte Porträts von nichtssagenden Gesichtern.

Wann soll er denn einen Neuanfang wagen, wenn nicht jetzt? Und wenn sein Vater dafür kein Verständnis hat, umso besser.

Dieses Gefühl wird ihn eher darin bestärken, als ihn zu hindern.

Thomas wollte immer alles anders machen, als seine Eltern es gemacht haben, dabei jedoch nicht ein völlig anderes Leben leben, sondern das gleiche Leben wie seine Eltern, nur besser. Er hat mit Manon eine Familie gegründet, die genauso aufgebaut ist wie seine Herkunftsfamilie. Er wollte früh Kinder bekommen, und lange Zeit bestand er sogar auf drei Kindern – so wie auch sie drei Kinder gewesen waren. Er wollte unbedingt heiraten und bedrängte Manon so lange, bis sie schließlich einwilligte.

Er wollte seinen Eltern die ganze Zeit etwas beweisen. Er wollte ihnen zeigen, dass man genau das Leben, das sie führen, auch ganz anders führen kann: besser, freundlicher, gleichberechtigter. Er wollte eine klassische Familie gründen, die aber nicht nach klassischen Vorbildern funktionierte. Er ist kein autoritärer Patriarch wie sein Vater und kein verfetteter Rüstungsmanager wie sein Bruder, er ist weicher, sensibler, kreativer. Und Manon ist keine hochfunktionale Hausfrau wie seine Mutter oder seine Schwägerin, sondern ein Freigeist, eine Künstlerin. Sie sind beide grundsätzlich anders als seine Eltern, und zwar im besten Sinne. Sie sind gleichberechtigt. Sie leben nicht im spießigen Heidelberg, wo jedes Graffiti innerhalb von vierundzwanzig Stunden übermalt wird und gleichgeschlechtliche Paare angestarrt werden, als wären sie Außerirdische. Und Léonie geht nicht auf die Sankt-Katharinen-Oberschule für Mädchen, auf der seine Schwester war, sondern auf das John-Lennon-Gymnasium in Berlin-Mitte. Mit anderen Worten: Sie spielen das gleiche Spiel, aber nach anderen Regeln.

Voller Stolz hat Thomas seinen Eltern jahrelang vorgeführt, was Manon und er geschafft haben. Wie gut sie als Spiegelfamilie funktionieren, viel besser als das spießige, autoritäre Vorbild. Stolz hat er davon erzählt, dass er sich neben seinen Aufträgen die ganze Woche über um die Kinder kümmert, weil Manon eine Ausstellung in Marseille hat – etwas, das sein Vater, der, soweit Thomas weiß, bei keinem einzigen seiner drei Kinder jemals die Windeln gewechselt hat, niemals getan hätte.

Doch vermutlich haben seine Eltern die Unterschiede gar nicht wahrgenommen, oder sie haben sich nicht dafür interessiert, so wie sie sich ja allgemein kaum für etwas außerhalb ihrer kleinen Welt interessieren. Und nun ist alles anders. Nun haben Manon und er das getan, was seine Eltern nie tun würden: Sie haben sich getrennt, und der Spiegel ist zerbrochen.

Thomas bleibt stehen und stützt sich auf seinen Knien ab. Seine Oberschenkelmuskeln zittern von der Anstrengung des stetigen Abstiegs. Noch immer scheint die Sonne, und noch immer ist da dieser warme Wind, der trotzdem ein wenig Frische bringt.

Er richtet sich auf und schaut in die Ferne. So nah wie in diesem Moment ist er dem Feuer während der gesamten Wanderung noch nicht gewesen: Luftlinie sind es vielleicht hundertfünfzig Meter. Die brennenden Baumkronen sind mit ihm fast auf einer Höhe. Asche schwebt in großen grauen Flocken scheinbar schwerelos zwischen den Wipfeln der Bäume.

Thomas macht Fotos, betrachtet sie anschließend auf dem Display. Sie haben etwas Surreales, Bilder wie aus einem Traum.

Er deaktiviert den Flugmodus seines Smartphones. Wartet auf eine Nachricht. Aber bis auf ein paar E-Mail-Anfragen kommt nichts. Kein Anruf von Manon, keine Frage, wie es ihm geht. Eigentlich war es genau das, was er mit seinem Zettel auf dem Küchentisch bezwecken wollte: Ruhe. Allein sein. Die alten Kanäle kappen. Aber je länger Manons digitales Schweigen andauert, desto mehr befremdet es ihn. Am liebsten würde er sie anrufen. Ihre Stimme hören. Oder ihr zumindest eine Nachricht schicken. Sie müsste nicht einmal antworten, aber es wäre gut zu wissen, dass sie sie gelesen hat.

Es ist eine ganz ähnliche Unruhe wie die, die er verspürt, wenn Manon auf einer ihrer Kunstreisen ist. Es ist immer der gleiche Ablauf: Zuerst ist da das Gefühl der Befreiung. Keine Ängste mehr, mit denen er umgehen muss. Keine Unzuverlässigkeit, die ihn ärgert. Keine Diskussionen über ihre unterschiedlichen Erziehungsstile. Doch nach ein paar Tagen wird er nervös.

Er erinnert sich, dass Manon ihm einmal vorgeworfen hat, dass er mit ihrem Erfolg nicht umgehen könne. Dass er es nicht ertrage, dass sich die Kräfteverhältnisse zwischen ihnen verschoben haben. Natürlich hat er sich gewehrt. »Wie kannst du so etwas behaupten? Ich hab dich immer unterstützt. Ich habe mir immer gewünscht, dass du es mit deiner Kunst irgendwann schaffst.«

Aber tief in seinem Innersten spürt er, dass an Manons Vorwurf etwas dran ist. Ihr Erfolg als Künstlerin setzt ihm zu. Er ist nicht neidisch, aber er ist eifersüchtig. Er weiß nicht mehr, mit wem sie ihre Zeit verbringt und was es ihr bedeutet. Galeristen. Künstler. Kunstsammler. Kuratoren. Journalisten. Alle bewundern sie.

Statt Manon anzurufen, ruft er spontan Léonie an. Nach dem zweiten Klingeln hört er ihre Stimme.

»Hey«, sagt sie.

»Hey, endlich erreichen wir dich mal.« Wir. Warum hat er »wir« gesagt? Vermutlich weil sich alles andere falsch anfühlen würde. Für ihre Kinder sind sie noch ein Wir. Und werden es hoffentlich auch bleiben.

»Aber ich hab vorhin doch schon mit Mama telefoniert«, sagt Léonie. »Hat sie dir das gar nicht erzählt?«

»Doch. Klar. Aber ich dachte, ich melde mich auch noch mal.«

Es entsteht eine Pause. Thomas muss sich beherrschen, Léonie nicht sofort auf den Streit mit Noah anzusprechen.

»Was ist mit dem Feuer?«, fragt Léonie. »Mama hat gesagt, bei euch brennt es.«

»Ja. Aber es ist weit weg. Wir können den Rauch sehen. Und die Löschflugzeuge. Das ist alles.« Er hebt den Blick und betrachtet die schwebende Asche. Er stellt sich vor, was Léonie sagen würde, wenn sie sehen könnte, wie nah das Feuer in Wirklichkeit ist. Wie nah *er* dem Feuer ist und dass er sich, in dem er ins Tal geht, bewusst darauf zubewegt.

»Bei uns regnet es«, sagt Léonie.

»Das könnten wir hier auch gut gebrauchen.«

»Lass uns tauschen.«

»Okay«, sagt Thomas. »Ich schicke euch die Sonne, und du schickst mir den Regen.«

»Deal.«

Pause.

»Wie geht es dir?«, fragt Thomas.

»Geht so. Ich langweile mich. Ich wollte heute eigentlich reiten, aber die Stunde wurde abgesagt. Das Pferd ist krank.«

»Und was macht Noah?«

»Er ist in seinem Zimmer. Ich glaube, er liest. Oma hat ihm den Laptop weggenommen.«

»Habt ihr euch denn … wieder vertragen?«

»Ja.«

Schweigen. Er verspürt den Drang, sich zu entschuldigen. Léonie zu sagen, dass es ihm leidtut, wie sie sie, ohne es zu wollen, mit in ihre Krise hereingezogen haben. Stattdessen sagt er:

»Ich freu mich, wenn wir uns wiedersehen.« Diesmal kein Wir, sondern ein Ich.

Léonie schweigt.

»Kannst du ihn mir mal geben?«, sagt Thomas.

»Du meinst Noah?«

»Ja.«

»Okay, ich probier's mal …«

Schritte. Klopfen. Noahs Stimme.

»Papa will dich sprechen«, sagt Léonie.

Schweigen.

»Aber bring mir danach das Handy, ja?«

»Ja, mach ich.« Es klingt genervt. Aber im normalen Rahmen. Es scheint tatsächlich wieder besser zwischen den beiden zu sein.

»Noah? Hörst du mich?«

»Ja.«

»Wie geht es dir?«

»Gut.«

»Ich wollte dir nur kurz sagen, dass …« Er hält inne. »Also ich wollte mich entschuldigen. Dafür, dass ich oft so …« Er bricht ab und setzt noch einmal neu an. »Ich meine, dass ich so ungeduldig bin. Und ich wollte dir auch sagen, dass ich das in Zukunft ändern will …«

Schweigen. Thomas hat das Gefühl neben sich zu stehen und sich von außen zu beobachten.

»Hast du mich gehört?«, fragt Thomas.

»Ja.«

»Gut. Das war eigentlich alles …«

»Okay.«

Pause.

»Was liest du denn gerade?«, fragt Thomas.

»Drei Fragezeichen.«

»Das ist meine Kindheit!«

»Es ist dein Buch«, sagt Noah. »Es stand hier im Regal.«

Thomas lacht. Es fühlt sich gut an. Befreiend. Im selben Moment kommen ihm die Tränen. Er schluckt dagegen an. Aber es hilft nichts, sie laufen ihm über die Wangen und tropfen auf sein T-Shirt.

»Papa?«, sagt Noah. »Bist du noch dran?«

»Ja«, sagt er. »Dann ... mach dir noch einen schönen Tag.«

»Okay.«

»Tschüs.«

»Tschüs.«

Thomas beendet das Gespräch. Er steckt das Handy ein und macht sich an den letzten Teil des Abstiegs.

Im Tal ist die Hitze unerträglich. Aber nicht wegen des Feuers, das nur wenige Hundert Meter entfernt ist, sondern weil der Weg ungeschützt in der Nachmittagssonne verläuft und hier unten am Fuße des Berges von dem Wind nichts mehr zu spüren ist.

Thomas holt die Wanderkarte heraus. Er entdeckt einen Weg, der auf der Korkeichenseite mitten durch den Wald führt, jedoch ein ganzes Stück vor Paraiso endet. Dann müsste er sich die letzten zwei oder drei Kilometer eben mithilfe seines Kompasses zwischen den Bäumen durchschlagen.

Er hebt noch einmal den Blick zum Himmel. Der Wolkenberg am Horizont ist unverändert: nicht näher, nicht größer, nicht dunkler. Er deaktiviert den Flugmodus und versucht, in seiner Wetter-App das Satellitenbild mit dem Regenradar zu öffnen, um die Gewittergefahr ein wenig besser einschätzen zu können. Aber hier im Tal ist das Netz zu schwach.

Nach einer Viertelstunde erreicht Thomas den Waldweg und biegt ab. Die Nachmittagssonne, die unterhalb des Berges so feindlich wirkte, ist nun durch Zweige und Blätter besänftigt. Hinzu kommt die Asche, die zwischen den Bäumen auf kleinen Lichtungen schwebt und dort grau-schwarze Inseln bildet. Der Weg hat etwas Verwunschenes, Zauberhaftes.

Thomas bleibt immer wieder stehen, um zu fotografieren. Er wundert sich über die Insekten, die vollkommen unbeeindruckt von dem Feuer zu sein scheinen. Als ob sie wüssten, dass sie hier, in diesem Teil des Waldes, geschützt sind, ganz egal, was passiert.

Es herrscht das perfekte Fotolicht: die Sonne, die Blätter, der Rauch, die Lichtinseln zwischen den Stämmen. Ein paarmal sieht er sogar das Feuer in der Ferne als rot flackernden Hintergrund, und die ganze Zeit hört er das leise Rauschen. Als der Weg eine Linkskurve macht und damit gefährlich nah an den brennenden Pinienwald heranführt, entscheidet er sich, eine Abkürzung quer durch den Wald zu nehmen. Wenn er die Wanderkarte richtig interpretiert, sind es nur ein paar Hundert Meter, dann müsste er wieder auf den Weg treffen.

Während er zwischen den Korkeichen hindurchgeht, findet er unglaubliche Bildmotive – in Rauch gehüllte Baumkronen von unten, schwebende Asche über einem Sonnenfleck, eine große Ansammlung von Pilzen in einem Baumstumpf, in den die Sonne wie ein Scheinwerfer strahlt – und macht ein Foto nach dem anderen.

Er denkt an Manon. Daran, dass er ihr gern diese Blicke zeigen würde: das Licht, den schwarzen Rauch, die Farben. Er fragt sich, ob es ihr vielleicht gelingen würde, die verzauberten Baumkronen unabhängig von ihrer Apokalypse-Panik betrachten zu können. Ob sie durch solche Erlebnisse ihre Angst vielleicht sogar überwinden könnte. Denn letztlich geht es doch um diese

Erkenntnis: Die ganze Welt ist ein ewiges Kommen und Gehen, und auch die Menschen gehören dazu. Wenn sie eines Tages nicht mehr da sind, kräht im wahrsten Sinne des Wortes kein Hahn mehr nach ihnen.

Es irritiert Thomas, dass er gerade in diesem Moment an Manon denkt, doch zugleich beruhigt es ihn. Sie ist bei ihm, tief in ihm drin, und wird es immer bleiben.

Er schaut auf die Uhr. Seit er im Tal angelangt ist, sind bereits eineinhalb Stunden vergangen. Die vielen Fotos, die er gemacht hat, haben die Zeit verschluckt.

Außerdem hat er sich nur noch von den Motiven leiten lassen und nicht mehr darauf geachtet, in welche Richtung er geht. Er holt den Kompass heraus, doch die Himmelsrichtung der Karte scheint nicht mit der der Nadel übereinzustimmen: Nirgendwo findet sich ein Weg.

Im selben Moment donnert es.

Thomas bleibt stehen und hebt den Blick. Eine Wolke hat sich vor die Sonne geschoben, und der Himmel hat sich verdunkelt.

Ihm wird bewusst, dass er bei seinem Vorhaben, quer durch den Wald zu gehen, über die Gefahr eines Gewitters gar nicht nachgedacht hat. Die ganze Zeit hatte er nur das Feuer im Kopf. Er hat sich gefragt, was wäre, wenn der Wind dreht. Ob die Korkeichen auf Dauer wirklich das halten, was sie versprechen. Oder ob er das Feuer vielleicht bewusst unterschätzt, weil er sich selbst und auf Umwegen auch Manon beweisen will, dass es gar nicht so schlimm ist. Dass es keinen Grund gibt, mit schreckgeweiteten Augen auf die Rauchwolken zu starren.

Aber nun ist er mitten im Wald, und es fängt an zu gewittern.

Es donnert erneut. Es blitzt, und Thomas spürt die ersten dicken Tropfen.

Er holt sein Handy heraus. Nach wie vor kein Netz.

Er überlegt, ob er weitergehen soll. In Bewegung bleiben, so weit wie möglich von allen Baumstämmen entfernt, um auf diese Weise die Gefahr zu verringern, von einem Blitzeinschlag betroffen zu sein. Aber würde er die Gefahr dadurch denn wirklich verringern?

Er fühlt sich plötzlich schwach. Er hat Hunger. Bis auf ein halbes Brot hat er den ganzen Tag nichts gegessen, sein Tribut an die Disziplin. Er will seinen alten Körper zurück, den Körper, den er noch vor fünf Jahren hatte, und dafür kasteit er sich.

Er schaut sich um. Schräg hinter ihm befindet sich eine alte Korkeiche, deren dicker Stamm mit den Wurzeln eine Art Sessel bildet. Gut möglich, dass die Eiche ein wenig größer ist als die Bäume um sie herum und deshalb die Blitze eher anzieht. Aber es ist bestimmt nicht der größte Baum im gesamten Wald, und der Sessel sieht einfach zu einladend aus.

Thomas zieht sich seine Regenjacke an, setzt die Kapuze auf und verpackt seine Kamera in das Regencase und den Rucksack in die orangene Schutzhülle. Dann setzt er sich zwischen die Wurzeln, lehnt sich mit dem Rücken gegen den Stamm und packt sein Brot aus.

Der Himmel über ihm ist schwarz. Der Regen prasselt. Die Donnerschläge sind so laut wie Explosionen, das Wetterleuchten wirkt wie Stroboskoplicht, dazu zucken nun in regelmäßigen Abständen Blitze, die so hell sind, dass Thomas die Augen zusammenkneifen muss.

Er will die Sekundenabstände zählen, um die Entfernung des Gewitters abschätzen zu können, aber das muss er nicht: Blitz und Donner gehen ineinander über, werden eins. Das Zentrum ist direkt über ihm.

Noch einmal überlegt er, ob es nicht besser wäre, aufzustehen. Sich in Bewegung zu setzen. Zu fliehen. Geduckt zwischen den

Bäumen hindurchzurennen, die Hände über dem Kopf, wie im Krieg. Oder wenigstens so, wie er sich einen Krieg vorstellt. Aber er hat keine Ahnung, wohin er rennen soll. Der Weg ist verschwunden, er hat kein Handynetz, und bei dem Regen könnte er weder die Wanderkarte noch den Kompass benutzen. Eine seltsame Schicksalsergebenheit macht sich in ihm breit. Wenn ein Blitz tatsächlich seinen Baum unter all den vielen Bäumen treffen sollte, dann wäre das vielleicht ein Zeichen. Und wenn nicht, dann eben auch.

Und so bleibt er sitzen, kaut den letzten Bissen Brot herunter, atmet tief ein und schließt die Augen. Sekunden später erschüttert ein neuerlicher Donnerschlag den Wald. Der dazugehörige Blitz ist so hell, dass er sich ihm durch die Augenlider hindurch in den Kopf brennt.

Manon

Dreiundzwanzig

Auch heute Morgen ist Thomas' Bett leer. Und auch heute ist es
ordentlich gemacht, genau wie am Vortag, genau wie immer.
Aber der Eindruck ist ein anderer. Die Fensterläden sind geschlossen, und das Zimmer wirkt aufgeräumt und leer. Wenn
Thomas' Koffer nicht noch da wäre und seine Kleidung, würde
sie denken, dass er in der Nacht abgereist ist.

Obwohl es schon nach neun ist, ist sie noch müde. Sie hat
Kopfschmerzen. Sie fühlt sich verkatert von dem vielen Wein
und dem gesamten gestrigen Tag. Sie hat getrunken, und sie hat
geraucht. Nach viereinhalb Jahren die erste Zigarette. Sie hat sie
bis in die Zehen- und Fingerspitzen gespürt: eine Explosion in
jeder Faser ihres Körpers. Es war wichtig, dass sie geraucht hat.
Sie hat damit etwas abgeschlossen. Mit dem Rauchen hat sie
den letzten Schritt vollzogen. Nun sind sie wirklich getrennt,
Thomas und sie. Nun stimmt sogar der Satz, den er gestern bei
Blumberg gesagt hat, das *Wir*.

Einen Moment lang bleibt sie stehen und lässt das Bild des leeren Zimmers auf sich wirken. Dann dreht sie sich um und geht
hinunter in die Küche. Auch hier ist alles auffällig sauber. Alle
Flächen sind gewischt. Die Espressokanne ist auseinanderge-
schraubt und abgespült. Das Küchenhandtuch hängt breit über
der Stuhllehne. Keine Spur mehr von irgendwas. Ja, genau, das
ist es: Es kommt Manon so vor, als hätte Thomas alle Spuren ver-

wischen wollen. Umso auffälliger ist das Glas, das in der Mitte des Tisches steht – exakt in der Mitte, als hätte er die Position ausgemessen –, und der kleine Zettel, der darunterliegt.

Eine ganze Weile starrt Manon das seltsame Ensemble an. Es wirkt auf sie wie eine Kunstinstallation: der Tisch. Das Glas. Der Zettel. Die Stühle. Das Handtuch über der Lehne.

Please don't touch.

Sie muss sich überwinden, weiter in die Küche hineinzugehen. Die Grenze zu überschreiten. Und noch größer ist die Überwindung, den Arm auszustrecken, um nach dem Glas und dem darunterliegenden Zettel zu greifen.

»Mache eine kleine Tour in Richtung Norden«, steht darauf. »Bin gegen Abend wieder da.«

Manon fällt auf, wie lange sie schon nicht mehr Thomas' Handschrift gesehen hat. Und wie vertraut sie ihr doch ist. Sie ist davon überzeugt, dass sie seine Handschrift auch in zwanzig Jahren noch unter tausend anderen Handschriften auf den ersten Blick erkennen würde.

Sie denkt über die Worte nach, die Thomas geschrieben hat. Aber sie sagen ihr nichts, außer: Ich muss weg. Der Zettel sagt schon mehr. Er sagt: Ich brauche meine Ruhe. Schick mir keine Nachricht und ruf mich nicht an. Am lautesten spricht jedoch das Glas. Es ist nur ein Detail. Aber es sagt so viel. Vielleicht sogar alles. Manon hat das Gefühl, nur das Glas auf dem Zettel würde ausreichen, um Thomas zu erfassen, sein gesamtes Wesen. Sein innerstes Selbst.

Wenn sie das Ensemble, das sie von der Tür aus betrachtet hat, als Kunstinstallation belassen hätte, am besten abgesperrt mit einem dicken roten Seil – *Please don't touch* –, dann hätte sie es »Thomas« genannt und dazu die Jahreszahl geschrieben: 2023.

Thomas hat den Zettel unter ein Glas gelegt. In der Küche. Alle Fenster sind geschlossen. Die Klimaanlage rauscht leise. Es gibt nur einen einzigen Grund, einen Zettel unter ein Glas zu legen: weil man Angst hat, er könnte wegfliegen. Aber wie soll das in einem geschlossenen Raum passieren? Es kann nicht passieren. Mit anderen Worten: Das Glas ist Thomas, wie er leibt und lebt. In dem Glas steckt seine ganze Zwanghaftigkeit. Er hat den Zettel geschrieben, hat ein Glas aus dem Schrank geholt und es daraufgestellt. In der Mitte des Tisches. In der exakten Mitte. Nur zur Sicherheit.

Für den Fall der Fälle.

Man weiß ja nie.

Ihre Gedanken machen einen Sprung.

Was um alles in der Welt hat sie dazu gebracht, sich in Thomas zu verlieben? Mit ihm Kinder zu bekommen? Eine Familie zu gründen? Ihn zu heiraten? Mit ihm gemeinsam ein Haus auf dem Land zu kaufen?

Warum hat sie nicht gesehen, wie unerträglich er ist? Waren es wirklich nur seine Gesten? Nein, natürlich nicht. Aber was noch?

Manon setzt einen Kaffee auf, knüllt den Zettel zusammen und schmeißt ihn weg. Und am liebsten würde sie auch das Glas wegwerfen. Oder, besser noch – viel besser! –, gegen die Wand schleudern: tausend Scherben, die in alle Richtungen zerspringen und sich auf der Arbeitsfläche und dem Küchenboden verteilen. Sie will das kaputt machen, was seit Jahren sie kaputt macht. Sie versucht, die Wut loszulassen, an etwas anderes zu denken. Aber es gelingt ihr nicht.

Das Glas ist Thomas. Es steht für seinen Kontrollwahn. Seit

Jahren macht ihr Thomas ihre Angst zum Vorwurf, ihre vermeintliche Irrationalität, dabei ist seine Irrationalität viel größer. Angst vor der Klimakrise zu haben ist alles andere als irrational. Die Irrationalität besteht darin, keine Angst vor ihr zu haben. Und ihre Angst davor, dass der Krebs zurückkommt? Die Wahrscheinlichkeit dafür liegt bei fünf Prozent innerhalb der ersten zehn Jahre. Das ist nicht nichts. Wie viel Irrationalität gehört hingegen dazu, in einem geschlossenen, luftdichten Raum ein Glas auf einen Zettel zu stellen, der mitten auf einem leeren Tisch liegt?

Vermutlich würde Thomas von Wahrscheinlichkeiten sprechen. Ein geöffnetes Fenster oben. Eine geöffnete Tür unten. Aber dafür müsste sie an dem Tisch vorbeigehen und die Terrassentür öffnen. Und dann hätte sie den Zettel ja bereits gesehen.

Das Glas steht für etwas. Je mehr Zeit Manon mit Thomas verbracht hat, desto deutlicher hört sie seine Stimme in ihrem Kopf. Er ist wie ein Zensor. Er mahnt. Erinnert. Bewertet. Manchmal hat sie regelrecht Panik, wenn sie mit ihm spricht. Diese unzähligen inquisitorischen Fragen.

»Hat Noah seine Mathe-Hausaufgeben gemacht?«

Woher soll sie das wissen? Es sind doch seine Hausaufgaben! Er muss entscheiden, ob er sie macht oder nicht.

»Hat Léonie Klavier geübt?«

Nein. Aber gestern. Oder vorgestern. Und außerdem gilt hier das Gleiche wie bei Noahs Hausaufgaben: Es ist doch Léonies Entscheidung!

»Hast du mir deine Steuerunterlagen rausgelegt?«

Oh, verdammt! Das hat sie vergessen. Nein: verdrängt. Es deprimiert sie. Sie möchte sterben, wenn sie an die Steuer denkt. Aber, ja, sie versucht sich darum zu kümmern.

»Denkst du bitte an die Wäsche?«

An welche Wäsche? Hat Thomas Wäsche gewaschen? Und sie soll sie aufhängen? Oder meint er, sie soll Wäsche waschen?

»Kannst du bitte den Autoschlüssel hinhängen?«

Aber warum? Sie haben zwei Autoschlüssel. Warum kann sie ihren nicht in der Tasche behalten?

»Weil er sonst verloren geht. So wie der Schlüssel von dem Mercedes, erinnerst du dich?«

Natürlich erinnert sie sich. Er hat es ihr oft genug vorgehalten, auch wenn es schon viele Jahre her ist. Du hast den zweiten Schlüssel vom Mercedes verloren! Weil du nicht auf die Dinge achtest!

Oder auch, nachdem sie ein paar Tage allein in der Uckermark verbracht hat: »Hast du den Müll rausgestellt?«

Ja, hat sie, oder? Eigentlich denkt sie doch immer an den Müll. Aber manchmal weiß sie es nicht genau. Sie hat eben auch noch andere Sachen im Kopf. Aber wäre es denn wirklich so schlimm, wenn sie ihn nicht rausgestellt hätte? Vielleicht wäre die Tonne voll, und sie müssten den Müll mit nach Berlin nehmen oder Extrasäcke kaufen. Na und?

Doch für Thomas bricht dann eine Welt zusammen. Und sie hat ihm mal wieder den Beweis geliefert, dass sie unfähig ist. Dass sie im Alltag nicht funktioniert. Dass sie sich nicht kümmert. Dass sie ihn im Stich lässt und er immer alles im Kopf behalten muss.

Dazu der Blick, mit dem er sie anschaut. Sie spürt sofort, wenn er denkt, dass sie irgendetwas nicht hinbekommt. Und weil sie es spürt, bekommt sie es dann auch wirklich nicht hin. Sein Blick macht sie unfähig. Denn er impliziert bereits ihr Scheitern. Und genau so geht es vermutlich auch Léonie und Noah.

Wie sollen sie jemals ihre eigenen Erfahrungen machen, wenn er ihnen immer alles vorkaut? Wenn er ihnen jede mögliche Verfehlung bereits als ein großes Warnschild vor Augen hält: die schlechte Note bei der Mathe-Arbeit, das Zuspätkommen zum Unterricht, die Löcher in den Zähnen, wenn sie sie nicht ordentlich putzen, die Mütze, die sie brauchen, weil es zu kalt ist. Und wenn sie sich widersetzen – was sie nicht selten tun –, dann hält er es ihnen im Nachhinein vor, gern wortreich, manchmal aber auch nur durch einen Blick oder eine Geste: Ich habe es euch doch gesagt! Hättet ihr nur auf mich gehört!

Versteht er denn nicht, was er dadurch produziert? Selbstvorwürfe. Schuldgefühle. Oder mindestens das Gefühl der Unzulänglichkeit.

Manon muss daran denken, was Thomas in seiner Generalabrechnung bei Blumberg über sie gesagt hat. Wie er sich darüber aufgeregt hat, dass sie keine Jacke dabeihatte. Ja, es stimmt, dass sie in dieser Hinsicht ein wenig gedankenlos ist. Sie hat nur daran gedacht, wie warm es noch am Abend war und sogar in der Nacht, in der sie halb nackt geschlafen hat, aber eben nicht daran, dass die Temperaturen am frühen Morgen und am Meer ganz andere sind. Aber so ist sie eben. Und so kennt er sie. Bis vor ein paar Jahren hätte er ihr ganz selbstverständlich eine Jacke eingepackt, so wie er immer alles einpackt, vom Not-Müsliriegel bis zur Ersatztaschenlampe. Aber seit ihrer Krise wartet er nur darauf, ihr diese Nachlässigkeiten zum Vorwurf zu machen. Er lauert förmlich auf ihre Fehler, so wie er auch ständig auf Noahs und Léonies Fehler lauert.

Wundert er sich wirklich, dass sie es anziehend fand, als er am Strand mit seinen Gedanken einmal nicht bei ihr war? Als er einfach nur dastand und aufs Meer starrte? Einmal nicht die große Verantwortungsmaschine, die jederzeit zu einer noch größeren Vorwurfsmaschine werden kann.

Und ist es denn wirklich verwunderlich, dass sie ihm nicht gleich am Strand von dem Boot erzählt hat? Vermutlich wäre die Stimmung dann sofort vergiftet gewesen, und sie hätte nicht mehr über seine schaukelnden Hoden lachen können. Seit ihrer Beziehungskrise ist es nämlich nicht mehr erlaubt, dass sie sich um etwas anderes kümmert als um die Beziehung und um ihn. Sie sind – oder vielmehr: waren – hier, um ihre Ehe zu retten, also soll sie sich auch gefälligst darauf konzentrieren und ihm nicht mit Flüchtlingsbooten kommen. Die Bestätigung folgte auf der Rückfahrt im Auto, und das Einzige, das sie immer noch wundert, ist, dass er den Moment am Abend, als sich herausgestellt hat, dass es sich tatsächlich nicht um ein Flüchtlingsboot gehandelt hatte, nicht stärker ausgekostet hat. Dass er nicht triumphierend war, wie sie es eigentlich erwartet hatte. Denn letztlich ist es genau das, worum es ihm immer geht: Er muss recht behalten. Immer hat er recht.

Manon schüttelt den Kopf und versucht, die Gedanken abzuschütteln. Sie will nicht mehr. Thomas hat sich von ihr getrennt und ihr auf einen Zettel geschrieben, dass er erst am Abend wiederkommt. Und auch wenn es eine reichlich verrückte Idee ist, eine Tageswanderung zu unternehmen, während ein paar Kilometer weiter ein großer Waldbrand wütet, ist sie erleichtert darüber. Sie hat das Haus für sich allein. Keine Versteckspiele mehr. Kein Lauschen. Keine unerwarteten Begegnungen. Sie kann alles mal sacken lassen.

Das ist ihr gutes Recht.

Manon nimmt die Espressokanne vom Herd und schenkt sich einen Kaffee ein. Sie schreibt eine Nachricht an Léonie und antwortet ihrer Schwiegermutter, die geschrieben hat, dass zwischen den Kindern so weit wieder alles in Ordnung sei.

Dann trinkt sie ihren Kaffee und wischt sich auf ihrem Handy durch die neuesten Nachrichten.

Der Ausblick von der Dachterrasse ist ähnlich wie gestern. Der Himmel ist etwas heller. Aber er ist bedeckt, und das Licht hat eine rötliche Färbung. In der Ferne sieht Manon die Rauchwolken. Löschflugzeuge werfen Wasser über dem Wald ab, ohne große Wirkung. Das Feuer ist bereits zur Routine geworden, im Kleinen wie im Großen. Gerade als Manon sich umdreht, um wieder hinunterzugehen, hört sie einen Hubschrauber. Er scheint deutlich näher zu sein als die Hubschrauber, die gestern immer wieder über den brennenden Wald geflogen sind. Und als Manon sich umdreht und den Kopf hebt, sieht sie, dass er tatsächlich direkt über den Ort fliegt, über ihre Dachterrasse, beinahe so tief, wie die Drohnen geflogen sind. Alles dröhnt und vibriert, und sie spürt den Wind der Rotorblätter.

Der Hubschrauber macht einen kleinen Bogen über der Kirche und bleibt am entgegengesetzten Dorf-Ende in der Luft stehen. Dann begibt er sich in einen langsamen Sinkflug in Richtung Parkplatz. Die Blätter der Bäume sind in Aufruhr. Sand wird aufgewirbelt und bildet eine große Wolke, die alles unter sich verschluckt.

Aufgeregte Stimmen sind zu hören. Die Holländerin steht auf der Straße neben ihrem Mann und ruft etwas, und der Gärtner, der mit drei Gießkannen in Richtung Kirche läuft, antwortet ihr.

Manon sieht zwei Gestalten, die geduckt auf den Hubschrauber zulaufen, der inzwischen gelandet ist. Die Rotorblätter haben sich verlangsamt, drehen sich aber immer noch erstaunlich schnell. Im ersten Moment denkt Manon an Airin und Adam. Daran, dass sie einen Helikopter gechartert haben, um sich ihrer Verantwortung zu entziehen und dem Gefängnis zu entgehen.

Dass sie fliehen. Doch dann erkennt sie die weißen Leinenhosen und den rasierten Schädel und dazu die dunklen Locken von Emilia. In gebückter Haltung klettert Blumberg mit flatterndem Hawaiihemd in den Hubschrauber.

Emilia reicht ihm noch etwas herein, dann klappt die Tür zu. Emilia hebt kurz die Hand, dreht sich um und rennt geduckt zurück. Die Rotoren kreisen wieder schneller. Noch mehr Staub und zitternde Blätter. Die Kufen lösen sich vom Boden ab, und kurz darauf schwebt der Hubschrauber dreißig Meter hoch über dem Parkplatz. Er neigt sich nach vorn wie zu einem letzten Gruß, dann fliegt er über den Korkeichenwald in Richtung Meer.

Manon legt ihr Handy auf die Balustrade und setzt sich. Etwas in ihr ist aus dem Gleichgewicht geraten. Thomas ist weg und nun auch Blumberg. Er hat es ja angekündigt. Hat sie und Thomas vorgewarnt, ins Vertrauen gezogen. Aber jetzt, wo sie live dabei war, wie er sich im wahrsten Sinne des Wortes aus dem Staub gemacht hat, fühlt sie sich verraten und im Stich gelassen. Viel mehr als durch Thomas' Wanderung, die ja eher eine Befreiung ist. Es kommt ihr vor, als ob sie erst jetzt spüren darf, wie wichtig Blumberg für sie ist oder vielmehr war. Ein Anker. Er hat sie beruhigt. Nicht nur, was ihren Alptraum angeht, sondern auch im Hinblick auf das österreichische Paar und überhaupt.

Das erste Mal seit Tagen muss sie wieder an ihren Traum denken. Nicht an den Alptraum von Adam und Thomas, sondern den Traum von Thomas' Eltern und den kackenden Malteser-Hunden, den sie in der Nacht vor der Sunrise Experience gehabt hat.

J'ai fait un rêve.

In diesem Traum war nicht Blumberg der Therapeut, sondern

ihr Vater. Sie fragt sich, warum sie nicht sofort auf die Bedeutung gekommen ist, denn jetzt liegt sie ganz offen vor ihr: Blumberg wäre der Vater, den sie sich eigentlich gewünscht hätte. Verbunden, verlässlich, beruhigend. Jemand, der ihre Ängste ernst nahm und sie trotzdem einfach beiseitewischen konnte. Mit einem Lächeln. Einer Geste. Ähnliches war auch Thomas viele Jahre gelungen, bevor ihre Krise begann.

Manon muss an den Strand denken, daran, wie sie aufgewacht ist und das Flüchtlingsboot gesehen hat, das keines war. An dieses seltsame Gefühl des Alleinseins.

Und dann denkt sie unwillkürlich an ihre Mutter.

Sie hat das Bild vor Augen, wie ihre Mutter in einem sizilianischen Krankenhaus liegt, und hört dazu das Schweigen ihrer Großeltern. Sie spürt den stummen Vorwurf, den sie sich nie wirklich erklären konnte.

Einen Moment lang schließt sie die Augen. Dann steht sie auf, greift nach ihrem Telefon und scrollt zu der Nummer ihres Vaters. Nach dem zweiten Freizeichen geht er ran.

»*Salut, ma puce, ça va?*«

»Ich wollte dich etwas fragen«, sagt sie.

»Ach ja?«, sagt er. »Was denn?«

Sie spürt, dass er innerlich in Deckung geht. Ihre Antennen sind ganz fein und empfindlich. Sie hat das Gefühl, durch das Telefon hindurch jede Schwingung und jede Regung mitzubekommen.

Sie holt tief Luft.

»Bist du noch dran?« Die Stimme ihres Vaters ist unsicher, fast ängstlich. Das kennt sie nicht von ihm.

»Du hast sie allein gelassen, oder?«, sagt sie. Ihre Stimme ist tiefer als sonst. Sie kommt direkt aus ihrem Bauch.

Schweigen am anderen Ende. Tiefes Atmen.

Schließlich: »*Que veux-tu dire?* – Was willst du mir damit sagen?« Es klingt echt. Beinahe empört. Aber die Antwort liegt in der Pause davor. In dem Schweigen. Er weiß, was sie meint. Dabei weiß sie es selbst gar nicht so genau. Es ist nur eine Ahnung: Ihre Mutter war im Krankenhaus. Sie hatte Fieber. Die Ärzte haben ihr Rückenmark punktiert. Und dann? Vier Tage später war sie tot. Aber wo war er, als es ihr schlecht ging? War er vier Tage an ihrem Bett? Nur schwer vorstellbar.

Manon beobachtet ein Löschflugzeug, das nach einem Wasserabwurf wieder in Richtung Meer abdreht.

»Die Ärzte haben gesagt, es sei ein Routineeingriff«, sagt ihr Vater. »Das konnte doch niemand ahnen.«

Da ist wieder der alte Vorwurf: Die italienischen Ärzte haben versagt. Auf die Krankenhäuser im Mezzogiorno ist kein Verlass. Zumindest war es so in den Achtzigerjahren. Süditalien war in mancher Hinsicht so unterentwickelt wie Afrika. Und ist es noch heute.

Aber Manon weiß, dass mehr folgen wird. Mehr folgen muss. Denn sie hat ihn etwas anderes gefragt: *Tu l'as laissée seule, n'est-ce pas?*, das war ihre Frage, und darauf will sie gefälligst eine Antwort.

Sie hört das schwere Atmen ihres Vaters am anderen Ende. Als er wieder spricht, ist seine Stimme ganz leise, und Manon muss das Handy an ihr Ohr pressen, um ihn zu verstehen. »Durch das Fieber hatte sich unsere Abreise schon verschoben ...«, sagt er. »Ich hatte einen wichtigen Termin in Paris. Gabrielle hat gesagt, dass ich fliegen soll, sonst wäre ich geblieben ... Wie gesagt: Es war ein Routineeingriff!«

Es ist seltsam, den Namen ihrer Mutter aus dem Mund ihres Vaters zu hören. Natürlich französisch: Gabrielle. Manon kann sich nicht erinnern, dass er ihn jemals ausgesprochen hat.

Nun ist es also raus. Ihr Vater war in Paris. Er hat ihre Mutter allein gelassen. In einem Krankenhaus auf Sizilien. In zweitausendfünfhundert Kilometer Entfernung.

Er hat seine Projekte verfolgt, so wie er es bis heute macht. Keine Kompromisse. Eine Auszeichnung nach der anderen. Eine Frau nach der anderen.

Ihre Mutter war im Krankenhaus auf Sizilien, und ihr Vater hatte einen Termin in Paris.

Deshalb haben ihre Großeltern immer nur vorwurfsvoll geschwiegen, wenn es um den Tod ihrer einzigen Tochter ging. Und vielleicht haben sie ihn – ganz entgegen ihrer christlichen Werte – eben dafür gehasst.

Manon atmet ein paarmal tief. Sie will ihn nicht hassen. Aber sie braucht Zeit, um die neueste Erkenntnis zu verarbeiten.

»Manon, bist du noch da?«

»Ja. Aber ich muss jetzt auflegen.«

»*Attends, je* ...«

Sie nimmt das Handy vom Ohr und tippt mit dem Daumen auf das Hörer-Symbol.

Eine ganze Weile steht sie auf der Terrasse. Dann dreht sie sich um und geht die Treppe hinunter.

Manon liest. Sie hört Musik. Sie legt sich noch einmal hin und schläft. Tief und traumlos. Ihr Vater versucht mehrfach, sie anzurufen, aber sie lässt das Handy brummen, bis es wieder stumm wird. Thomas hingegen meldet sich gar nicht. Normalerweise hätte er ihr von der Wanderung regelmäßig Fotos geschickt oder Standorte auf Google-Maps markiert, damit sie seine Tour nachvollziehen kann.

Aber jetzt ist da nur noch Schweigen. Das scheint die neue Zeit zu sein. Trennungszeit.

Sie geht nicht zum Essen, ernährt sich den ganzen Tag von Brot, Oliven und Orangensaft.

Nach dem dritten Brot hat sie Lust auf eine Zigarette, widersteht aber dem Impuls.

Während sie allein im Haus ist, denkt sie über das Alleinsein nach. Es fühlt sich anders an. Anders als noch am Strand und auch anders als heute Morgen, als sie vor Thomas' gemachtem Bett stand. Plötzlich steht das Alleinsein in einem Zusammenhang. Es ist Teil ihrer Herkunft. Es ist, als ob ihre Mutter ihr mit ihrem Tod etwas vererbt hätte, bei dem die Ursache zugleich die Lösung ist.

Sie geht auf die Dachterrasse. Trotz der Löschflugzeuge, die unermüdlich zwischen dem Meer und den Bergen hin und her fliegen, scheint sich das Feuer immer stärker auszuweiten. Sie fragt sich, wo Thomas sein könnte. Sie überlegt, ob sie sich Sorgen machen muss. Ob es nicht angemessen wäre, sich Sorgen zu machen, wenn der Vater ihrer Kinder, ihr Noch-Ehemann während einer Naturkatastrophe eine Wanderung unternimmt? Aber sie macht sich keine Sorgen. Thomas weiß, was er tut, davon ist sie fest überzeugt. Er ist ein Schwimmer. Wenn es wirklich einmal kritisch wird, ist er überlebensfähig.

Am frühen Nachmittag telefoniert sie kurz mit Léonie und sogar mit Noah. Als Léonie sie fragt, ob sie nicht per Video sprechen können, so wie immer, behauptet sie, das WLAN sei ausgefallen, und das Netz sei schwach. Das stimmt natürlich nicht. Aber heute hat sie Angst, Léonie könnte in ihrem Gesicht irgendwas erkennen, erahnen, erspüren. Ihr ansehen, dass sie sich getrennt haben. Dass Papa sich von ihr getrennt hat. Und dass sie nicht versucht hat, es abzuwenden.

Sie versucht sich vorzustellen, wie Léonie es aufnehmen wird.

Wird sie wirklich erleichtert sein? Schwer vorstellbar – selbst wenn sie sich jeden Tag gewünscht hätte, dass sie sich endlich trennen. Sie ist vierzehn. Die Folgen sind ihr nicht bewusst.

Emilia hat eine E-Mail zu Blumbergs fluchtartiger Abreise verschickt. Ohne auf die Gründe näher einzugehen, hat sie geschrieben, es handele sich um einen privaten Notfall. Sie hat sich in Blumbergs Namen bei den Paaren entschuldigt und darauf verwiesen, dass dieser Fall in dem Vertrag, den sie alle unterschrieben haben, geregelt sei. Alle bekommen für den Stundenausfall mit Blumberg die festgelegte Entschädigung. Je nachdem, wie sich das Feuer entwickelt, sei auch eine frühere Abreise möglich, für die sie ebenfalls entschädigt würden. Falls es Fragen gebe, könne man sich jederzeit an sie wenden.

Am Nachmittag scheint sich jede Hoffnung auf Regen zerschlagen zu haben. Der Wind hat gedreht, und plötzlich ist die Sonne wieder da, beinahe so, als ob sich das Wetter in den vergangenen zwei Tagen nur einen Scherz erlaubt hätte. Manon schenkt sich ein Glas Weißwein ein und geht in den Garten. Die Hitze ist stechend und unerbittlich. Dennoch setzt sie sich mitten hinein und beobachtet die Eidechsen, die auf den Steinen in der Sonne liegen. Ihr Vater hat erneut angerufen, bestimmt nicht das letzte Mal am heutigen Tag.

Alles scheint entschieden zu sein. Der Wind hat nachgelassen. Die Sonne ist wieder da. Das Feuer wütet weiter. Der Ausnahmezustand ist zur neuen Normalität geworden.

Doch dann ziehen von Westen her plötzlich dunkle Wolken auf, und innerhalb von einer Viertelstunde ist der gesamte Himmel schwarz. Es grollt und donnert. Kurz darauf folgen die Blitze. Erst über dem Meer, dann auch über dem Wald. Böiger Wind kommt auf. Manon geht mit ihrem Weißwein ins Haus und dann erneut auf die Dachterrasse.

Es ist dunkel und windig. Blitz und Donner wechseln einander ab. Aber es fehlt das, worauf alle warten und hoffen: der Regen. Gerade als Manon schon fürchtet, dass sich das Gewitter vielleicht ohne Entladung wieder auflösen könnte, spürt sie die ersten Tropfen. Sie sind dick und schwer, und eine Minute später schüttet es wie aus Kübeln. Innerhalb von Sekunden ist sie vollkommen durchnässt, und die Windböen sind so stark, dass sie sich an der Balustrade festhalten muss.

Dennoch bleibt sie draußen. Sie will dabei zuschauen, wie der Regen gegen das Feuer gewinnt. Sie will es spüren, mit ihrem ganzen Körper.

Es hat etwas Erschreckendes, aber zugleich auch Beruhigendes, dass nur die Natur gegen die Natur ankommt, und der Mensch, egal, was er tut, nichts ausrichten kann. All die Löschversuche während der vergangenen Tage. Die vielen Hubschrauber und die unzähligen Flugzeuge, die Wasser abgeworfen haben: All das war vollkommen nutzlos. Fast schon lächerlich.

Nun kommt der große Regen, und es besteht kein Zweifel, dass er das Feuer besiegen wird. Es ist banal, aber wahr: Wenn es darauf ankommt, ist der Mensch auf Hilfe von oben angewiesen, ganz egal, wie man dieses Oben definiert.

Es ist früher Abend. Manon sitzt in der Küche und trinkt ihr drittes Glas Wein. Sie hat sich ein Handtuch um die Haare gewickelt und das nasse Kleid gegen eine trockene Hose und ein T-Shirt getauscht.

Seit das Gewitter eingesetzt hat, ist Manons Sorglosigkeit im Hinblick auf Thomas von einer diffusen inneren Unruhe abgelöst worden: Thomas ist irgendwo da draußen. Allein im Wald.

Er mag zwar ein Schwimmer sein, aber dieses Gewitter hat in der ersten halben Stunde eine Wucht entwickelt, wie Manon es noch nie zuvor erlebt hat. Blitze im Sekundentakt, Donner ohne Unterbrechung, dazu sturmartige Böen und wasserfallartiger Regen. Der Alkohol hilft. Er nimmt der Angst die scharfen Kanten. Aber die diffuse Unruhe bleibt.

Manons Handy klopft. Sie greift sofort danach, in der Hoffnung, es könnte Thomas sein. Aber es ist erneut nur eine Nachricht ihres Vaters, die vierte oder fünfte, seit sie telefoniert haben: *Es war nicht so, wie du denkst. Ich würde es dir gern erklären.*

Sie wischt die Nachricht weg.

Im selben Moment hört sie, wie sich die Haustür öffnet, und ein paar Sekunden später steht Thomas zwischen Flur und Küche.

Er hat seine Regenjacke an und die Kapuze mithilfe der Kordeln so eng um sein Gesicht geschnürt, dass nur die Augen, der Mund und die Nase zu sehen sind.

Er sieht aus wie ein kleiner Junge, der auf dem Heimweg vom Fußballspielen von einem Wolkenbruch überrascht wurde.

Alles an ihm fließt und tropft. Um seine Füße bildet sich eine Pfütze auf den Terrakottafliesen.

Manon sieht, dass Thomas sogar seinen Rucksack eingepackt hat: Er steckt in einer orangenen Regenhülle und sieht aus wie eine Boje, die er auf dem Rücken trägt.

Manon muss ein Lachen unterdrücken. Der Anblick des tropfenden Thomas mit dem eingeschnürten Gesicht und der Boje auf dem Rücken wirkt auf sie wie das Bild aus einem Comic.

Vor allem aber verspürt sie Erleichterung. Thomas ist von keinem Blitz getroffen und auch nicht von einem Baum oder Ast erschlagen worden. Er lebt, er ist unverletzt, es geht ihm gut.

Seine Augen leuchten, sein Blick ist offen, und seine ganze Haltung hat diese Ironie, die sie so an ihm mag und die er in letzter Zeit nur noch selten gezeigt hat – zumindest ihr gegenüber.

»So«, sagt er. »Da bin ich wieder.«

Manon lächelt. »Du bist nass geworden«, sagt sie.

»Ja«, sagt er. »Aber nur ein kleines bisschen.« Er lächelt ebenfalls.

Schweigend schauen sie einander in die Augen. Nach ein paar Sekunden senkt Thomas den Blick zu der Pfütze um seine Füße. »Vielleicht muss ich mich mal abtrocknen.«

Sie sitzen zusammen in der Küche. Manon hat Nudeln und eine schnelle Tomatensoße gekocht. Thomas trägt eine Jeans und ein T-Shirt. Sie essen schweigend.

Es ist seltsam vertraut und zugleich seltsam neu: ein Gefühl zwischen zwei Polen, wie zum Zerreißen gespannt. Aber es zerreißt nicht, was sicher auch mit Manons Alkoholpegel zu tun hat: Sie ist schon wieder betrunken.

Draußen regnet es unvermindert weiter.

Gerade als Manon dazu ansetzt, Thomas zu fragen, ob er noch einen kleinen Nachschlag möchte, klingelt es. Am liebsten würde Manon das Licht ausmachen und so tun, als ob niemand zu Hause wäre. Und nach Thomas' Gesichtsausdruck zu urteilen, geht es ihm ähnlich. Aber dazu ist es zu spät. Also geht sie in den Flur und öffnet die Tür. Draußen stehen Airin und Adam. Airin hat eine Flasche Wein in der Hand, Adam hält einen Schirm.

Sie sehen beide müde und blass aus. Manon muss an ihren Traum denken, an den Gesichtsausdruck, den Adam hatte, kurz bevor er gesprungen ist.

»Stören wir?«, fragt Airin.

»Nein«, sagt Manon, obwohl sie am liebsten »Ja« sagen würde.

Sie gehen in die Küche. Thomas steht auf.

»Hi«, sagt er.

»Hej«, sagen Airin und Adam wie aus einem Mund.

Die ganze Situation hat etwas Erzwungenes. Die erste gemeinsame Begegnung nach der Verabschiedung auf der Felsenterrasse. Das Ende der Drogennacht, als noch alles vor ihnen lag. Das Feuer. Das Telefonat mit ihrer Schwiegermutter. Die Sitzung bei Blumberg, als Thomas sich von ihr getrennt hat.

»Wollt ihr vielleicht etwas essen?«, fragt Manon, obwohl in dem Topf gar nicht mehr genug für sie beide ist.

Airin und Adam schütteln die Köpfe.

»Oder ein Glas Wein?«

»Wein klingt gut«, sagt Airin.

Manon holt zwei Gläser und den Weißwein aus dem Kühlschrank und schenkt ihnen ein.

Ein unangenehmes Schweigen entsteht. Thomas starrt in den Regen. Manon greift nach ihrem Weinglas. Die Gläser von Adam und Airin stehen unberührt vor ihnen.

Airin wendet sich Manon zu: »Hast du Thomas das mit dem Feuer erzählt? Ich meine ...« Sie macht eine kurze Pause und fährt dann fort. »Also das mit unserem Streit und dem Joint?«

Manon nickt. Thomas ebenfalls.

»Wir wollten euch sagen, dass wir uns inzwischen selbst angezeigt haben ...«

Manon zögert kurz und sagt dann: »Verstehe.« Und währenddessen denkt sie, dass sie gar nichts versteht, außer dass es um drei Jahre Gefängnis geht. Und um eine Millionenstrafe. Drei Jahre! Und dazu ein Leben lang Schulden.

Sie weiß nicht, was sie sagen soll, hat aber das Gefühl, dass es wichtig wäre, irgendetwas zu fragen.

Thomas räuspert sich. »Und wie geht es jetzt weiter?«

»Sobald das Feuer gelöscht ist und die Straßen wieder frei sind, wird die Polizei hierherkommen und uns vernehmen«, sagt Adam. »Wir haben überlegt, ob wir euch da irgendwie raushalten können, aber das wäre zu gefährlich. Gut möglich, dass es Drohnenaufnahmen von eurem Auto gibt, das am Strand parkt, oder von uns zu viert auf dem Felsen. Daher werden wir alles genau so schildern, wie es war, also auch, dass wir mit euch an den Strand gefahren sind.«

Manon nickt mechanisch. Drei Jahre, denkt Manon erneut, nun aber in eine andere Richtung gewendet.

»Aber natürlich werden wir der Polizei erklären, dass ihr nichts mit der Sache zu tun habt«, sagt Airin. »Dass ihr längst weg wart, als es passiert ist.«

Ein wenig ängstlich schaut Manon zu Thomas. Sie geht davon aus, dass er betonen wird, er sei von Anfang an gegen die Fahrt zum Strand gewesen. Dass nichts von alldem passiert wäre, wenn sie im Garten geblieben wären, so wie er es wollte. Aber er reagiert ganz anders.

»Wir drücken euch die Daumen«, sagt er. »Und am besten geben wir euch unsere Kontaktdaten, dann kann die Polizei sich mit uns in Verbindung setzen, wenn sie Fragen haben.«

»Ja«, sagt Airin.

Thomas steht auf, verschwindet im Flur und kommt mit einer Visitenkarte zurück, die er Adam in die Hand drückt. Airin holt ihrerseits eine Visitenkarte heraus, die sie Manon hinschiebt.

»Ruf mich kurz an, dann habe ich deine Nummer.« Sie schaut ihr dabei in die Augen. Es ist kein Vorschlag, sondern ein Befehl, und Manon greift nach ihrem Handy und wählt die Nummer. Airins iPhone brummt. Die Situation entspannt sich. Alles Wichtige ist ausgesprochen. Das große Thema ist vom Tisch.

Adam erzählt davon, wie Emilia beim Essen – das heute wegen des Gewitters das erste Mal drinnen stattfand – von Paar zu Paar gegangen ist und noch einmal mit allen gesprochen hat. »Es war eine seltsame Situation«, sagt er, »vor allem für sie, glaube ich. Dabei hat sie nur das wiederholt, was bereits in der E-Mail stand. Aber es ist ihr erstaunlich gut gelungen, die Gemüter zu beruhigen. Sogar die Holländerin hat danach ihren Wein getrunken.« Er lacht. In Manons Ohren klingt es gewollt.

»Worum geht es denn?«, fragt Thomas.

»Um Blumberg«, sagt Manon. »Er ist heute Vormittag weggeflogen. Mit einem Hubschrauber.«

Weggeflohen, denkt sie. Und danach habe ich erfahren, dass mein Vater meine Mutter auf Sizilien im Krankenhaus hat liegen lassen und sie dort allein gestorben ist.

»Oh«, sagt Thomas. Er sagt es so, als hätte er nicht nur das gehört, was Manon gesagt hat, sondern auch das, was sie gedacht hat.

»Ja«, sagt Adam. »Nun hat Gottvater das Paradies verlassen.« Er lacht erneut. Diesmal klingt es ungezwungener.

Airin stimmt in sein Lachen ein. »Dabei sind es doch eigentlich die Menschen, die verbannt werden ...«, sagt sie. »Aber Spaß beiseite: Ich finde, man spürt, dass er nicht da ist ... Ohne Blumberg ist Paraiso nur ein dekadenter Ferienort. Er allein gibt dem Ganzen hier einen Sinn.«

Verbannung.

Sinn.

Der doppelte Boden wird zu einem großen, dunklen Raum voller Unwägbarkeiten. Manon versucht das Gespräch zurück zur Eindeutigkeit zu navigieren. »Wisst ihr denn, worum es sich bei dem privaten Notfall handelt?«, fragt sie.

Airin und Adam tauschen einen Blick. Adam zuckt mit den

Schultern. »Ich denke, wir können es erzählen. Es ist kein großes Geheimnis.«

Airin wendet sich ihnen wieder zu und macht eine unbestimmte Geste. »Blumberg hat ein Haus an der Küste. Im Netz gibt es Gerüchte darüber, dass es sich um eine riesige Villa handelt, aber tatsächlich ist es eine Finca, die unter Denkmalschutz steht und in die er jeden Cent steckt, den er hier verdient. Dort lebt er mit seinem Partner, der nach einem Schlaganfall stark eingeschränkt ist. Nun musste diese Finca wegen dem Brand geräumt werden. Aber vielleicht hat er ja Glück gehabt, und der Regen kam noch früh genug.«

Thomas schüttelt den Kopf. »Woher wisst ihr das alles?«, fragt er.

»Von ihm selbst«, sagt Airin. »Für Blumberg ist das hier eine richtige Katastrophe. Das Feuer, das dann auch noch von einem Paar aus seinem Psychodorf ausgelöst worden ist. Dabei hat er so schon genug Probleme.«

»Probleme?«, fragt Manon. »Was für Probleme?«

Sie schaut zu Thomas. Doch der nimmt ihren Blick nicht auf. Seine Augen sind starr auf Airin gerichtet.

Erneut schauen Airin und Adam sich an. Adam nickt. Anschließend wendet sich Airin ihnen zu. »Könnt ihr ein Geheimnis für euch behalten?«

»Na klar«, sagt Manon, obwohl sie weder ein Geheimnis erfahren möchte noch versprechen kann, es für sich zu behalten.

Thomas sagt nichts, aber offenbar wertet Airin sein Schweigen als Zustimmung.

Sie holt tief Luft. »Vielleicht habt ihr schon davon gehört. Rund um Paraiso kursieren viele Gerüchte. Zum Beispiel, dass die Waldbranddrohnen von Blumberg gesteuert werden, dass die Paare in den Häusern mit Kameras überwacht werden oder dass Blumberg bestimmte Paare als Spione einsetzt … All das ist natürlich Unsinn. Aber es gibt eine Sache, die stimmt …« Sie macht eine Pause und schaut zu Adam. Offenbar will sie es ihm überlassen, das große Geheimnis zu offenbaren.

Adam beugt sich nach vorn. »Blumberg zeichnet die Therapiegespräche auf«, sagt er mit gedämpfter Stimme.

Manon muss sich an ihrem Stuhl festhalten, um gerade sitzen bleiben zu können.

»Aber ihr dürft das nicht falsch verstehen«, sagt Airin. »Die Aufnahmen macht er nur für sich. Als Gedächtnisstütze. Weil es sonst einfach zu viel ist. Stellt euch das mal vor: acht Paare, und Blumberg muss immer den Überblick über alle Themen behalten. Sobald die Paare abgereist sind und noch bevor die neuen ankommen, vernichtet er die Dateien wieder. Aber ein paarmal hat Blumberg den Fehler begangen, im Vertrauen davon zu erzählen, so wie er auch uns im Vertrauen davon erzählt hat. Er kann sehr offen sein. Einige der Paare konnten damit nicht umgehen und haben es weitererzählt. Und nun wurde er deswegen angezeigt, es gibt mehrere Klagen gegen ihn. Wahrscheinlich sind die Kläger frustriert, weil für sie in Paraiso nicht das herausgekommen ist, was sie sich vorgestellt haben …«

Manon muss daran denken, wie Blumberg sich in der letzten Sitzung auch ihnen gegenüber geöffnet hat. Sie muss an die beiden Österreicher denken. Und auch an Thomas und sich selbst. Die Paare kommen nach Paraiso, um ihre Beziehung zu retten, aber am Ende des Coachings trennen sie sich. Vermutlich erleben es viele als Schock: Wir haben etwas ganz anderes gebucht! Wir wollten uns wieder annähern. Ein Stück von dem Glück wiederfinden, das da einmal war. Offenbar gab es im Vertrag etwas Kleingedrucktes, das wir übersehen haben. Und dafür haben wir fünftausend Euro bezahlt. Das ist Betrug!

Aber bestimmt gibt es auch Paare, die sich nicht trennen. Die wieder glücklich werden. Oder vielleicht sogar das allererste Mal richtig glücklich sind. Oder ist es vielleicht ganz anders? Womöglich ist das gesamte Coaching-Konzept auf Trennung ausgerichtet? Und die, die es nicht schaffen, landen in der Beziehungshölle?

Manon schaut zu Thomas und versucht seinen Blick aufzufangen. Aber er betrachtet gedankenversunken seinen Wein und beachtet sie nicht.

Airin macht eine Bewegung mit ihrer Hand, als wollte sie eine Fliege verscheuchen. »Und es gibt da noch etwas«, sagt sie. »Eigentlich wollten wir es euch schon an unserem gemeinsamen Abend sagen, aber irgendwie kam es nicht mehr dazu ...«

Airin macht eine Pause, und Manon hat das Gefühl, dass sich darin alles sammelt, was in der Nacht passiert ist: der Gin Tonic, die Drogen, das Tanzen, die Fahrt zum Strand, der Sonnenaufgang, der Joint – und seine Folgen.

Manon schaut zu Adam, der mit seinem Blick jedoch bei Airin ist.

»Wir sind schon ein bisschen länger hier ...«, sagt sie.

»Ein bisschen länger?«, wiederholt Manon.

»Ja«, sagt Adam. »Inzwischen sind es fast drei Monate.«

»Drei Monate?« Es kommt Manon vor, als ob sie nicht selbst die Entscheidung getroffen hat, diese Frage zu stellen, sondern jemand in ihrem Kopf nun ihr Sprachzentrum steuert.

»Es war nicht geplant«, sagt Airin. »Wir haben genau so angefangen wie ihr, aber dann haben wir immer wieder verlängert.«

Thomas hat sich von Airin abgewendet und schaut zu Manon. Er nickt kaum merklich, und sein Blick sagt: Ich habe es gewusst. Was genau gewusst, fragt Manon stumm, doch Thomas' Augen geben ihr keine Antwort.

Airin schüttelt den Kopf. »Zwischendurch haben wir uns der großen Lösung immer wieder ganz nah gefühlt. Aber dann ...« Sie lässt den Halbsatz in der Luft hängen. Es geht eine Unruhe von ihm aus, die Manon ganz nervös macht.

»Was wäre denn die große Lösung?«, hört Manon sich fragen.

»Ich fürchte, es gibt sie nicht«, sagt Airin. »Adam würde gern Kinder haben. Eine Familie. Ich kann mir das nicht vorstellen.«

Adam schüttelt den Kopf. »Es geht nicht nur um Kinder. Es geht um mehr Verbindlichkeit.«

»Ja«, sagt Airin. »Aber es geht auch um Kinder.«

Sie schweigen. Plötzlich ist da wieder die gleiche Kluft zwischen ihnen wie auf dem Parkplatz. Die Nähe, die sie auf den ersten Blick vermitteln, ist eine Täuschung. Zugleich spürt Manon noch etwas anderes. Etwas, das sie schon in der Drogennacht gespürt hat und das auch in Airins Blick lag, als sie sie nach ihrer Nummer gefragt hat. Erst jetzt kann sie es richtig greifen: die Nähe, die Airin auf MDMA zu ihr hergestellt hat, die Intensität, die Zärtlichkeit. Die Art, wie sie sie angeschaut hat, vielleicht war das kein Zufall. Vielleicht liegt darin etwas Spezielles. Vielleicht hat Adam einfach nur das falsche Geschlecht.

Einen Moment lang schweigen sie alle.

»Wir sind vom Thema abgekommen«, sagt Adam, als wollte er Manons Gedanken die Luft abschneiden. »Eigentlich waren wir ja bei Blumberg. Auch das mit den längeren Aufenthalten gehört zum Konzept. Es werden immer zwei Häuser für Langzeitpaare zurückgehalten. Die Österreicher waren auch so ein Fall ... bevor sie abgereist sind.«

»Langzeitpaare«, wiederholt Manon. Gleichzeitig beginnt sie zu verstehen. Deshalb kennen sich Adam und Airin so gut in der Gegend aus: die Felsenterrasse, die Taxis in Tarifa, das Gras aus Marokko.

Sie atmet tief ein. »Thomas und ich haben uns getrennt«, sagt sie.

Sie hat keine Ahnung, woher der Satz so plötzlich kommt, aber sie musste ihn sagen, sie konnte nicht anders. Denn erst jetzt, wo sie es das erste Mal vor anderen ausgesprochen hat, ist es Wirklichkeit – nicht nur für sie, sondern auch für die Welt.

Wir haben uns getrennt.

Wir.

Das ist die Rache.

»Oh«, sagt Adam.

»Das tut mir leid«, sagt Airin.

Manon schaut zu Thomas. Ihre Blicke treffen sich. Sie versucht zu spüren, was er davon hält, dass sie es erzählt hat. Und wie sie es erzählt hat. Aber sein Blick bleibt neutral, beinahe unbeteiligt.

Thomas wendet sich Airin und Adam zu und lächelt. »Es muss euch nicht leidtun«, sagt er. »Ich denke, es ist das Beste. Für uns beide. Und für die Kinder.«

Manon versucht herauszuhören, ob es da einen aggressiven Unterton gibt. Einen Vorwurf, der sich gegen sie richtet, all das, was da noch vor ein paar Tagen ohne jeden Zweifel bei solchen Sätzen mitgeschwungen hätte. Aber da ist nichts von alldem. Thomas meint es genau so, wie er es sagt.

Erst jetzt bemerkt sie, dass alle sie erwartungsvoll anschauen.

»Ich sehe es genau so«, sagt sie. »Jetzt geht es darum, dass wir unser Getrenntsein gut gestalten.«

Sie greift nach ihrem Glas, und alle tun es ihr nach.

Später sitzen sie zu zweit in dem kargen Steingarten, den Blumberg vor ihrer Anreise für sie ausgesucht hat.

Hat er ihn denn wirklich bewusst für sie ausgesucht? Oder

war es nur ein Zufall, dass sie in genau diesem Haus gelandet sind? Und gibt es denn wirklich Zufälle für ein so sinnsüchtiges Wesen wie den Menschen? Oder ist am Ende – im Rückblick – nicht alles Schicksal?

Der Regen hat aufgehört. Aber noch immer tropft es von den Zweigen und Blättern.

Schweigend lauschen sie in die Stille. In der Ferne ruft ein Uhu. Es folgt ein zweiter Laut, den Manon nicht einordnen kann.

»Hast du das gehört?«, fragt Thomas.

»Ja«, sagt sie. »Was war das?«

»Ein Hirsch.«

Seine Augen leuchten.

Manon fühlt sich seltsam beschwingt. Mit einem Mal hat die Selbstverständlichkeit zwischen ihnen nichts Bedrohliches mehr. Im Gegenteil: Sie ist schön, vertraut, weich und federnd. Sie überlegt, ob es damit zu tun hat, dass sie schon wieder betrunken ist, den zweiten Abend in Folge. Aber sie erinnert sich an einige betrunkene Abende in der Vergangenheit, die sich ganz anders angefühlt haben. An denen der Alkohol die schlechte Stimmung zwischen ihnen sogar noch verstärkt hat.

Spontan steht sie auf, stellt sich hinter Thomas' Stuhl und legt ihre Hände auf seine Schultern.

Thomas holt tief Luft, bleibt aber genau so sitzen wie zuvor.

Seine Schultern sind warm. Vertraut. Es fühlt sich schön an, sie zu berühren.

Manon lässt ihre Hände liegen, und sie lauschen beide in die Dunkelheit. Gemeinsam warten sie auf den nächsten Ruf des Uhus oder auf das Röhren eines Hirschs. Aber es bleibt still. Nur die Tropfen fallen weiter von den Ästen und Blättern und zerplatzen auf dem Boden.

Thomas

Vierundzwanzig

Das Erste, was Thomas sieht, als er aufwacht, ist Manons Nacken. Diese schöne schmale Linie im Übergang zu den Schultern. Der leichte Flaum. Am liebsten würde er ihn küssen oder zumindest streicheln, die Macht der Gewohnheit. Stattdessen bleibt er so still wie möglich liegen, atmet flach und betrachtet die zarte Haut.

Sie haben abends noch lange im Garten gesessen, den Rufen des Uhus und dem Röhren der Hirsche gelauscht. Die Wolken waren verschwunden, die Sterne kamen hervor. Als sie dann schließlich schlafen gegangen sind, hat Manon ihre Decke geholt, ist ganz selbstverständlich mit in sein Zimmer gekommen und hat sich mit zu ihm ins Bett gelegt. Und dort haben sie nebeneinander geschlafen, nah und trotzdem weit voneinander entfernt.

Der letzte Tag in Paraiso ist seltsam. Ohne Blumberg sind die Regeln außer Kraft gesetzt. Alles scheint in Auflösung begriffen zu sein. Es herrscht eine seltsame Anarchie. Rollkoffer rumpeln über das Kopfsteinpflaster, große Kisten stehen vor der Kirche. Die Paare kommen nicht mehr zusammen zum Frühstück. Auf der Restaurantterrasse wird laut telefoniert und diskutiert. Die Zurückhaltung der vergangenen Woche am Büfett ist Vergangenheit.

Emilia rennt wie aufgescheucht zwischen den Tischen hin und her und versucht krampfhaft die alte Ordnung aufrechtzuerhalten. Es gelingt ihr nicht. Alle warten nur darauf, endlich fahren zu dürfen.

Das Feuer ist gelöscht, aber die Straßen sind noch gesperrt. Sie sollen frühestens am Mittag freigegeben werden, wenn die Feuerwehr sichergestellt hat, dass sich wirklich nirgendwo mehr Glutnester verstecken.

Der Pool bleibt geschlossen, und als Thomas sich auf die Zehenspitzen stellt und einen Blick hinter die Mauern wirft, sieht er, dass das Wasser nicht mehr türkis, sondern vom Ascheregen grau ist.

Während zwischen den meisten Paaren die Stimmung angespannt und gereizt wirkt, herrscht zwischen Thomas und Manon eine ruhige, wenn auch erschöpfte Verbundenheit. Für Thomas fühlt es sich an, als ob ein langjähriger Grabenkampf durch ein Friedensabkommen endlich beendet wäre. Er muss daran denken, was Blumberg in ihrer letzten Sitzung gesagt hat: »Viele verstehen nicht, dass die Rettung ihrer Beziehung vielleicht einfach darin besteht, diese Beziehung zu beenden und zu überlegen, wie sie die Beziehung nach der Beziehung gestalten wollen.«

In dem Moment hat er es – wie so vieles von dem, was Blumberg gesagt hat – als Plattitüde empfunden, aber jetzt fühlt es sich absolut stimmig an.

Nur: Sind sie denn wirklich getrennt? Heute Morgen im Bett hat er sich Manon sehr nah angefühlt. Und als er gestern völlig durchnässt im Flur stand und Manons Lächeln gesehen hat: Was war das anderes als Liebe?

Etwas ist gestern während des Gewitters mit ihm geschehen. Etwas, das außerhalb seiner Kontrolle lag und bei dem es zugleich genau darum ging: Kontrolle. Oder vielmehr keine Kontrolle mehr zu haben. Loszulassen.

Er saß in dem Korkeichensessel an den Stamm gelehnt und war fest davon überzeugt, die Welt würde untergehen – und er mit ihr. Anfangs hatte er Angst, er erinnert sich, dass er zwischendurch sogar gebetet hat – das erste Mal in seinem Leben! –, aber dann hat er sich einfach der Naturgewalt übergeben. Den grellen Blitzen, dem ohrenbetäubenden Donner, diesem Sturm, der abgebrochene Äste durch die Gegend schleuderte, dem Platzregen, der einfach zwischen den Blättern hindurchschlug, als wären sie gar nicht vorhanden. Thomas hatte das Gefühl, sich von allem Materiellen und schließlich sogar von seinem Körper zu entkoppeln. Nichts war mehr wichtig, nicht einmal seine Leica, die zusammen mit dem Objektiv zwölftausend Euro gekostet hat und die sich zwar in einem angeblich regenfesten Case in seinem mit einer Regenhülle geschützten Rucksack befand – aber würde sie auch diesen Regen hier überstehen? Schwer zu sagen. Das war kein normaler Starkregen mehr, es war die Sintflut.

Dass die Hose an seinen Beinen klebte wie eine zweite Haut, dass er nass war und fror, spürte Thomas nur am Anfang. Stattdessen fühlte er sich ungewohnt frei. Keine inneren Regeln mehr. Kein A und dann B und dann C, sondern das ganze Alphabet durcheinander. Er überlegte, wann er sich zuletzt so gefühlt hatte. Vielleicht als Kind. Zu der Zeit, als er noch nicht verstanden hatte, wie groß der Graben zwischen ihm und seiner Familie war. Als er allein im Garten herumlief und mit Stöcken, die er irgendwo gefunden hatte, ein vollkommen freies Spiel erfand. Damals war er sieben oder acht, nun ist er zweiundfünfzig. Fünfundvierzig Jahre sind seitdem vergangen.

Erst als der Wind nachließ, stand er auf und setzte sich in Bewegung. Die ersten eineinhalb Stunden lief er rein nach Gefühl, und als er schließlich seinen Kompass und die Karte herausholte, konnte er kaum glauben, dass er sich auf diese Weise Paraiso auf direktem Weg genähert hatte. Also packte er die Karte wieder weg und lief – nur unter Zuhilfenahme des Kompasses – weiter, bis er schließlich an das Tor kam, durch das er am frühen Morgen den Ort verlassen hatte.

Nach dem Frühstück gehen Manon und Thomas zurück ins Haus und packen ihre Sachen. Dann setzen sie sich zusammen auf die Steingartenterrasse und planen ihre Rückreise. Nachdem es morgens noch neblig war, scheint inzwischen die Sonne. Aber durch das Gewitter ist es deutlich kühler geworden. Das erste Mal, seit sie hier sind, trägt Thomas in Paraiso sein Fleece. Es wirkt so, als ob das Wetter innerhalb weniger Stunden von einem falschen August in den echten Oktober gesprungen ist. Nun zeigt sich das Wetter so, wie es ihr Reiseführer für die Jahreszeit angekündigt hat: sonnig, um die zwanzig Grad, dazu eine leichte Brise, die vom Meer her kommt.

Bereits gestern Abend haben sie entschieden, dass sie zusammen fahren werden und Manon nicht vorausfliegt. Sie wollen die Reise gemeinsam zu einem guten Abschluss bringen. Sie wollen die Kinder zusammen abholen. Sie wollen ihnen zeigen, dass sie auch getrennt gut miteinander umgehen können – oder überhaupt erst dann. Sie wollen dabei nichts überstürzen, wollen es ihnen erst in ein paar Wochen sagen, wenn sie einen Plan haben, ein Bild von der gemeinsamen getrennten Zukunft.

Sie unterteilen die Rückfahrt zuerst in drei, dann in vier Etappen. Valencia, eine Übernachtung in den Pyrenäen, Lyon und schließlich Heidelberg. Nebeneinander googeln sie nach Hotels und überbieten sich gegenseitig mit Vorschlägen von noch schöneren, noch teureren Alternativen. Dabei stellt sich kein einziges Mal die Frage, ob sie zwei Einzelzimmer nehmen. Nicht nur deshalb, weil es doppelt so teuer wäre, sondern weil die Frage schlicht überflüssig ist. Sie haben heute Nacht nebeneinander geschlafen, dann werden sie die nächsten drei Nächte auch noch nebeneinander schlafen können.

Es folgt das Warten darauf, dass die Polizei die Straße endlich wieder freigibt und sie loskönnen. Raus aus diesem weltfernen Ort, in dem sie die vergangenen acht Tage verbracht haben. Raus aus diesem Therapiehaus mit den getrennten Betten, weg von den Korkeichen, den Hirschen, den Eulen, der Kirche, dem Parkplatz. Weg von Airin und Adam und den Drohnen, die seit dem Morgen wieder fliegen.

»Glutnester«, sagt Thomas und schüttelt den Kopf. »Wo sollen nach diesem Regen denn noch Glutnester sein?«

Manon sitzt am Küchentisch. Vor ihr liegt ein karierter Collegeblock, genau die Art Block, die sie seit zwanzig Jahren für ihre Skizzen und Notizen verwendet und von denen sie mindestens fünfzig in einer Schublade in ihrem Atelier gestapelt hat. Sie hält einen Bleistift zwischen den Fingern wie eine Zigarette und starrt in den Steingarten.

Thomas freut sich auf den Aufbruch. Auf die Fahrt. Vielleicht sogar auf das neue Leben, das ihn erwartet. Er hat nach Fachhochschulen gegoogelt, an denen er Architektur studieren könnte. Er hat sich vorgestellt, wie er mit Anfang fünfzig mit den zwanzigjährigen Studenten und Studentinnen gemeinsam in Seminaren, in der Cafeteria und in der Mensa sitzt, und dabei hat er eine beinahe pubertäre Euphorie empfunden. Vielleicht kauft er sich einen E-Roller. Oder ein gutes Rennrad. Ist das die verspätete Midlife-Crisis? Vermutlich. Ganz bestimmt sogar. Aber wenn schon. Hat er sich solche Gefühle nach den vergangenen fünf Jahren nicht verdient? Er hat etwas nachzuholen. Wann, wenn nicht jetzt …

Im Gegensatz zu gestern Abend, als sich Manon auf der Terrasse hinter ihn gestellt und ihre Hände auf seine Schultern gelegt hat, kommt es zu keinen Berührungen mehr. Aber sie gehen sich nicht aus dem Weg. Ihr Nebeneinandersein hat etwas Ungezwungenes, ist viel lockerer als noch vor zwei Tagen: Es gibt keine Erwartung, die zieht und zerrt. Das, was geschehen ist, ist geschehen. Sie können es nicht rückgängig machen. Die einzige Chance, die sie haben, ist der totale Neuanfang.

Mehrfach muss Thomas an ihre Anfangszeit denken, als sie sich gerade frisch kennengelernt hatten und alles noch offen war. Als sie noch keinen Sex hatten. Nicht nur keinen Sex, sondern als es noch nicht einmal zu einer flüchtigen Berührung kam. Sie standen Schulter an Schulter im Seminarraum über Manons Arbeitsentwürfe gebeugt und diskutierten sie. Thomas spürte ihre Wärme und roch ihr Shampoo. Und er sah sie. Ihre Arme, ihren Hals. Ihre Augen. Ihren Mund. Das war alles. So ging es viele Wochen, und jede Minute kam Thomas vor wie eine Stunde – im Guten wie im Schlechten: Hoffen. Bangen. Enttäuschung. Und dann wieder Hoffen. Er war der Dozent im Fotolabor, ein Handwerker, den die Kunst nur als Konsument interessierte. Er war fest davon überzeugt, für Manon nur ein netter Spießer zu sein, den sie als hilfreich erachtete, um ihre teils verrückten Fotoprojekte technisch umzusetzen. Und dennoch hoffte er. Er hoffte die ganze Zeit.

Sosehr er damals unter der Unsicherheit litt, es war eine unvergleichlich intensive, seltsam verstärkte und zugleich gedehnte

Zeit. Eine Zeit vor der Zeit. Und nun, an diesem letzten gemeinsamen Tag in Paraiso, nach der Trennung, ist Thomas diese Zeit so nah wie nie zuvor. Sogar Manons innerliches Kreisen um ihre Kunst fühlt sich so an wie damals, auch wenn es jetzt um eine Gruppenausstellung mit bekannten Künstlern aus aller Welt im Centre Pompidou in Paris geht und nicht um ein Studenten-Happening im Bethanien in Berlin-Kreuzberg. Mit ihrem Block sitzt sie da und schreibt in ihrer unwirklich schönen Handschrift und zeichnet dazu Skizzen auf das Papier. Als er ihr über die Schulter schaut, zieht sie das Blatt an ihren Körper und verdeckt es mit der Hand.

»Meinst du, wir können unterwegs noch einen kurzen Abstecher in einen der abgebrannten Wälder machen?«, fragt sie. »Ich überlege, ob ich den Waldbrand für diese Gruppenausstellung nutzen kann.«

Thomas lächelt und schüttelt zugleich den Kopf. Nun sind sie endgültig in ihre Anfangszeit zurückgekehrt. Manon plant ein Kunstwerk, und er soll ihr dabei helfen.

»Was ist?«, fragt Manon. »Findest du die Idee blöd?«

»Nein. Es ist nur …« Er winkt ab. »Egal …«

»Meinst du denn, das ginge vielleicht? Dass wir noch eine Viertelstunde durch den abgebrannten Wald laufen?«

»Von mir aus. Aber ich glaube nicht, dass die Polizei ihn so schnell freigeben wird.«

»Vielleicht können wir in einen der Wälder bei Marbella, die wir auf der Hinfahrt gesehen haben. Dort sind die Brände ja längst gelöscht. Und es liegt auf dem Weg.«

Thomas nickt. »Das ist bestimmt möglich …«

Wie so oft verblüfft es ihn, wie schnell Manon in der Lage ist umzuschalten. Auf der Hinfahrt stand sie noch mit weit aufgerissenen Augen auf dem Parkplatz neben der Schnellstraße, die

Hand vor den Mund geschlagen, und nun plant sie ein Kunstwerk, in dem es um brennende Wälder geht. Vermutlich ist eine solche Bewegung die Voraussetzung für echte künstlerische Kreativität. Vielleicht bedarf es genau dieser Mischung aus Nähe und Distanz, Panik und Größenwahn, um große Werke hervorzubringen.

»Ich habe gestern ein paar Fotos gemacht«, sagt Thomas.

»Fotos?«

»Von dem Waldbrand. Wenn du willst, kannst du sie dir anschauen. Vielleicht bringen sie dich auf eine Idee.«

Er hat sich auf das Spiel eingelassen: Spulen wir die Zeit einfach zwanzig Jahre zurück und schauen, was passiert. Manon macht ihre Kunstprojekte, er ist ihre Muse.

»Sehr gern«, sagt Manon.

Thomas geht in sein Zimmer und holt die Kamera. Noch gestern Abend vor dem Schlafengehen hat er sie überprüft. Sie funktioniert einwandfrei. Das Regencase hat die Feuchtigkeit abgehalten.

Manon schweigt, während sie sich mit dem Daumen durch die Fotos wischt.

Dann fragt sie: »Hast du nicht gerade gesagt: ein paar?«

»Was meinst du?«

»Ein paar Fotos. Das sind deutlich mehr als nur ein paar.«

»Stimmt«, sagt Thomas. »Ich war ziemlich wahllos.«

Manon schüttelt entschieden den Kopf. »Wahllos würde ich es nicht nennen. Dafür sind die Bilder zu gut.«

Sie wischt weiter, murmelt zwischendurch vor sich hin: »Wow!« Und: »Unglaublich!«

Thomas wird das Lob unangenehm, er geht mit einem Glas Wasser hinaus in den Garten, setzt sich zwischen die Steine und beobachtet die Eidechsen.

Das Mittagessen fällt aus. Stattdessen hat Emilia eine Mail verschickt, dass die Straßen ab 13 Uhr wieder freigegeben werden und sie allen, die fahren wollen, eine gute Heimreise wünscht. Dass es ihnen aber auch freisteht, noch ein oder zwei Nächte zu bleiben, wenn auch nicht bei voller kulinarischer Versorgung. Und auch der Pool wird geschlossen bleiben. Thomas zweifelt daran, dass es jemanden gibt, der das Angebot annimmt. Höchstens die Französin. Sie scheint über allem zu schweben, während ihr Mann zu ihren Füßen kniet und ihr jeden Wunsch von den Lippen abliest.

Um kurz vor eins beobachten Thomas und Manon von der Dachterrasse aus, wie Airin und Adam von zwei Polizisten zu einem Polizeibus begleitet werden. Zuvor hatte Airin Manon eine Nachricht geschickt: »Werden gleich abgeholt. Wenn ihr wollt, könnt ihr uns von eurem Dach aus winken.«

Natürlich winken sie nicht, und auch Airin und Adam drehen sich nicht in ihre Richtung. Im ersten Moment kommt es Thomas so vor, als trügen sie Handschellen, aber das ist natürlich Unsinn. Dafür gehen die Polizisten so nah neben ihnen, dass man den Eindruck haben könnte, sie würden tatsächlich abgeführt.

Drei Jahre Gefängnis! Wenn es wirklich stimmt, haben sie viel Zeit, um ihre Beziehungsprobleme und ihre gemeinsame Zukunft in aller Ruhe zu überdenken.

Thomas und Manon bleiben so lange auf dem Dach, bis der Polizeiwagen verschwunden ist. Dann drehen sie sich um und gehen schweigend zurück ins Haus.

Der Wald ist kein Wald mehr, sondern eine schwarze Mondlandschaft. So weit das Auge reicht, nur Kohle. Und dazwischen Reste von Baumstämmen, die wie Kriegsruinen in der Landschaft stehen.

Aber am auffälligsten ist die völlige Stille. Kein Rauschen des Windes in den Blättern. Keine Zweige, die rascheln. Keine Baumstämme, die knarzen. Keine Vögel, die zwitschern. Keine Insekten, die summen. Einfach nur Stille.

In dem Wald zwischen Paraiso und Bolonia, durch den sie vor zwei Stunden gefahren sind, hat trotz des mehrstündigen Dauerregens am Vortag und der kühlen Nacht immer noch alles in der Sonne gedampft und geknistert. Der Boden war noch warm, es gab noch Bewegung, zumindest den Anschein von Leben. Aber hier ist alles tot, und das Wissen darum, dass in diesem ehemaligen Waldstück vor ein paar Monaten noch Säugetiere gelebt haben, Insekten, Käfer, Spinnen, ist abstrakt. Leben ist hier unvorstellbar. Alles ist tot.

Thomas betrachtet die verkohlten Holzstücke zu seinen Füßen. Er schließt kurz die Augen. Lauscht. Ein Auto in der Ferne. Dann wieder nichts. Stille.

Totenstille.

Manon befindet sich ungefähr zwanzig Meter von ihm entfernt in der Hocke. Sie hat eine Tüte dabei, in der sie verkohlte Holzstücke sammelt.

Es fällt Thomas schwer, sich vorzustellen, dass er künftig weniger in ihr Leben involviert sein wird. Dass sie ihm vielleicht nicht mehr jede Idee erzählen und ihn nach seiner Meinung fragen wird. Aber vor dem Hintergrund des gemeinsamen Morgens und Vormittags: Vielleicht wird es auch ganz anders sein? Vielleicht wird Manon ihn sogar mehr in ihr Leben hereinlassen als in den vergangenen Jahren?

»Thomas?«

Thomas fährt herum. Manon steht plötzlich direkt neben ihm.

»Ja?«, sagt er.

»Ich wollte dich nicht erschrecken.«

»Ich … war in Gedanken.«

»Ich wollte dich fragen, ob ich dich vielleicht mit einer Idee belästigen darf?«

»Klar. Belästige mich.« Er lächelt.

»Du erinnerst dich doch an unser Gespräch über die Korkeichen«, sagt sie.

»Du meinst, als du behauptet hast, es sei grausam, sie zu häuten, um Champagnerkorken daraus zu machen?« Er sagt es mit einem ironischen Unterton und zieht dabei die Augenbrauen hoch. Das muss sie aushalten.

»Genau«, sagt Manon, ohne auf die Ironie zu reagieren. »Nun haben uns die Korkeichen in Paraiso vor dem Feuer geschützt.«

Thomas nickt. Er muss daran denken, wie er während seiner Wanderung von dem Berg aus die klare Grenze zwischen den Pinien und den Korkeichen beobachten konnte.

»Ich habe mir Folgendes überlegt«, sagt Manon. »Ich lasse einen Korkeichenstamm nachbauen. Ganz naturalistisch und halb nackt, genau so wie die Bäume auf dem Berg beim Parkplatz. Das heißt, unten gehäutet und oben noch mit der dicken Korkrinde bedeckt. Nur den Stamm. Und den stelle ich mit Wurzeln, die im Boden verschwinden, in einen Haufen Waldasche.« Manon deutet auf die Tüte, die zu ihren Füßen liegt. »Und zwar abgetrennt mit Stellwänden oder Vorhängen mitten in einen dunklen, fensterlosen Bereich, herausgehoben nur von einem strahlend hellen Sonnenfleck. Und dazu laufen zwei Tonspuren. Auf der einen hört man leise Waldgeräusche, Insektensummen und Vogelgezwitscher. Auf der zweiten eine große dekadente Gesellschaft. Unterhaltungen, Lachen, Gläserklirren und – ganz wichtig – das regelmäßige Knallen von Champagnerkorken. Und im Hintergrund würde ich gern einige deiner Fotos projizieren.«

»Meine Fotos?«

»Ja, von dem Waldbrand. Natürlich unter Nennung deines Namens.«

Thomas schüttelt ungläubig den Kopf. Es klingt wie eine Erfindung: Kaum haben sie sich getrennt, fragt Manon ihn, ob er sich an einem ihrer Kunstwerke beteiligt. Nicht dass er es sich jemals gewünscht hatte, aber jetzt, wo es im Raum steht, macht es ihn auf eine seltsame Weise stolz.

»Wie findest du das?«, fragt Manon.

»Was meinst du? Die Idee zu der Installation oder das mit den Fotos?«

»Ich meine beides.«

»Also, meine Fotos kannst du gern verwenden.« Er lächelt. »Wer weiß, vielleicht gehen wir ja noch als ein berühmtes Künstlerpaar in die Geschichte ein ...«

Manon lacht kurz auf. Dann wendet sie den Blick von ihm ab und schaut zu Boden, ganz ähnlich wie Noah oft zu Boden schaut, wenn er wegen irgendwas geschimpft wird. Plötzlich wirkt sie traurig, und Thomas muss sich beherrschen, sie nicht in den Arm zu nehmen.

Einen Moment lang hat er das Gefühl, dass sie ganz allein auf der Welt sind. Kein anderer Mensch, kein Säugetier, kein Vogel, nicht einmal ein Insekt. Nur sie beide in dieser apokalyptischen Mondlandschaft.

»Und die Idee?«, fragt Manon, als sie schließlich wieder den Kopf hebt.

Thomas schüttelt den Kopf. »Darf ich ganz ehrlich sein?«

»Natürlich.«

»Ich finde es ziemlich plakativ. In meinen Augen klingt es eher nach Hollywood als nach bildender Kunst ...«

»Ja«, sagt Manon und nickt nachdenklich. »Vermutlich hast du recht ...« Sie schaut in die Ferne.

Er hat das Gefühl, zu weit gegangen zu sein. Das, was er gesagt hat, war ehrlich, aber auch verletzend.

Doch als Manon sich ihm wieder zuwendet, ist ihr Blick offen und klar. »Ich fürchte, ich werde es trotzdem machen müssen. Denn leider fällt mir nichts Besseres ein.« Sie lächelt. »Ehrlich gesagt, fällt mir gar nichts anderes ein.«

»Das ist natürlich ein gutes Argument«, sagt Thomas.

»Allerdings.« Manon lacht.

Sie sitzen im Auto. Die Klimaanlage läuft. Sie fahren an der Küste entlang, die ganz anders ist als die bei Bolonia. Kurviger, zerklüfteter, stärker zersiedelt.

Thomas fühlt sich so, wie er sich schon ganz lange nicht mehr gefühlt hat. Es kommt ihm vor, als ob sie ihre erste gemeinsame Reise machen. Sie sind erst ein paar Monate zusammen. Nun erleben sie ihr erstes gemeinsames Abenteuer.

Manons Handy pfeift. Ihr Klingelton für Menschen, die sie nicht kennt oder mit denen sie nur selten telefoniert. »Airin«, sagt sie zu Thomas, ohne Anstalten zu machen, den Anruf anzunehmen.

»Warum gehst du nicht ran?«

»Ich weiß nicht ...«

Da ist sie wieder: die Angst, die alles so schwierig macht. Aber diesmal kann Thomas sie gut nachvollziehen. Drei Jahre. Und vielleicht gibt es in Spanien ja doch irgendein Gesetz, durch das sie mitschuldig sind. Er war der Fahrer.

Das Pfeifen verstummt, beginnt nach ein paar Sekunden aber wieder von Neuem.

»Ich glaube, es ist wichtig«, sagt Thomas.

Manon wischt über das Display.

»Hallo?«, sagt sie, als ob sie nicht wüsste, wer anruft. Sie lauscht kurz. »Oh, hey! Nein, du störst nicht. Wir sind im Auto. Auf dem Weg nach Valencia.« Thomas hört die Anspannung in ihrer Stimme.

Drei Jahre, denkt er. Drei Jahre Gefängnis.

Manon hört zu. »Wirklich?«, sagt sie. »Aber das ist ja … unglaublich.«

Thomas wirft ihr einen Seitenblick zu. Ihr Gesichtsausdruck ist plötzlich gelöst. Die Angst ist verschwunden.

»Und wie geht es jetzt weiter?« Noch einmal hört sie kurz zu. Dann nickt sie. »Verstehe«, sagt sie. »Gut … Danke für den Anruf … Ja, das machen wir. Auf bald!«

Sie lässt das Handy sinken. »*Incroyable*«, sagt sie und schüttelt den Kopf.

Thomas wirft ihr erneut einen Seitenblick zu. Er hat das Gefühl, dass sie ganz vergessen hat, dass sie neben ihm sitzt.

»Was?«, fragt Thomas ungeduldig. »Was ist los?«

Manon wendet sich ihm zu. »Airin und Adam haben den Brand nicht ausgelöst!«

»Nein?«

»Die Polizei sagt, der Ausgangspunkt war ganz woanders, weiter nördlich. Vermutlich waren es die Jugendlichen mit ihren Motorrädern.«

»Wirklich?«

»Ja.«

»Was haben die Jugendlichen denn gemacht?«, fragt er. »Geraucht?«

»Nein, aber die heißen Motoren und Auspuffrohre können Feuer verursachen. Es ist wohl nicht das erste Mal. Aber das erste Mal, dass es zu so einem großen Brand gekommen ist.«

»Puh«, sagt Thomas. »Wie gut. Was für ein Glück!«

»Ja«, sagt Manon. »Das ist es wirklich …«

Erst jetzt merkt Thomas, wie sehr es ihn belastet hat, in die Brandursache involviert gewesen zu sein. Er hat es die ganze Zeit beiseitegeschoben und sich bewusst auf alles andere konzentriert: die Trennung, sein Versagen Noah und Léonie gegenüber, die Notwendigkeit, sich neu zu erfinden. Aber als sie heute Mittag auf der Dachterrasse standen und beobachtet haben, wie Airin und Adam abgeführt wurden, war das wie ein großer Schatten, der sich über alles gelegt hat.

Nun ist dieser Schatten verschwunden.

Die Straße verläuft in scharfen Kurven über den Klippen. Immer wieder fahren sie direkt auf das Meer zu, und ein paarmal überlegt Thomas, wie es wäre, einfach weiterzufahren, über die Küstengrenze hinaus, auf den Horizont zu.

Er freut sich auf Valencia, auf das Hotel. Er freut sich auf das Frühstück am Morgen. Er freut sich auf die Fahrt in die Pyrenäen. Er freut sich auf Lyon. Er freut sich sogar auf die Kinder, vor allem auf die Kinder. Und er freut sich auf das neue Leben, das nun endlich beginnen kann. Aber es gibt noch eine Sache, die er zu klären hat, bevor all das beginnen kann. Eine Lüge, die es gilt offenzulegen. Eine letzte Schuld, der er sich stellen muss.

Er wird langsamer, blinkt und fährt in eine kleine Parkbucht, die direkt an den Klippen über dem Meer thront.

Der Motor erstirbt.

»Was ist?«, fragt Manon.

»Ich möchte dir etwas sagen«, sagt Thomas.

»Was?«

»Es geht um das Boot.«

»Welches Boot?«

»Um das Flüchtlingsboot, das du am Strand gesehen hast.«

»Es war kein Flüchtlingsboot, schon vergessen?« Manon lacht.

»Ja«, sagt er und nickt. »Ich meine, nein, das stimmt.« Er holt Luft, will weiterreden, aber er kommt nicht dazu.

Manon schüttelt den Kopf. »Es tut mir leid«, sagt sie. »Ich war wie besessen davon. Dabei hattest du recht. Es war genau so, wie du es gesagt hast: dass es eine andere Erklärung dafür gibt. Aber ich wollte es einfach nicht sehen. Und dann habe ich dich dafür fertiggemacht. Ich war so verbohrt ... So ...«

»Manon!« Thomas unterbricht sie.

»Ja?«

»Ich wollte etwas anderes sagen.«

»Was?«

»Ich ...« Er zögert kurz, setzt noch einmal neu an. Er hat Schwierigkeiten, seine Gedanken zu ordnen. Es ist so kompliziert. Es ist, als würde er versuchen, ihre Beziehung zu erklären. Am liebsten würde er abbrechen. Er verspürt den Drang, sich die Klamotten vom Leib zu reißen und ins Meer zu springen.

»Egal«, sagt er. »Es ist nicht wichtig. Lass uns weiterfahren ...« Er will den Motor wieder starten, aber Manon legt ihm die Hand auf den Arm.

»Jetzt möchte ich es aber wissen«, sagt sie.

Er wendet sich ihr wieder zu. »Ich ... habe das Boot auch gesehen.«

»Wann? Wo?«

»Am Strand. Als ich über die Klippen geklettert bin.«

»Von welchem Boot redest du? Du meinst das Boot mit der Besatzung von dem Containerschiff?«

»Ja ... Nein ... Also doch ... Ich meine ...«

Er gibt auf. Es ist zu kompliziert. Er kann kaum denken. Wie soll er es ihr erklären?

»Aber … warum hast du mir denn nichts davon gesagt?«, fragt Manon. Sie versteht immer noch nicht. Und wie sollte sie auch?

»Das ist ja der Punkt«, sagt er. »Weil ich dachte … Ich meine, weil ich auch davon überzeugt war, dass …«

Er bricht ab. Er ärgert sich, dass er überhaupt davon angefangen hat. Aber es kam ihm wichtig vor. Entscheidend. Alles muss auf den Tisch. Jetzt würde er es am liebsten wieder wegwischen. Es ungeschehen machen. Es war nicht einmal eine wirkliche Lüge, sondern er hat nur etwas verschwiegen. Es ist irrelevant.

»Es ist egal«, sagt er erneut und hofft, dass das Thema damit endgültig erledigt ist.

Doch in Manons Gesicht findet etwas statt. Sie scheint zu verstehen.

Sie spricht nun sehr langsam, beinahe tastend. »Willst du damit etwa sagen, dass du auch dachtest, dass es sich bei dem Boot um ein … Flüchtlingsboot handelt?«

Thomas schweigt. Er blickt aufs Meer. Ein ganz ähnlicher Ausblick wie von der Klippe, auf der er nach dem Sex vor knapp einer Woche stand. Und zugleich anders. Ein volles Meer. Viele Segelboote – eine Regatta? Ein paar Motorboote. Aber kein Containerschiff und auch kein vermeintliches Flüchtlingsboot.

»Aber das heißt ja …«, sagt Manon. Ihr Gesicht ist in Bewegung. Offenbar lässt sie alles, was nach Thomas' Rückkehr von seinem Strandspaziergang bis zu dem Moment, an dem sie abends von der Havarie erfahren haben, zwischen ihnen passiert ist, Revue passieren. Sein Schweigen. Die Muschel. Ihr unvermitteltes »Ich habe ein Boot gesehen« im Auto. Sein Abwiegeln. Whalewatching. Delfin-Touren. Hinterland. Die offene Lüge beim Abendessen mit Airin und Adam – »Und du hast das Boot nicht gesehen?«, hat Airin gefragt, und seine Antwort lautete: »Nein« –

347

und schließlich am Abend, als die Nachricht von dem havarierten Containerfrachter kam: »Ich habe es dir doch gesagt!«

Und später genau das Gleiche noch einmal in einer der Sitzungen bei Blumberg. Manon mit ihrer Fantasie! Geht immer vom Schlimmsten aus. Er hat die Situation gegen sie benutzt, obwohl sie auf einer Lüge fußte.

Manons Gesichtszüge werden hart. Sie schüttelt kaum merklich den Kopf.

»Manon«, sagt Thomas, »ich ...«

»Was?«, fragt Manon und schaut ihn herausfordernd an.

Er atmet tief ein und dann tonlos wieder aus. Er weiß nicht, was er sagen soll – außer dass er Angst vor ihr hatte. Eine klägliche Verteidigung vor dem Hintergrund, dass er Manon jahrelang ihre Angst zum Vorwurf gemacht hat.

Er schaut auf seine Hände, und dann blickt er erneut Manon an. Ihr Blick ist anklagend. Sie will eine Erklärung. Eine Entschuldigung.

Doch im selben Moment fühlt sich seine Angst zutiefst berechtigt an. Jeder hätte in dieser Situation Angst gehabt. Zumindest jeder, der mit Manon verheiratet gewesen wäre. Was hätte er denn tun sollen? Hätte er nach seiner zufälligen Entdeckung des Boots auf sie zurennen und rufen sollen: »Manon! Hast du die Flüchtlinge gesehen? Nein? In einem Schlauchboot! Mindestens zwanzig Männer! Auf engstem Raum zusammengepfercht. Lass uns auf den Felsen klettern, dann zeige ich es dir. Siehst du es? Schrecklich, oder? Ein Wunder, dass sie die Überfahrt überlebt haben. Und was machen wir hier? Ein zehntägiges Beziehungscoaching für fünftausend Euro!«

Nein, natürlich ist er nicht sofort damit herausgeplatzt, sondern hat erst mal abgewartet. Und natürlich war er erleichtert, als er dachte, sie hätte das Boot nicht gesehen. Und als Manon dann im Auto wie aus heiterem Himmel davon erzählt hat, war es doch mehr als verständlich, dass er erst einmal defensiv reagiert hat. Es war doch nur aus seiner Hilflosigkeit geboren. Er wollte diese Reise retten! Ihre Beziehung! Ihre Ehe!

Aber Manon interessiert all das nicht. Wie immer sieht sie nur sich selbst und nicht das große Ganze. Sie verhält sich genau so, wie sie sich verhalten hat, als sie nach dem Telefonat mit seiner Mutter einfach verschwunden ist. So, wie sie sich verhalten hat, als er im Bett lag und sie dachte, er schläft. Passiv und selbstgerecht.

All das würde er ihr am liebsten sagen, eine offensive Verteidigung.

Aber er bekommt kein Wort heraus.

Mit einer heftigen Bewegung schnallt Manon sich ab, öffnet die Beifahrertür, steigt aus und wirft die Tür hinter sich wieder zu.

Thomas beobachtet, wie sie parallel zur Küste an der Straße entlangläuft. Sie schüttelt den Kopf. Starrt aufs Meer, schließt die Augen und schüttelt erneut den Kopf. Die Autos rauschen an ihr vorbei. Ein Lkw hupt. Manon reagiert nicht.

Thomas spürt, wie ihn eine Welle widerstreitender Gefühle ergreift. Er will Manon packen. Sie schütteln. Er will es ihr erklären. Es in sie hineinschreien. Zugleich will er sie in den Arm nehmen. Will versuchen, seinen Fehler – sofern es überhaupt ein Fehler war – wiedergutzumachen. Und zugleich will er am liebsten losfahren. Den Startknopf drücken, mit quietschenden Reifen auf die Straße schießen und sich so weit wie möglich von ihr entfernen.

Aber er schafft weder das eine noch das andere. Es gelingt ihm nicht einmal, den kleinen Finger zu rühren. Er kann nur wie gelähmt dasitzen und zur Windschutzscheibe hinausstarren.

Er hat keine Ahnung, wie lange Manon am Rand der Straße steht und aufs Meer schaut: eine Minute, zwei Minuten oder fünf. Er weiß nur, dass es ihm ewig vorkommt. Und dass er sich in dieser ganzen Zeit nicht bewegt.

Dann dreht sie sich um und kommt zurück zum Auto. Sie öffnet die Beifahrertür, setzt sich, schnallt sich an und klappt die Tür wieder zu.

Thomas atmet schwer. Für eine Sekunde schließt er die Augen. Dann startet er den Motor, greift mit beiden Händen nach dem Lenkrad, blinkt und fädelt sich in den Verkehr ein.